metro

John Burdett
Der buddhistische Mönch

metro wurde begründet
von Thomas Wörtche

Zu diesem Buch

Als Polizist im berüchtigten achten Bezirk von Bangkok hat Sonchai Jit-pleecheep schon viel gesehen. Kein Verbrechen aber hat ihn je an der menschlichen Spezies zweifeln lassen. Doch Sonchai spürt, dass er in diesem Augenblick ein solches Verbrechen mit ansehen muss: Im abgedunkelten Raum der Polizeistation läuft ein Snuff Video. Und die junge Frau, die in diesem mörderischen Film vor seinen Augen getötet wird, ist niemand anderes als Damrong, die begehrteste Prostituierte Bangkoks – und Sonchais ehemalige Geliebte. Auf der Suche nach ihren Mördern muss er sich Gegnern gegenüberstellen, die weitaus größer sind, als er erwartet hat.

»*Der buddhistische Mönch* ist weit mehr als ein Krimi. John Burdett ist eine faszinierende und zugleich bedrückende Milieu-Studie gelungen, die nicht nur für spannende Unterhaltung sorgt, sondern den Leser nachdenklich zurücklässt.« *Phantastik-News.de*

Der Autor

John Burdett (*1951 in London) arbeitete vierzehn Jahre als Anwalt in Hong-kong und London, bevor er sich ganz dem Schreiben widmete. Er ist der Schöpfer der in und um Bangkok angesiedelten Krimireihe mit dem Ermittler Sonchai Jitpleecheep. Er lebt in Bangkok und in Frankreich.

Im Unionsverlag sind außerdem lieferbar: *Der Jadereiter* und *Bangkok Tattoo*.

Die Übersetzerin

Sonja Hauser ist als Übersetzerin aus dem Englischen tätig. Sie übersetzt u. a. die Werke von Lucinda Riley, Emily Hauser, Sujata Massey und E. L. James.

Mehr über den Autor und sein Werk auf *www.unionsverlag.com*

John Burdett

Der buddhistische Mönch

Jitpleecheep ermittelt in Bangkok

Aus dem Englischen
von Sonja Hauser

Unionsverlag

Die Originalausgabe erschien 2007 im Verlag Alfred A. Knopf, New York.
Die deutsche Erstausgabe erschien 2008 im Piper Verlag, München.

Im Internet
Aktuelle Informationen, Dokumente und Materialien
zu John Burdett und diesem Buch
www.unionsverlag.com

Unionsverlag Taschenbuch 886
© by John Burdett, 2007
Originaltitel: Bangkok Haunts
© der deutschen Übersetzung: Piper Verlag GmbH, München 2008
© by Unionsverlag 2021
Neptunstrasse 20, CH-8032 Zürich
Telefon +41 44 283 20 00
mail@unionsverlag.ch
Alle Rechte vorbehalten
Reihengestaltung: Heinz Unternährer
Umschlagmotiv: Fisch – Bhanupong Chooarun (Shutterstock);
Karte Bangkok – nestign (Alamy Stock Vector)
Umschlaggestaltung: Peter Löffelholz
Satz: Greiner & Reichel, Köln
Druck und Bindung: CPI – Clausen & Bosse, Leck
ISBN 978-3-293-20886-5

Der Unionsverlag wird vom Bundesamt für Kultur mit einem
Verlagsförderungs-Strukturbeitrag für die Jahre 2021–2024 unterstützt.

Auch als E-Book erhältlich

Für Nit

Du hast mich verhext, und ich ging unter;
Es fällt mir so schwer zu gehen.
Bob Dylan, Tonight I'll Be Staying Here with You

Ging der Ewige vorüber in Gestalt eines Luden.
Das Gezwitscher verstummte.
Jean Genet, Notre-Dame-des-Fleurs

Das klammernde Bewusstsein ist tief und subtil;
Alle Potenziale sind wie eine Sturmflut.
Ich erkläre dies nicht den Unwissenden,
Aus Angst, sie könnten auf die Idee kommen,
das sei das Selbst.
Gautama Buddha, The Sandhinirmochana Sutra

Ein perfektes Produkt

I

Nur wenige Verbrechen lassen uns um die Zukunft des Menschen bangen. Ich beobachte gerade eines.

In einem verdunkelten Raum des Polizeireviers von District 8, in Gesellschaft meiner guten FBI-Freundin Kimberley Jones sowie eines Toshiba-LCD-Bildschirms, der hoch oben an der Wand angebracht ist, damit ihn niemand abmontieren kann.

Der Film, den ich mir mit der FBI-Frau ansehe, wurde mittels zweier professioneller Kameras mit Zoom, Weitwinkel, Schwenks et cetera gedreht, und ich habe mir sagen lassen, dass mindestens zwei Profis an seiner Herstellung beteiligt gewesen sein müssen. Farbe und Schärfe sind, Abermillionen Pixeln sei Dank, ausgezeichnet; es handelt sich um das Produkt einer hoch entwickelten Zivilisation, wie es unsere Ahnen noch nicht kannten. Am Ende des Films bricht die hartgesottene Kimberley, wie von mir erhofft, in Tränen aus. Warum soll es ihr besser gehen als mir?

»Sag mir, dass das nicht wahr ist.«

»Tja, wir haben die Leiche.«

»Du lieber Himmel«, meint Kimberley. »Ich hab schon Blutigeres gesehen, aber noch nie etwas so Unheimliches. Und ich dachte, mich kann nichts mehr erschüttern.« Sie steht auf. »Ich brauch frische Luft.«

In Bangkok?, denke ich, während ich sie über einige Flure hinaus in den öffentlichen Bereich führe, wo braunhäutige Männer und Frauen, kaum halb so groß wie sie, darauf warten, ihre häuslichen Sorgen bei einem Cop abzuladen. Es herrscht nicht gerade festliche Atmosphäre, aber immerhin geht es hier menschlich zu. Als extrovertierte Amerikanerin scheut Kimberley sich nicht, ihre roten Augen vor Publikum abzutupfen, das natürlich meint, ich hätte sie gerade irgendeines kleineren Drogenvergehens wegen – Haschischbesitz zum Beispiel – festgenommen. Wir sehen uns um. Auf den Plastikstühlen sitzen drei junge attraktive Frauen, alle Prostituierte. (Keine anständige Thai würde sich so kleiden.) Sie bedenken uns mit bösen Blicken. Kimberley, vermute ich, würde sie am liebsten aus Freude darüber, dass sie am Leben sind, umarmen. Ich dirigiere sie hinaus auf die Straße – wo uns etwas entgegenschlägt, das man zwar nicht als »frische Luft« bezeichnen kann, aber immerhin die Lunge füllt. »Mein Gott, Sonchai, was für eine Welt. Welche Monster bringen wir bloß hervor?«

Wir haben etwas Seltenes erreicht, Kimberley und ich: ein sexloses – aber dennoch vertrautes Verständnis zwischen einem Mann und einer Frau gleichen Alters, die sich körperlich attraktiv finden, jedoch – aus Gründen, die sich rationaler Analyse entziehen – beschlossen haben, nicht aktiv zu werden. Es überraschte mich, dass sie nach einem verzweifelten Anruf meinerseits kurzerhand ein Flugzeug nach Bangkok bestieg. Ich ahnte nichts von ihrer Spezialisierung auf Snuff Movies; genauso wenig wusste ich, dass diese im Augenblick der letzte Schrei bei der internationalen Polizei sind. Jedenfalls beruhigt es, von einem hochklassigen Profi, der sich mit der neuesten Technologie auskennt, unterstützt zu werden. Kimberley ist nicht intuitiv wie ich, hat dafür aber einen messerscharfen Verstand. Soll ich sie wie einen Mann oder wie eine Frau behandeln? Gibt es in ihrem Land Verhaltensmaßregeln für einen solchen Fall? Ich umarme sie kumpelhaft und drücke ihre Hand – offenbar das richtige Vorgehen. »Schön, dich hier zu haben, Kimberley«, sage ich. »Noch mal danke, dass du gekommen bist.«

Sie lächelt mit jener Unschuld, die sich oft nach emotional tief greifenden Erlebnissen manifestiert. »Tut mir leid, ich bin ein Waschlappen.«

»Beim ersten Mal Sehen hab ich genauso reagiert.«

Sie nickt ohne das geringste Zeichen von Verwunderung. »Wo hast du das Ding her, von 'ner Razzia?«

Ich schüttle den Kopf. »Nein, es ist mir anonym nach Hause geschickt worden.« Sie bedenkt mich mit einem wissenden Blick; aha, eine private Sache also, scheint er zu sagen.

»Und die Leiche, wo hat man die gefunden? Am Tatort?«

»Nein, in ihrer Wohnung, ordentlich auf dem Bett ausgebreitet. Die Leute von der Spurensicherung sind sich sicher, dass sie woanders umgebracht wurde.«

Jetzt kommt die amerikanische Superwoman in ihr zum Vorschein. »Die kriegen wir, Sonchai. Verrat mir, was du brauchst, dann sorg ich dafür, dass du's kriegst.«

»Keine Versprechungen«, erwidere ich. »Das hier ist nicht der Irak.«

Sie runzelt die Stirn. Wahrscheinlich haben die Amerikaner diese Art von Spott allmählich satt. »Nein, aber der Film ist professionell gemacht, in einem bestimmten Stil. Wenn der Typ in dem Streifen nicht aus den Vereinigten Staaten oder Kanada kommt, fress ich 'nen Besen.«

»Eine Hollywood-Produktion?«

»Ich würde mit der Suche in Kalifornien beginnen, allerdings nicht in Hollywood, sondern eher im San Fernando Valley, bei 'ner Produktionsfirma mit internationalen Beziehungen. Das lässt sich unter Umständen mit Nachforschungen fürs FBI verbinden.«

»Wonach würdest du Ausschau halten? Der Mann im Film trug doch eine Maske.«

»Die Augenlöcher sind ziemlich groß, und von jedem, der in die Staaten einreist, werden biometrische Daten erfasst. Gib mir 'ne Kopie von der DVD, dann setz ich unsere Spezialisten auf die Sache an. Wenn es ihnen gelingt, eine ordentliche Vergrößerung von seinen Augen hinzukriegen, ist das genauso gut wie ein Fingerabdruck oder sogar besser. Darf ich mir die Leiche ansehen?«

»Wenn du möchtest. Wie weit willst du dich bei dem Fall engagieren?«

»Von Chanya weiß ich, dass du ziemlich aus der Fassung bist. Das geht mir auch an die Nieren. Wenn ich irgendwie helfen kann, mach ich das.«

»Chanya hat dir das gesagt?«

»Sie liebt dich. Und sie meint, dass du moralische Unterstützung von einer Kollegin gebrauchen könntest. Ich hab ihr versprochen zu tun, was ich kann, wenn du mich lässt.«

Die FBI-Frau ahnt nicht, welchen Bonus sie sich bei mir erwirbt, indem sie eine schwangere Ex-Prostituierte aus der Dritten Welt als Freundin und Gleichgestellte behandelt. Heroismus solcher Art bringt uns in diesem Winkel der Erde zum Staunen. Auch Chanya mag Kimberley, und wer sich die Zuneigung einer Thai-Frau erworben hat, erfährt von ihr alles.

Ein Tuk-Tuk fährt vorbei, dessen Zweitaktmotor schwarze Abgase in die Luft bläst. Früher waren die Dinger Symbole Thailands: drei Räder, ein Stahldach auf vertikalen Streben und ein fröhlich lächelnder Fahrer. Heutzutage sind sie Touristenspielzeuge für immer weniger Passagiere. Bis jetzt hat das 21. Jahrhundert nicht allzu viel Neues gebracht; wir ahnen, dass eine Rückkehr zur altbekannten bitteren Armut unser Anteil an der Globalisierung sein wird. Kimberley hat das noch nicht gemerkt – sie ist erst zwei Tage hier, und schon packt sie der Arbeitseifer. Ihr fallen Tuk-Tuk und schwarze Abgase überhaupt nicht auf.

»Ich lasse die DVD nicht von meinen Leuten kopieren«, sage ich. Sie schaut mich an. »So etwas wird in sehr geringer Zahl produziert und international auf Spezialmärkten verkauft.« Ich spüre, wie ich rot werde. »Unser Land ist arm.« Immer noch dieser Blick: Ich muss Farbe bekennen. »Sie würden sie verkaufen.«

Sie wendet sich ab, damit ich ihre Verachtung nicht sehe. Erst nach einer ganzen Weile meint sie: »Ich hab mich wieder gefangen. Du kannst mir ruhig sagen, wie du das Ding kopieren lässt.«

»Überhaupt nicht. Ich stecks in die Tasche. Du kannst die Daten im Konferenzzentrum des Grand Britannia direkt von der DVD mailen.«

Kimberley bleibt im Wartebereich, während ich die DVD hole – fünf Komma sieben Megabyte Essenz des Bösen. Als wir wieder draußen sind, starrt sie einem jungen Mönch nach. Er ist Anfang bis Mitte zwanzig und strahlt exotische Eleganz aus, die nicht zu dem Internetcafé passt, in das er gerade tritt.

»Der Sangha sieht die Nutzung des Internets in öffentlichen Räumen nicht gern, ahndet sie jedoch nicht«, erkläre ich, froh, nicht mehr über das Snuff Movie sprechen zu müssen. »Die Mönche informieren sich oft über buddhistische Websites.«

»Kommt er häufiger hierher? Mir scheint das kein Ort zu sein, an dem sich Mönche normalerweise rumtreiben.« Offenbar verspürt auch Kimberley das Bedürfnis nach Small Talk.

»Ich hab ihn gestern das erste Mal gesehen. Keine Ahnung, zu welchem Wat er gehört.«

2

In Dr. Supatras unterirdischem Reich hängen Kreissägen und unterschiedlichste Messerarten an den Wänden, von Hackbeilen bis zu eleganten Stiletten. Ich habe ihr noch nichts von der DVD erzählt; nur die FBI-Frau und Chanya wissen Bescheid, was nicht sonderlich für die Thai-Integrität spricht, oder? Nicht, dass ich Supatra nicht vertrauen würde. In unserer Zeit ohne Ehre heben sich die, die sie besitzen, besonders deutlich ab. Supatra ist genauso unbestechlich wie ich. Warum ich ihr dann nichts von der DVD gesagt habe? Weil ich sie nicht beeinflussen wollte.

Ich stelle sie Kimberley vor. Dr. Supatra bedenkt sie mit einem argwöhnischen Blick; heutzutage haben wir alle ein kleines Problem mit dem westlichen Überlegenheitskomplex – auch wenn

Kimberley letztlich nicht mehr wirklich darunter leidet. Wir lernten uns vor ungefähr fünf Jahren bei der Aufklärung eines Falls hier in Bangkok kennen; damals war Kimberley noch eine hormongesteuerte Männerjägerin. Inzwischen wirkt sie sehr viel trauriger, aber auch weiser. Nun kennt sie die Thai-Sitten gut genug, um die Hände zu einem durchaus beachtlichen Wai an die Lippen zu führen, das Supatras höherem Status aufgrund ihres Alters Rechnung trägt: Sie ist über fünfzig, nur wenig mehr als eins fünfzig groß, schlank und sieht streng aus in ihrem weißen Laborkittel. Jetzt, da Kimberley ihre Demut demonstriert hat, kann Supatra ihr Herz öffnen und führt uns aus dem Labor ins Kellergewölbe. Mit nachdenklich schräg gelegtem Kopf – eine Technik, die wunderbarerweise ihre mangelnde Körpergröße ausgleicht – fragt sie: »Nun, Sonchai, wissen Sie, wer das Opfer ist?«

Ich zucke unwillkürlich zusammen, was Dr. Supatra nicht mitbekommt – anders als Kimberley mit ihren unerbittlichen blauen Augen.

»Ich habe ihre Fingerabdrücke in der nationalen Datenbank überprüft. Es handelt sich um eine gewisse Damrong aus Isakit.«

»Eine Prostituierte?«

»Klar.«

»Hm.«

Mittlerweile haben wir den Aktenschrank des Todes erreicht, etwa hundert mannsgroße Schubladen in einer Wand. Ohne die Nummer überprüfen zu müssen, wendet Dr. Supatra sich einer in Kniehöhe zu und signalisiert mir mit einer Geste, dass ich sie herausziehen soll. Sie ist schwer, aber leichtgängig; ein mittelstarker Ruck setzt sie in Bewegung, und schon gleitet Damrong, Kopf zuerst, heraus. Wieder zucke ich zusammen. Dr. Supatra schreibt das meiner Sensibilität zu; die FBI-Frau blickt tiefer.

Sie ist auch mit ihrem aufgeschwollenen Gesicht noch attraktiv: eleganter Kinnbogen, hohe Wangenknochen, ägyptische Katzenaugen, schmale, aber sinnliche Lippen, ebenmäßige weiße Zähne, dieses gewisse Etwas …

Wem mache ich etwas vor? Natürlich hat das Strangulieren ihre Gesichtszüge auf schreckliche Weise verzerrt und entstellt; doch als die Schublade ganz herausrollt, besteht kein Zweifel mehr an der Vollkommenheit ihres Körpers, der Fülle ihrer Brüste, der perfekten Form ihrer festen, aber anschmiegsamen Hüften. Ihre Schambehaarung ist rasiert, in einer ihrer Schamlippen steckt ein Silberring. Um ihren Nabel ringelt sich eine Schlangentätowierung mit einem Schwert. Unwillkürlich greife ich nach ihrem schlaffen linken Handgelenk und drehe es herum, wo sich an der Innenseite eine schmale helle Narbe befindet, etwa zweieinhalb Zentimeter lang, von einem Längsschnitt in eine der Adern. Dr. Supatra nickt. »Ja, die habe ich auch gesehen. Eine alte Verletzung. Falls sie von einem Selbstmordversuch stammt, war der nicht sonderlich ernst gemeint.«

»Ja«, pflichte ich ihr bei. Dr. Supatra hat gute Arbeit geleistet. Am liebsten würde ich die große, durch ordentliche Stiche geschlossene Y-förmige Öffnung von Damrongs Körper, die vom Brustkorb bis zum Unterleib reicht, zudecken. Alle Organe sind entnommen; der Anblick schmerzt – besonders jetzt, da die FBI-Frau sich auf meinen Gesichtsausdruck konzentriert. »Nun«, frage ich schluckend, »was können Sie uns sagen?«

»Über die Todesursache? In diesem Fall stimmt der äußere Schein mit dem tatsächlichen Geschehen überein. Sie wurde mit einem etwa einen Zentimeter dicken Nylonseil erwürgt, dem orangefarbenen Strick, den Ihre Männer um ihren Hals gefunden haben: Die Fasern stimmen mit denen der Mordwaffe überein. Alle ihre inneren Organe sind unverletzt, und es gibt auch keinerlei Wunden, Viren oder Bakterien, die ihren Tod verursacht haben könnten.«

»Keine Hinweise auf gewaltsame Penetration?«

»Nein. Offenbar wurde ein Gleitmittel benutzt. Natürlich bedeutet das nicht notwendigerweise, dass der Geschlechtsverkehr mit ihrer Einwilligung stattfand, nur, dass er relativ schmerzlos erfolgte.«

»Sperma?«

Kopfschütteln. »Vagina und Anus wurden penetriert, vermutlich von einem Penis mit Kondom, denn ich konnte keine Spermaspuren entdecken.«

Ich schweige einen Augenblick, weil ich merke, dass Dr. Supatra bewusst etwas zurückhält, bevor ich frage: »Und?«

»Keine Partydrogen. Wie ihr Geisteszustand zum Zeitpunkt ihres Todes auch immer gewesen sein mag – durch Drogen wurde er nicht beeinflusst.«

»Irgendwelche Hinweise auf Gegenwehr?«, erkundigt sich die FBI-Frau.

Dr. Supatra schüttelt den Kopf. »Nein, das ist ja das Merkwürdige. Eigentlich würde man zumindest blaue Flecken oder verkrampfte Muskeln erwarten, aber nichts. Es sieht fast so aus, als wäre sie in gefesseltem Zustand erwürgt worden – doch auch auf eine gewaltsame Fesselung gibt es keine Hinweise.«

»Verdammt«, sagt Kimberley. Dr. Supatra hebt eine Augenbraue. »Tja, wahrscheinlich will ich das Ende einfach nicht glauben.«

»Ende?«, fragt Dr. Supatra. »Was für ein Ende?«

Kimberley hält die Hand vor den Mund, aber es ist zu spät. Nun bleibt mir nichts anderes übrig, als Dr. Supatra von der DVD zu erzählen. Supatra nickt; als Profi begreift sie sofort, warum ich ihr erst jetzt davon berichte. Sie schenkt mir sogar ein mütterlich verständnisvolles Lächeln.

»Trägheit ist eine nationale Schwäche«, erklärt sie der FBI-Frau. »Sonchai hatte Angst, dass ich faul werden und meine Arbeit nicht richtig erledigen würde, wenn ich den Film sähe.«

»Ich wollte die DVD schon zurückhalten, bevor ich wusste, dass Sie sich mit dem Fall beschäftigen würden«, erwidere ich.

»Sie haben sie doch auch noch aus anderen Gründen nicht erwähnt, oder? Snuff Movies erzielen hohe Preise auf dem internationalen Markt, heißt es. Was bedeutet, dass Sie etwas sehr Wertvolles in Händen halten.« Und an Kimberley gewandt, fügt sie hinzu: »Aber wie war das noch mal mit dem Ende, das Ihnen so wenig gefällt?«

Kimberley will ihr darauf keine Antwort geben, also verspreche ich Dr. Supatra, ihr die ganze DVD zu zeigen, sobald Zeit dazu ist. Allerdings hat die FBI-Frau noch eine andere Frage. »Dr. Supatra, ist Ihnen zuvor jemals ein Fall von Strangulation untergekommen, in dem es keinerlei Hinweise auf Gegenwehr gab?«

Dr. Supatra mustert sie neugierig, als wäre ihr soeben klar geworden, welche Bedeutung diese Frage für einen Farang haben kann. »Nicht, dass ich wüsste, aber Sie dürfen nicht vergessen, dass unsere Kultur ein eigenes Bewusstsein besitzt.«

Kimberley runzelt die Stirn. »Ein eigenes Bewusstsein?«

»Im Hinblick auf den Tod«, erklärt die Pathologin. »Der Umgang einer Kultur mit dem Tod definiert auch ihre Einstellung zum Leben. Verzeihen Sie, wenn ich das sage, aber der Westen vermittelt manchmal den Eindruck, als würde er ihn leugnen. Thais sehen das ein bisschen anders.«

»Inwiefern unterscheidet sich Thailand da von uns?«

»Es geht nicht um Thailand allein, sondern um ganz Südostasien. Wir stehen alle auf Geister – die Malaysier sind viel schlimmer als wir. Natürlich gibt es zu diesem Thema keine Statistiken, aber wenn man den Thais glauben darf, übersteigt die Zahl der Untoten die der Lebenden um ein Hundertfaches.«

»Sie als Wissenschaftlerin glauben das doch nicht, Dr. Supatra, oder?«

Dr. Supatra lächelt fragend. Ich nicke. »Tja, ich bin Wissenschaftlerin, aber eben keine westliche. Mit Sonchais Erlaubnis würde ich Ihnen gern etwas zeigen.« Wieder nicke ich, und schon folgen wir Dr. Supatra in ihr Büro. Immer noch mit Sphinxlächeln holt sie ihren Laptop sowie eine Sony-Videokamera aus einer Schublade. »Damit beschäftige ich mich in den meisten Nächten«, sagt sie und demonstriert, wie sie die Kamera aufs Bürofenster richtet, das auf die Pathologie mit den Leichenreihen in den Stahlgruften geht und die Bilder auf ihrem Computer aufzeichnet. »Möchten Sie die Ausbeute der letzten Nacht anschauen?« Wieder sieht sie mich fragend an; schließlich ist die FBI-Frau mein

Gast. Ich nicke zum dritten Mal, ein wenig verlegen. Erliege ich der Versuchung der Boshaftigkeit? Plötzlich werde ich ob dieser unangekündigten Initiation nervös; vielleicht flippt die FBI-Frau ja aus? Aber jetzt ist es zu spät für einen Rückzieher. Kimberley sitzt an Dr. Supatras Schreibtisch, während diese an ihrem Laptop hantiert. »Leider muss ich Infrarotlicht benutzen, weshalb die Bilder nicht besonders deutlich sind. Trotzdem lässt sich die Sache wissenschaftlich nur schwer erklären.«

Ich beobachte Kimberley, wie sie die Bilder betrachtet, die ich selbst bereits kenne. Sie wird blass, starrt mich einen Moment lang ungläubig an, wendet sich wieder dem Laptop zu, schüttelt den Kopf, zuckt zusammen. Dann presst sie die Hand auf den Mund, als müsste sie sich übergeben. Dr. Supatra beendet die Vorstellung.

Die FBI-Frau steht auf. »Tut mir leid«, sagt sie mit vor Zorn rotem Gesicht. »Ich bin Gast in diesem Land, aber das kann ich einfach nicht lustig finden.«

Dr. Supatra sieht mich kurz an, bevor sie die Hände hebt. Ich sage auf Thai: »Ist schon in Ordnung. Kimberley reagiert genauso wie ich beim ersten Mal Sehen. Sie versucht, sich selbst davon zu überzeugen, dass das nicht die Realität ist, dass so etwas nicht passieren kann, dass es sich um einen Trick handelt.«

»Was mache ich jetzt?«, fragt Dr. Supatra auf Thai. »Sie ist ziemlich aus der Fassung. Ich glaube, das war keine gute Idee, Sonchai. Soll ich einfach so tun, als wärs doch ein Trick?«

Ich zucke mit den Achseln. »Wählen Sie die einfachste Lösung.«

»Entschuldigung«, sagt Dr. Supatra auf Englisch zu Kimberley. »Das ist unser berühmter Thai-Humor. Nehmen Sie es mir nicht übel.«

Die FBI-Frau ringt sich ein Lächeln ab. »Schon okay. Wahrscheinlich ist das wieder so eine Kulturfrage. In einem anderen Zusammenhang hätte ich's vielleicht auch witzig gefunden. Ich bin nun wirklich kein Spielverderber, aber einen so groben Scherz hatte ich nicht erwartet.«

»Tut mir leid.« Dr. Supatra führt die Hände zu einem Wai an die Lippen, um ihr aufrichtiges Bedauern zu signalisieren.

Nun möchte Kimberley beweisen, dass sie nicht nachtragend ist. »Ausgesprochen clever«, sagt sie. »Keine Ahnung, wie Sie das hingekriegt haben. Gehört es zur Thai-Kultur, zu glauben, dass Geister kopulieren und einander diese … äh … hässlichen Dinge antun? Das höre ich zum ersten Mal. Erstaunliche Effekte. Filmen ist vermutlich Ihr Hobby.«

»Stimmt«, bestätigt Dr. Supatra. »Es ist alles eine Sache der Kameraführung. Um das Treiben der Geister zu begreifen, muss man allerdings wissen, dass der Hirntod nicht unbedingt die Triebe ersterben lässt. Und das sieht dann nicht besonders hübsch aus, da pflichte ich Ihnen bei.«

»Wie haben Sie das mit den nicht-menschlichen Gestalten gedreht?«

»Mittels eines speziellen Animationsprogramms«, antwortet Dr. Supatra mit einem kleinen Wai in Richtung des sitzenden Buddha in seinem Schrein auf halber Höhe der Wand. Sie bittet um Verzeihung für ihre Notlüge.

»Unglaublich. So was hab ich noch nie gesehen. Wirkt professioneller als manches aus Hollywood.«

Dr. Supatra nimmt das Kompliment schweigend hin und führt uns wieder die Treppe hinauf. An ihrem ausweichenden Blick beim Abschied merke ich, dass sie wütend auf mich ist, weil ich sie ermutigt habe, ihr Hobby einer Farang zu offenbaren.

Nun möchte ich mich eigentlich nicht über Damrong unterhalten, aber leider sitze ich in der Falle. Ich muss Kimberley im Taxi zu ihrem Hotel bringen; ihr Schweigen lastet auf mir wie ein immer schwerer werdendes Gewicht, während sie aus dem Fenster starrt.

»Chanya weiß Bescheid«, sage ich nach einer Weile. »Das alles war, bevor sie und ich uns kannten. Sie hat nur deshalb mit dir über den Fall geredet, weil sie seine Wirkung auf mich fürchtet. Sie glaubt, dass du mir auf psychologischer Ebene beistehen kannst. Sie selbst fühlt sich machtlos.«

Kimberley erwidert erst einmal nichts. Irgendwann beugt sie sich zum Fahrer vor, um ihm zu sagen, dass er uns zum State Tower bringen soll, nicht zu ihrem Hotel. Eine kluge Wahl. So weit oben über der Stadt, im Dome, einer Restaurant-Bar im Freien, gleich unter den Sternen, ein exotischer Cocktail mit Kokosnusssaft in Kimberleys Hand, ein Kloster-Bier in der meinen, haben wir das Gefühl, als berührten unsere Köpfe den Nachthimmel: Wir befinden uns sozusagen in einem kosmischen Beichtstuhl.

»Tja, das war so«, beginne ich.

3

Wenn Sie ihn selbst noch nicht erlebt haben, ist der Zustand schwer zu begreifen. Hätte ich Damrong nie kennengelernt, wäre mir der männliche Wahn, den ihr Westler »verliebt sein« nennt, vermutlich auch fremd geblieben, Farang. In Thailand ist die Einstellung zur »Liebe« ein bisschen anders.

Gleich zum peinlichsten Teil der Geschichte: Sie verführte mich nach allen Regeln der Kunst, schon eine Woche, nachdem sie in der Bar meiner Mutter zu arbeiten begonnen hatte, die ich immer noch gemeinsam mit dieser leite. Wie alle guten Papasans hatte ich mir geschworen, niemals die Dienste unserer Angestellten in Anspruch zu nehmen, und es bis dahin auch nicht getan. Doch ich fühlte mich einsam ohne meinen Partner Pichai, der in Ausübung seiner Pflicht getötet worden war, und merkte nicht, wie offensichtlich mein Interesse an dem neuen Superstar sein musste. Mit ziemlicher Sicherheit wusste sie bereits vor mir um meine Gefühle. Wann kippt die Bewunderung eines Mannes für eine Frau in Besessenheit, die der Buddha so vehement kritisiert? Ich

18

weiß nur, dass Songkran war, das thailändische Neujahrsfest, die heißeste Zeit überhaupt. An jenem Songkran vor etwa vier Jahren vertraute ich dem Computer in meinem liebeskranken Zustand Proustsche Ergüsse an:

> Gestern Abend sah ich von der Tür zur Bar aus, wie sie mit einem Motorradtaxi in unserer Soi eintraf, bekleidet mit einem neuen, grellbunten Kleid, das das Wesen dieser schrecklichen Jahreszeit zu verkörpern schien, und mit einem arroganten Zurückwerfen ihrer dichten schwarzen Mähne, die sich seidig schimmernd über ihre zierlichen Schultern ergoss, stolz ins Bordell marschierte, in dem ich sie, nur sie, erwartete …

Oje. Jeder Mann in dem Zustand dürfte für das Objekt der Begierde sehr leicht zu durchschauen sein. Ich glaube, es war in der Nacht, in der ich diese Worte geschrieben hatte, so gegen zwei Uhr, als ich die Bar zuschließen wollte, in der nur noch sie sich aufhielt. Die Stereoanlage hatte ich bereits ausgeschaltet; die hässlichen Geräusche vor dem Zusperren – Flaschenklappern, Abfallraschel, Wasserplätschern in der Spüle – schienen von der Einsamkeit zu künden, unter der ich litt. Ich senkte den Blick, als sie auf dem Weg nach draußen an mir vorbeikam, doch sie legte sanft die Hand unter mein Kinn und hob meinen Kopf hoch, bis ich ihr in die Augen sehen musste. Mehr war nicht nötig. In unserer Begierde machten wir uns nicht die Mühe, in eins der Zimmer oben zu gehen.

»Du bist ein außergewöhnlicher Liebhaber«, flüsterte sie mir hinterher zu. Das sagen alle Nutten, und wie alle Freier wollte ich es glauben.

Heute erscheint mir die ganze Affäre von Anfang bis Ende klischeehaft, und das sage ich der FBI-Frau auch. Sie sieht mir nicht in die Augen, während ich die traurige Geschichte erzähle, die in engem Zusammenhang mit der Wildheit des Songkran-Festes stand, bei dem früher einmal heiliges Wasser sanft und liebevoll über Mönchen und angesehenen Älteren ausgegossen wurde; heutzutage hat der Farang es in Bangkok für sich vereinnahmt: Dreißig-, Vierzig- und Fünfzigjährige spritzen wie die Lausbuben Passanten aus riesigen Wasserpistolen an; angetrunken werden sie ziemlich aggressiv, bis sie sich schließlich mit ihren Plastikspielzeugen müde auf dem Gehsteig zusammenrollen. Alle, die die Bar an jenem Abend betraten, waren nass bis auf die Haut; die Klügeren hatten ihre Handys in wasserdichte Beutel gesteckt. Es regierte der Wahnsinn.

Ich nehme einen Schluck Bier. Die FBI-Frau und ich verfolgen die priapeische Bahn des Orion am Himmel.

»Erspar mir den Mittelteil und komm lieber gleich zum Ende«, sagt die FBI-Frau augenscheinlich emotionslos, aber mit rauer Stimme.

»Erlebt ihr Frauen die Leidenschaft jemals so extrem wie wir Männer?«

»Meinst du völlige psychische Auflösung, Auslöschung der Identität, Zerstörung des Ego, permanente Verunsicherung, egal, ob man gerade mit dem Objekt der Begierde im Bett liegt oder nicht? Klar.«

»Und wie endet das normalerweise?«

»Demjenigen, der mehr leidet, bleiben zwei Alternativen: den anderen umbringen oder sich verkrümeln, solang's möglich ist.« Ein hastiger Blick in meine Richtung. »Du als Cop weißt besser als die meisten Menschen, dass es keine schlimmere Gewalttätigkeit gibt als bei Paaren.«

Ihre scharfsinnige Farang-Analyse verblüfft mich. Ich hatte nicht erwartet, so schnell zum Höhepunkt des Abends zu kommen. Etwa zehn Minuten des Schweigens vergehen, bevor es mir gelingt zu sagen:

»Nach unserer ersten gemeinsamen Nacht hab ich ihr das Versprechen abgenommen, mit keinem Freier mehr zu schlafen. Sie sollte nur noch Drinks servieren und flirten; ihren Einnahmeverlust würde ich ausgleichen, egal, wie hoch er wäre. Ein klassischer

Fall von verrücktem Lover, der sich die Keuschheit seiner Geliebten erkaufen will. Sie hat ihren Teil der Abmachung ungefähr zehn Tage lang eingehalten, bis dieser durchtrainierte junge Engländer daherkam, mit dem sie sich einen Schwips antrank. Er zahlte ihre Auslöse und entführte sie vor meinen Augen nach oben.« Wieder eine lange Pause. »Es ist so, wie du sagst: Entweder man wird zum Mörder, oder man macht sich vom Acker. Ich hab meine Mutter gebeten, sich den Rest der Nacht um die Bar zu kümmern, und es den Mädchen überlassen, ihr zu erzählen, was passiert war. Dann hab ich mir eine zweiwöchige Auszeit auf Ko Samui gegönnt, und in der hat meine Mutter sie vor die Tür gesetzt.«

Kimberley schüttelt den Kopf. Ein mitfühlendes, aber auch etwas boshaftes Lächeln spielt um ihre Lippen. »Dann hat also deine Mama dich gerettet?«

Ich nicke. »Nicht nur sie allein. Als ich von Ko Samui zurückkam, hatte Chanya bei uns angefangen. Wer das Morbide kennt, weiß das Normale zu schätzen. Ich glaube nicht, dass Chanya mir ohne die Erfahrung mit Damrong so wichtig geworden wäre. Das Universum besteht aus Gegensätzen.«

Auf dem Rückweg zur Sukhumvit sagt die FBI-Frau im Taxi: »Wolltest du ihr in der Nacht, als sie vor deinen Augen mit dem Engländer nach oben verschwand, nach? Hättest du fast die Kontrolle verloren?«

»Ja. Meine Waffe steckte in ihrem Holster unter der Theke. Das war mir sehr bewusst.«

»Und die zwei Wochen auf Ko Samui hast du dann gegen Mordfantasien angekämpft?«

»Die ganze Zeit. Sie kamen in Schüben. Nur am Morgen war ich stark genug, mich dagegen zu wehren. Die restlichen Stunden hab ich mich mit Alkohol und Ganja betäubt.«

»Und sie? Warum hat sie das gemacht? War es nicht selbstzerstörerisch, sich mit ihrem Boss einzulassen?«

»Die wirklich Armen haben letztlich kein Ich, das sie zerstören könnten. Wenn sie irgendwie Macht erlangen, wissen sie genau, dass sie sie nur vorübergehend besitzen. Sie sind nicht geübt im Planen der Zukunft. Die wenigsten glauben überhaupt, eine zu haben.«

Die FBI-Frau wirkt nachdenklich. »Tatsächlich?«

»Für die Armen ist die Geburt das Grundübel, denn sie bringt einen Körper, der ernährt und gepflegt werden muss, und dazu den Fortpflanzungstrieb. Alles andere ist Kinderkram, auch der Tod.«

Kimberley seufzt. Sie denkt an die Damrong-DVD, das ist klar. »Ich hatte schon befürchtet, dass du so was sagen würdest.«

Als wir das Grand Britannia erreichen, fragt sie: »Sie hätte dir jede körperliche Perversion oder Erniedrigung erlaubt, um deine Seele in ihren Bann zu schlagen, stimmts?«

Ich schweige.

Nach einer Weile erkundigt sie sich: »Das Hobby von Dr. Supatra – ist das typisch Thai, oder gehe ich recht in der Annahme, dass sie zur Exzentrik neigt?«

Ich hüstle. »Alle Thais sind exzentrisch, Kimberley. Wir waren nie Kolonie, also haben wir kein rechtes Gefühl für globale Normen.«

»Du hast die Aufnahmen doch selber gesehen, oder?

Ich meine, das waren nicht bloß kopulierende Geister, sondern groteske Sachen mit Dämonen und Geschöpfen aus der Unterwelt. Ausgesprochen clever, aber auch ziemlich morbide.«

Ich zucke mit den Achseln. »Sie ist seit mehr als zwanzig Jahren Gerichtspathologin. Versuch, dir ihre Psyche vorzustellen.«

Die FBI-Frau nickt ob dieser im Hinblick auf ihre kulturellen Vorurteile einleuchtenden Erklärung. Allerdings scheint ein Gedanke sie weiter zu beschäftigen. »Sonchai, ich bekomme allmählich das Gefühl, dass in diesem Land endlos viele Realitätsschichten nebeneinander existieren. Bist du eigentlich ehrlich zu mir? Wenn das Zeug auf Dr. Supatras Laptop echt wäre, könnte sie doch weltberühmt sein. Bestimmt hätten sich National Geographic, Discovery Channel und Scientific American dafür interessiert, oder?«

Ich verkneife mir ein Lächeln bei dem Gedanken daran, Supatra im Mittelpunkt des öffentlichen Interesses zu erleben. »Dr. Supatra ist ein sehr zurückhaltender Mensch«, erkläre ich. »Ich glaube, sie würde lieber das Zeitliche segnen als sich dem Medienrummel aussetzen.«

Mittlerweile ist die FBI-Frau aus dem Taxi heraus, dessen Tür noch offen steht, und sie streckt den Kopf mit gerunzelter Stirn zu mir herein. »Heißt das, dass die Aufnahmen tatsächlich echt sind? Oder es sein könnten?«

»Nun, das hängt davon ab, was du unter ›echt‹ verstehst«, antworte ich und schließe sanft die Tür.

Auf dem Weg zurück zu Chanya lasse ich all die intensiven, leidenschaftlichen Momente mit Damrong vor meinem geistigen Auge Revue passieren. Ich glaube, es gab keinen Tag, an dem wir nicht mindestens dreimal miteinander schliefen: »Verrat mir deine Herzenswünsche, Sonchai, was dir Spaß macht. Stell mit mir Dinge an, die du noch nie mit einer Frau gewagt hast. Sonchai, mach mich zu deiner Sklavin, tu mir weh, wenn du möchtest. – Du darfst es, weißt du?«

Schwarz auf weiß mag das kitschig wirken, aber es steigt zu Kopf, wenn man es von einer Frau hört, die einen gedanklich und emotional in ihren Bann geschlagen hat.

Zu Hause wartet Chanya auf mich. Sie sieht sich gerade eine Seifenoper an (Magier, Geister und Skelette verleihen einem häuslichen Dramolett Würze) und begrüßt mich mit einem trägen Blinzeln sowie dem Gruß aller Leute vom Land: »Hast du schon was gegessen?«

»Ja, einen Happen.«

Nachdem ich sie geküsst habe, beginne ich, ihren Bauch zu streicheln. Wir witzeln gern, dass der Fötus eine Reinkarnation meines früheren Partners und Bruders im Geiste Pichai ist. – Aber letztlich begreifen wir das beide nicht als Scherz, denn seit Kurzem träumen wir fast nächtlich von ihm, und Chanya kann ihn genau beschreiben, obwohl sie ihn nie persönlich kennengelernt hat. Also frage ich: »Wie gehts Pichai?«

»Gut, er strampelt vor sich hin.« Sie sieht mir in die Augen. »Und?«

»Ich hab Kimberley die DVD gezeigt. Ihrer Meinung nach kann man die Augen des Täters biometrisch analysieren, das wäre dann so etwas wie ein Fingerabdruck. Heutzutage muss jeder Ausländer bei der Einreise in Thailand auf Drängen der Vereinigten Staaten ein digitalisiertes Passfoto einreichen. ›Freiheit und Demokratie‹ heißt das wohl. Früher oder später werden wir ihn erwischen.«

Sie legt mir die Hand auf die Stirn, um zu prüfen, ob ich Fieber habe. »Du hast dich noch nie so aufwühlen lassen von einem Fall. Liegts daran, dass ihr mal ein Paar wart?«

»Woran sonst?«

»Nun, vielleicht hats mit dem Ende von dem Film zu tun. Was meint Kimberley dazu?«

»Mit dem kommt sie auch nicht zurecht. War eine merkwürdige Stimmung beim Anschauen.«

»Sogar noch im Tod gelingt es dieser Frau, deine Welt auf den Kopf zu stellen.«

Ich brauche eine Weile, bis ich diese scharfsinnige Beobachtung verdaut habe. »Nicht nur die meine. Obwohl die FBI-Frau nun wirklich nicht naiv ist, hat sie einen Schock erlitten. Tja, das passiert wohl, wenn einem der Boden unter den Füßen weggezogen wird. Man wills nicht glauben, aber die Beweise sind überwältigend.«

Chanya ergreift meine Hand und legt sie tröstend auf ihren Bauch.

4

Ich habe mich natürlich schon in ihrer Wohnung umgesehen, in der ihre Leiche gefunden wurde, allerdings nur oberflächlich, weshalb ich gern noch eine gründlichere Durchsuchung vornehmen würde. Gestern hätte ich genug Zeit gehabt, aber da war leider Mittwoch, und mittwochs lässt man am besten die Finger von den Toten. Im Westen führen alle Straßen nach Rom; im Osten kann man jeden Aberglauben nach Indien zurückverfolgen. Unsere brahmanischen Lehrmeister haben uns genaue Instruktionen hinterlassen, unter anderem Farbempfehlungen für die unterschiedlichen Wochentage. Wenn in Thailand dienstags eine auffällige Häufung von Pinktönen festzustellen ist, dann liegt es daran. Normalerweise halte ich mich nicht an diese Tradition, aber nervös, wie ich jetzt bin, beuge auch ich mich ihr. Heute beispielsweise wähle ich bewusst Orange für Socken, Hemd und Taschentuch – sicher ist sicher.

Damrongs Apartment befindet sich in einem Wohnhaus der Mittelklasse an der Soi 23, nur einen Katzensprung von unserer Bar, dem Old Man's Club, entfernt, wo ich die vergangene Nacht verbracht habe. (Ja, ich gebs zu: Ich wollte Chanya und Pichai an einem Mittwochabend, wenn der schwarze Gott Rahu den Himmel beherrscht, kein Unglück bringen; falls Damrongs Geist sich auf mich stürzen würde, dachte ich, wäre es besser, mich diesem Angriff im Club zu stellen.)

Es ist später Vormittag, als ich die Bar für den Abend vorbereite; im Wesentlichen besteht meine Aufgabe darin, Bier und Höherprozentiges zu bestellen, zu überprüfen, ob das Putzpersonal ordentlich gearbeitet hat, und mich um den Buddha zu kümmern, eine Figur von etwa einem halben Meter Höhe, die auf einem Regal hoch über der Kasse thront. Der Buddha hat einen Mordsappetit auf Lotusgirlanden und lässt den Glücksstrom sofort versiegen, wenn ich vergesse, für Nachschub zu sorgen. Bevor ich mich in Richtung Damrongs Wohnung bewege, suche ich in einer Soi einen Straßenverkäufer mit Lotusgirlanden, Kreung Sangha Tan (Mönchskörbe voll hübscher Sachen wie Seife, Chips, Bananen, Zucker, Instantkaffee, die man erwirbt und für sein Lieblings-Wat spendet, um sich Verdienste zu erwerben), Glockenspielen, Bambusstühlen und Schnittblumen auf. Ich kaufe drei Girlanden, bringe sie in den Club, schmücke unseren gierigen kleinen Buddha damit und entzünde ein Räucherstäbchen, das ich pflichtschuldig zwischen den Händen halte, während ich ihn mit einem Wai bedenke, hoffend, dass ich genug getan habe, um den heutigen Tag unbeschadet zu überstehen.

Dann warte ich etwa eine halbe Stunde auf meine Mutter, bis diese in einem BMW mit getönten Scheiben eintrifft. Ihr Chauffeur lässt sie unmittelbar vor dem Club heraus und lenkt den Wagen dann auf einen Privatparkplatz in der Soi 23. In letzter Zeit ist sie ein bisschen fülliger geworden und trägt nun eher locker geschnittene, klassische Kleidung als knallenge schwarze Leggings und T-Shirts. Heute hat sie sich für einen langen Tweedrock mit dazu passendem Blazer (in donnerstäglichen Orangetönen) entschieden – hochklassige Klamotten, aber eindeutig für Damen mittleren Alters –, und für jede Menge Goldschmuck dazu. Sie ist der Inbegriff der konservativen Geschäftsfrau; man könnte sie gut und gern für eine Universitätsprofessorin halten. Ich begrüße sie mit einem Küsschen auf die Wange, während sie meine Versorgung des Buddha mit einem anerkennenden Nicken kommentiert, bevor sie sich an einen der Tische setzt und sich eine Marlboro anzündet.

»Der Club ist einfach zu altmodisch, Sonchai«, sagt sie mit einem Blick in Richtung der auf alt gemachten Jukebox mit ihren blinkenden Sternen sowie der Poster von Marilyn Monroe, Frank Sinatra, den Mamas & Papas, den Doors, den frühen Beatles und Stones. »Wir müssen was ändern, um attraktiver zu werden. Alle anderen Bars hat man renoviert, und im Fire House und Vixens tanzen die Mädchen nackt. Wir verlieren Kunden.«

Ich schüttle stirnrunzelnd den Kopf. Die Aussicht, auch hier bald nackt tanzende Mädchen auf der Bühne zu erleben, empfinde ich als einen Schritt auf die kalkulierte Ausbeutung zu. Meine Mutter, die meine Vorbehalte kennt, runzelt ihrerseits die Stirn.

»Die Zeiten ändern sich, Sonchai, und wir müssen uns anpassen. Die Bar ist eine wichtige Einnahmequelle für dich – von deinem Polizistengehalt allein könntest du nicht leben. Nimm endlich die rosa Brille ab. Neun von zehn Mädchen, die sich hier bewerben, *wollen* nackt tanzen, weil sie wissen, dass man so die Kunden fängt. Ein Mann, der sich nicht sicher ist, ob er bumsen, sich besaufen oder früh ins Bett gehen möchte, um seinen Jetlag loszukriegen, wird beim Anblick von Brustwarzen und Schamhaaren schwach. Der Westen erliegt seiner eigenen Heuchelei, und immer mehr Chinesen und Inder, die auf schnörkellose Action aus sind, suchen die Bars auf. Seien wir doch ehrlich: Die Mädchen sind zu arm, um sich Gedanken über Schicklichkeit zu machen.«

»Hast du denn keine Sorge, was aus uns wird, Chart Na?«

»Das nächste Leben bestimmt sich dadurch, wie großzügig wir in diesem sind und wie viel Mitgefühl wir zeigen, nicht dadurch, wie sehr wir uns den Mächten des Marktes unterwerfen.«

Ich weiß, dass sie recht hat, will aber im Augenblick nicht diskutieren, also reiche ich ihr die Schlüssel, sage ihr, wie viel Bier und Schnaps ich bestellt habe, und verabschiede mich wie ein artiger Sohn mit einem Küsschen von ihr. Erst draußen auf der Straße wird mir bewusst, wie mulmig mir ist vor dem zweiten Besuch in Damrongs Wohnung, und ich spiele mit dem Gedanken, meinen Assistenten Lek zu bitten, dass er mich begleitet. Doch am Ende unterdrücke ich dieses Gefühl und marschiere die Soi Cowboy entlang, wo gerade die mit Jeans und T-Shirts bekleideten Mädchen aus ihren Schlafräumen in den oberen Etagen auftauchen und sich hungrig über ihr Frühstück von den Ständen hermachen, die zu dieser Tageszeit die Straßen säumen.

An diesem Ende der Soi 23 befinden sich etliche Lokale, die sich am westlichen Geschmack orientieren, und zahlreiche Garküchen, die eher von Kunden mit einer Vorliebe für Isaan-Gerichte frequentiert werden; die meisten unserer Mädchen stammen aus dem armen Norden und gewöhnen sich nie an die Bangkoker Küche. Ein Stück weiter, hinter der indischen Botschaft, folgen hauptsächlich Wohnhäuser, manche davon im Hinblick auf die Soi-Klientel erbaut. Das, in dem sich Damrongs Apartment befindet, wirkt jedoch eher sauber und sachlich und beherbergt offenbar Einheimische mittleren Einkommens. Dem Thai-Geschmack entsprechend, hat man sich bei der Gestaltung der Wachmannuniformen viel Mühe gegeben: weiße Jacke, purpurrote Schärpe, türkische Pluderhose, weiße Strümpfe, Lackschuhe und eine hübsche Kappe. Aufgrund dieser dem Selbstbewusstsein förderlichen Eleganz lässt sich der Mann an der Tür nicht allzu sehr von meiner Polizeimarke beeindrucken und notiert gemächlich die Nummer, bevor er einen gleichermaßen herausgeputzten Kollegen ruft, der mich in den zwölften Stock begleiten soll. Im Aufzug erklärt mir der Wachmann, warum die Wohnungstür einige Tage zuvor gewaltsam geöffnet wurde: Immer neue Männer, hauptsächlich Farang und Japaner, hatten sich an der Rezeption besorgt darüber geäußert, dass sie sie nicht erreichen könnten. Und normalerweise verschmähte sie solche geschäftlichen Gelegenheiten nicht.

Der Mann lässt mich mit einer Schlüsselkarte in die Wohnung, tritt aber selbst nicht ein. Es ist ihm nicht peinlich, seine Geisterphobie zu gestehen; vielmehr bedenkt er mich mit einem merkwürdigen Blick – liegt es an meinem Farang-Erbe, dass ich bereit bin, ganz allein über die Schwelle zu treten?

Sobald sich die Tür hinter mir schließt, empfinde ich das gleiche Gefühl der Trostlosigkeit, das sich bei meinem letzten Besuch einstellte. Natürlich war ich oft hier, als die Leidenschaft noch die Macht besaß, die weißen Wände rosig zu färben. Doch selbst in solchen Momenten fiel mir die Kargheit der Wohnung auf. Alle Prostituierten, die ich kenne, besitzen mindestens ein Kuscheltier – nur nicht Damrong. Und es findet sich auch kein einziges Foto von ihr in dem Apartment, was erstaunlich ist bei einer so schönen Frau.

Sie lag nackt auf ihrem Bett, mit einem leuchtend orangefarbenen, etwa einen Zentimeter dicken, tief in ihrem Nacken vergrabenen Seil; ich muss all meinen Mut zusammennehmen, um das Schlafzimmer zu betreten.

Erinnerungssplitter an wilden, hemmungslosen Sex wirbeln durch mein Gehirn; sie stehen in deutlichem Kontrast zu dem sterilen weißen Raum. Damrong war sehr reinlich und mochte den Schweiß und den Geruch des Sex letztlich nur dann, wenn sie sich darin verlor. An der gegenüberliegenden Wand hängt noch immer das Foto eines großen, angreifenden Elefantenbullen; dies ist das einzige Bild in der ganzen Wohnung. Als ich sie einmal nach dem Sex fragte, warum es sich an der Wand befinde, antwortete sie lachend und mit unverhohlenem Sarkasmus, das Tier erinnere sie an mich.

Ihre Grausamkeit fehlt mir nicht, aber dass es diesen unbeugsamen Geist nicht mehr gibt, ist ein Verlust für die Welt. Das leuchtend weiße Kissen liegt auf dem leuchtend weißen Laken, das zurückgeschlagen aussieht wie ein Verband. Sie liebte harte Betten, was bedeutete, dass die Matratze sofort nach dem Entfernen der Leiche wieder ihre ursprüngliche Form annahm. Keine Blumen, keine Tapete, kein Schmutz, kein Leben. »Der Hinweis liegt darin, dass es keine Hinweise gibt«, murmle ich, einer Zen-Anwandlung nachgebend, aber letztlich hat der Satz sogar seine Richtigkeit. Die Küche präsentiert sich noch makelloser als das Schlafzimmer. Als ich eine Schublade herausziehe, fällt mir ein, dass sie, die so viele Männer hier empfing, von allem nur ein Exemplar besaß: einen Löffel, eine Gabel, ein Paar Essstäbchen. Trotzdem war sie nicht geizig. Untypisch für eine Thai, zahlte sie ihre Mahlzeiten selbst, wenn wir ausgingen. Sie gab mir das Gefühl, mehr Geld zu haben als ich; ziemlich oft kam ich mir vor wie die Nutte.

Bei der Untersuchung des Türschlosses kann ich keine Spuren von Gewalteinwirkung entdecken. Als die Mörder die Leiche hierherbrachten – dazu war bestimmt mehr als eine Person nötig, benutzten sie offenbar Damrongs Schlüsselkarte. Aber wie gingen sie vor? Rollten sie sie in einen Teppich, oder schleiften sie sie aufrecht mit wie eine Betrunkene? Offenbar wurde mindestens einer der hübsch gekleideten Wachleute bestochen, damit er nicht so genau hinsah und auch bei der späteren Vernehmung stumm bleiben würde. Nein, das ist nicht der Tatort; ihre Leiche wurde zur Irreführung der Polizei hier deponiert. Ich schließe die Wohnungstür hinter mir, froh darüber, dass ich es geschafft habe, den Kontakt mit ihrem Geist zu vermeiden.

Der nächste Schritt ist ein Besuch bei Damrongs Familie. Sie stammte aus Isakit, dem ärmsten Teil der ärmsten Region Thailands im Nordosten, Isaan. Ich selbst bin nicht bereit für die Reise, aber die Pflicht gebietet, einen örtlichen Polizisten mit diesem Auftrag zu betrauen. Also weise ich die Vermittlung an, die Damrongs Heimatdorf nächstgelegene Polizeistation ausfindig zu machen. Nach einer Weile meldet sich am anderen Ende der Leitung eine schroffe ländliche Stimme. Der Mann weiß, dass ich von Bangkok aus anrufe, redet aber im örtlichen Dialekt, einer Unterart des Khmer, sodass ich ihn bitten muss, ins Thai zu übersetzen, doch darum drückt er sich elegant. Irgendwann gelingt es mir, ihm das Versprechen abzuringen, dass er einen Beamten zu Damrongs Mutter schickt. Laut Akten starb ihr Vater, als sie ein Teenager war. Sie hat einen jüngeren Bruder, der, soweit ich weiß, noch lebt. Eine Überprüfung der Datenbank ergibt, dass er vor zehn Jahren wegen Besitzes von und Handels mit Yaa Baa, das heißt Methamphetaminen, verurteilt wurde.

Wenn ich nichts über Damrongs Familiengeschichte wüsste, käme ich vielleicht auf die Idee, ihre Mutter zu einem Gespräch nach Bangkok einzuladen, doch während unserer kurzen Affäre erzählte Damrong mir etwas über sie, das ein solches Vorgehen unmöglich macht. Also beschließe ich, meine Ermittlungen mithilfe der Regierungsdatenbank fortzuführen, wofür ich die Genehmigung von

Colonel Vikorn, dem Chef von District 8, einholen muss. Bislang habe ich ihn nur in groben Zügen über den Fall informiert, aber heute Morgen werde ich mich mit ihm treffen, denn donnerstags pflegen der Colonel und ich ein seltsames Ritual.

Nennen wir es eine Folge der Globalisierung. Wie bei vielen Thais (etwa dreiundsechzig Millionen, die paar Freaks wie ich nicht mitgezählt) war auch Colonel Vikorns Interesse an der westlichen Kultur früher, gelinde gesagt, ziemlich mau. Mit den Jahren jedoch, als er älter wurde und sein Methamphetamin-Kerngeschäft ihm immer lukrativere Exportverträge erschloss, wollte er mehr über seine Kunden erfahren und beauftragte mich, ihn über wichtige Tendenzen in Europa und den Vereinigten Staaten auf dem Laufenden zu halten, vor allem über die Preisentwicklung bei Yaa Baa im Straßenhandel der Großstädte. Irgendwann bestand meine Existenzberechtigung fast nur noch darin, das aufzuspüren, was die *New York Times* zu den Themen »Methamphetamine, Drogenbehörde, Drogenmissbrauch, Pornoindustrie« bot. Der Punkt »Porno« war dabei ursprünglich lediglich als Abwechslung zu den herzergreifenden Geschichten über die Kriminalisierung von drogensüchtigen Familien gedacht, die sich sonst durch Alkohol an den Rand des Abgrunds gebracht hätten. Nach einer Weile jedoch entwickelte Vikorn eine gewisse Faszination für die Pornografie. Er wollte immer mehr erfahren, und seit Kurzem ist er ganz wild darauf. Vor ein paar Tagen habe ich zufällig einen grandiosen Artikel im Archiv der *New York Times* gefunden. Ich weiß, dass Vikorn sich nicht sonderlich für den Fall Damrong interessiert, also muss ich ihn mit diesem Bericht auf die falsche Fährte locken.

»Hören Sie sich das an«, sage ich und fasse den Inhalt des Artikels kurz für ihn zusammen.

Der Colonel ist so begeistert, dass ich ihm den Text Wort für Wort übersetzen muss. Darin geht es um die Entwicklung der Pornografie innerhalb eines Jahrzehnts, in dem sie sich von einer anrüchigen Millionen-Dollar-Branche zu einer gewaltigen und folglich angesehenen Milliarden-Dollar-Industrie gemausert hat, vom Schmuddelpostkartenhandel über Videotheken und Postversand zu Downloads aus dem Internet. (Allein im Jahr 2000 wurden in den Staaten siebenhundert Millionen Hardcore-Porno-Videos oder -DVDs ausgeliehen – das sind genau zweieinhalb Filme pro US-Bürger, in denen im Schnitt zwei oder mehr Penisse eine entsprechende Anzahl von Mündern oder Vaginas penetrieren, was bedeutet, dass der Durchschnittsamerikaner 2000, als der Artikel erschien, mittelbar an nicht weniger als fünf Orgien teilnahm. Angeblich hat sich die Zahl seitdem mehr als verdoppelt. Und dabei sind noch nicht einmal die Statistiken für homosexuelle Pornografie berücksichtigt.) Mit anderen Worten: Auch konservative Unternehmen konnten sich dem Investitionsanreiz der Pornografie nicht mehr entziehen. Ähnlich wie die Internet-Wetten überdauerte sie im Wesentlichen das Zerplatzen der Dotcom-Blase, was beweist, dass ein Engagement in diesem Bereich praktisch nur Erfolg bringen kann.

Als ich mit meiner Übersetzung fertig bin, strafft Vikorn, sonst ein eher ziemlich lässiger sechzigjähriger Zyniker, die Schultern. Ihm scheint etwas Wesentliches aufgegangen zu sein. Plötzlich sieht er zehn Jahre jünger aus.

»Lies mir noch mal die Zahlen vor«, weist er mich an und fügt anerkennend hinzu: »Erstaunlich. Farangs sind ja noch durchtriebener als thailändische Polizisten. Soll das heißen, dass diese heuchlerischen westlichen Fernsehjournalisten, die sich immer so schrecklich über unsere Bordelle aufregen, den größten Teil ihres Lebens in Fünf-Sterne-Hotels verbringen, wo sie sich Pornos im Pay-TV ansehen?«

»Tja, die westliche Kultur basiert nun mal auf Heuchelei«, erkläre ich.

Doch Gangster von Vikorns Kaliber besitzen die Begabung, Gelegenheiten zu erkennen, wo gewöhnliche Sterbliche nur Dunkelheit sehen. Er schüttelt den Kopf, als wäre ich ein armer Trottel, der nicht in der Lage ist, einen Tausender aufzuheben, der vor ihm auf dem Boden liegt.

»Nein, auf Masturbation«, korrigiert er mich, reibt sich die Hände und nimmt die Pose eines Landschulmeisters ein. »Tja, worauf warten wir noch? Lass uns einen Film drehen.«

»Keine Chance. Das begreifen Sie nicht. In amerikanischen Pornos wimmelts vielleicht von Silikontitten und Lippenstift auf Schwänzen, die meisten Frauen haben Pickel auf dem Arsch, und die Schauspieler sind möglicherweise noch schlechter als die unseren« – ja, ich gebe zu, dass ich selbst hin und wieder in amerikanische Produktionen hineinschaue, genau wie du, Farang, oder? –, »aber die künstlerische Gestaltung ist erstklassig. Die Kameraleute wollten für gewöhnlich früher richtungweisende Arthouse-Filme machen. Sie benutzen Weitwinkel, Zoom, Schwenks, Überblendtechnik, Zeitlupe und Großaufnahmen von Körperteilen, wie man sie selber noch nicht gesehen hat. Das sind Vollblutprofis. Mr und Mrs Wichs aus Utah kaufen keine billigen Streifen, die irgendwo in einem Hinterzimmer an der Soi 26 mit 'ner Handycam gedreht wurden. Die sind Besseres gewohnt.«

Mein Herr und Meister reibt sich das Kinn, während er mich fragend mustert. »Was ist ein Arthouse-Film?«

Ich kratze mich am Kopf. »Das weiß ich auch nicht so genau. Ein Fachausdruck aus der Branche. Wahrscheinlich ein Film, der sich verkaufen soll, indem er vorgibt, nicht kommerziell zu sein.«

»Woher kenne ich denn diesen Satz?«

Ich will seine Frage gerade beantworten, als mir klar wird, wie weit voraus der Colonel mir wieder einmal ist. Wir wechseln einen Blick.

»Yammy«, sage ich. »Aber der wartet im Gefängnis auf sein Verfahren, bei dem er zum Tod verurteilt wird, dafür wollen Sie doch sorgen.«

Vikorn hebt Hände und Schultern. »Was bedeutet, dass jetzt der beste Augenblick wäre, ihm einen Deal anzubieten, oder?«

Resigniert akzeptiere ich, dass ich jede Möglichkeit verspielt habe, heute im Fall Damrong weiterzukommen. Sorry, Farang, ich fürchte, ich muss abschweifen.

5

Als der in diesem Fall zuständige Beamte habe ich die gesamte Yammy-Akte im Kopf. Auf der Taxifahrt nach Lard Yao gehe ich gedanklich die Fakten durch.

Yammy stammt aus einer Familie der unteren Mittelschicht in Sendai; sein Vater war Salaryman für Sony, seine Mutter eine traditionelle japanische Hausfrau, die höllisch gute Walfischsteaks mit Seetang kochte. In jungen Jahren wurde Yammy stark geprägt von den Sony-Kameraprototypen, die sein Vater mit nach Hause brachte. Schon kurz nach dem Gehen lernte er den Umgang damit, meisterte dafür aber nie wirklich die Kunst der verbalen Kommunikation. In einer introvertierten Kultur wie der japanischen spielte das keine große Rolle, aber leider beherrschte er auch den geschriebenen Ausdruck nicht sonderlich gut. Doch egal: Sein Vater, der sich der deprimierenden Folgen eines angepassten Lebens nur zu bewusst war, erkannte etwas Geniales im Unvermögen seines Sohnes. Unter großen Opfern brach die Familie ihre Zelte ab und zog nach Los Angeles um, wo Yammys Mangel an schulischer Bildung nicht weiter auffiel und sein Vater ihn so bald wie möglich auf die Filmhochschule schickte. Alles lief gut bis zu einem Ausflug nach San Francisco, wo Yamahato senior als erster Tourist seit zwei Jahrzehnten von einer Straßenbahn überrollt wurde. Yammys Mutter investierte das Geld von der Lebensversicherung in die weitere Ausbildung ihres Sohnes, weigerte sich aber, noch eine Minute länger in Amerika zu bleiben. Auch ohne seine Mutter und ihre köstlichen Seetang-Walfischsteaks gelang es Yammy dank seiner fotografischen Begabung bald, sich als Kameramann in Hollywood einen Namen zu machen.

»Super«, lobte sein Lieblingsregisseur ihn. »Du besitzt diesen asiatischen Blick fürs Detail, dein Ego behindert die geschäftliche

Seite nicht, und du hast ein Gefühl für künstlerische Perfektion. Du wirsts noch zu was bringen in der Werbung.«

»Ich will aber nicht in die Werbung«, erwiderte Yammy. »Ich möchte einen Spielfilm drehen.«

Der Regisseur, der früher – wie der erste, zweite und dritte Kameramann, der Oberbeleuchter, der Tontechniker und der Kabelhelfer – ebenfalls Spielfilme hatte machen wollen, schüttelte traurig den Kopf. »Tja, das ist nicht so einfach, Junge«, erklärte er. »Und sonderlich viel mit Talent hat es auch nicht zu tun.«

Das wusste Yammy bereits. Würden die Studios Jahr für Jahr den gleichen Schrott produzieren, wenn Talent wichtig wäre? Nun, manchmal gelang sogar in Hollywood etwas richtig gut, aber Yammy interessierte der amerikanische Markt nicht; er wollte nach Japan zurückkehren, sobald er seine Fähigkeiten perfektioniert hätte. Seine Vorbilder waren Akira Kurosawa, Teinosuke Kinugasa, Sergei Eisenstein, Vittorio De Sica, Ingmar Bergman und Luis Buñuel – Kinogenies, von denen die meisten Leute in Hollywood noch nie etwas gehört hatten, nicht einmal auf der Filmhochschule. Und Yammy ahnte, dass seinem Erfolg in Kalifornien ein weiteres, vermutlich unüberwindliches Hindernis im Weg stand. Schließlich drehten er und sein Team zu der Zeit gerade in Kolumbien einen Werbespot für Parfüm, den man genauso billig und sehr viel einfacher auf einem Berg in Colorado hätte machen können. Wie Yammy es in einem Fax an einen Freund in Sendai ausdrückte: »Erstens schnupfe ich kein Kokain, zweitens nehme ich kein Koks, drittens ist mir Schnee schnuppe. Alle hier halten mich für einen FBI-Spitzel.«

Jeden Abend nach Abschluss der Dreharbeiten absolvierten er und sein Regisseur das gleiche Gesprächsritual, während dieser ziemlich lange Linien weißen Pulvers auf einer Marmortischfläche arrangierte.

»Es ist eine Geldfrage«, erklärte der Regisseur. »Für einen unabhängigen Kunstfilm braucht man potente Investoren, denen es nichts ausmacht, auch mal ein paar Millionen Dollar in den

Sand zu setzen. Kennst du jemanden, auf den diese Beschreibung zutrifft?«

»Ja«, antwortete Yammy.

»Dealer«, sagte der Regisseur, hielt sich ein Nasenloch mit dem Zeigefinger zu und beugte sich über den Tisch. »Weißt du, wer die Dealer in der Hand hat?«

»Ja«, sagte Yammy.

»Weißt du auch, wer die Mafia in L. A. in der Hand hat?«

»Die Drogenbehörde«, antwortete Yammy.

Als sie wieder in Kalifornien waren, beschloss der Regisseur, dem talentierten jungen Japaner seine große Chance zu geben. Die Party fand auf einem abgelegenen Anwesen irgendwo in der Wüste statt, das alle wichtigen Filmleute kannten. Yammy erinnert sich noch heute an Männer und Frauen, die mit suppentellergroßen Augen einen weißen Berg in der Mitte des Bankettischs anstarrten. Fast nackte Mädchen und Jungen und Dutzende von Schlafzimmern standen zur Verfügung, aber die meisten Gäste konnten sich nicht von dem weißen Berg losreißen. Bereits nach fünf Minuten rannten alle außer Yammy, ohne mit der Wimper zu zucken, gegen Möbelstücke und redeten Unsinn.

»Über den Leiter der Drogenbehörde in L. A. brauchst du dir keine Gedanken zu machen«, meinte der Regisseur, der sich Yammy mit unsicheren Schritten von hinten näherte. »Der muss ja irgendwoher erfahren, wen er in Kolumbien und Bolivien ausschalten soll, und von wem tut er das wohl, wenn nicht von der Mafia in L. A., die den Stoff in rauen Mengen kauft? Wenn er die auffliegen lässt, verliert er seine Informationsquelle. Deswegen ist der Boss heute hier.« Vermutlich hatte der Regisseur das Gefühl, diskret zu nicken, als er wie ein wiehrendes Pferd den Kopf in Richtung eines klein gewachsenen, korpulenten Mannes auf der anderen Seite des Tischs schüttelte, der sich gerade eine Handvoll von dem weißen Berg holte. »Das ist Freiheit.«

Am nächsten Tag kam Yammy deprimiert, weil er die Chance zur Karriereförderung bei der Koksorgie nicht genutzt hatte, zu dem Schluss, dass er einfach nicht das nötige Zeug zum Erfolg in L. A. hatte, und packte seine Siebensachen. Wieder daheim bei Mama in Sendai, rief er seinen einzigen Freund in der Tokioter Filmindustrie an, dem es gelungen war, einen Film über einen psychotischen Piercer und Massenmörder zu drehen, der am Ende für seinen Hamster sein Leben lässt. Der Streifen floppte, aber was machte das schon? Immerhin hatte er einen Kunstfilm in seinem ansonsten sinnlosen Leben zustande gebracht. Yammy besuchte ihn im Tokioter Stadtteil Shinbashi.

»Hör zu«, meinte sein Kumpel nach fünf Flaschen Sake, »heutzutage gibts nur eine Möglichkeit, einen guten Film zu machen, und die sieht so aus: Such dir einen Investor …«

Yammy fiel es nicht schwer, den Satz zu Ende zu führen.

Nun, Farang, den Rest kannst du dir wahrscheinlich denken, obwohl alles sich in japanischer Zeit abspielte, was bedeutete, dass der gute Yammy fast ein Jahrzehnt lang in eine alkoholbedingte Depression verfiel, bevor er sich dem Unvermeidlichen beugte. Beinahe wäre es ihm sogar gelungen, ein florierendes Unternehmen aufzubauen, aber wie viele Anfänger in meinem Land machte er den fatalen Fehler, von der Armee, nicht von der Polizei zu kaufen. Und noch schlimmer: Er erwarb seine bescheidenen zehn Kilo Heroin von Vikorns Erzfeind General Zinna, weshalb Vikorn ihn auffliegen ließ und seine Jungs anwies, hieb- und stichfeste Beweise gegen ihn zusammenzutragen, sodass Yammy mit Sicherheit eine tödliche Injektion bekommen würde. (Seit letztem Jahr orientieren wir uns an der gängigen Mode in der Exekutionsindustrie; wir sind von der Kugel auf die Spritze umgestiegen. Warum, weiß Buddha allein, denn den tödlichen Schuss hat bestimmt nie jemand wirklich mitgekriegt. Das ist weniger eine Frage der Menschlichkeit als der modernen Zimperlichkeit. Mir persönlich wäre heißes Blei im Hirn allemal lieber als eine chemische Einschläferung. Und dir, Farang?)

Was heißt, dass die Lage für Yammy bis vor fünf Minuten alles andere als rosig war. Hier ein Bericht von meinem heroischen Besuch in seiner Zelle in Lard Yao (unserer größten Haftanstalt; sie fasst neuntausend Gefangene und wurde von den Japanern im Zweiten Weltkrieg als Konzentrationslager eingerichtet):

Stellen Sie sich eine lange, heiße Fahrt ins tropische Nichts vor. Plötzlich kündet der durchaus angenehme Anblick üppiger Vegetation vom Beginn des weitläufigen Haftanstaltgeländes. Aber halt: Woher kommt dieser infernalische Gestank? Ach ja, das ist der Behälter, in dem renitente Gefangene stunden-, manchmal auch tagelang bis zum Hals in der Gülle stehen müssen. Kein sonderlich schöner Ort zum Ertrinken. Während ich mir die Nase zuhalte, werde ich von Wachleuten mit undurchdringlicher Miene abgetastet und in den Besucherraum gebracht, wo ich auf einer einfachen Holzbank Platz nehme. Nach einer Weile führt man Yammy in Handschellen und Fußeisen herein, einen schlanken, ziemlich attraktiven Japaner Mitte vierzig mit hoher Stirn und dem mürrisch-entschlossenen Gesichtsausdruck des wahren Künstlers in einer Zeit, in der wahre Kunst als kulturell indiskutabel gilt. Für ihn gibt es keine Sitzgelegenheit. Ich freue mich sehr, ihm ausgesprochen positive Nachrichten bringen zu können, und habe das Gefühl, dass ich im Augenblick auf gutem Fuß mit dem Buddha stehe, weil er mich für die Rettung Yammys ausersehen hat. Vermutlich können Sie sich denken, wie konsterniert ich bin, als dieser nach meiner Erläuterung von Vikorns unwiderstehlichem Geschäftsplan einfach Nein sagt.

»Yamahatosan«, erwidere ich, »vielleicht habe ich mich nicht klar genug ausgedrückt. In ein paar Wochen wird Ihr Fall vor Gericht verhandelt. Es ist egal, ob Sie gestehen oder nicht – die Beweise sind eindeutig. Und selbst wenn sie es nicht wären: Vikorn weiß, wie man eine Verurteilung durchboxt. Sie werden zum Tod verurteilt, und während der üblichen paar Jahre des Wartens darauf müssen Sie sich von einsitzenden Farangs vergewaltigen und von den Thais als Paria behandeln lassen, die Ihnen frische Kakerlaken verwehren, Ihre einzige Proteinquelle im Knast. Wahrscheinlich sind Sie todkrank, wenn man Sie endlich auf die Pritsche schnallt und Ihnen die Nadel – «

»Hören Sie auf!«, ruft Yammy aus. »Sie können mir keine Angst einjagen. Ich werd mich selbst umbringen.« Er fährt sich mit dem linken Daumen über den Bauch wie mit einem Samurai-Schwert. »Das Messer hab ich schon.«

»Yamahatosan«, erwidere ich, »das ist unnötig. Ich bin hier, um Sie rauszuholen.«

»Ich möchte aber nicht raus. Was für einen Unterschied würde das machen? Ihr Thais habt doch keine Ahnung von Ehre. Ich hätte sowieso Selbstmord begangen, wenn es mir nicht gelungen wäre, einen Spielfilm zu drehen. Und was bin ich, wenn ihr mich rauslasst?«

»Ein gut bezahlter Pornofilmer.«

»Ich will kein verdammter Pornofilmer sein. Ich bin Künstler.«

Verblüfft, verwirrt, verzweifelt – aber auch beeindruckt – hole ich das Handy aus der Tasche, um den Colonel anzurufen.

»Tja, dann soll er halt Künstler sein«, meint Vikorn. »Meinetwegen kann er zehn Kameras gleichzeitig verwenden, bei der Fellatio die Mondlandung zwischenschneiden und sich Blumen und Drucke ins Atelier stellen. Ich lasse ihm künstlerisch absolut freie Hand, solang er die Aufnahmen von den Mösen richtig hinkriegt und sich das Zeug in Amerika und Europa verkauft.«

Das alles übersetze ich für Yammy, dessen düstere Miene sich allmählich aufhellt. »Na schön, ich denk drüber nach.«

»Hier, nehmen Sie mein Handy«, sage ich mit engelsgleicher Geduld. »Sobald Sie sich entschieden haben, unser bescheidenes Angebot gnädigerweise anzunehmen, drücken Sie bitte auf diesen Kurzwahlknopf, dann werden Sie direkt mit Colonel Vikorn verbunden.«

Im Taxi borge ich mir das Handy des Fahrers, um Vikorn anzurufen, der wettet, dass Yammy sich innerhalb der nächsten fünf Minuten melden wird. Ich setze die gleiche Summe darauf, dass der sture suizidale Japaner Vikorns Nummer nicht wählt, bevor ich im Revier bin.

Vikorn und ich warten ziemlich verwundert bis nach neun Uhr abends, als endlich das Telefon klingelt. Vikorn reicht mir den Hörer, weil Yammy kein Thai spricht.

»Ich behalte mir das Recht auf eine eigene Handlung vor. Die meisten Pornofilme haben stupide Plots. Ich möchte eine richtige Geschichte.«

Vikorn nickt gottergeben, als ich mit der Übersetzung fertig bin.

6

Vergangene Nacht hat Damrong mich heimgesucht. Wahrscheinlich wusste ich, dass sie das tun würde, egal, welche Farbe mein Pyjama hätte oder wie oft ich den Buddha in unserem kleinen selbst gemachten Schrein mit den bunten Lichtern – Chanyas Idee – mit einem Wai begrüßte. Ich war mir ihrer Gegenwart im Bett genauso bewusst wie der von Chanyas Bauch und meiner eigenen Abwesenheit aus meinem Körper. Der Zwang zur Heimlichtuerei verstärkte meine Lust noch. »Wir dürfen Chanya nicht aufwecken«, versuchte ich zu sagen, als Damrongs Mund sich auf mein bebendes Glied herabsenkte. Befreit von Zeit und Raum, konnte sie eine Vielfalt von Bildern heraufbeschwören: nackt; halb nackt; mit schwarzem Ballkleid und Silberschmuck; oben ohne in eng sitzenden Jeans, die langen schwarzen Haare über ihren Brüsten; in der Pose völliger Unterwerfung; in der Pose völliger Dominanz. Ihrer überwältigenden sexuellen Kraft gelang es noch aus dem Jenseits, meine Hormone in Wallung zu bringen. Ein Wort an die Männer: Von einem Geist gefickt zu werden, lässt sich mit keiner anderen erotischen Erfahrung vergleichen. Als sie mit mir fertig war, ging ich hinunter in den Hof, um meinen fiebrig heißen Körper mit kaltem Wasser abzuspritzen. Zum Glück schlief Chanya nach wie vor tief und fest, als ich zu ihr ins Bett zurückschlüpfte.

Aber zurück zu unserem Fall. Mithilfe von Colonel Vikorns Passwort dringe ich in die tieferen Schichten der nationalen Datenbank ein. Als ich Damrongs ID-Nummer eingebe, stoße ich auf einen seltsamen Familiennamen: เบ็เคอ. Ich brauche eine Weile, bis mir klar wird, wie er lautet: Baker. Weitere Nachforschungen verraten mir, dass ihr Thai-Name Tarasorn war und es sich bei ihren Eltern um kambodschanische Flüchtlinge handelte. Vor etwas mehr als fünf Jahren heiratete sie einen Amerikaner namens Daniel Baker und zog mit ihm in die Vereinigten Staaten, von wo sie vor ungefähr zwei Jahren zurückkehrte. Offizielle Dokumente unterzeichnete sie nach wie vor mit »Mrs Damrong Baker«, und dieser Name wird auch auf ihrer Sterbeurkunde stehen.

Über die Datenbank erfahre ich Mr Daniel Bakers amerikanische Social-Security- und Passnummer. Ich bitte die Leute von der Einwanderungsbehörde herauszufinden, ob Baker in letzter Zeit in Thailand gewesen ist. Man kann nie wissen. Dann rufe ich Kimberley im Grand Britannia an, um ihr Bakers Social-Security-Nummer durchzugeben.

Bereits eine halbe Stunde später ruft sie mich aufgeregt zurück.

»Dan Baker wurde wegen Zuhälterei verurteilt.«

»Wegen Zuhälterei?«, frage ich erstaunt. »Nicht im Zusammenhang mit illegalen Pornovideos?«

»Nein, aber heutzutage besteht kein allzu großer Unterschied mehr zwischen den beiden Sachverhalten, zumindest nicht in den Vereinigten Staaten.«

»Und?«

»Sie kriegte eine Anzeige wegen Führung eines Bordells in Fort Lauderdale, Florida. Sie gestanden beide; ihm hat man zwölf Monate plus ein Jahr Bewährung aufgebrummt, ihr sechs, aber sie wurde abgeschoben.«

»Wann?«

»Vor etwas mehr als vier Jahren.«

Kurzes Schweigen, bevor Kimberley fortfährt: »Vermutlich hat sie gleich hinterher bei euch zu arbeiten angefangen.«

»Ja. Wir hatten gleich den Eindruck, dass sie für den Club eigentlich zu gut ist. Wahrscheinlich wollte sie uns bloß als Basis für ihre Neuorientierung in Bangkok nutzen. Nach Amerika müssen wir eine ziemliche Enttäuschung für sie gewesen sein.«

»Wer weiß. In den Staaten ist das Leben für Prostituierte auch nicht die reine Freude.«

»Noch was?«

»Ich bleib dran. Irgendwie kommt mir der Fall bekannt vor. Ich glaube, er ging damals durch die Presse, weil auch ein paar Leute aus der Stadtverwaltung verwickelt waren.«

Mrs Damrong Baker: Die Disharmonie des Namens verrät alles. Ich muss noch fünfmal bei der Einwanderungsbehörde anrufen, bis die Typen dort ihren Arsch hochkriegen und Dan Bakers Passnummer in ihrer Datenbank abfragen. Endlich klingelt mein Telefon.

»Er ist hier in Bangkok.«

»Als Tourist?«

»Nein. Er hat eine Arbeitserlaubnis als Englischlehrer sowie eine jährlich erneuerbare Aufenthaltsgenehmigung und muss sich alle drei Monate zur Bestätigung seiner Adresse melden.«

»Und die wäre?«

»Sukhumvit Soi 26.«

Ich rufe meinen Assistenten Lek an. Während ich auf ihn warte, trete ich ans Fenster, um hinunterzuschauen. Der junge Mönch, ich nenne ihn mittlerweile den »Internetmönch«, überquert die Straße in Richtung Café. Als ich seine leuchtend safranfarbene Robe darin verschwinden sehe, taucht Lek auf. Wir nehmen ein Taxi. »Ich möchte herausfinden, ob er lügt oder ehrlich ist«, sage ich. »Beobachte ihn bei seinen Antworten.«

Alle Bangkoker Taxifahrer stehen mit dem Geisterreich im Bunde, aber dieser hier hat die Meisterschaft erreicht. Girlanden zu Ehren der Reisegöttin Mae Yanang hängen mit einem ganzen Bündel Amuletten am Rückspiegel und verdecken den mittleren Teil der Außenwelt. Vielleicht sollte ich erklären, dass es zwei Methoden gibt, dem Tod auf unseren Straßen zu entkommen: Pop Pong und Pop Gun. Zu Pop Gun gehören die langweiligen Sachen wie Sicherheitsgurt und Beachtung der Tempovorgaben; wir Thais halten im Allgemeinen jedoch mehr von Pop Pong, bei dem es um den heiligen Schutz der Geister geht. Richtig angewandt, schützt Pop Pong nicht nur das eigene Leben, sondern straft auch diejenigen hart, die es bedrohen. Der Fahrer erzählt gerade von einem Rowdy, der ihn in der vergangenen Woche schnitt und fünf Minuten später von einem Zementlaster platt gewalzt wurde. »Was für eine Sauerei«, sagt er mit einem schadenfrohen Zwinkern und deutet nach oben.

»Tot?«, fragt Lek fasziniert.

»Klar.«

»Hatte er denn keinen Talisman?«

»Doch, sogar ein *salika* unter der Haut. Ist das zu fassen?«

»Und er ist trotzdem gestorben?«

Unser Fahrer deutet noch einmal himmelwärts. »Unfälle passieren nicht einfach. Ihr Ursprung liegt in der Vergangenheit.« Er führt mit dem Daumen eine Bewegung nach hinten aus, um das Konzept »Vergangenheit« zu illustrieren. »Gam«, sagt er, Karma.

Lek und ich blicken nach oben, zu einer Art astrologischem Schaubild an der Wagendecke, das offenbar das Glück beschwören sowie Schutz vor Krankheiten und der Verkehrspolizei bieten soll. Es handelt sich nicht um Thai-Schrift, sondern um Khom, eine alte Form des Khmer, wie sie noch in Angkor Wat zu finden ist. »Verwenden Sie ein Moordu?«, erkundigt sich Lek.

»Klar, ein Khmer-Moordu. Was wissen die Thai-Seher schon? Am Ende kommt alle Magie von den Khmer.« Er dreht sich halb auf dem Sitz um, damit er Lek besser sehen kann. »Ich hab nach dem Tsunami damit angefangen. Davor war ich in dieser Hinsicht eher Choi Choi.«

»Wegen den Geistern?«

»Ja. Den Leuten ist nicht klar, dass die meisten Thais, die dabei umkamen, gar nicht aus Phuket stammten, sondern aus Krung Thep und dem Norden. Natürlich wollten auch alle Farang-Geister nach Hause, also versammelten sich sämtliche Toten hier, um mit Flugzeug oder Bus zurück nach Isaan zu reisen. Mein Partner sagt, es war schrecklich. Einmal nahm er vier oder fünf Fahrgäste zum Don-Muang-Flughafen auf, und als er kassieren wollte, waren sie verschwunden. Am schlimmsten trieben sie's allerdings in der Nacht; wenn er am Ende der Fahrt das Licht einschaltete, waren sie völlig verwest, die Augen hingen ihnen aus den Höhlen. Und dann gabs da noch die Farangs, die keine Ahnung hatten, dass sie tot waren, und laut jammernd nach ihren Lieben suchten. Schlimm. In solchen Situationen braucht man einfach professionelle Hilfe.«

Lek nickt ernst. Ich weiß nicht, ob ich mit dieser Seite der Katoy-Seele etwas anfangen kann, also schaue ich hinaus auf die Straße, wo sich ein geringer Anteil Luft mit Kohlenmonoxid mischt. Wie üblich stecken wir an der Kreuzung Asok-Sukhumvit im Stau. Ein etwa Zehnjähriger mit schmutzigem Gesicht und übertriebener Leidensmiene sucht sich einen Weg zwischen den stehenden Fahrzeugen hindurch, schabt halbherzig mit einem kaputten Wischer an den Scheiben herum und streckt dann die Hand aus. Als ich das Fenster herunterkurble, um ihm zehn Baht zu geben, dringt heiße, giftige Luft herein, und der Fahrer beginnt zu murren. »Es nützt dem Karma nichts, wenn man Bengeln wie ihm was gibt«, erklärt er. »Besorgen Sie sich lieber den richtigen Talisman. Wie können Sie bloß ohne Schutz herumlaufen?«

Lek bedenkt mich mit einem selbstzufriedenen Nicken. Er verlässt das Haus nie ohne die in gelben Yantra-Stoff gewickelten schamanischen Pflanzenwurzeln, die an einer Schnur um seinen Hals baumeln. Er rügt mich oft, weil ich versuche, die Realität schutz- und ahnungslos zu ertragen wie ein Farang.

Von der Asok nach rechts in die Sukhumvit abzubiegen, kann sich ohne Pop Pong als schwierig erweisen. Unser Schamane nimmt die Kurve praktisch auf zwei Rädern, schrammt beinahe einen überfüllten Bus, zwingt einen Motorradfahrer zu einem abrupten Ausweichmanöver und den Bus zu einer Vollbremsung. Dann brausen wir allen voran am Grand Britannia vorbei. »Erstaunlich«, meint Lek mit einem ehrfurchtsvollen Blick in Richtung Wagendecke.

Ich bin angenehm überrascht, als der Wachmann in Bakers Haus mir sagt, dass der Amerikaner noch hier wohnt und sogar daheim ist. Daraufhin gebe ich dem Mann (Uniform in Hell- und Dunkelblau, Handschellen, Schlagstock; er spielte gerade an einem Behelfstisch gegen einen Kollegen Dame, als ich ihn störte) zweihundert Baht und erfahre auf dem Weg zu Bakers Tür die meisten Dinge über dessen Leben: Er arbeitet zu Hause, bringt jeden Freitag- und Samstagabend eine junge Frau mit, manchmal dieselbe, spricht ziemlich gut Thai, besucht eins der örtlichen Fitnessstudios, hat zwar nicht viel Geld, zahlt die Miete aber meist pünktlich, trinkt kaum etwas, gönnt sich jedoch ab und an Ganja, verdient sich mit Fotografieren ein offenbar nicht allzu üppiges Zubrot, scheint niemals nach Amerika zu fahren, verbringt seine Urlaube lieber in Kambodscha. Als er vor drei Jahren hierherzog, war er ziemlich streitsüchtig, doch inzwischen hat er sich an die hiesigen Gepflogenheiten angepasst und gibt sich ruhig und respektvoll.

Ich weiß nicht so recht, wie ich klopfen soll. Zu laut, dann kommt vielleicht das Thai-Cop-Syndrom zum Ausbruch, und ihm fallen alle Horrorgeschichten über unsere Gesetzeshüter ein, die er je gehört hat. Zu leise, und er wird am Ende unverschämt. Ich entscheide mich für den Mittelweg, der ihn mit einer knielangen Outdoorhose und nacktem Oberkörper an die Tür lockt.

Er ist siebenunddreißig, hat schütteres, an der Brust grau werdendes Haar, einen Gewichtheberkörper, keine Tätowierungen. Sein Gesicht bekommt einen kummervollen Ausdruck, als ich ihm meine Polizeimarke hinstrecke. Englischlehrer gelten in unserem Land nicht viel mehr als Rucksacktouristen; wir halten sie für arm und leicht abschiebbar, und so rechnen sie mit dem Schlimmsten, wenn ein Cop an ihrer Tür klopft.

»Ich möchte Ihnen ein paar Fragen über Ihre Ex-Frau stellen, Mr Baker.«

Er begrüßt mich mit grimmiger Miene. Irgendwie habe ich das Gefühl, dass er nicht überrascht genug reagiert. Ich sehe Lek fragend an. Lek bedient sich seiner weiblichen Intuition oder zumindest des durchdringend taxierenden Blicks, der damit einhergeht, und schüttelt mit geschürzten Lippen den Kopf.

Die Wohnung ist nach dem gleichen langweiligen Muster wie überall geschnitten. Immerhin nennt er ein Fenster und eine Toilette sein Eigen, was ihn in der Hierarchie der Betonhöhlen zwei Stufen über das Minimum stellt. Auch anderes deutet darauf hin, dass er sich nicht gänzlich mit einer Nicht-Existenz abgefunden hat: ein aufgeklappter Laptop auf einem Stuhl, ein kitschiges Poster von einem oben ohne an einem Fluss sitzenden Thai-Mädchen, ein Plakat von Angkor Wat sowie einige Bücher. In der globalen Pyramide gehört er der Kategorie »Nicht viel vorzuweisen« an. Sie sind mir schon lange ein Rätsel, diese Farang-Männer, die hierherkommen, um das Leben eines Niemands zu führen, als wäre ihnen selbst diese Rolle in der Utopie ihres Heimatlandes zu anstrengend. Nun starren Lek und ich Baker an, der auf seine Armbanduhr sieht, vermutlich eine nachgemachte Rolex. (Der Minutenzeiger bewegt sich sprunghaft, nicht glatt wie bei der echten; für manche Touristen ist das das Einzige, was sie während ihres Zwischenstopps in Bangkok interessiert.)

»Ich möchte ja keinen Polizisten abweisen, aber in zehn Minuten muss ich eine Englischstunde halten.«

»Und wo, Mr Baker?«

»Hier.« Er sieht mir in die Augen. »Eine Privatstunde. Ja, schwarz, anders kann man in diesem Land nicht überleben. In der Schule, wo ich vormittags arbeite, verdiene ich nicht genug.«

Ich nicke. »Ich will Sie nicht aufhalten. Sehen wir, wie weit wir kommen, bevor der Schüler auftaucht«, sage ich.

»Gut.«

»Ihre Ex-Frau Mrs Damrong Baker.«

Er scheint nicht zu wissen, wie er reagieren soll. Erst nach einer ganzen Weile bricht der Zorn aus ihm heraus. »Dieses Miststück – was hat sie jetzt wieder angestellt?«

Ich runzle die Stirn. »Hat sie denn schon mal was angestellt?«

Ein Fehler meinerseits; ich klinge deutlich zu informiert. Sofort erstarrt seine Miene, und er zuckt mit den Achseln. »Ich war ein Jahr lang mit ihr verheiratet. Wir haben zusammengelebt. Sie könnten mich genauso gut fragen, was sie *nicht* getan hat, um mich kaputt zu machen – die Liste würde kürzer ausfallen.«

Ich wechsle einen Blick mit Lek und nicke ihm zu. Er brennt darauf, seine Befragungstechniken zu üben – und sein Englisch.

»Mr Baker, wie haben Sie Ihre Thai-Frau kennengelernt?«

Erst jetzt nimmt Baker Lek wahr. Es gibt vermutlich nicht viele transsexuelle Cops in Bangkok; meines Wissens ist Lek sogar der Einzige. Im Dienst achtet er darauf, seinen knospenden Busen zu verbergen, und beschränkt seine Tuntigkeit auf ein Minimum. Aber seine Körpersprache verrät alles. Wie er Baker nicht in die Augen sieht, wirkt schüchtern und weiblich verschlagen gleichermaßen. Baker versucht es mit Verachtung, überlegt es sich jedoch nach einem Blick auf mich anders. Ich signalisiere ihm mit einer Bewegung des Kinns: Ja, die Frage müssen Sie beantworten.

Er brummt etwas und wird dann plötzlich redselig. »Ich war Anfang dreißig, hatte grade eine Beziehung hinter mir, als ich zehn Tage Urlaub in Thailand machte, Damrong kennenlernte, ihr mit Haut und Haaren verfiel. Tja, das ist die einzige offiziell sanktionierte Form des Glücks, die der Westen kennt: die Liebe. Was für ein Schwindel. Ich war völlig gaga. Natürlich hab ich ihr so viel Geld geschickt, wie ich konnte, damit sie sich nicht an andere Männer verkauft. Natürlich hab ich ihr alle Lügen geglaubt. Natürlich ist sie mit jedem Typen ins Bett, der bereit war, ihren Preis zu zahlen, während ich mich abmühte, ein Computerunternehmen in Fort Lauderdale für eine gemeinsame Zukunft aufzubauen. Natürlich hab ich den ganzen bürokratischen Scheiß von den amerikanischen Einwanderungsbehörden erledigt. Natürlich hab ich sie geheiratet, natürlich ist sie zu mir in die Staaten gekommen, und natürlich hats nicht mal ein Jahr gehalten. Natürlich ist sie mir als einzige Frau je so unter die Haut gegangen – weil sie viel realistischer war als ich. Natürlich, natürlich, natürlich.« Und mit einer Handbewegung fügt er hinzu: »Ich bin als ganz gewöhnlicher Durchschnitts-Farang auf sie reingefallen wie alle andern auch, egal, ob Franzosen, Italiener, Deutsche oder Briten – es ist immer wieder die gleiche langweilige Geschichte. Die muss ich Ihnen ja nicht erzählen, oder?«

Der Ausbruch wirkt echt, denn es folgt ein erstaunter Gesichtsausdruck: Hab ich das wirklich alles gesagt? Er mahlt mit den Kiefern. »Tja, so war das mit mir und ihr – Sklavensyndrom nennt man das wohl. Wollen Sie jetzt noch wissen, wie ich mit meiner Mutter zurechtgekommen bin?«

»Nein, danke«, antwortet Lek angewidert und fordert mich mit einem Blick auf, die weitere Befragung zu übernehmen. Östrogen verlängert die Konzentrationsspanne offenbar nicht.

»Sie klingen ziemlich verbittert, Mr Baker«, sage ich mit einem mitfühlenden Lächeln, dem er keine Beachtung schenkt.

»Liegt wahrscheinlich an diesem Land. Kennen Sie Farangs, die nach einer ähnlichen Erfahrung nicht verbittert sind?«

Ich zucke mit den Achseln. »Der Zusammenprall der Kulturen fordert Opfer.«

Er sieht mich verständnislos an. »Der Zusammenprall der Kulturen? Sie meinen die Konfrontation eines Mannes aus dem Westen mit seinem jämmerlichen Bedürfnis, in einen sicheren Bauch zurückzukriechen, mit einer Thai-Nutte, die nur nach einer ergiebigen Goldader sucht? Vor Anthropologiestudenten könnte man das durchaus ›Zusammenprall der Kulturen‹ nennen, ja.« Er schüttelt den Kopf. »Ich sag eher ›kompletter Ruin‹ dazu. Meiner. Durch sie. Punkt.«

Ich sehe Lek an, um festzustellen, ob er genauso fasziniert ist wie ich. Ich glaube schon. Eine Psyche im Prozess der Auflösung flüchtet sich oft in unterschiedliche Posen. Zu welcher sollen wir ihn jetzt provozieren?

»Mr Baker, lassen Sie mich offen sein: Ich habe die nationale thailändische Datenbank überprüft und mich ans FBI gewandt«, sage ich lächelnd.

Diese Information bringt wieder einen neuen Baker zum Vorschein. Er bedenkt mich mit einem süffisanten Grinsen. »Ans FBI? Und das hat Ihnen von ihrer kleinen Mauschelei erzählt?«

»Nur vom illegalen Teil. Die Einzelheiten würde ich gern noch erfahren.«

Das süffisante Grinsen gräbt sich ein; offenbar soll es Trotz und Stolz ausdrücken. »Tja, ich hab also sechs Monate im Knast verbracht, wegen Zuhälterei, und sie wurde abgeschoben. So war das bei der Heirat nicht geplant.« Er sieht zu dem Poster mit dem halb nackten Thai-Mädchen am Fluss hinüber. »Ich war immer noch in der verblendeten, pubertierenden Phase, als sie zu mir in die Staaten kam. Nach kaum einem Monat blieb sie samstags fast die ganze Nacht weg. Ich hab bei der Polizei angerufen, weil ich dachte, sie ist vergewaltigt oder ermordet worden oder unter ein Auto gekommen, der ganze Scheiß, den sich ein verliebter Trottel eben zusammenspinnt. So gegen vier in der Früh marschiert sie dann mit einem breiten Grinsen rein und blättert mehr als tausend Dollar auf den Küchentisch.«

Begleitet wird die letzte Äußerung von einer Art Keuchen, das in wiederholtem Luftschnappen endet. »Das Geld war ihr längst nicht so wichtig wie die Macht, das Gefühl, in einem fremden Land um sieben Uhr abends auf die Straße gehen und ein paar Stunden später mehr als tausend Dollar reicher zurückkommen zu können. Das hat sie viel mehr angemacht als ich.«

Er schweigt eine Weile, um sich zu sammeln. »Sie hat mir die Hälfte von dem Geld hingeschmissen und mir erklärt, wie's weitergeht. Die Seite von ihr kannte ich bis dahin noch nicht; ich fand

sie erschreckend. Zwei Tage lang hab ich geheult wie ein Schloss-
hund, aber das hat sie nicht gerührt – für sie war das nichts Neues.
In ihrer Gegenwart hatten sich schon ganz andere Männer die
Augen ausgeweint. Nicht mal mit Prügeln konnte ich ihr drohen;
sie hatte ja keine Angst. Und rausschmeißen war auch nicht, weil
ich mir dann die nächsten paar Monate das Gehirn darüber zer-
martert hätte, was sie jetzt wieder anstellt.«

Er kratzt sich an der Brust, holt ein paar Mal tief Luft. »Als ich
mit der Heulerei fertig war, hat sie mir von ihrer Kindheit erzählt,
und zwar auf eine Art und Weise, wie Thais normalerweise nur un-
tereinander reden. Irgendwann hab ich angefangen, die Welt mit
ihren Augen zu sehen, und begriffen, wie es sein muss, aufzuwach-
sen wie sie. Im Westen sind unsere Probleme heutzutage alle gesellschaftlicher oder psychologischer Natur. Aber mal angenommen,
man ist auf völlig andere Weise programmiert, angenommen, die
eigene Existenz steht auf dem Spiel, und es gibt keinen Ausweg,
wirklich keinen. So lautete ihre Botschaft. Es war ihr scheißegal,
wenn sie in den Staaten jede Menge Kohle machen konnte, denn
das änderte nichts an der Tatsache, dass alle, die sie kannte und
liebte, in der Falle saßen und Hunger hatten.« Mit einer Handbewegung fügt er hinzu: »So hat sie es damals ausgedrückt. – Und
zugegeben, dass sie zum Arbeiten nach Amerika gekommen war,
nicht der Liebe wegen. Sie habe eine Familie, um die sie sich kümmern müsse, hat sie gesagt, genauer ausgedrückt, einen kleinen
Bruder. Soweit ich weiß, war ihr sonst niemand wichtig.«

Langes, nur durch Seufzer unterbrochenes Schweigen. »Anfangs
hab ich das Spiel noch mitgemacht, damit sie mich nicht verlässt.«

»Sie sind also ihr Zuhälter geworden?«

»In den Augen des Gesetzes schon, obwohl die Realität anders
aussah: Die Frau brauchte keinen Zuhälter, sondern mein Haus als
Basis und mich für die Verwaltung.« Wieder Schweigen, während
er mit etwas herumspielt. »Später dann musste ich vom Kleider-
schrank aus mit der Videokamera filmen, wie sie's mit dem Freier
trieb.« Nun sieht er mir tief in die Augen. »Schon nach sechs

Wochen hatte sie für jeden Tag einen vollen Terminkalender, von mittags bis ungefähr zwei Uhr früh. Wenn sich ein aufregendes neues Spiel auftut, spricht sich das schnell rum in 'ner amerikanischen Kleinstadt. Die lokalen Größen sind Schlange gestanden. Leute, die sonst nur in Limousinen mit Chauffeur unterwegs waren, fuhren im Taxi oder Mietwagen bei uns vor. So konnten wir sie erpressen, auch Richter und Staatsanwälte. Deswegen hab ich nur sechs Monate Knast gekriegt und sie die Abschiebung. Es war ein Deal. Wenn sie uns hätten mehr aufbrummen wollen, wären da die Videos gewesen. Tja, wir haben ungefähr dreihunderttausend Dollar verdient, bevor wir aufgeflogen sind.«

Er marschiert in dem kleinen Zimmer auf und ab, nimmt Gegenstände in die Hand und legt sie wieder weg, rückt das Poster von Angkor Wat zurecht. Mein Blick fällt auf den riesigen, düsteren Dschungeltempel mit den fünf phallischen Türmen. Gerade habe ich das Gefühl, dass wir einen weiteren psychologisch interessanten Punkt erreichen, als es an der Tür klopft. Mit unverhohlener Erleichterung sagt Baker: »Mein Schüler.« Dann holt er hastig ein T-Shirt aus einer Schublade und zieht es an.

Ich signalisiere ihm mit einem Kopfnicken, dass er die Tür öffnen soll. Lek und ich mustern den eintretenden jungen Mann: einen schlanken Thai Anfang zwanzig in weißem Hemd, schwarzer Hose und hochglanzpolierten schwarzen Schnürschuhen, eine Unschuld im Blick, wie man sie bei Farangs dieses Alters kaum jemals findet. Welcher unrealistische Ehrgeiz hat ihn heute hierhergetrieben, vermutlich an seinem freien Tag von einem öden Bürojob? Welche Geschichten über die globale Wirtschaft und die dafür nötigen Sprachkenntnisse hat er naiv geschluckt? Als er mich bemerkt, bedenkt er mich mit einem respektvollen Wai und fragt in grässlich korrektem Englisch: »Entschuldigung, störe ich bei einer wichtigen Besprechung?«

»Wir wollten gerade gehen«, antworte ich in Thai und füge in Englisch an Baker gewandt hinzu: »Könnten wir zu einer günstigeren Zeit wiederkommen?«

Baker zuckt mit den Achseln, als wollte er sagen: Ein Thai-Cop kann doch tun und lassen, was er will.

»Wäre Ihnen so gegen sieben abends recht?«

»Morgen Abend wäre mir lieber. Um sechs habe ich wieder einen Privatschüler, und dann noch mal einen um neun, und außerdem arbeite ich den ganzen Tag in der Schule.«

Lek und ich erheben uns. »Also gut, dann bis morgen.« Ich hüstle verlegen. »Mr Baker, es tut mir leid, aber ich muss Ihnen den Pass abnehmen. Sie bekommen ihn morgen wieder.«

Der Thai-Schüler macht große Augen. Ihm war bisher nicht klar gewesen, dass ich Polizist bin, und als er sieht, wie sein verehrter *ajaan* mir seinen Pass aushändigt, verändert sich seine Körperhaltung grundlegend: Am liebsten würde er Reißaus vor Baker nehmen. Ich beruhige ihn lächelnd auf Thai: »Es geht um eine Frage der Einwanderungsbehörde.« Erleichtert erwidert er mein Lächeln. Unten stecke ich dem Wachmann noch einmal hundert Baht zu, damit er mich über das Kommen und Gehen von Baker auf dem Laufenden hält.

Im Taxi werfe ich einen Blick in Bakers Pass und reiche ihn dann Lek. Wir zucken beide mit den Achseln. Zur Zeit des Mordes an Damrong war Baker nicht im Land. Offenbar hielt er sich in Siam Reap in Kambodscha auf, der Angkor Wat nächstgelegenen Stadt mit Flughafen. Damrong hatte einen amerikanischen und einen thailändischen Pass; beide dokumentieren, dass sie Thailand das letzte Mal ein Jahr vor ihrem Tod verlassen hatte. Tja, damit ist die Akte Baker wohl geschlossen.

7

Da ich im Augenblick keine anderen Spuren verfolgen kann, beschließe ich, die nächsten paar Stunden mit den Damen in meinem Leben zu verbringen, und lade meine Mutter Nong, Chanya und die FBI-Frau zum Büfett im Grand Britannia in der Sukhumvit, in der Nähe der Asok-Skytrain-Station, ein. Ein schwuler Kellner flirtet mit Chanya, die lachen muss, als er ihr gesteht, dass er neidisch ist auf ihre Schwangerschaft. Die FBI-Frau kümmert sich rührend um Chanya und besteht darauf, sie zu bedienen, während Nong den Blick taxierend über die anderen Gäste schweifen lässt.

»Siehst du die Nutte da drüben? Sie kommt aus Nong Kai, heißt Sonja und arbeitet im Rawhide. Ich versuche schon eine ganze Weile, sie abzuwerben, aber leider ist sie im Rawhide zufrieden.«

»Freunde sind alles. Und wenn sie im Rawhide welche hat, kommt sie nie zu uns. Das kann man ihr auch nicht verdenken. Nutten sind in Bangkok letztlich genauso verloren wie Farangs – vielleicht noch ein bisschen mehr, weil sie kein Geld haben.«

»Ihre Kunden scheint sie immerhin im Griff zu haben. Sie hechelt grad das ›Heirate-mich-Szenario‹ durch. Schau, sie hat ihre Familie aus Isaan anreisen lassen, um sie ihm vorzustellen.«

»Tja, sieht tatsächlich ernst aus«, pflichte ich ihr bei.

Ein etwa fünfzigjähriger Australier mit Outdoor-Shorts, langen weißen Strümpfen, Sandalen und riesigem Bierbauch trägt seinen Teller zu dem Tisch neben dem unseren, wo seine Freundin, deren Mutter und ein paar andere Verwandte, vermutlich Geschwister oder Cousins, sowie ein etwa fünfjähriger Junge sitzen.

»Das ist ihr Sohn von einem Thai-Lover«, flüstert Nong mir zu.

Der Australier versucht, Small Talk mit der Familie zu machen, die es offenbar darauf abgesehen hat, ihn zu adoptieren, doch seine Angebetete tauscht mit ihren Angehörigen lieber in ihrer Heimatsprache, einem Dialekt des Laotischen, den neuesten Klatsch aus. Hin und wieder schenkt sie dem Australier ein freundliches, tröstendes Lächeln, drückt kurz seinen Oberschenkel und sagt ihm ein paar Worte auf Englisch, um sich dann mit frischem Elan wieder den anderen zuzuwenden. Dem Australier ist das vielleicht nicht klar, aber seine künftige Familie plaudert genau so, wie sie es daheim in ihrem Holzhaus auf dem Boden sitzend tun würde, vermutlich mit dem Fernseher auf voller Lautstärke und umringt von einem Dutzend sich gegenseitig verprügelnder Kinder. Nong, die das Laotische besser versteht als ich, beginnt zu grinsen. Als die FBI-Frau mit einem Teller voller Austern für Chanya zurückkommt, übersetzt meine Mutter mit großem Vergnügen die Unterhaltung am Nachbartisch:

»Ihre Tante hat gerade gefragt, welche Farbe der Schwanz von dem Farang hat und wie sie's machen bei seinem Riesenbauch. Das Mädchen sagt, sein Schwanz ist eigentlich hell, aber nach dem Sex wird er leuchtend pinkfarben, und meistens lässt sie sich von hinten nehmen. Sonst kriegt sie nämlich, wenn er mit seinem ganzen Fett auf ihr draufliegt, beim Boom-Boom Blähungen. Aber meistens ist er sowieso zu betrunken und schläft auf dem Sofa ein, während sie im Bett fernsieht. Verspricht eine gute Ehe zu werden.«

Die Familie bricht in schallendes Gelächter aus. Die FBI-Frau starrt ihren Teller an. »Ist das ein normales Tischgespräch?«

Chanya, Nong und ich grinsen. »Die meisten von uns sind Bauern, Kinder der Erde«, erkläre ich. Wir senken alle den Blick, als der Australier die Stimme erhebt.

»Ich würd gern wissen, was du mit deiner Familie redest, Sonja«, sagt er ein wenig verärgert zu seiner Angebeteten. In Unkenntnis westlicher Etikette erzählt sie es ihm brühwarm, Wort für Wort, in gutem, wenn auch ein wenig gestelztem Englisch. Der Australier erblasst, trinkt sein Bier aus und bestellt ein neues. Ich bewundere, wie schnell er sich fängt. »Du wirst gut zurechtkommen in Queensland, Sonja. Hast du schon mal 'nen Wettbewerb im Zwergenwerfen gesehen?« Er erklärt ihr die Sportart, und sie übersetzt für ihre Familie ins Laotische. Ihre Angehörigen lauschen mit großen Augen und bombardieren sie mit Fragen, die sie ins Englische überträgt: Bekommt man Geld dafür? Wie viel? Wie klein muss man sein? Der ältere Bruder meiner Tante ist grade mal eins fünfzig, könnte der mitmachen? Schließen die Leute Wetten ab? Kriegt man leichter ein Visum, wenn man beim Zwergenwerfen teilnimmt? Sonjas Familie, die den Australier zuvor eher langweilig fand, erwärmt sich nun für ihn. Erfreut darüber, endlich ein Thema zu haben, das seine künftigen Anverwandten interessiert – er hatte es bereits ohne nennenswerte Reaktion mit folgenden versucht: Steuern, Weltwirtschaft, Lebensstandard, sein neuer Toyota mit Vierradantrieb, sein riesiger Kühlschrank, Kranken- und Lebensversicherung, Naher Osten –, stürzt er sich nun in Geschichten vom Outback über Kängurujagd und menschenfressende Krokodile. Plötzlich ist er der Hit, und sie schließen ihn ins Herz. »Du bist schon ein halber Isaaner«, erklärt Sonja ihm. Strahlend leert der Australier sein Bier und bestellt sich ein weiteres. So sehr unterscheidet Thailand sich gar nicht von Queensland.

Ich stehe auf, um Nachschub vom Meeresfrüchtebüfett zu holen, auf dem unter der Eisskulptur eines Seepferdchens Austern, Garnelen und Shrimps ruhen. An einer anderen Stelle des riesigen Raums türmen sich chinesische, thailändische, italienische, französische, japanische und orientalische Gerichte um eine Art Insel. Neben mir stehen Teilnehmer einer Konferenz mit großen Namensschildern an der Brust und eingefrorenem Lächeln auf den Lippen. In ihrer Strahlemann-Anonymität bilden sie so etwas wie eine eigene Rasse. Ich gerate ins Grübeln, ob Bangkok sich vielleicht auf einer kosmischen Kreuzung befindet, wo Besucher aus unterschiedlichen Galaxien sich treffen, ohne miteinander zu kommunizieren. Als ich mit einem Teller voll Sushi und Garnelen zu unserem Tisch zurückkehre, trifft die FBI-Frau mit Eiscreme für Chanya ein. Sie findet sie faszinierend, himmelt sie fast an wie eine Geliebte. Meine Gedanken wandern zu Damrong, und wie zufällig (nein, natürlich ist das kein Zufall, sondern kosmische Intervention) klingelt mein Handy.

»Ganz sicher bin ich nicht, aber ich könnte eine Spur gefunden haben«, sagt Lek. »Möglicherweise gibt es mehr als eine Kopie von der DVD.«

Ich bemühe mich, den Damen am Tisch gegenüber meine Erleichterung zu verbergen, dass sich etwas bewegt in dem Fall. »Tut mir leid«, teile ich ihnen mit, »aber ich muss los.«

Als ich die Brieftasche zücke, winkt Nong ab und meint, sie werde das Essen über die Spesenrechnung des Old Man's Club absetzen. Ich sehe die FBI-Frau an, um festzustellen, ob sie sich damit abfinden kann, von Prostitutionsgeldern zu profitieren. Ihr schmeckt das Essen so gut, dass sie den Zusammenhang überhaupt nicht realisiert.

Draußen überquere ich die Skytrain-Brücke und benutze dann die Rolltreppe zur neuen U-Bahn an der Asok, die erst vor ein paar Jahren eröffnet wurde und immer noch nagelneu aussieht. Ich steige in Klong Toey aus, wo Lek mich erwartet.

»Das werden Sie mir jetzt nicht glauben«, begrüßt Lek mich aufgeregt flüsternd, »aber in den Clubs munkelt man über ein Snuff Movie mit einem Maskierten und einer Thai-Nutte. Die Information stammt von einem in der ganzen Soi Vier bekannten Katoy, der einen Lover aus der High Society hat.«

Die Slums von Klong Toey sind die größten und in vielerlei Hinsicht auch die gepflegtesten von Bangkok. Die meisten Hütten dort haben eine ähnliche Größe und Höhe, und die Gehwege werden nach thailändischer Art Riap Roy oder blitzsauber gehalten. Im Allgemeinen leben die Menschen hier in fast mietfreien Unterkünften, was von Vorteil sein kann, wenn man sich weiterbilden möchte, als Frau die Blüte hinter sich hat und sich selbst versorgen muss, Drogen der harten Realität vorzieht oder einfach nur die Arbeit hasst. Lek, der sich auskennt, führt mich einen parallel zu den Gleisen verlaufenden Weg entlang. Rechts von uns befindet sich eine endlose Reihe von Holzhütten, vor denen Hunde sich kratzen,

Katzen umherstromern, nackte Kinder in Ölfässern gebadet werden, Teenager mit grünen und orangefarbenen Haaren herumlungern und Familien in der kühlen Abendluft essen. »Er ist Künstler«, klärt Lek mich auf. »Deswegen steht der Typ aus der High Society auch so auf ihn. Ich war mal bei 'ner Party dabei. Letztlich ist er ein Ban-Nok, schlimmer noch als ich, aber er hat, wie gesagt, diese kreative Ader, deswegen angelt er sich immer die potenten Lover.« Ban-Nok lässt sich grob mit »Landei« übersetzen, ist aber viel beleidigender. Wir bleiben vor einer Haustür mit einem prächtigen scharlachroten Drachen auf schwarzem Untergrund stehen. »Begreifen Sie jetzt, was ich meine?«, fragt Lek. Es ist etwas Verspieltes an der hoch aufgerichteten Haltung des Drachen, seinen fast schon feminin wirkenden langen Krallen und seinem boshaften Grinsen.

»Wirklich sehr gut gelungen«, sage ich, worauf Lek stolz strahlend an der Tür klopft. »Pi-Oon, ich bins, Lek.« Als sich nichts rührt, klopft er noch einmal, diesmal lauter. »Er raucht gern Ganja, das lieben alle Künstler. Was anderes rührt er nicht an, auch Alkohol nur sehr selten, aber mit Ganja driftet er manchmal tagelang ab.« Er klopft noch lauter, bevor er, scheiß Katoy-Miststück murmelnd, sein Handy herausholt und wie eine wütende Nutte in seinem auf dem Khmer basierenden Isaan-Dialekt hineinschimpft. »Er weiß, dass Sie dabei sind«, erklärt er, klappt das Handy zu und steckt es weg. »Und jetzt hat er Schiss wegen dem Ganja.« Er bedenkt mich mit einem gequälten Lächeln. »Er macht auf, sobald er vom Mond runter ist.«

Endlich hören wir, dass sich auf der anderen Seite der Tür etwas regt. Ein paar Riegel werden zurückgezogen, und sie öffnet sich einen Spalt. Zum Vorschein kommt Pi-Oon in seiner ganzen Pracht, nur mit einer Radlerhose bekleidet. Er hat ein überraschend markantes, männliches Gesicht, trägt purpurfarbenen Lidschatten und Lippenstift und das pechschwarze Haar auf altmodische Weise zu einem Pferdeschwanz gefasst. Eine üppige Chrysanthementätowierung ziert seine haarlose Brust, auf der zwei kleine Erhebungen sprießen. Seine Gesten sind übertrieben, aber man kauft ihm die

Frau ab hinter den kantigen Zügen des Preisboxers. Sobald er die Katoy-Posen sein lässt, wirkt er überzeugend weiblich.

»Schätzchen«, begrüßt er Lek und reckt seinen Oberkörper vor, um sich von seinem Katoy-Bruder ein Küsschen auf die Wange geben zu lassen.

»Du bist high«, rügt Lek ihn.

»Ich arbeite an einem Meisterwerk, Schätzchen. Da brauche ich die Konzentrationshilfe.«

»Das ist mein Chef, Detective Jitpleecheep«, stellt Lek mich mit leichtem Schmollmund vor.

»Sehr erfreut, Sie kennenzulernen«, meint Pi-Oon und lädt uns mit einer Geste nach innen ein.

Sofort fällt mir Gauguin ein. Pi-Oon hat Wände und Decke seiner Holzhütte mit Bildern aus dem Katoy-Nachtleben geschmückt, in den tropischen Purpur-, morbiden Malven- und patinierten Goldtönen ebenjenes Künstlers. Ein Kabarettstar, der Ähnlichkeit mit Pi-Oon hat, beherrscht mit einem Mikrofon in der Hand den Mittelteil eines Triptychons. Mir fällt auf, dass alle dargestellten Figuren Transsexuelle sind. Am meisten fasziniert mich Pi-Oons markantes männliches Gesicht, das um Liebe und Zärtlichkeit zu betteln scheint. Er deutet auf den Boden, auf dem sich lediglich ein paar Kissen befinden. Wir nehmen im halben Lotussitz Platz, den Rücken an der Wand. »Wir wollen mehr über das Snuff Movie erfahren«, sagt Lek, immer noch ein wenig verärgert.

Ein gequälter Ausdruck verdüstert das Gesicht unseres Gastgebers, der eine Handfläche gegen seine Wange legt und Lek mit großen Augen ansieht. »Beim Buddha, ich hätte nie gedacht, dass es echt ist.« Und mit einem Blick auf mich fügt er hinzu: »Erst als Pi-Lek mir von Ihren Ermittlungen erzählt hat, ist mir aufgegangen, dass ich in der Scheiße sitze. Pi-Oon, Schätzchen, hab ich mir gesagt, du hast das verdammt noch mal größte Maul in Krung Thep. Wenn mich bloß der Alkohol nicht so geschwätzig gemacht hätte. Normalerweise trinke ich nicht, deshalb ist mir das Zeug sofort zu Kopf gestiegen.«

»Erzählen Sie uns, was Sie gesehen haben«, fordere ich ihn auf.

»Na ja, am Anfang war der Streifen ziemlich langweilig; wen interessiert schon ein Mädchen, das es treibt wie ein Tier auf dem Bauernhof? Aber weil mein Lover bi ist, hab ich mir den Film aus Höflichkeit mit ihm angeschaut. Natürlich ist er geil geworden wie Sau.« Mit einem Zwinkern in Richtung Lek fügt er hinzu: »Und wie er mich hinterher bestraft hat – unglaublich!« Lek reagiert mit einem süffisanten Grinsen. »Da zieht also 'ne alberne Nutte ein ziemlich ausgefeiltes Boom-Boom mit 'nem beachtlich gut bestückten schwarz Maskierten durch, und am Ende befördert er sie mit 'nem Seil ins Jenseits, na und? Es wär mir doch nie in den Sinn gekommen, dass das echt ist. Heutzutage spielt sich doch alles virtuell ab. Wieso sollte man die Nutte wirklich abmurksen, wenn man sie im nächsten Streifen wiederverwenden kann? Der gesunde Menschenverstand sagt einem, dass es virtuell sein muss.«

»Wer ist dein Lover?«, fragt Lek und handelt sich sowohl von Pi-Oon als auch von mir einen finsteren Blick ein.

Pi-Oon sieht mich an. »Der gute Pi-Lek redet nicht gerade um den heißen Brei herum, was?« Und mit einem Stirnrunzeln meint er: »Du weißt, dass ich dir das nicht verraten kann. Das verstößt gegen die Regeln.«

»Ganz Krung Thep weiß alles über ihn außer seinem Namen.« An mich gewandt, sagt Lek: »Er ist ein großes Tier in der Werbebranche, Mitte vierzig, trägt Goldklunker, hält sich körperlich fit und mag lieber Katoys als Frauen, hasst aber echte Schwule. Und er verwendet immer ein Kondom. Stimmts?«

Pi-Oon wirkt aufrichtig verblüfft. »Mein Gott, hab ich das wirklich alles erzählt?« Dann meint er stolz: »Jedenfalls ist er tatsächlich unglaublich reich.« Als er kichert, lächelt auch Lek. »Und ziemlich gut gebaut. In unserer ersten Nacht hab ich ihm gesagt: ›Es hilft nichts, Schätzchen, ich muss dich pro Zentimeter abkassieren.‹ Natürlich hat ihm das gefallen. Du lachst? Wir haben einen Mordsspaß miteinander und denken sogar ans Heiraten, vielleicht in Kanada, wo so was geht. Im Bett ist er ein Tiger, aber ansonsten sanft wie ein Lämmchen. Er wusste bestimmt nicht, dass das Snuff Movie echt war.«

»O doch«, widerspricht Lek ihm.

Pi-Oons Gesicht nimmt eine fahle Farbe an. »Meinst du wirklich? Oje. Aber ich bin mir sicher, dass er nichts damit zu tun hat. Die DVD muss ihm irgendein reicher Kumpel geliehen haben, ein Hetero, denn Heterosex ist heutzutage manchmal ganz schön schräg – was Frauen mit ihrem Körper anstellen, mein Gott. Na ja, euch muss ich nichts erzählen, ihr seid ja Bullen.«

»Verrat uns seinen Namen, sonst prügeln wir ihn aus dir raus«, fordert Lek ihn mit strengem Gesicht auf.

»Versprochen?«, fragt Pi-Oon.

Jetzt schütten sich beide Katoys vor Lachen aus, und ich fühle mich fehl am Platz. Als Pi-Oon sich wieder einigermaßen gefangen hat, fragt er: »Würdet ihr zwei mir die Ehre erweisen, mit mir ein bisschen Stoff in Exportqualität zu rauchen? Den hab ich von meinem Lover. Ihr wisst ja, was man über Geld sagt: Es zieht Gutes magisch an.«

»Ich rauche nicht«, antwortet Lek. »Er schon.«

»Tatsächlich, Schätzchen?«, fragt Pi-Oon mit einem Blick auf mich. »Keine Sorge, ich verrat den Bullen nichts.« Wieder kichern die beiden.

Natürlich winke ich ab. Während Pi-Oon seine Sachen aus einer Kiste holt, flüstert Lek mir zu, dass sein Freund unter dem Einfluss von Gras noch redseliger ist als unter dem von Alkohol. Wenn er beim Rauchen allerdings keine Gesellschaft hat, wird er befangen. Mit Erstaunen beobachte ich, wie Pi-Oon einen selbst gebastelten Verdampfer – einen Glasbehälter, aus dem ein langes, durchsichtiges Rohr herausragt – aufstellt.

»Ich bin sehr gesundheitsbewusst«, erklärt Pi-Oon. »Mein Vater war Kettenraucher, er hat sich mit Zigaretten zugrunde gerichtet. Ich hab mir geschworen, dass ich niemals rauchen würde; angeblich ist der Verdampfer vollkommen sicher. Die Bauanleitung war im Internet.«

Er steckt den Stecker der Vorrichtung ein, und Sekunden später beginnt der kleine Drahtkorb mit Marihuana in dem Glasgefäß zu dampfen. Pi-Oon nimmt ein paar Züge, bietet Lek die Pfeife an, der abwinkt, und reicht sie dann an mich weiter. Ich habe noch nie ein solches Gerät benutzt und ziehe daran wie an einem Joint, was zur Folge hat, dass der Rauch mir in Speiseröhre und Magen dringt. Ich schmecke oder rieche kaum etwas, weshalb ich den Stoff für nicht sonderlich stark halte und zum Erstaunen Pi-Oons noch ein paar Züge mache. »Wow! Sie sind ein echter Profi, das sehe ich sofort. Mich würde schon ein einziger solcher Zug flachlegen.« Er inhaliert kurz, bevor er mir die Pfeife wieder reicht. Offen gestanden, bin ich frustriert darüber, dass das Zeug nicht die gewünschte Wirkung hat, und fülle meine Lungen ein weiteres Mal. Ich merke, dass ich die Stärke des Stoffs unterschätzt habe, als der Typ auf dem Wandgemälde Saxofon zu spielen beginnt und die Titelmelodie von Blade Runner erklingt.

»Paul«, höre ich mich selbst auf Englisch sagen, »ich bin wirklich beeindruckt, dass du den Materialismus der zeitgenössischen Kultur gegen einen spirituelleren Lebensstil eintauschen willst.« Lek kichert, während Gauguin mich verwirrt ansieht. »Aber sag, wie bringst du sie dazu, sich zu bewegen?« Ja, der Saxofonist an der Wand schwingt sein Instrument tatsächlich auf und ab, während er eine ziemlich schräge Version von *Bye, bye Blackbird* intoniert. Jetzt merke ich, dass die Farben die Melodie spielen, die komplexen Rotbrauntöne, tropischen Sonnenuntergänge, überreifen Jackfruits, üppigen braunhäutigen Männer und Frauen, die erst halb aus der Erde hervorgewachsen zu sein scheinen, die Rufe des in der Materie gefangenen menschlichen Geistes – das alles verwandelt das Saxofon an der Wand in eine intensive, greifbare Hörlandschaft. Dann taucht plötzlich wie durch eine Drehung des Kaleidoskops Damrong auf. Sie ist oben ohne, trägt nur einen Sarong mit tahitischem Muster; ihre braune Haut passt perfekt zu den Farben des Gemäldes. Eine unerhörte Energie verleiht ihr Macht über alles. Ihre schwarzen Haare fliegen, und ihre Augen schimmern geheimnisvoll. Hallo, Sonchai. Was machst du denn hier?

»Ich rufe ein Taxi«, sagt Lek, halb belustigt, halb verlegen.

8

Natürlich wissen Lek und ich ganz genau, wer Pi-Oons Lover ist, denn sein Konterfei ziert die Titelseiten sowohl der thailändischen als auch der englischsprachigen Boulevardblätter. Auf dem Foto vor mir besucht er in Gesellschaft der üblichen wohlhabenden Verdächtigen und ihrer tief dekolletierten Ehefrauen irgendeinen Ball. Er hat ein rundes Gesicht und Porzellanhaut und trägt Gold an Hals, Hand- und – wie Lek behauptet – Fußgelenken. Offenbar basiert der Erfolg seiner Werbeagentur auf seinem cleveren Management des aristokratischen Finanzwesens. Er heißt Khun Kosana und ist in Bangkok als echtes Na Yai, also Großgesicht, bekannt. Seine bizarre Affäre mit dem armen, hässlichen, aber hochbegabten Pi-Oon hält sich seit mehr als einem Jahr als Thema Nummer eins in sämtlichen Klatschküchen; anscheinend verstehen sich die beiden tatsächlich prächtig und spielen mit dem Gedanken an eine Eheschließung in Kanada oder Amsterdam. Zur Überraschung aller hat Khun Kosana, dieser Na-Yai-Playboy reinsten Wassers, der Pi-Oon wirklich anzuhimmeln scheint, sämtliche Arztrechnungen für dessen Geschlechtsangleichung bezahlt und ist ihm – noch erstaunlicher – bis jetzt treu.

Die Puzzleteile fügen sich unvermutet gut zusammen. Ich muss nur ein bisschen Druck auf Khun Kosana ausüben, um herauszufinden, woher das Snuff Movie mit Damrong stammt. Wahrscheinlich hat sich einer der Kumpel Kosanas aus der High Society durch die Vermittlung der DVD ein wenig Authentizität als knallharter Bursche erworben. Zweifelsohne zirkuliert eine Kopie im

Jetset, und wenn ich mich an die Regeln halte (Erpressung ist okay, die Androhung von polizeilichen Maßnahmen nicht), entlocke ich einem der Partylöwen mit Sicherheit die Quelle. Natürlich brauche ich Vikorn im Hintergrund, um nicht selbst über die Klinge zu springen, aber das lässt sich einrichten, indem ich dem Colonel die Möglichkeit eröffne, einige der großen Tiere zu melken, die in diesem Land das Sagen haben. Alles in allem war die Rauchsitzung mit Gauguin ein kluger Schachzug – in meiner Vorstellung präsentiert er sich noch immer in dieser Inkarnationsform (ich selbst begebe mich nur selten zurück in mein damaliges tahitianisches Leben; die Zurück-zur-Natur-Masche war ein Fehler; ich lernte Gauguin seinerzeit als französischen Arzt kennen; der Künstler hat sich, wie wir nun sehen, noch immer nicht aus der Dritte-Welt-Falle befreit, in die er sich vor über hundert Jahren hineinmanövrierte – keine Sorge: Das gehört nicht zur Handlung). Nun klingelt mein Handy mit der Melodie von Bob Dylans *Tonight I'll Be Staying Here with You:* Es ist Lek.

»Sie sind tot«, informiert er mich. »Beide.«

»Sie haben Pi-Oon vor seinen Augen gefoltert und sie dann beide erschossen.«

Lek hat einige Uniformierte zur Absperrung der Hütte herbeigerufen, und nun warten wir auf das Team der Spurensicherung, obwohl das nichts entdecken wird, was wir nicht schon wüssten: Pi-Oon, das Gesicht schmerzverzerrt, die Künstlerhände verdreht und zerfetzt, die Fingernägel herausgerissen, eine Einschusswunde zwischen den Augen und ein größeres Austrittsloch an der Rückseite des Schädels, lehnt mit dem Rücken am unteren Teil seines Selbstporträts in der Mitte des Triptychons. Khun Kosana scheint aufrecht stehend exekutiert worden zu sein, weil sich eine vertikale Blutspur auf dem Gemälde befindet, die zu seiner Leiche auf dem Boden führt. Auch er trägt die Male eines einzigen professionell abgefeuerten Schusses.

»Niemand hat was gehört oder gesehen, stimmts?«, frage ich Lek.

»Doch. Angeblich wurden die Schüsse so gegen drei heute früh abgegeben. Gestern um etwa sieben Uhr kam ein groß gewachsener, gut gekleideter Farang hierher. Da er sich nach dem Weg zur Hütte erkundigen musste, war es wohl sein erster Besuch. Er sprach Thai mit starkem englischem Akzent.« Lek weicht meinem Blick aus. Als ich versuche, ihm in die Augen zu sehen, sagt er: »Ich gehe in den Wat.« Also warte ich allein auf die Leute von der Spurensicherung. Sobald sie mit ihren Latexhandschuhen und ihrer Videoausrüstung eintreffen, geselle ich mich zu Lek, der mittlerweile im Wat am Rand des Slums in halber Lotusposition, den Rücken gerade, die Augen geschlossen, vor einem Goldbuddha sitzt. Ich entzünde ein paar Räucherstäbchen und stecke sie in die dafür vorgesehene Sandschale, bleibe eine halbe Stunde bei ihm und gehe dann wieder. Auf der Straße vor dem Wat hole ich das Handy aus der Tasche, um Vikorn anzurufen. Als ich ihm die Gräuel des Tatorts schildere, höre ich so etwas wie ein Grunzen von ihm, und als ich ihm sage, dass sich unter den Opfern der berühmte Playboy Khun Kosana befindet, erklärt er postwendend: »Das ist nicht passiert.«

»Aber – «

»Es ist nicht passiert.«

»Und seine Familie und seine Freunde?«

»Er wurde tragischerweise von einem unauffindbaren Lastwagen überrollt.«

Ich hole tief Luft. »Colonel, wir haben es mit Mord zu tun. Und wir sind Polizisten.«

»Wir befinden uns in Thailand, und vor fünf Minuten habe ich einen Anruf erhalten.«

»Mehr ist in so einem Fall nicht nötig? Der Anrufer – wie viel wird er zahlen?«

»Geht dich nichts an.«

»Haben Sie denn keinerlei Verantwortungsgefühl?«

»Hör auf damit, Mondkalb. Ohne deine Ermittlungen wären sie gar nicht umgebracht worden. Wenn ich das Geld nehme, dann nur, um deine schauderhaften Fehler zu kaschieren. Vielleicht bist du derjenige, der hier den Kurs für verantwortungsvolles Handeln besuchen sollte. Wer hat dir überhaupt gesagt, dass du dich so in die Sache mit dem blöden Snuff Movie verbeißen sollst? Die Nutte fehlt niemandem außer dir.«

Er verwendet seine Teflon-Stimme, um jede Widerrede im Keim zu ersticken. Tja, ich werde wohl die Sache mit Baker weiterverfolgen müssen, denke ich, als ich das Handy zuklappe. Er ist der einzige Anhaltspunkt, der mir bleibt. Aber weiß er etwas?

9

Drei Stunden später fahre ich mit dem Taxi zur Soi 23, an deren Ecke Lek mich erwartet. Der Wachmann vor Bakers Wohnhaus informiert uns, dass der amerikanische Farang nachmittags drei Besucher empfangen hat, zwei von ihnen junge Thai-Männer, vermutlich Englischschüler, einer ein groß gewachsener, gut gekleideter Engländer Anfang vierzig, der lediglich zehn Minuten blieb und das Gebäude mit besorgtem Gesichtsausdruck verließ.

Als Baker diesmal die Tür öffnet, trägt er ein offenes Hemd und eine lange, weiße Hose, aber keine Schuhe. Sobald wir auf seinen Plastikstühlen sitzen, nehme ich den Faden unseres letzten Gesprächs wieder auf.

»Ihre Frau Damrong wurde also abgeschoben, Sie mussten eine Weile in den Knast, und dann plötzlich gingen Sie nach Thailand, um Englisch zu unterrichten. Wollen Sie mir erzählen, wie's dazu kam?«

Er schüttelt stirnrunzelnd den Kopf, als kämpfte er heldenhaft gegen seinen Stolz an, und gibt schließlich ein übertriebenes Stöhnen von sich. »Natürlich bin ich ihretwegen hier.«

Mit einem peinlichen Schluchzer fügt er hinzu: »Mich macht das harte Leben an. Ich bin nicht wirklich ein Arschloch, ich tu bloß so. Am Ende gibts für mich nur eine Frau, die mir alles geben kann. Um die halbe Welt bin ich gereist und hab mich vier Jahre lang mit den Brosamen begnügt, die sie mir von Zeit zu Zeit hinwarf, und dafür schäm ich mich nicht mal.«

Mit einem merkwürdig schiefen Lächeln meint er: »Ich beneide Heroinsüchtige. Diese Sucht ist bestimmt leichter loszuwerden als die nach der lebendigsten Frau, die ich kenne.«

»Die lebendigste Frau«, wiederholt Lek. Nach einem strengen Blick von mir hält er bestürzt die Hand vor den Mund. Baker sieht zuerst ihn an, dann mich und wieder ihn. Mein Schweigen spricht Bände. Wüsste er Bescheid, wäre keine solche Reaktion möglich. Lek und ich lassen ihn nicht aus den Augen. Mit einer Bedächtigkeit, die theatralisch sein mag oder auch nicht, packt er die Rückenlehne eines Stuhls und dreht ihn so herum, dass er zum Fenster hinaussieht, während er sich darauf stützt.

Mit leiser Stimme fragt er: »Wie ist sie gestorben?«

»Nun, welche Todesart hatten Sie sich denn für sie vorgestellt, Mr Baker?«

Er sieht mich wütend über die Schulter an. »Was zum Teufel soll das heißen?«

Ich zucke mit den Achseln. »Sie haben gerade Ihre Verbitterung zugegeben und dass Sie ihr emotional verfallen waren. Solche Gefühle gehen normalerweise einher mit Mordgedanken. Wie haben Sie sie in Ihrer Fantasie umgebracht?« Er starrt mich stumm an. »Nun, offenbar entsprechen meine Vernehmungsmethoden nicht dem westlichen Standard, Mr Baker. Das tut mir leid. Sie wissen ja, wie wir Thai-Cops sind: Wir haben praktisch keine Ausbildung genossen und können uns nur auf unsere grobe Dritte-Welt-Intuition beziehungsweise das verlassen, was wir mithilfe unserer volkstümlichen Mittel über das menschliche Wesen erahnen. Aber Sie haben doch hin und wieder davon geträumt, sie zu ermorden, oder?«

Offenbar bin ich zu einem anderen, interessanteren Baker vorgedrungen. »Sie ist umgebracht worden? Tja, in puncto Mordgedanken ihr gegenüber bekenne ich mich schuldig, aber da befinde ich mich in guter Gesellschaft: Im Geist hätten unzählige Männer in Bangkok sie um die Ecke bringen wollen.«

Dann plötzlich gewinnt ohne Vorwarnung ein anderer Aspekt seiner Persönlichkeit die Oberhand. »Tot? Verdammt, ihr Typen bringt mich echt zum Kotzen. Ihr sagt mir, dass meine Ex-Frau tot ist, als wärs der Wetterbericht oder irgend so was.« Er bedenkt mich mit einem wütenden Blick. Einem Neuankömmling würde ich eine solche Reaktion abkaufen, aber der Mann hält sich seit fast fünf Jahren im Land auf. Endlich reißt er sich zusammen. »Verraten Sie mir nun, wie sie umgekommen ist?«

»Sagen Sie mir zuerst, wie überrascht Sie sind«, erwidere ich.

»Wie überrascht? Was soll denn das heißen?« Er mustert mich einen Moment lang. »Vielleicht brauche ich einen Anwalt.«

Ich sehe mich im Zimmer um. »Auf jeden Fall. Allerdings sind Anwälte ziemlich teuer, und es könnte sich auch schwierig gestalten, einen zu finden, der tatsächlich Ihre Interessen vertritt. Möglicherweise verbringen Sie viel Zeit im Gefängnis und müssen meine Fragen hinterher doch beantworten. Aber egal, die Entscheidung bleibt Ihnen überlassen.«

Nach kurzem Überlegen meint er: »Ich bin schockiert über ihren Tod, doch der ist vermutlich für keinen, der sie kannte, überraschend.«

»Aha«, sage ich, »nun kommen wir der Sache endlich näher. Welche Todesart hätten Sie sich also für Ihre Ex-Frau vorgestellt? Schildern Sie sie uns ganz genau. Lassen Sie sich ruhig Zeit.«

Schweigen, Ächzen, dann etwas, das sich wie eine ehrliche Antwort anhört: »Nichts Exotisches, glauben Sie mir.«

»Wann haben Sie sie zuletzt gesehen?«

»Vor ein paar Monaten.« Er mustert mich. »Natürlich will ich keinen Anwalt. Wozu auch? Hier gibts kein verlässliches juristisches System, in diesem Land werden Aussagen erzwungen. Man könnte das Ganze eine Kleptokratie nennen. Wer lange genug da ist, weiß das.« Ich hebe fragend den Blick. »Es würde mir ein Gefühl der Sicherheit geben, wenn Sie mir ein paar kleinere

Gesetzesübertretungen nachsehen dafür, dass ich helfe, den Killer zur Strecke zu bringen.« Ich erkenne keine Verstellung mehr; er ist auf einen Deal aus.

»Ohne genauere Informationen kann ich das nicht versprechen. Allerdings ist meine Verhandlungsbereitschaft unter angemessenen Umständen bekannt.«

»Wie viel wollen Sie?«

»Ich rede nicht von Geld, sondern von Fakten. Verraten Sie mir alles, was Sie über ihr Leben hier wissen.«

»Sie möchten kein Geld?«, fragt er erstaunt, bevor er seufzend die Lippen schürzt. »Nachdem ich meine Zeit abgesessen hatte, reiste ich nach Thailand, um mich auf die Suche nach ihr zu machen. Ich spürte sie in einer Bar in der Soi Cowboy auf, die von einem Cop und seiner Mutter geleitet wird. Sie freute sich, mich zu sehen, erklärte mir aber sofort, dass unser Verhältnis hier ein bisschen anders sein würde als in den Staaten. Es würde ausschließlich ums Geschäft gehen. Tja, da fing ich an, Pornofotos von ihr zu machen, meistens harmloses Zeug für amerikanische Zeitschriften und das Internet, seltener auch harte Sachen – dafür gibts heute eine eigene anonyme Klientel, die über die Webpage ein bestimmtes Mädchen nachfragt. Wenn der Wunsch nicht zu schwierig zu erfüllen war – ein Blowjob oder so was –, hab ich meinen Schwanz zur Verfügung gestellt und gleichzeitig die Kamera bedient. Nur zu diesem Zweck trafen wir uns. Manchmal brachte ich den Kunden, manchmal sie. Sie mochte mich als Filmpartner und hinter der Kamera, weil wir gut harmonierten. Viel verdienten wir nicht damit, aber es war immerhin ein Zubrot für mich.« Mit einer Handbewegung erinnert er mich an seine spartanische Lebensweise.

»Website?«

Er schüttelt den Kopf. »Die finden Sie nicht mehr. Wir haben die Adresse von Woche zu Woche geändert. Im Extremfall schon nach vierundzwanzig Stunden. Die Freier heutzutage wissen, wie man an so was rankommt, es runterlädt und sich vom Acker macht.«

68

»Das war also nur ein Nebenverdienst für Sie?«

»Klar. Sie bekam achtzig Prozent der Einnahmen, aber dicke Kohle war das nicht. Wir konnten beide unsere Jobs nicht aufgeben.« Mit einem Blick aus dem Fenster meint er: »Sie ist nie lange am selben Ort geblieben. Irgendwann hab ich aufgehört, sie zu fragen, wo sie arbeitet, doch grundsätzlich bewegte sie sich auf der gesellschaftlichen Leiter nach oben. Sie erwähnte was von einem hochklassigen Club in einer Seiten-Soi der Sukhumvit, aber wie gesagt: Sie blieb nie lang am selben Ort. Die runtergekommene Bar von dem Cop und seiner Mutter konnte sie nie leiden, obwohl's ihr Spaß machte, den Bullen zu verführen und ihn dazu zu bringen, dass er bettelte, ihr die Möse lecken zu dürfen – ihre Schilderungen waren zum Brüllen komisch, wenn sie Reiswhiskey getrunken hatte. Dann äffte sie den Trottel nach – offenbar hatte es den Polizisten ziemlich erwischt.« Mit einem Lächeln fügt er hinzu: »Genau wie mich am Anfang.«

Mir schwirrt der Kopf, ich werde rot im Gesicht, und Lek fragt sich, warum. Vielleicht weiß Dan Baker bereits Bescheid über meine Affäre mit Damrong und macht sich über mich lustig, aber eigentlich bezweifle ich das, denn es wäre aus seiner Sicht kontraproduktiv.

»Das genügt«, sage ich mit belegter Stimme. »Ihren Pass behalte ich fürs Erste.« Ich blicke zum Fenster hinaus. »Im Revier lasse ich Ihnen eine Empfangsbestätigung ausstellen, die Ihnen ein Beamter morgen vorbeibringt.«

Als ich mich das letzte Mal im Raum umsehe, fällt mir ein, dass ich noch nicht im Bad gewesen bin. Allzu begeistert nimmt er meine Idee, es aufzusuchen, nicht auf. In einer schmalen Nische neben der Toilette befindet sich eine hohe, billige Kommode. Ich öffne die Schubladen eine nach der anderen, Baker im Rücken. In allen liegt Fotoausrüstung der besten Qualität, darunter auch eine Sony-Filmkamera, wie Profis sie benutzen. Als ich mich Baker zuwende, beginnt es unter seinem linken Auge zu zucken, und auf seine Stirn tritt Schweiß.

»Warum bewahren Sie die Sachen im Bad auf?«

»Wo sonst? Sie sehen doch, wie wenig Platz ich habe.«

»Verlassen Sie Bangkok nicht, bevor Sie von mir Erlaubnis dazu erhalten, Mr Baker«, sage ich an der Tür zu ihm. Da deutet Lek auf Bakers linkes Handgelenk und fragt: »Wer hat Ihnen das Armband gegeben, Mr Baker? Es ist aus Elefantenhaar, stimmts?« Es handelt sich um ein traditionelles Potenzmittel. Baker wirft einen erstaunten Blick darauf, als hätte er das Band völlig vergessen.

»Ein Mönch, vor ein paar Tagen auf der Sukhumvit. Er sagte, es bringe Glück, und wollte kein Geld dafür, also hab ich's genommen.« Baker ist genauso verwirrt über Leks Gedankensprünge wie ich. Nun stelle ich die Frage, die ich mir bis zuletzt aufgehoben habe: »Wer ist eigentlich der groß gewachsene, gut gekleidete Engländer, der Sie heute Nachmittag besucht hat, Mr Baker?«

Er tut mir nicht den Gefallen, panisch zu reagieren, sondern antwortet mit einem ironischen Lächeln: »Ein Anwalt. Er berät mich bei einem Problem mit der Ausländerbehörde.«

Im Erdgeschoss trete ich zu den Dame spielenden Wachleuten, die aussehen, als hätten sie sich eine ganze Weile nicht von der Stelle bewegt. Sie überraschen mich mit einem Grinsen und einem Nicken. Wortlos führt mich derjenige, dem ich schon einmal Geld zugesteckt habe, zur Rückseite des Gebäudes und deutet zum fünften Stock hinauf. »Das ist Bakers Fenster«, erklärt er. Und aus diesem baumelt an einem Seil ein glänzend schwarzer Laptop. »Den hat er ungefähr zu der Zeit rausgehängt, als Sie klopften«, meint der Wachmann.

Lek und ich kratzen uns am Kopf. »Soll ich Ihnen eine Leiter besorgen?«, fragt der Wachmann. »Beeilen Sie sich mal lieber – er zieht das Ding bestimmt wieder rein, jetzt, wo er glaubt, dass Sie weg sind.«

Ich handle einen Preis für eine Leiter und den Einsatz eines Wachmanns mit Schere aus und lasse Lek zur Überwachung der Aktion zurück, während ich noch einmal zu Bakers Wohnung gehe. Er ist schockiert, mich wiederzusehen. Ich gebe neuerliches

Interesse für seine Fotoausrüstung im Bad vor, was seine Nervosität gute zehn Minuten lang aufrechterhält, und verabschiede mich dann höflich.

Unten empfängt mich Lek, den Laptop im Arm, mit strahlendem Gesicht. »Mein Gott, war das aufregend. Ich dachte schon, Baker erwischt den Wachmann ganz oben auf der Leiter und stößt ihn runter.« Lek demonstriert, wie er es gemacht hätte, vermutlich mit Stilettos. Ich gebe dem Wachmann meine Handynummer und instruiere ihn, das Fenster im Auge zu behalten sowie mich anzurufen, sobald er eine Reaktion Bakers bemerkt. Wir befinden uns auf dem Rücksitz des Taxis, auf halbem Weg zum Revier, als mein Handy klingelt. »Er ist total ausgeflippt, als er das Fenster aufgemacht und gemerkt hat, dass das Seil durchgeschnitten ist. Dann hat er in der Dunkelheit unten im Hof herumgesucht, als wär das Ding runtergefallen. Irgendwann ist ihm aufgegangen, was läuft. Ich weiß nicht, ob er geweint hat, aber jedenfalls war er ziemlich aus der Fassung.«

»Und wo ist er jetzt?«

»Wieder in seiner Wohnung.«

Eine halbe Stunde später ruft er noch einmal an. »Der Engländer vom Nachmittag ist wieder da.«

»Könnten Sie ihn mir genau beschreiben?«

»Ein großer, ziemlich durchtrainiert wirkender Farang in schickem Anzug mit Nadelstreifen, dazu ein weißes gestärktes Hemd und eine auffällige Seidenkrawatte. Gut aussehend wie ein Filmstar.«

»Hat er mit Ihnen geredet?«

»Klar. Ich hab ihn auf Thai gefragt, wo er hinmöchte, und er hat geantwortet: zu Bakers Wohnung.«

»Wie war sein Thai?«

»Gut, allerdings mit starkem englischen Akzent.«

Ich setze Lek vor seinem Haus ab und fahre mit dem Taxi weiter zu mir. Sobald ich in der Wohnung bin, klappe ich den Laptop auf. Dem Lämpchen unter der Tastatur nach zu urteilen, hat die

Batterie noch genug Saft zum Hochfahren, aber für den Zugang zu den Daten ist ein PIN-Code nötig. Ich habe keine Ahnung, wie ich mich an dem vorbeimogeln soll, und will das Notebook auch nicht den Computerfreaks im Revier überlassen – Buddha allein weiß, was für Bilder sie darauf finden. Tja, vermutlich muss ich die Dienste der FBI-Frau in Anspruch nehmen.

»Ich brauch 'nen Büchsenöffner«, teilt sie mir mit. »So sagen die Freaks dazu. Ich lass mir einen per Kurier schicken, der sollte eigentlich bis morgen da sein.«

Chanya hat meine Ungeduld in puncto Computer bemerkt und sieht mich fragend an. Als ich ihren Blick erwidere, presst sie verlegen die Lippen zusammen und hebt gleichzeitig die Augenbrauen. Ich gebe so etwas wie ein Grunzen von mir. Im Moment habe ich nun wirklich keine Lust, mich auf die Suche nach einem Supermarkt zu machen.

»Eis?«

»Nein, Moomah-Nudeln.«

»Ist das dein Ernst? Die haben doch keinerlei Nährwert. Von denen kannst du essen, bis du platzt, und trotzdem an Unterernährung krepieren.«

»Die hat meine Mutter gegessen, als sie mit mir schwanger war.«

Ich versuche es mit der Mitleidsmasche, betone, wie müde ich bin, ziehe dann aber trotzdem Shorts und ein T-Shirt an. Immerhin einen Laden kenne ich, der um diese Zeit geöffnet hat, das Foodland im Nana-Viertel, und dorthin fahre ich mit dem Taxi. Ein Blick auf die Uhr am Armaturenbrett verrät mir, dass es neunundzwanzig nach eins ist. Entlang der Sukhumvit stehen überall Garküchen, die die hungrigen Nutten und ihre Freier anlocken. Es herrscht eine entspannte Atmosphäre; die Leute sitzen kauend in den Eingängen zu den Läden und erzählen einander Geschichten der Nacht. Ein paar betrunkene Farangs wanken zwischen den Ständen hindurch, aber im Allgemeinen benehmen sich die Leute ordentlich. Im Nana-Viertel wimmelt es von in den Go-go-Bars arbeitenden Mädchen, die gerade mit ihrer Schicht fertig sind. Auch im Supermarkt gibt es warmes Essen, und zwar an einer kleinen Theke gleich bei der Kasse, wo sich die Menschen drängen. In den Gängen des Ladens ist kaum etwas los; ich sehe lediglich ein paar Farangs, die noch nicht so genau wissen, mit welchem Wein sie den Abend beschließen wollen, einige Mädchen, die Proviant für zu Hause erwerben, und versprengte Thai-Männer, die sich eine Flasche Reiswhiskey gönnen. Es dauert eine Weile, bis ich die Moo-mah-Nudeln gefunden habe; wahrscheinlich ist die Verpackung nahrhafter als der Inhalt, aber wer möchte schon mit einer Schwangeren streiten? Ich lege fünf Päckchen in einen Plastikkorb, für den Fall, dass sie bald wieder Heißhunger auf das Zeug kriegt, und mache mich auf den Weg zur nächsten Kasse, als ich aus den Augenwinkeln ein vertrautes Profil wahrnehme. Natürlich kann das nicht sie sein, und außerdem steht sie mit dem Rücken zu mir, aber die Art und Weise, wie sie sich bewegt ... Kennst du den Beatles-Song, Farang: *Something in the way she moves, attracts me like no other lover?* Ich bekomme eine Gänsehaut und möchte keinen genaueren Blick riskieren. Während sie ihr Chili inspiziert, sage ich mir, es ist spät, ich bin müde, und morgen früh sieht alles anders aus. Stolz, meinen Aberglauben niedergerungen zu haben, drücke ich mich an ihr vorbei zur Kasse, lege meine fünf Packungen Nudeln aufs Band, hole meine Brieftasche heraus – und merke, dass die junge Frau nun dicht hinter mir steht. Warum kann ich sie nicht ansehen? Warum konzentriere ich mich krampfhaft auf das Päckchen Chili, das sie erwerben möchte? Warum zittert meine Hand mit dem Fünfhundert-Baht-Schein? Die Kassiererin, der das Zittern nicht entgeht, hält mich für ein gefährliches Geschöpf der Nacht. Ich will so schnell wie möglich aus dem Supermarkt, und in meiner Hast, das Wechselgeld zu ergreifen, fällt mir eins der Nudelpäckchen auf den Boden, genau zwischen mir und der Kundin hinter mir. Sie und die Kassiererin warten darauf, dass ich es aufhebe. In dieser Hinsicht sind wir Thais ziemlich altmodisch. Beim Bücken gelingt es mir, ihrem Blick auszuweichen, aber als ich mich wieder aufrichte, lässt sie mir keine Ausweichmöglichkeit, und ich starre in Damrongs Gesicht, daran besteht kein Zweifel. Ein vertrautes, triumphierendes Lächeln spielt um ihre Lippen. »Guten Abend, Detective«, begrüßt sie mich mit kokett niedergeschlagenen Augen.

Die fünf Packungen Nudeln an meine Brust gepresst, haste ich in Richtung Ausgang. Natürlich kann ich der Versuchung nicht widerstehen, auf der anderen Straßenseite zu warten, bis sie aus dem Laden tritt. Zwanzig Minuten vergehen, ohne dass sie erscheint, also bleibt mir nichts anderes übrig, als in den Supermarkt zurückzukehren, wo ich sie nirgends entdecke. Als ich die Kassiererin frage, was aus der jungen Frau mit dem Päckchen Chili geworden ist, bedenkt sie mich mit einem merkwürdigen Blick.

»Danke«, begrüßt mich Chanya fröhlich lächelnd zu Hause. »Ich mach mir gleich ein paar Nudeln. Willst du auch welche?«

»Nein«, antworte ich, ebenfalls mit einem fröhlichen Lächeln. »Ich hab keinen Hunger.«

Im Bett verfolge ich bei geschlossenen Augen mit, wie mein Gehirn den Verleugnungsmodus einschaltet: Das ist doch nicht wirklich passiert, oder? Nein. Das kann nicht sein, solche Dinge entspringen der Fantasie von ungebildeten Bauern, nicht wahr? Genau. Schließlich bist du nur zur Hälfte Thai, da brauchst du dir nicht von diesem Voodoo-Zeug Angst machen zu lassen, stimmts? Stimmt. Als ich schließlich einschlafe, ist der Zwischenfall in seine Einzelteile zerlegt und an einem dunklen, geheimen Ort gelagert.

10

Von meinem Schreibtisch aus sehe ich zu, wie Lek, eine Plastiktüte mit orangefarbenem Eistee – ich assoziiere den Ton unwillkürlich mit Tschernobyl –, aus der er von Zeit zu Zeit mittels eines mit Gummiband befestigten Strohhalms einen Schluck nimmt, auf mich zukommt. Ich registriere positiv, dass er einen Bogen um

Detective Constable Gasorn macht, der ihn seit einiger Zeit anhimmelt. Nun, vielleicht nicht gerade anhimmelt, denn Gasorns
liebevolle private E-Mails an meinen Assistenten deuten auf etwas
Radikaleres hin als den Wunsch nach einer leidenschaftlichen Affäre. Es gibt genug Statistiken und Theorien über den Hang junger
Thai-Männer zur Geschlechtsumwandlung. Mit anderen Worten:
Möglicherweise bricht bald das alte System zusammen, in dem der
Thai-Mann sich über das große Alles Gedanken macht, während
die Thai-Frau auf seine Kosten einen gastlichen Planeten bewohnt.
DC Gasorn neigt zu der Ansicht, es sei vernünftig, sich von seinem Gemächt zu trennen und einen Mäzen zu finden: Soll doch
ein hartgesottener Typ den Kampf mit den Kräften des Marktes
ausfechten. Ganz sicher ist er sich allerdings noch nicht, weshalb
ich Lek geraten habe, nicht mit ihm zu reden und auch nicht auf
seine E-Mails zu reagieren. Lek kann nur überleben, weil ich ihn
beschütze und Vikorn mich unter seine Fittiche genommen hat.
Wenn Vikorn den Eindruck bekommt, dass wir so etwas wie eine
subversive Mode lancieren, lässt er uns vielleicht am ausgestreckten Arm verhungern.

Außerhalb der Dienstzeiten hat Lek begonnen, mit den Hüften
zu wackeln wie Marilyn Monroe, aber im Revier beherrscht er sich.
Trotzdem kann er sich einen kurzen Blick in Richtung DC Gasorn
nicht verkneifen. Je mehr Östrogen er schluckt, desto weniger ist
er gegen Schmeicheleien gefeit. Andererseits kommt er inzwischen
besser mit dem Leben zurecht. Unter Qualen musste er lernen,
dass er selbst in Thailand als Monster gilt; er ist innerlich härter
als früher und lässt sich von Verbrechern nicht mehr den Schneid
abkaufen: In gewisser Hinsicht hat der Prozess der Geschlechtsangleichung ihm beruflich genutzt, auch wenn er nie mehr sein
wird als ein bescheidener Wald-und-Wiesen-Polizist.

Als er meinen Schreibtisch erreicht, löst er die Lippen lange genug vom Strohhalm, um mich mit einem Wai zu begrüßen. Ich sage
ihm, dass ich erfahren möchte, wo Damrong zum Zeitpunkt ihres
Todes arbeitete, und reiche ihm ein Foto, das Kimberley mithilfe

ihres Laptops aus der DVD destilliert hat. Der Frau, die darauf zu sehen ist, sind noch etwa drei Minuten Leben gegeben. Lek wird es in den Bars herumzeigen, zuerst in der Soi Cowboy, dann im Nana-Viertel und in Pat Pong; wenn er dort nichts herausfindet, müssen wir tiefer graben, vielleicht bei den Escort-Agenturen. Geschätzte zwanzig Prozent der Bangkoker Frauen, die in der Lage sind, ihren Körper zu verkaufen, lassen sich von solchen Agenturen vermitteln; so haben wir einen riesigen Heuhaufen, in dem wir nach der sprichwörtlichen Nadel suchen müssen. Damrong war etwas Besonderes; die Leute werden sich an sie erinnern, genau wie ich. Gerade spiele ich mit dem Gedanken, einen Teil der Laufarbeit selbst zu erledigen, als Colonel Vikorn mich zu sich beordert.

Unterwegs lege ich mir in der Hoffnung, dass der Colonel endlich Interesse dafür entwickelt, eine Zusammenfassung der bisherigen Erkenntnisse im Fall Damrong zurecht. Ich setze mich gegenüber von ihm hin, das große Antikorruptionsposter ein wenig rechts hinter ihm und das Foto Seiner Majestät des Königs in großer Gala unmittelbar über seinem Kopf direkt im Blick, und beginne mit meinem Bericht. Vikorn bemüht sich um Geduld, doch die währt nicht lange. Als ich ihm von Bakers Hightech-Ausrüstung und dem gestohlenen Laptop erzähle, ergreift er die Gelegenheit, mir ins Wort zu fallen.

»Dann ist er also der Mörder. Damit wäre der Fall in weniger als einem Tag gelöst. Du bist einfach unser bester Detective.«

»Aber er war zum Zeitpunkt des Mordes nicht in Thailand, und die Daten auf dem Laptop konnte ich bisher auch noch nicht überprüfen.«

Vikorn bedenkt mich mit einem wohlwollenden Lächeln und einer mahnenden Bewegung seines Fingers. »Verdirb nicht alles durch übertriebenen Perfektionismus. Natürlich ist Baker der Mörder. Er kannte sie, war ihr Mann und ihr Zuhälter und hat ihr Pornomaterial für sie verscherbelt. Warum drohst du ihm nicht mit einer Anklage und bietest ihm dann im Austausch für ein Geständnis einen Deal? Wahrscheinlich könnte ich den Richter davon überzeugen, dass er nicht zum Tod verurteilt wird, sondern nur acht Jahre absitzen muss, wenn er uns die Namen seiner Komplizen verrät. Und falls er sich weigert, kopierst du einfach das Snuff Movie auf seinen Laptop, so einfach ist das.«

»Auf dem Laptop sieht man das Datum, an dem der Film kopiert wurde.«

»Tja, das Notebook darf eben nicht in die Hände der Verteidigung gelangen.«

»Und was ist, wenn er's wirklich nicht war?«

»Dann hast du es zu verantworten, dass ein Unschuldiger einsitzt. Wie wahrscheinlich ist das?«

Ich habe keine Lust auf eine Diskussion mit ihm. Er weiß ganz genau, dass ich mit dieser Lösung nicht zufrieden bin und mir den Arsch aufreißen werde, bevor ich Baker mit einer Anklage drohe. Das macht mich in seinen Augen zum Waschlappen. Jeder anständige Thai-Cop würde längst in irgendeiner Bar den schnellen Abschluss des Falls begießen. Meinem Colonel ist es ziemlich egal, ob Baker Damrong umgebracht hat oder nicht – ein Farang wie er kommt über kurz oder lang sowieso in die Bredouille, bringt der thailändischen Gesellschaft keinen Nutzen und würde von einem dreijährigen Kurs in gesellschaftlicher Verantwortung an der Universität von Lard Yao vermutlich nur profitieren.

Jetzt, da der Fall für ihn erledigt ist, reibt er sich die Hände.

»Sonchai, ich glaube, wir machen Fortschritte mit unserem Projekt. Ich hab überprüfen lassen, was dieser Yammy in seinem neuen Atelier treibt. Weißt du schon, dass ich Räume in Chinatown angemietet hab, am Fluss?«

»Nein. Da waren Sie aber ganz schön schnell.«

»Das liegt bloß an diesem Bericht aus der *New York Times* von dir. Ich hatte ja keine Ahnung, dass mit Porno mehr Geld zu verdienen ist als mit Yaa Baa.«

»Na toll.«

Er beugt sich ein wenig vor, wie er es gern tut, wenn er einen Gefallen erbitten will. »Sonchai, ich mache dich hiermit zu meinen

Augen und Ohren. Tut mir leid, dass ich dir damit noch mehr Arbeit aufhalse, aber du bist nun mal der einzige Cop in District 8, der weiß, wie ein guter Pornofilm entsteht. Ich möchte, dass du regelmäßig bei Yammy vorbeischaust, dich mit ihm anfreundest. Würdest du das für mich erledigen?«

Vikorn schlägt man keine Bitte ab, also nicke ich. Draußen im Flur geht mir auf, dass ich mich vermutlich glücklich schätzen kann – unter den gegebenen Umständen ist es mir immerhin möglich, den Fall Damrong ungestört weiterzuverfolgen. Bei einem 7up in der Kantine kommt mir der Gedanke, die FBI-Frau bei meinem Ausflug mitzunehmen. Davor möchte ich mich jedoch noch Bakers Laptop widmen. Ich teile Manny mit, dass ich auf besondere Anweisung Vikorns zum Fluss fahre und nicht gestört werden will. Dann rufe ich Kimberley im Grand Britannia an, die soeben den sogenannten »Büchsenöffner« erhalten hat, und wähle anschließend Chanyas Handynummer. Sie ist gerade vom Tempel unterwegs nach Hause.

Daheim werde ich von den beiden Frauen erwartet. Dies ist das erste Mal, dass sie längere Zeit miteinander verbracht haben, und ich bin neugierig, wie sie sich vertragen. Bis jetzt war ihr Verhältnis von gegenseitigem Respekt gekennzeichnet. Chanya kann kaum glauben, dass eine Frau das Leben auf so maskuline Weise anpackt und dabei zu solcher Autorität und Macht gelangt; Kimberley hingegen staunt noch immer darüber, wie elegant Chanya geht, redet und lächelt. Sie begreift nicht, wieso sie nicht längst in Hollywood dicke Kohle verdient. Außerdem hat sie das Gefühl, dass Chanyas Gelassenheit nicht hundertprozentig irdischen Ursprungs ist. »Sie lässt sich durch nichts aus der Ruhe bringen«, beklagte sich die FBI-Frau nach den ersten Treffen mit ihr. »Chanya hat die Kaltblütigkeit eines Raubtiers.« Und obendrein ist Chanya hochschwanger, was Kimberley offenbar verstört.

»Kaltblütigkeit« lässt sich praktisch wörtlich mit Luak Yen übersetzen: gleicher Begriff, gleicher Inhalt. Plötzlich wird mir klar, dass die wichtigsten Frauen in meinem Leben, Nong und Chanya, beide in ungewöhnlichem Maße Luak Yen besitzen. Dieser Gedanke führt unweigerlich zu der dritten Frau, Damrong. Auch sie hatte diese Kaltblütigkeit, war brutal, verführerisch, überwältigend, eine echte Raubkatze – und großzügig. Meine Mutter und ich glaubten, dass sie sich den anderen Mädchen im Club gegenüber herablassend geben würde, aber da täuschten wir uns. Im Gegenteil: Sie ging auf sie zu, kaufte ihnen Geschenke zum Geburtstag, war freundlich zu ihnen, erteilte denjenigen, die im Ausland tätig werden wollten, Ratschläge. Nach allgemeiner Ansicht hatte sie Jai Dee, das heißt ein gutes Herz. Ich bekomme ein flaues Gefühl im Magen bei dem Gedanken daran, mir schon bald Bilder ihrer nackten Bemühungen um andere Männer anschauen zu müssen. »Hallo«, rufe ich von der Tür aus, »ich bins.«

Eigentlich habe ich erwartet, dass sie über mich sprechen würden, aber sie sitzen aneinandergekuschelt in der Küche und lauschen der Radiosendung *Thinking in Modern Ways,* was für Chanya zu einer Art religiösem Ritual geworden ist. Sie übersetzt für die FBI-Frau: »Statt einfach mit dem Kochen anzufangen und dann die Zutaten zusammenzusuchen, sammelt man sie zuerst und legt sie auf der Arbeitsfläche in der richtigen Reihenfolge bereit. Jetzt unterhalten sie sich übers Waschen von Kleidung. Man wirft die Klamotten nicht auf einen Haufen, sondern verwendet drei Körbe, einen für weiße, einen für bunte Sachen und einen für Feinwäsche. Ist das nicht genial?«

Chanya wendet sich Kimberley mit begeistertem Blick zu. Die FBI-Frau hat Mühe, ihre Verwirrung zu verbergen. Sie weiß, dass Chanya nicht dumm ist, weshalb also braucht sie so simple Ratschläge? »Ja, toll«, sagt sie. »Effektivität erleichtert das Leben.« Sie sieht mich fragend an. Wie soll ich ihr erklären, dass ein Land, das sich seit tausend Jahren an Intuition und Tradition orientiert, nicht einfach die aristotelische Logik akzeptieren kann?

Es ist leichter, das Thema zu wechseln. Ich gehe zu dem Koffer mit Bakers Laptop unter der Treppe. Beide Frauen sehen mich erstaunt an, als ich das Notebook herausnehme und an die Steckdose anschließe. Sie haben sich also doch über mich und Damrong unterhalten. Chanya und Kimberley mustern mich mit fast schon kindlicher Neugierde: Wie wird er's verkraften? Wie viel Leid werden wir sehen? Da wir keine Stühle besitzen, setzen sie sich mit mir rund um ein Tischchen auf den Boden, auf das ich den Laptop gestellt habe. Die FBI-Frau verbindet ein etwa fünfzehn Zentimeter langes Teil mit dem USB-Eingang und schaltet das Ding im selben Moment an, wie sie den Computer hochfährt. Auf der LCD-Anzeige des Geräts, auf der Platz für ungefähr dreißig Zeichen ist, rauschen in atemberaubender Geschwindigkeit Zahlen- und Buchstabenkombinationen vorbei. Nach einer Weile erscheint: {{jack***rongdam\\\29===forty. Darauf wäre ich nie gekommen. Nun leuchten die Windows-Icons auf dem Bildschirm auf, und fröhliche Musik begrüßt uns.

Ich gehe eine ganze Reihe Dateien durch, bevor mir klar wird, dass Baker die Pornoclips mit einem »X« markiert hat. »Sehr originell«, lautet der Kommentar der FBI-Frau.

Ein Doppelklick, und schon befinden wir uns mitten im Geschehen: eine Nahaufnahme von Damrongs Gesicht mit einem erigierten Penis im Mund, wahrscheinlich dem von Baker, denn der Clip, der nur ungefähr vierzig Sekunden dauert, wirkt, filmtechnisch betrachtet, ziemlich experimentell. Es ist ein Schock für mich, so unvermittelt mit Damrongs lustvoller Bearbeitung des Glieds konfrontiert zu werden. »Alles in Ordnung«, beruhige ich Chanya und Kimberley, die meine Reaktion stärker interessiert als der Porno.

»Sie ist nicht mal hübsch«, meint Chanya. Die Bemerkung hat, glaube ich, nicht allzu viel mit Eifersucht zu tun; vielmehr sieht Chanya ein völlig anderes Bild auf dem Monitor als ich: ein ziemlich gewöhnliches kambodschanisches Gesicht, dunkler als ihr eigenes, mit dem leichten Schmollmund der Khmer. Für mich ist Damrong auf distanziert hochmütige Weise schön, während Chanya sich mir einladend erdverbunden präsentiert. Aber auch die FBI-Frau schüttelt den Kopf. »Nur Männer können so was für unwiderstehlich halten«, brummt sie.

Wir gehen gemeinsam alle mit »X« markierten Dateien Bakers durch, angefangen bei der kürzesten. Nach zehn Minuten sind wir mit Damrongs sexuellem Repertoire vertraut, ohne jemals einen Funken Leidenschaft ihrerseits wahrgenommen zu haben. Die Gesichter der Männer tauchen selten auf; wenn, nur als behaarte, rosige Kulisse ihrer Inszenierung. Es fällt mir nicht schwer, mir schnell ein dickes Fell zuzulegen. Ich beginne sogar schon, mir etwas auf meinen buddhistischen Gleichmut einzubilden, als wir uns dem ersten der beiden längeren Clips zuwenden.

Plötzlich herrscht eine völlig andere Atmosphäre. Man merkt sofort, dass die Aufnahme heimlich, ohne Wissen des Freiers, entstanden ist. Anfangs bewegt sich das Paar immer wieder aus dem Blickfeld der Kamera, doch dann gelingt es Damrong, ihren Kunden in eine bestimmte Position auf dem Bett zu manövrieren, wo sie ihn mit dem Mund bedient. Ihr Engagement verursacht mir ein flaues Gefühl im Magen. (Die Eifersucht stammt aus Reptilinkarnationen und ist fest verankert im Hirnstamm; mit ihrer Wirkung auf die Persönlichkeit beschäftigen sich Wissenschaftler seit Jahrtausenden.) »Alles in Ordnung, Sonchai?«, fragt die FBI-Frau. Chanya meint angewidert: »Er liebt sie immer noch, schau ihn dir doch bloß an.«

»Ja, alles in Ordnung«, krächze ich. »Wirklich.«

»Warum bist du dann so grün im Gesicht?«, möchte meine schwangere Partnerin wissen.

»Bin ich doch gar nicht«, presse ich hervor, obwohl ich während der ersten fünf Minuten des Clips gegen einen inneren Tornado ankämpfe, aus dem ich mich erst befreien kann, als immer wieder kurz das Gesicht des Mannes auftaucht.

»Schaut«, meint Kimberley, »schaut, wie sie sich unter ihm bewegt, damit die Kamera sein Gesicht erwischt.«

Es ist alles sehr subtil, jedes augenscheinlich lustvolle Aufbäumen ihrerseits. Jetzt kommt er ganz ins Bild. Es tröstet mich nicht gerade, dass der Mann ein selbstbewusster, attraktiver Farang mit kantigem Kiefer, rötlich dunklen Haaren und haselnussbraunen Augen ist. »Du Scheißkerl«, murmle ich, dem Blick der Frauen ausweichend. »Tja, genau das war ihre Stärke«, erkläre ich heiser. »Sie gibt ihm das Gefühl, dass er sie beherrscht, dass sie ihm mit Körper und Seele verfallen ist.«

»Erfunden hat sie das aber nicht gerade, Sonchai«, meint die FBI-Frau. Chanya pflichtet ihr mit einem verächtlichen Blick bei. Der postkoitale Teil allerdings lässt uns alle drei wie gebannt auf den Bildschirm starren.

»Erstaunlich«, sagt die FBI-Frau.

»Genial«, stimmt Chanya, die ehemalige Bar-Queen, ihr zu.

Ich reibe mir die Augen. »Noch mal«, fordert Chanya.

»Echte Tränen«, kommentiert Kimberley.

Tatsächlich lösen sich ein paar Tränen aus Damrongs Augenwinkeln, die sie hastig wegwischt. Mit gesenktem Blick sagt sie: »Tom, du bist einfach der Wahnsinn.« Ein unterdrücktes Schluchzen, dann: »Den Gedanken, dass du mit einer anderen zusammen sein könntest, ertrage ich nicht.«

»Mach dir da mal keine Sorgen«, beruhigt Tom sie mit zugeschnürter Kehle. »Was hätte das denn für einen Sinn?« Jetzt werden auch seine Augen feucht. Ihre Tränen vermischen sich, und sie wenden sich wieder tieferen Körperregionen zu. Diesmal gelingt es Damrong, sowohl sein Gesicht als auch seinen Unterleib in Richtung Kamera zu bugsieren.

»Hat sie das bei dir auch so gemacht?«, erkundigt sich Chanya, und die FBI-Frau sieht mich fragend an.

»Nein«, antworte ich, alles andere als erfreut. »Wahrscheinlich hat er viel mehr Geld als ich.«

»Hm«, meint Kimberley nachdenklich, »auf mich wirkt das ein bisschen übertrieben, es sei denn natürlich, sie wollte mehr als nur Geld.«

»Was denn? Doch bestimmt nicht heiraten, oder?«

»Nein«, bestätigt Kimberley. »Das nicht.«

82

Ich hole tief Luft. »Der letzte Clip«, verkünde ich.

Es ist derselbe Raum, aber es herrscht wieder eine völlig andere Atmosphäre. Der Mann stammt aus Asien, mehr erfahren wir in den ersten sieben Minuten nicht über ihn. Damrong unterwirft sich ihm vollkommen, reagiert auf seine unerbittlichen Stöße mit hilflosem Stöhnen und spitzen Schreien. Als er zu brutal wird, beißt sie ihn in die Hand – eine Warnung oder eine Aufforderung zu noch hemmungsloserem Sex? Dieser Kunde scheint sich nicht so leicht manövrieren zu lassen wie Tom. Als es Damrong endlich gelingt, sein Gesicht in Richtung Kamera zu schieben, wechseln Chanya und ich einen Blick, und ich drücke den Stop-Knopf. Da ist er, in höchster Ekstase. Plötzlich wird das Fleischliche nebensächlich.

»Was ist?«, möchte die FBI-Frau wissen.

»Davon bräuchte ich ein Foto«, antworte ich.

Kimberley zuckt mit den Achseln, betätigt die Software, speichert die Aufnahme und verschränkt die Arme. »Sagt mir jetzt bitte jemand, was an dem Typ so Besonderes ist? Dass er aus Asien kommt und ziemlich viel chinesisches Blut in seinen Adern fließt, sehe ich selber. Und dass er gar nicht schlecht ausschaut.«

»Das ist Khun Tanakan«, flüstert Chanya ehrfurchtsvoll.

»Wer?«

»Ein hohes Tier im Bankwesen«, erkläre ich schluckend. »Ein ganz hohes. Er und seine Freunde kontrollieren die hiesige Wirtschaft. Alle großen Deals müssen von ihnen abgesegnet werden.«

Chanya und ich wechseln kurz zu Thai:

Chanya: »Was tust du jetzt? Das könnte dich das Leben kosten.«

Ich: »Ich weiß.«

Chanya: »Du musst Colonel Vikorn Bescheid sagen.«

Ich, mit düsterer Miene: »Es ist klar, was er dann macht.«

Chanya: »Ich bin schwanger, Sonchai, und möchte unser Kind nicht allein aufziehen.«

Ich, mir mit der Hand über die Stirn streichend: »Lass mich drüber nachdenken. Ich wähle den sichersten Weg.«

Chanya: »Bring als Erstes den Laptop hier weg. Ich hab Angst, Sonchai, wirklich.«

Ich: »Okay.«

Ich fahre den Computer herunter, ziehe hastig den Stecker heraus und verstaue den Laptop in seiner Hülle, alles unter den fragenden Blicken der FBI-Frau.

»Wow«, sagt Kimberley, als ich mich kaum fünf Minuten später in Richtung Tür in Bewegung setze. »Wenn ihr Thais es mit der Angst zu tun kriegt, dann aber richtig. Wie wärs, wenn ihr mir verratet, was Sache ist?«

»Im Taxi«, erwidere ich.

Auf der Straße winken Kimberley und ich ein Taxi heran. Chanya ist im Haus geblieben. »Ich lass dich vor dem Grand Britannia raus«, teile ich der FBI-Frau mit.

»Wo willst du mit dem Ding hin?«

»Zum Revier«, brumme ich.

Und auf dem Rücksitz füge ich hinzu: »Damrong hat die Filmaufnahmen machen lassen, um die Freier hinterher erpressen zu können. Eine andere Erklärung gibt es nicht.«

»Stimmt. Und?«

»Wenn sie vor ihrem Tod begonnen hat, die Daumenschrauben anzuziehen, lässt Tanakan inzwischen sicher in der ganzen Stadt nach den Clips suchen.«

»Aber du bist Polizist. Zählt das denn in diesem Land überhaupt nicht?«

Ich verziehe den Mund zu einem Lächeln. »Doch.«

»Und?«

»Tja, Chanya hat recht. Am besten ist es, wenn ich Vikorn Bescheid sage. Dann habe ich ihn immerhin auf meiner Seite.«

»Und warum fällt dir das so schwer?«

Ich wende mich ihr zu. »Was wird er deiner Meinung nach wohl mit dem Tape machen wollen?«

Ich habe das Gefühl, dass sie die kulturellen Implikationen dieser Frage gemeistert hat, als ich sie vor dem Hotel absetze. Sie streckt noch einmal kurz den Kopf zu mir herein. »Merkwürdig, findest du nicht auch?«

»Was?«

»Dass nur wenige einfache Schritte nötig waren, um so viel herauszufinden. Was hast du überhaupt gemacht?«

»Zum Beispiel Damrongs Namen in der nationalen Datenbank überprüft. Das hat mich zu Baker geführt.«

»Und zum gefährlichsten Fall deiner bisherigen Laufbahn. Wie gesagt: merkwürdig. Ich weiß ja nicht, wie das bei euch in Bangkok ist, aber bei uns in den Staaten laufen Ermittlungen normalerweise nicht so komplikationslos.«

Den Laptop neben mir, denke ich: komplikationslos?, und hole mein Handy heraus, um Vikorn anzurufen, der sich gerade in einem seiner Clubs in der Nähe der Polizeistation vergnügt. Als ich ihm verschlüsselt erkläre, was ich bei mir habe, verspricht er mir, sich anzuziehen und mich in einer halben Stunde zu treffen. Im Revier lasse ich das Notebook nicht aus den Augen. Ich habe einmal etwas über einen Kurier gelesen, der zwei Flaschen Mouton Rothschild aus dem Jahr 1945 in einem mit Handschellen gesicherten Aktenkoffer von London nach Hongkong bringen sollte. Tja, mein Laptop ist das Äquivalent dieses Mouton Rothschild in der Pornoindustrie. Ich muss ungefähr eine Stunde auf Vikorn warten.

Wir sitzen wieder in seinem Büro, wo wir gerade alle Details von Damrongs Leibesübungen mit Khun Tanakan begutachtet haben. Inzwischen ist es fast Mitternacht. Als Vikorn sich mir zuwendet, gelingt es mir nicht sofort, seinen Gesichtsausdruck zu deuten. Ich glaube, ein Stirnrunzeln zu erkennen, doch gleichzeitig spielt so etwas wie ein Lächeln um seine Mundwinkel. Allerdings kenne ich ihn gut genug, um zu wissen, wo ich hinsehen muss: Seine Augen glänzen. Er spricht mit sehr sanfter Stimme, wie ein Liebhaber, und klingt dankbar und zärtlich.

»Sonchai, möglicherweise brauche ich einen Zeugen.«

»Ja?«

»Jemanden, der clever genug ist zu kapieren, was läuft, aber gleichzeitig erkennt, dass jeder Vertrauensbruch fatal wäre.«

»Ich kann Ihnen nicht ganz folgen, Colonel«, sage ich.

»Du weißt ja, wie unser Land ist, Sonchai, Ti-Soong, Ti-Tam.« Er bezieht sich auf das thailändische Feudalsystem, in dem es seit jeher um oben und unten geht. »Wenn ich das allein durchziehe, findet er eine Möglichkeit, seine Beziehungen spielen zu lassen.«

Als mir dämmert, was Vikorn vorhat, bekomme ich eine wohlige Gänsehaut. »Sie wollen also, dass ich dabei bin, wenn Sie Khun Tanakan unter Druck setzen?«

Vikorn hebt einen Finger an die Lippen. »Er wird deine Anwesenheit nicht bemerken.«

»Warum machen Sie nicht einfach ein Video davon?«

»Weil er darauf bestehen wird, dass ich zu ihm ins Büro komme.«

»Und wie soll ich da anwesend sein?«

»Du begleitest mich als mein Assistent und Leibwächter. Während der Verhandlungen darfst du mit Sicherheit nicht dabei sein, was bedeutet, dass ich ein Mikro am Körper trage, das mit einem Aufnahmegerät bei dir verbunden ist. Außerdem belauschst du über Kopfhörer das Gespräch, sodass du mit Fug und Recht behaupten kannst, Zeuge gewesen zu sein, falls irgendetwas schiefgeht. Wir lassen es einfach so aussehen, als ob du Musik hörst – wie heißen die blöden Dinger?«

»iPods.«

»Genau. Wie auf den Werbeplakaten für die Polizei.«

»Das könnte mich in Lebensgefahr bringen, Colonel.« Er hebt die Augenbrauen und wendet dann den Blick ab. »Zehn Prozent für die Armen.«

»Zwanzig.«

»Einverstanden.«

Ich zucke mit den Achseln. Wenn der Buddha möchte, dass Khun Tanakans Reichtum gerechter verteilt wird, kann ich mich nicht dagegenstellen, oder? Außerdem will ich nicht verpassen, wie Vikorn das tut, was er am besten kann.

»Erläutere mir den Fall noch mal genau«, fordert Vikorn mich auf. »Es handelt sich um Mord, oder täusche ich mich?«

»Könnte man so sagen.«

»Eins steht fest. Dieser Baker braucht Schutz. Sorg dafür, dass er wegen Verbreitung pornografischen Materials verhaftet wird. In der Zelle hab ich ihn im Blick.«

»Gut«, sage ich.

Auf dem Nachhauseweg wird mir klar, dass ich Baker in den letzten Stunden kaum eines Gedankens gewürdigt habe. Den Laptop aus dem Fenster zu hängen, war lächerlich amateurhaft, die Reaktion eines typischen Verlierers. Loser geraten leicht in Panik, was ihm angesichts der Clips auf dem Laptop jedoch nicht zu verdenken ist. Ich rufe den Wachmann vor Bakers Wohnblock an.

»Er hat das Haus vor mehr als einer Stunde mit einem Rucksack verlassen, nachdem der Engländer gegangen war.«

»Warum haben Sie mich nicht informiert?«

»Sie haben mir nur für ein Telefonat Geld gegeben.« Seufzend beende ich das Gespräch und lasse mich zur Ausländerbehörde verbinden.

»Ohne Pass kommt er nicht weit«, erklärt mir eine fröhliche Stimme.

»Er läuft um sein Leben. Vielleicht hat er sich einen gefälschten Pass an der Kaosan Road besorgt.«

»Na schön, schicken Sie mir morgen früh eine gute Kopie von seinem Passfoto, die leiten wir dann in digitaler Form an alle Hauptgrenzposten weiter.«

Ich lasse mich zu einer sarkastischen Bemerkung hinreißen, in der auch die Worte »Hauptgrenzposten« und »morgen früh« vorkommen. Aber Thais reagieren nicht sonderlich gut auf Sarkasmus, und so brummt er nur etwas Unverbindliches, bevor er das Gespräch beendet. Ich setze mich mit Vikorn in Verbindung, der verspricht, der Ausländerbehörde Feuer unterm Hintern zu machen – schließlich ist er derjenige, der Baker verhaftet wissen möchte.

11

Ich dachte, Vikorn würde seinen Bentley benutzen, was nur beweist, wie wenig kultiviert und raffiniert ich bin. Natürlich spricht er als bescheidener Polizist bei Khun Tanakan vor, soll heißen, dass wir in einem besonders ramponierten Streifenwagen unterwegs sind. Zum Glück dauert die Fahrt nur zehn Minuten, denn sehr viel länger würde Vikorn es auf dem zerfetzten Rücksitz nicht aushalten. Er sieht adrett aus in seinem braunen Uniformrock mit den goldenen Epauletten. Seine subtilen Gedankengänge illustriert er mit seltsamen, eleganten Handbewegungen. Ich folge ihm in den riesigen Eingangsbereich der Bank, wo er bei der Rezeptionistin seinen Charme spielen lässt, die daraufhin zum Telefonhörer greift. Ihrem Blick beim Auflegen nach zu urteilen, lautet die Anweisung, uns so schnell wie möglich in ein privates Besprechungszimmer zu dirigieren. Ein mit Eichenvertäfelung und grünem Leder ausgestatteter Aufzug bringt uns zu einem Konferenzraum ziemlich weit oben, wo wir an einem großen Tisch Platz nehmen und das Auftauchen einer Sekretärin erwarten. Aber Tanakan hätte seine Position vermutlich nicht erlangt, wenn er nicht alle Spielregeln beherrschen würde. Die Tür geht auf, und herein tritt er selbst. Der Colonel und ich erheben uns, um ihn mit einem ehrfurchtsvollen Wai zu begrüßen. Der Khun demonstriert seine Bescheidenheit, indem er es mit einem ebenso ehrfurchtsvollen Wai erwidert.

Chinesisches Blut wird in der thailändischen High Society, besonders im Finanzwesen, als selbstverständlich erachtet. Khun Tanakans Porzellanhaut, seine kleinen dunklen Augen – mit denen er uns eindringlich mustert und die eine ausgeprägtere Lidfalte haben als thailändische –, seine pechschwarzen Haare, ausgezeichneten Manieren sowie sein perfekt geschnittener Anzug zeugen von seiner Zugehörigkeit zur höchsten Klasse thailändisch-chinesischer

Magnaten. Und einen weiteren Pluspunkt kann Tanakan für sich verbuchen: Seine Vorfahren stammten mit Sicherheit nicht aus der Swatow-Region mit ihren klein gewachsenen Chiu-Chow-Fischern, denn er ist über eins achtzig groß, was auf Ahnen aus dem Norden, vielleicht aus der Mandschurei, hinweist. Sich zügellose Leidenschaft bei diesem Mann vorzustellen, fällt schwer, aber ich habe Bakers DVD gesehen. Tanakan ist Anfang fünfzig und nennt einen durchtrainierten Körper sowie – auch das weiß ich von der DVD – ein glattes, helles Glied von respektablen Ausmaßen sein Eigen.

»Darf ich Ihnen meinen Assistenten Detective Jitpleecheep vorstellen?«, fragt Vikorn. Als der Banker mit einer kaum wahrnehmbaren Bewegung der Augen reagiert, fügt Vikorn hinzu: »Während wir uns unterhalten, kann er hier warten oder auch in Ihrem Vorzimmer.«

»Wie er möchte«, antwortet Tanakan mit einem Nicken.

»Meine Sekretärin hat ein eigenes Zimmer. Er kann aber auch hierbleiben.«

»Ich glaube, ihm ist die Gesellschaft Ihrer Sekretärin lieber«, erklärt Vikorn im Gedanken an die Reichweite unserer Ausrüstung.

»Ja«, meint der Banker und wendet sich mir mit einem so freundlichen und einladenden Lächeln zu, dass man meinen könnte, ich sei sein Lieblingsneffe. Im Vorzimmer zu seinem Büro stellt er mich kurz seiner Sekretärin vor, während er Vikorn in sein Allerheiligstes dirigiert und die Tür schließt.

Die Sekretärin ist ausgesprochen attraktiv. Wenn Tanakan sie bumst (und darauf würde ich die gesamte Wall Street verwetten), muss man sich fragen, wozu er Damrong brauchte.

Ihr langes schwarzes Haar wippt wie in der Shampoo-Werbung bei jeder Bewegung geschmeidig, und sie trägt ein elegantes schwarzes Kostüm mit weißer Bluse sowie dezenten Schmuck. Mit Sicherheit ist es Van Cleef & Arpels, das da seinen subtilen Duft in Richtung Klimaanlage verströmt. Ihre an Schönheitsmagazinen geschulte Haltung wirkt ungemein weiblich; zu allem Überfluss scheint sie auch noch tippen zu können. Ich beginne zu begreifen: Damrong bot dem Herrn und Meister völlig andere Dienste als diese Frau, die die dunkleren Bedürfnisse des Khun vermutlich sofort ihrer Mutter gebeichtet hätte.

Offenbar hat Tanakan sie angewiesen, mich zu umgarnen. Doch dies ist ihr erster Flirt mit einem Cop, und sie hat Mühe, ihren Widerwillen zu verbergen. Dass ich sofort nach Betreten ihres Zimmers meinen iPod herausfische und mich mit ausgestreckten Beinen auf das italienische, von Porzellanlöwen flankierte Ledersofa lümmle wie der Prolo, für den sie mich von Anfang an gehalten hat, hilft auch nicht weiter.

»Willkommen in meinem bescheidenen Büro«, höre ich Tanakan gerade in meinem rechten Ohr sagen.

»Es ist mir eine große Ehre, Khun Tanakan«, erwidert Vikorn. »Ich glaube, ich habe noch niemals ein so schönes Büro gesehen. Sie besitzen untrüglichen Geschmack.«

»Keine falsche Bescheidenheit, Colonel. Was bin ich schon? Ein Banker, ein Geldmensch. Ein Polizeioffizier wie Sie leistet doch viel mehr für die Gesellschaft.«

»Ach, Khun Tanakan ist wirklich zu freundlich. Aber machen wir uns nichts vor: Wir gehören unterschiedlichen Welten an. Sie sind Porzellan, ich nur Ton.«

»Selbst wenn ich diesen bescheidenen Vergleich hinnehmen könnte, Colonel, müsste ich erwähnen, dass beim Zusammenprall von Porzellan und Ton das Porzellan den größeren Schaden davonträgt.«

»Darauf wollte ich gerade zu sprechen kommen.«

Inzwischen scheint Tanakans Sekretärin Angst zu bekommen, dass sie die Anweisungen ihres Chefs nicht ordnungsgemäß befolgt. Sie findet einen Grund aufzustehen, sich ins Profil zu drehen, tief einzuatmen und die Schultern zu straffen; natürlich hat sie perfekte Brüste, aber was soll ich damit? Nun tritt sie hinter ihrem Schreibtisch hervor, um die Hochglanzmagazine auf dem

Beistelltischchen vor dem Sofa neu zu arrangieren. Ein *Fortune*-Heft in der Hand, wendet sie sich nach einer Weile stirnrunzelnd und mit einem verwirrten Lächeln mir zu. Als es ihr nicht einmal so gelingt, mich zu einem Kniefall zu bewegen, schluckt sie vernehmlich und haucht: »Wo gehört das bloß hin?« Spätestens jetzt wird mir klar, warum Tanakan Damrong brauchte.

»Natürlich«, sagt Vikorn gerade, »ziehen sich Gegensätze an, wie schon der Buddha lehrt.«

»Stimmt«, pflichtet Tanakan ihm bei.

»Es versteht sich von selbst, dass der bescheidene Ton Ehrfurcht, Bewunderung, ja, sogar Leidenschaft für das Porzellan empfindet, ganz zu schweigen von seinem Neid, aber darüber, dass das Porzellan vom Ton fasziniert wäre, habe ich noch nichts gehört.«

»Colonel Vikorns forensisches Geschick ist stadtbekannt. Sie besitzen ein erstaunliches Gespür für die subtilsten Nuancen.«

»Die Welt weiß wenig über den wahren gesellschaftlichen Wert von Männern wie Ihnen. Sie schuften den ganzen Tag und den größten Teil der Nacht, um unsere Wirtschaft am Laufen zu halten. In den luftigen Höhen, in denen Khun Tanakan sich bewegt, würde ein Geringerer sein Leben lassen. Deshalb brauchen Sie einen Ausgleich, der vielleicht nicht ganz den Normen entspricht.«

»Der Colonel ist nicht nur ein exzellenter Polizist, sondern auch ein mitfühlender Kenner der menschlichen Natur.«

»Nun, ich praktiziere Mitgefühl, wann immer es geht«, sagt Vikorn. »Aber lehrt nicht schon der Buddha, dass selbst Mönche nicht von Luft leben? Auch Mitgefühl braucht eine materielle Basis.«

»Natürlich. Sogar eine breite, und es ist mein innigster Wunsch, einen bescheidenen Beitrag zu leisten.«

»Stellen Sie sich beispielsweise vor«, fährt Vikorn fort, »dass gleich eine Bedienstete diesen Raum betritt, vielleicht eine ungebildete junge Frau, und beim Saubermachen jene wunderschöne Vase herunterstößt, die auf den Boden fallen würde, wenn nicht ein Mensch mit praktischer Intelligenz die Gefahr sähe und sie rettete.«

Schweigen, dann meint Tanakan: »Ein solcher Akt des Mitgefühls würde über den Wert der Vase hinaus belohnt.«

»Und wie viel ist diese Vase wert, Khun Tanakan?«

»Die letzte Schätzung liegt lange zurück. Doch ich weiß, dass der Colonel sich in solchen Dingen auskennt. Welchen Wert würde er ihr geben?«

»Darf ich?«

»Aber sicher.«

Vermutlich hält Vikorn die Vase jetzt in der Hand. »Sehen Sie nur, wie vollkommen der Töpfer diese Drachen vor über tausend Jahren geschaffen hat. Heutzutage hätte keiner mehr die Fähigkeit und Geduld zu so etwas, geschweige denn den nötigen ästhetischen Blick. Ein exquisites Stück. Ich würde sagen: eine Million Dollar. Stimmen Sie mir zu?«

Ein deutlich vernehmbarer Seufzer der Erleichterung. »Selbstverständlich. Der Colonel hat den Wert der Vase sehr genau bestimmt: eine Million Dollar, kein Zweifel: eine Million Dollar.«

»Khun Tanakan scheint mich falsch zu verstehen«, erwidert Vikorn irritierend unterwürfig. »Meiner Ansicht nach ist jeder der Drachen eine Million Dollar wert.«

»Wie viele sind auf der Vase?«, fragt Tanakan mit rauer Stimme.

»Ziemlich viele, Khun Tanakan, ziemlich viele.«

»Würde der Colonel mir den großen Gefallen tun, sie zu zählen?«

»Nicht heute, Khun Tanakan. Ich würde mir die Vase bedeutend genauer ansehen müssen, um zu einem abschließenden Urteil zu gelangen.«

»Bedeutend genauer? Ich glaube, ich begreife nicht ganz.«

»Nun, Khun Tanakan hat einen guten Ruf als Kunstsammler und pflichtet mir vermutlich bei, wenn ich sage, dass zwei Vasen identisch wirken mögen, die eine aber der damit verbundenen Geschichten wegen deutlich mehr erlösen würde als die andere, nicht wahr? Ruhm, auch falscher, verleiht den Dingen heutzutage oft unverdienten Wert, wie man beispielsweise bei Elvis Presleys Gitarre sieht.«

»Ich fürchte, ich kann Colonel Vikorns komplexen Gedankengängen nicht mehr ganz folgen.«

Ein höfliches Hüsteln. »Verändern wir das Szenario einfach ein wenig und stellen wir uns vor, die Bedienstete würde die Vase in die Hand nehmen und drohen, sie fallen zu lassen. Dann hätte Khun Tanakan doch das Recht, die zum Schutz seines Eigentums nötigen Maßnahmen zu ergreifen.«

»Ja?«

»Und wenn diese Maßnahmen unglücklicherweise zum vorzeitigen Tod der jungen Frau führen …«

Schweigen. »Zum Tod der jungen Frau?«

»Ich fürchte, ja, Khun Tanakan. Es tut mir wirklich leid, der Überbringer einer so traurigen Botschaft zu sein. Unter den gegebenen Umständen wäre es wohl unsensibel von mir, den Wert Ihrer Vase zu bestimmen. Vielleicht an einem anderen Tag, wenn Khun Tanakan so großzügig ist, mir noch einmal seine Zeit zu opfern?«

»Wann immer der Colonel möchte. Ich stehe Ihnen zur Verfügung.« Nach kurzem Zögern fügt Tanakan hinzu: »Weiß der Colonel, dass ich die ganze letzte Woche auf Geschäftsreise in Malaysia war?«

»Nein, das wusste ich nicht, Khun Tanakan.«

»Könnte das dazu beitragen, den Wert der Vase niedriger festzusetzen?«

»Es könnte, Khun Tanakan, es könnte. Aber wie gesagt: Die Bewertungsfrage erfordert eingehendere Beschäftigung. Ich wünsche Ihnen noch einen angenehmen Tag, Khun Tanakan.«

»Ich darf Sie zur Tür begleiten.«

Als Tanakan die Tür öffnet, ist seine Sekretärin mit der dreistesten Anmache beschäftigt, die ich von einer Nicht-Nutte jemals erlebt habe.

Auf dem Rücksitz des alten Streifenwagens fragt Vikorn mich: »Na, wie war ich?«

»Genial wie immer. Durch die Geschichte mit der Vase haben

Sie dafür gesorgt, dass er nicht das Gesicht verliert. Jetzt kann er mit Fug und Recht behaupten, nie etwas zugegeben zu haben.«

»Natürlich könnte er das vor Gericht sagen und den Richter bestechen, damit er straffrei davonkommt. Aber dann würde ihm niemand mehr ein Wort glauben, schon gar nicht im internationalen Bankwesen, und den großen Banker raushängen zu lassen, liebt er mehr als sein Leben.«

Vikorn und ich schauen aus unterschiedlichen Fenstern, während wir über die gleichen Fragen nachdenken.

»Hat er überzeugend gewirkt?«

»Du meinst, im Hinblick auf den Tod des Mädchens? Keine Ahnung. Er ist so Luak Yen, dass alles, was er sagt, künstlich klingt. Und wahrscheinlich war er letzte Woche tatsächlich in Malaysia. Auch egal. Ich wollte ihm nur zeigen, dass es in diesem Fall um mehr geht als um eine bloße Indiskretion – nämlich um eine Leiche. Ich bin dabei, ihm die Absolution von einem Schwerverbrechen zu verkaufen.« Er lässt die Hand über seinen klugen Kopf gleiten. »Weißt du was, Sonchai? Dieser Fall wird eines deiner schönsten Geschenke an mich. Mein Gott, hat mir das Gespräch mit Tanakan Spaß gemacht! Wie wärs, wenn ich dir *ein*undzwanzig Prozent für wohltätige Zwecke überlasse?«

»Gern.«

»Was ich noch fragen wollte: Warst du schon unten am Fluss, bei Yammy?«

»Noch nicht. Ich bin ja nach wie vor mit der Suche nach Baker beschäftigt.«

»Ach, das hatte ich völlig vergessen: Wir haben ihn gefunden.«

»Tatsächlich? Das ging aber schnell.«

Mein Colonel tippt sich gegen die Stirn. »Tja, es gibt durchaus pflichtbewusste Polizisten, Sonchai. Ich habe die Einwanderungsbehörde angewiesen, alle Grenzübergänge nach Kambodscha zu überprüfen, an denen noch keine Software zur biometrischen Begutachtung von Passfotos eingesetzt wird. Es sind bloß fünf, und Farangs, die etwas zu verbergen haben, kennen im Allgemeinen nur einen davon. Für ihre Bemühungen hab ich den Jungs dort einhunderttausend Baht versprochen.« Er bedenkt mich mit einem weisen, mitfühlenden Lächeln. »Motivation ist alles. Als Teil des Deals musste ich ihnen gestatten, ihn ein bisschen weichzuklopfen. Er wird kooperationswillig sein, wenn du ihn übernimmst.« Er ärgert sich kurz über das zerfetzte Sitzpolster des Wagens, bevor er hinzufügt: »Aber das hat keine Eile. Er läuft uns nicht weg. Schau zuerst bei Yammy vorbei.«

12

Wenn Supermann sich in Godot zu verwandeln beginnt, kann man sicher sein, eine tiefere, nuanciertere Ebene der amerikanischen Initiation erreicht zu haben – fragen Sie die Irakis. Ich bekomme eine Ausrede nach der anderen von meinem leiblichen Vater, auch bekannt als Supermann. Vor einem Jahr setzte ich mich gegen sämtliche Einwände Nongs (»Wenn er etwas mit uns zu tun haben wollte, hätte er sich schon vor Jahren gemeldet«) mit ihm in Verbindung, und zu meinem Erstaunen antwortete er mit wahrem Yankee-Enthusiasmus und versprach, uns zu besuchen, sobald sich eine Lücke in seinem vollen Juristen-Terminkalender auftue. Tja, wie gesagt: seitdem eine Ausflucht nach der anderen. Nong bezweifelt inzwischen, dass er wirklich vorhat, uns zu sehen; gerade eben haben wir eine E-Mail erhalten, in der er uns mitteilt, dass er die Reise auf Anraten seines Arztes noch einmal verschieben müsse. Halb sieben Uhr abends, wir sitzen im Old Man's Club, und Nong zieht über Farang-Männer im Allgemeinen und ihn im Besonderen her: »Warum machen sie diese albernen Versprechungen, wenn sie sie nicht halten wollen? Sind wir Kinder, die die harte Realität nicht ertragen? Das ist das Problem mit ihrer Kultur – sie meinen, der Rest der Welt sei genauso kindisch wie sie. Ein Thai-Mann hätte uns längst gesagt, wir sollen ihn in Ruhe lassen, und wir hätten ihn mittlerweile vergessen.«

Wir sitzen an einem Tisch in der Nähe der Bar, an der sich lediglich Marly – sie macht kurz Pause von ihrer Pornokarriere mit Yammy – und der Franzose Henri – er schlich sich herein, als er hörte, dass Marly da ist – aufhalten. Henri beschloss tragisch früh im Leben, Schriftsteller zu werden, und merkte leider zu spät, wie die Zeit ihm durch die Finger rann. Jetzt ist er dreiundvierzig und hat eine Glatze. Wie so oft bei literarischen Genies, besonders den publikationslosen, verfügt er über kein regelmäßiges Einkommen und schlägt sich mehr schlecht als recht mittels Internet-Übersetzungen vom Englischen ins Französische durch, was er als ernsthafte Bedrohung für seine Gesundheit und – mehr als eine Stunde täglich betrieben – als Zumutung erachtet (»wieder so 'ne Scheißbedienungsanleitung für 'ne Mikrowelle, mon Dieu. Ich weiß selber, dass eine große Scheißkartoffel nach cinq minutes durch ist und in Aluminium gewickelt ein hübsches kleines Feuerwerk entzündet – an manchen Tagen würde ich mein membre virile für eine kleine Doppeldeutigkeit, ein double entendre, eine literarische Anspielung oder auch nur ein gut platziertes Adjektiv geben, mon Dieu«). Er haust in einem winzigen Zimmer an der berüchtigten Soi 26, einen Katzensprung vom noch berüchtigteren Klong-Toey-Viertel entfernt. Seines notorischen Geldmangels wegen gehört er nicht gerade zu den Lieblingskunden der Mädchen, was seine sehnsuchtsvolle Prosa erklären mag. Allerdings muss man ihm lassen, dass er über ein ordentliches Quantum des Pariser Charmes des 19. Jahrhunderts verfügt, den er so gern persönlich erlebt hätte. Aus der Reserve gelockt, gelingt es ihm durchaus, die Mädels mit seiner Redegewandtheit zu bezirzen:

Henri zu Marly (der heimlichen Heldin seines wohl bis zum Sankt-Nimmerleins-Tag in Arbeit befindlichen Meisterwerks): »Als ich gehört habe, dass du heute Abend hier sein würdest, bin ich vom Schreibtisch aufgesprungen und hierhergeeilt.«

»Lork?«

»Ja. Mein Eifer scheint meine Wahrnehmung geschärft zu haben, denn wieder erlebe ich jene Freude wie beim allerersten Treffen mit dir.«

»Lork?«

»Mir gefällt sogar, wie du ›lork‹ sagst. Aus dem Mund anderer Thai-Frauen klingt das Wort fad wie unser ›wirklich?‹, aber von deinen Lippen perlt es wie Nektar aus dem Nirwana.«

»Willst du mich heute Nacht? Für einen Quickie wäre Zeit, bevor ich runter zum Fluss, zu den Filmaufnahmen, muss.«

Henri strahlt. »Ich spare. Noch drei Bedienungsanleitungen für Mikrowellen und fünf für DVD-Player, und du bist mein, chérie. Andererseits könntest du mir Kredit gewähren. Die Aufträge hab ich schon, ich muss sie nur noch abarbeiten.«

Marly, die sich dank Yammys schamloser Schmeicheleien schon fast in Hollywood wähnt, verdreht genervt die Augen und wendet sich ab. Ich lade sie mit einem Lächeln ein, sich zu uns zu gesellen, damit Nongs Klagen endlich ein Ende haben. »Na, wie läufts mit dem Film?«

»Gut, glaub ich. Yammy ist ting-tong, vollkommen verrückt, aber er weiß, was er tut.« Sie wirft einen Blick auf ihre Uhr.

»Ein ting-tong-Japaner ist mir allemal lieber als ein doppelgesichtiger Farang«, brummt Nong. Ihr Zorn stimmt mich traurig, weil ich seinen Ursprung kenne. Sie hat sich nicht viel von der Kontaktaufnahme mit dem amerikanischen Soldaten erwartet, in den sie sich vor dreißig Jahren verliebte, nur so etwas wie eine verspätete Verbundenheit, einen Plausch über die alten Zeiten, ein bisschen Stolz auf den gemeinsamen Sohn – so schlecht bin ich im Vergleich zu den meisten Leuk Kreung von Vietnam-GIs gar nicht geraten. Was sie hasst, ist seine westliche Herablassung: Wäre er mit einer Amerikanerin genauso umgesprungen? Marly sieht mich fragend an, und ich zucke hilflos mit den Achseln. Zum Glück betritt in diesem Moment der Australier Greg den Club. Nong hat eine ähnliche Schwäche für ihn wie ich für Henri und begrüßt ihn mit einem strahlenden Lächeln. Er erwidert es mit

einem unbeholfenen Wai, das Nong ein Grinsen und ein Kopfschütteln entlockt. Ohne auf seine Bestellung zu warten, holt
sie hinter der Theke eine Flasche gekühltes Foster's hervor und
reicht sie ihm – gratis. »Rührend, wie du dich um mich küm-
merst«, sagt Greg. »Du bist besser als zwölf Mütter.« Die Vorstellung, dass jemand zwölf Mütter haben könnte, bringt Nong zum
Lachen.

Ein Wort zu Greg: Er ist von der Natur mit einem Stoffwechsel
gesegnet, der ihn ungeachtet der Foster's schlank bleiben lässt,
wirkt um etliches jünger als die achtunddreißig Jahre, die er auf
dem Buckel hat, und auf fast schon morbide Weise normal. Mit
Männern trinkt er Bier, mit Frauen schläft er; er liebt Rugby, Foot-
ball, Cricket und Wetten auf das, was er Jee-Jees nennt. Freundlich,
wie er ist, hat er auch im alkoholisierten Zustand – nur nicht im
letzten Stadium – einen fröhlichen Gruß auf den Lippen.

Normalerweise rettet Lek den guten Greg am Ende eines Foster's-intensiven Abends aus heulendem Elend, meist auf dem Klo,
wo er keinerlei Verlegenheit darüber empfindet, von einem besonders effeminierten Transsexuellen aus seiner selbstmörderischen
Verzweiflung geholt zu werden.

Greg zu Lek: »Ich bin völlig durch den Wind, Kumpel, kom-
plett atomisiert. Meine Mum hat meinen Dad weggejagt, als ich
ein Kind war, und dann hat sie bei mir 'ne Gehirnwäsche gemacht.
Weißt du, sie hasst Männer, wie alle australischen Frauen – das
muss am Essen liegen, vielleicht an den verkochten Erbsen.«

Lek schüttelt es. »Verkochte Erbsen? Ach, du Armer.«

»Ich hab nie eine richtige Familie gehabt«, jammert Greg weiter, »bin ganz allein aufgewachsen. Ein Samstagabendfick, das Ergebnis war ich. Ihr seid meine einzige Familie, ehrlich.«

»Wie schrecklich. Aber keine Sorge, Schätzchen, wir kümmern
uns um dich.«

»Ich liebe die Mädels – sie sind einfach toll. In einer Stunde
geben sie mir mehr, als ich mein ganzes Leben lang gekriegt hab.«

»Tja, das liegt daran, dass du so männlich bist«, meint Lek.

»Tatsächlich? Du siehst übrigens heute Abend ziemlich hübsch aus.«

»Schätzchen, du bist betrunken.« Lek kichert. »Flirt nicht mit mir, du kannst mich nicht haben. Ich bin Polizist.«

»Soll das ein Korb sein?«

»Ich geb keine Körbe, Schätzchen, weil ich selber ganz, ganz weit unten bin – normalerweise krieg ich die Körbe. Mach mich jetzt nicht neidisch.«

Greg, der heute bei den Pferdewetten gewonnen hat, ist in Spendierlaune und gibt Drinks für Henri aus, der gerade die tausendste Abfuhr von Marly verarbeitet. Sie brauchen nicht lange, um mithilfe des Alkohols ihre tiefe Männerfreundschaft neu zu entdecken (in der letzten Woche hatten sie eine heftige Auseinandersetzung, an die sich am nächsten Tag keiner mehr erinnerte), und je betrunkener sie werden, desto lauter erschallen ihre Stimmen. Ich sitze zwischen Marly und Nong, die versuchen, mich nicht anzusehen, während Greg und Henri meine geheimsten Gefühle der Öffentlichkeit preisgeben.

»Erinnerst du dich noch an sie?«, fragt Greg Henri. »Sie hat vor ein paar Jahren hier gearbeitet.«

Henri wirft hastig einen Blick über die Schulter, als glaubte er, dass wir ihn nicht hören können. »Natürlich war sie keine Wald-und-Wiesen-Prostituierte, sondern eine geborene Kurtisane, ein Wesen der Belle Époque, gestrandet in diesem Zeitalter der funktionalen Barbarei. Sie wirkte so elegant, dass ich es nie gewagt hätte, sie anzusprechen. Ich hatte Angst vor dem Preis, den sie verlangen würde.«

»Ich hab auf sie gespart. Sie war toll im Bett, aber sie stellte auch was mit deinem Gehirn an. Nach dem zweiten Mal litt ich eine ganze Woche lang unter Depressionen. Sie war mir einfach über.«

»Sch. Der Sohn von der Chefin hat sie auch gehabt.«

»Sonchai?«, fragt Greg überrascht. »Der fängt doch nie was mit einem von seinen eigenen Mädels an.«

»Er war ihr mit Haut und Haaren verfallen.«

99

Greg beugt sich näher zu Henri hinüber. »Angeblich zirkuliert ein Snuff Movie, bei dem sie draufgegangen ist.«

»Mon Dieu, das wusste ich nicht.«

»Sonchai, geh doch mal nach oben und sieh nach, ob das Putzpersonal ordentlich gearbeitet hat, ja?«, sagt Nong, Marlys Blick ausweichend und wütend Gregs und Henris Rücken musternd.

Ich verschwinde nach oben, wo ich mich auf eins der Betten lege und die Gedanken schweifen lasse. Prostituierte waren die ersten Kapitalisten der Welt. Schon in der Antike begriffen die Menschen, dass Männer Sex dringender brauchen als Frauen. Es war also nur logisch, dieses Ungleichgewicht der Bedürfnisse durch Geld auszugleichen, dessen Nutzen bis dahin noch niemand erkannt hatte. Später fanden die Nutten natürlich weitere Dinge, die sich verkaufen ließen, und viele wurden als Anwältinnen, Allgemein- oder Zahnärztinnen, Banker, Unternehmerinnen, Bürgermeisterinnen oder Ähnliches wiedergeboren. So entstand der Handel, und allmählich kam der Krieg aus der Mode. Tja, ohne Prostitution wäre die Menschheit nie über die Belagerung von Troja hinausgekommen.

Eigentlich wollte ich an dem Abend nichts mehr unternehmen außer Faulenzen, doch nun haben Greg und Henri mir die Laune verdorben. Ich werfe einen Blick auf die Uhr: Es ist acht. Um diese Zeit gibt es keine Flüge zu dem Teil der kambodschanischen Grenze, an dem Baker festgehalten wird, nur jede Menge Busse. Da ich mir aber keine lange, unbequeme Busfahrt vorstellen kann, rufe ich beim Hualamphong-Bahnhof an und buche ein Erster-Klasse-Abteil im Schlafwagen. Das ist ein Dritte-Welt-Luxus, den ich mir von Zeit zu Zeit gönne. Ich bin ziemlich aufgeregt, als der Schaffner mit frischen weißen Laken hereinkommt. Plötzlich fühle ich mich in meine Kindheit zurückversetzt, als ich mit Nong, die gerade in Paris bei dem guten alten Monsieur Truffaut jede Menge Kohle verdient hatte, erster Klasse hinauf in den Norden reiste. Ratter, ratter, ratter. Vielleicht ist meine Mutter nicht gerade die respektabelste der Welt, dafür aber eine der cleversten. Ratter, ratter, ratter. Wir haben Geld auf dem Konto und Medikamente für die Oma und genug für die Miete – für den nächsten Monat ist gesorgt. Ratter, ratter, ratter. Zu wissen, wie man seine Laune verbessert, führt zur Erleuchtung. Und es macht Spaß, sich Vikorns Befehl zu widersetzen, der meint, ich sehe mir gerade Yammys Arbeit an.

Als ich im Morgengrauen erwache, atme ich sauberere Luft, und mein Blick fällt auf zwei Gleise und zwei Bahnsteige sowie die wenigen Taxis, die auf die ankommenden Passagiere warten. Ich handle mit einem der Fahrer einen Pauschalpreis für den Tag aus, und schon gehts los zu einem Picknick auf dem Land.

13

In dem Dorf Sleepy Elephant gibt es keinerlei öffentliche Gebäude; es unterscheidet sich vom platten Land nur durch eine geringfügig höhere Bevölkerungsdichte. Das Polizeirevier, in dem Baker festgehalten wird, ist wenig mehr als ein großes Lagerhaus mit einem aus fünf Zellen bestehenden Gefängnisanbau sowie einem kleinen Stück Grund mit einem silberfarbenen Wasserbüffel. Ein junger Polizist füttert gerade hinter dem Schreibtisch einen zahmen Affen, als ich eintrete und ihm meinen Dienstausweis zeige. Der Name Damrong Baker, in deren Mordfall ich ermittle, sagt ihm nichts. Ich erkläre ihm, dass der Farang Baker, ihr Ex-Mann, mein Hauptverdächtiger ist. Sein Blick fragt: Und?

»Sie halten hier einen Farang fest«, antworte ich, »der gestern versucht hat, die Grenze illegal zu überqueren. Die Leute von der Einwanderungsbehörde haben keine Zellen, weshalb Baker vorübergehend hier untergebracht ist.«

Auf der Stirn des jungen Polizisten graben sich tiefe Furchen ein. Mir dämmert, dass man Dummheit auch aus strategischen Gründen kultivieren kann.

Das Problem mit der Dorfpolizei besteht darin, dass es so etwas wie einen Dorfpolizisten nicht gibt. Etwas anderes als junge Männer und Frauen, die die Uniform mit Anstand tragen, ohne sich in allzu viele Schwierigkeiten zu manövrieren, darf man nicht erwarten. Die Loyalität bezieht sich immer auf die Region, und ich stamme aus der verachteten Großstadt. Dem Usus gemäß sollte ich ihn bestechen, doch das werde ich nicht. Außerdem kann er mir in seiner Jugend keine echte Hilfe sein. Einen Moment lang konzentriere ich mich auf den Affen, der kaum der Mutterbrust entwöhnt und emotional von dem Polizisten abhängig ist. Das Tier betrachtet mich mit großen, feuchten Augen und klettert dann über den Hals des Jungen auf seinen Kopf, um sich mit seinen winzigen Händen an dessen Haaren festzuklammern.

Endlich sieht der Beamte mich an. Er weiß nicht so recht, ob er ohne Bedenken mit mir reden kann, und ich habe keine Ahnung, ob er normales Thai beherrscht; bislang habe ich ihm nur ein paar gemurmelte Wortfetzen im örtlichen Khmer-Dialekt entlockt. »Holen Sie den Chef«, weise ich ihn mit sanfter Stimme an. Er nimmt den Telefonhörer in die Hand.

Wie vermutet, befand der Chef sich auf der anderen Seite der Tür und lauschte. Jetzt kommt er herein, schließt die Knöpfe an seiner Sergeantenuniform, wischt sich die Lippen ab. Er dürfte Mitte vierzig sein und betrachtet mich mit alkoholbedingter Aggressivität.

»Halten Sie einen Farang namens Baker hier fest?«

Als er Anstalten macht, den Kopf zu schütteln, verenge ich die Augen zu Schlitzen und konzentriere mich auf das sechste Chakra – ohne Erfolg. Schließlich sage ich: »Colonel Vikorn, der Leiter des Bangkoker District 8, wird ziemlich wütend auf Sie sein, wenn Sie sein Geld genommen und ihn dann übers Ohr gehauen haben. Baker hat Ihnen letzte Nacht Geld gegeben, stimmts?«

Der Sergeant ist überrascht, dass ich ihm das auf den Kopf zusage. Bisher sah seine Strategie immer folgendermaßen aus: Geld nehmen und die Konsequenzen nach unten abwälzen. Sein

Polizeirevier befindet sich etwa fünfzehn Kilometer vom kleinsten, verborgensten, am wenigsten frequentierten und technologisch unterentwickeltsten Grenzübergang Thailands entfernt, was bedeutet, dass er Gelegenheit hatte, diese Vorgehensweise zu einer Kunstform zu entwickeln. Und jetzt ist er schockiert darüber, dass ich ihm die karmische Rechnung etwa zweihundert Jahre früher als erwartet präsentiere.

»Sie kannten Colonel Vikorn bis gestern nicht?«, frage ich. Er schüttelt den Kopf. »Und Sie hielten ihn für einen Stadtschnösel, der Ihnen Geld zahlt und zulässt, dass Baker sich freikauft oder die Einwanderungsbehörde ihn sich unter den Nagel reißt? Vermutlich mit der fadenscheinigen Ausrede, dass er in der Nacht aus der Zelle ausgebrochen und irgendwie über die Grenze verschwunden ist. Man weiß ja, wie wackelig diese kleinen Gefängniszellen auf dem Land sein können, nicht wahr?«

Der Trottel zwinkert und nickt: Das machen doch alle, oder? Ich nicke ebenfalls, allerdings nachdenklich. Offenbar bleibt mir nichts anderes übrig, als Vikorn anzurufen und ihm zu gestehen, dass ich mich im Moment nicht um seinen Ausflug in die Pornobranche kümmere, sondern meine Ermittlungen weiterführe. Der Sergeant verfolgt mit ängstlichem Blick, wie ich das Handy aus der Tasche hole.

Vikorn gegenüber komme ich sofort zum Hauptpunkt, nämlich dass sich die örtliche Polizei über meinen Colonel lustig macht. Sie hat sein Geld genommen und sich dann von Baker bestechen lassen, sodass dieser verschwinden konnte, vermutlich mit dem Einverständnis der Einwanderungsbehörde, die Baker wohl gleichfalls bestochen hat. Es herrscht ziemlich dicke Luft, als ich dem Sergeant das Handy reiche. Ich beobachte interessiert, wie sein Gesicht zuerst rot, dann weiß und schließlich grau wird. Er stottert »Ja, ja, ja«, und als er mir das Telefon wiedergibt, zittert seine Hand deutlich sichtbar. Nun ergreift er den Hörer seines Schreibtischapparats, wählt eine aus drei Zahlen bestehende Nummer, beginnt, in Khmer zu jammern, und steigert sich schließlich in ein ziemlich lautes Kreischen hinein. Ich kann kein Khmer, würde aber ziemlich viel darauf wetten, dass er etwas Ähnliches sagt wie: »Holt den verdammten Arsch zurück, sonst sitzen wir hier alle in der Scheiße.« Hinterher signalisiert er mir mit einer ungeduldigen Geste, dass ich ihm folgen soll. Ich gehe hinter ihm her zum Parkplatz auf der Rückseite des Reviers, wo ein Wagen mit Vierradantrieb steht, kein zerbeulter alter Polizei-Toyota wie in Krung Thep, sondern ein Range Rover Sport TDV6 4WD in Metallicrot. Fünf Minuten später wird mir klar, warum er den Vierradantrieb tatsächlich braucht. Die nagelneue Straße zum Grenzposten ist offenbar für Weicheier bestimmt; dieser Mann hier braust in eingefahrenen Furchen durch den dichten Dschungel. Nach weniger als fünf Minuten passieren wir einen Stacheldrahtzaun mit einem Totenkopfschild, das vor illegalen Grenzübertritten warnt. Als wir die Seite der Khmer erreichen, trifft dort ein Beamter der thailändischen Einwanderungsbehörde mit *seinem* Range Rover Sport (in Metallicgrau) ein. Er identifiziert mich sofort als Ursache seiner Probleme und bedenkt mich mit einem finsteren Blick, bevor er ins Gebäude hastet.

Als der Sergeant und ich die Khmer-Grenzstation betreten, brüllt der Beamte der Einwanderungsbehörde gerade einen der kambodschanischen Posten in Khmer an. Wieder muss ich mich für die Übersetzung auf meine Intuition verlassen.

Beamter der thailändischen Einwanderungsbehörde: »Rückt ihn sofort raus. Wir haben ein Problem.«

Beamter der kambodschanischen Einwanderungsbehörde: »Fick dich ins Knie. Man hat uns bezahlt; er hat seinen Stempel im Pass.«

Thai: »Das ist ein gefälschter Pass.« Kambodschaner: »Das weiß ich auch. Warum hätte er uns sonst bestochen?«

Thai: »Ist dir klar, dass dadurch unser Geschäft auffliegen könnte?«

Kambodschaner: »Nur für dich, mein Freund. Deine Nachfolger sind bestimmt auch nicht ehrlicher als du.«

Thai: »Bitte.«

Der Kambodschaner betrachtet durchs Fenster die beiden Range Rover.

Thai: »Welchen willst du?«

Kambodschaner: »Beide.«

Thai: »Und wie sollen wir wieder zurückkommen?«

Der Kambodschaner nickt lächelnd in Richtung zweier neben den Range Rovern abgestellter Mopeds.

Thai: »Kann der Farang zu Fuß gehen?«

Kambodschaner, einen Moment über die Frage nachdenkend: »Wir bringen euch heim.«

Vor dem kambodschanischen Grenzposten sehe ich zu, wie die beiden ziemlich ramponierten Mopeds in einen der Range Rover verladen werden und man Baker aus einem feuchten Loch unterhalb des Gebäudes hervorholt. Zwei Leute sind nötig, um ihn auf den Beinen zu halten, während sein Kopf gefährlich hin und her rollt. Auf der linken Gesichtsseite, gleich unter dem Auge, befindet sich ein großer blauer Fleck.

»Scheiß Kambodschaner«, sagt der Beamte der thailändischen Einwanderungsbehörde in Thai. Doch auch der Kambodschaner beherrscht Thai. »Das waren die«, meint er und deutet auf seine thailändischen Kollegen.

»Nein«, erwidert der Thai mit einem Blick auf den blauen Fleck. »Wir verwenden Telefonbücher – die hinterlassen keine Spuren. Bloß Barbaren sind zu so was fähig.«

»Warum konnte er dann gestern Abend nicht zu Fuß gehen? Ihr habt gewusst, wer er ist. Der einzige Sinn, ihn zu verprügeln, bestand doch darin, noch mehr Geld aus ihm rauszubekommen.«

Sobald Baker auf dem Vordersitz des einen Range Rover liegt, überprüfe ich seinen Puls, der erstaunlich kräftig ist. Da auch alle anderen Lebensfunktionen in Ordnung zu sein scheinen, beginne ich, mich zu fragen, ob er simuliert. »Geben Sie keinen Mucks von sich, bis wir auf der anderen Seite sind«, flüstere ich ihm zu.

Über dieselbe Dschungelroute wie zuvor gelangen wir in fünf Minuten zur Rückseite des thailändischen Polizeireviers, wo sie Baker herauszerren, ihn gegen eine Wand lehnen und die Mopeds ausladen. Die Thais beobachten mit ziemlich säuerlicher Miene, wie die Kambodschaner ihren Range Rover über die Grenze entführen.

Plötzlich wird der Sergeant wieder energisch. »Bringen Sie ihn hier weg«, weist er mich an. »Mit dem Taxi; wir haben keine Transportmöglichkeit mehr.« Er wirft einen traurigen Blick auf die Mopeds.

Ich frage mich, ob Baker fit genug ist für eine zwölfstündige Fahrt nach Krung Thep. »Ich brauche Schmerzmittel«, sage ich. Als der Sergeant mich nur finster ansieht, drohe ich, noch einmal Vikorn anzurufen.

»Wie wärs mit Opium? Was anderes haben wir hier draußen nicht.«

Ich zucke mit den Achseln. Der Sergeant verschwindet im Gebäude und kehrt wenig später mit einer Messingpfeife, einem Klumpen Opium zwischen zwei transparenten Plastikvierecken und ein paar Paracetamol-Tabletten zurück, die er in zermahlenem Zustand unter das Opium mengt, damit es fester wird. Dann gibt er eine winzige Menge in die Pfeife, erhitzt sie mit einem Butanfeuerzeug, bis das Zeug zu blubbern beginnt, nimmt selbst einen Zug und reicht sie Baker, der sie mit unverhohlener Begeisterung ergreift. Nach fünfzehn Zügen kann er das Gefühl des Wohlbehagens, das seinen Körper erfüllt, nicht mehr verbergen. »Ich glaube, jetzt ist er transportfähig«, erkläre ich dem Polizisten, der mir hilft, Baker auf den Rücksitz des Taxis zu bugsieren.

Baker befindet sich tief in einem Opiumtraum, als wir den Bahnhof erreichen, sodass ich den Fahrer gegen Geld bitten muss, ihn mit mir zum Zug und auf einen Sitz in der ersten Klasse zu schleifen.

Was für eine Erleichterung, als wir uns endlich in Bewegung setzen und ich die Rollos herunterziehen kann. Noch Stunden später weist nichts darauf hin, dass Baker sein Traumparadies verlassen möchte, also mache ich mich daran, den Namen »Damrong« in seine Opium-Fantasien zu träufeln, indem ich ihn immer wieder in sein Ohr flüstere. Plötzlich schlägt er die Augen mit einem Glanz auf, den man bei Farang-Männern seit den Sechzigern nur noch selten sieht, und sagt:

Nicht kann sie Alter
Hinwelken, täglich Sehn an ihr nicht stumpfen
Die immer neue Reizung; andre Weiber
Sätt'gen, die Lust gewährend: sie macht hungrig,
Je reichlicher sie schenkt; denn das Gemeinste
Wird so geadelt, dass die heil'gen Priester
Sie segnen, wenn sie buhlt.

»Shakespeares Antonius und Kleopatra, Schulaufführung«, vertraut Baker mir mit einem selbstgefälligen Lächeln an. »Ich war Enobarbus.« Und dann schließt er die Augen wieder.

Erst in den Außenbezirken von Krung Thep beginnt die Wirkung der Droge nachzulassen, und er befühlt den blauen Fleck unter seinem Auge sowie andere Teile seines Körpers, die malträtiert wurden. Seine Gedanken scheinen sich jedoch in anderen Regionen zu befinden, als er von seiner inneren Reise erzählt:

»Grauschattierungen, weißer Boden mit riesigen Fliesen, vielleicht zweieinhalb Quadratmeter groß, dazwischen Schwarz, wie ein gigantisches Schachbrett. Auf jedem Viereck eine graue Wendeltreppe zu einer grauen Plattform. Sie *ist* Farbe: hauptsächlich Gold und Grün, intensive Rottöne, Orange, farbiges Licht in einer Art Seidenrobe; sie tritt von der Plattform ins Nichts. Nächste Fliese: eine weitere Wendeltreppe, diesmal höher; wieder das Gleiche: sie die einzige Farbe, und sie tritt von der Plattform ins Nichts. Unendlich viele Treppen, größer werdend, Damrong und immer wieder Damrong – jedes Mal in anderem Gewand, jedes Mal kurz vor dem Schritt ins Nichts.« Er packt meinen Unterarm.

»Sie besucht mich jede Nacht, goldgrün leuchtend, beherrscht meinen Schwanz, meinen Orgasmus, alles. Sie kann ihn stundenlang rauszögern, die ganze Nacht lang, oder mich in fünf Sekunden kommen lassen. Jede Nacht!« Er gräbt mir die Nägel ins Fleisch. »Am liebsten würde ich mit ihr zusammen ins Nichts springen, aber ich hab einfach nicht den Mumm dazu.«

Ich habe dem Polizeirevier telefonisch unsere Ankunft angekündigt, sodass uns vor dem Hualamphong-Bahnhof ein Wagen erwartet.

14

Wir sind winzige Figuren am Glücksarmband der Unendlichkeit. Wenn dieser Körper erschöpft ist, wandern wir in einen anderen. Was werde ich im nächsten Dasein: Kesselflicker, Schneider, Tiger, Fliege? Ein Buddha, Dämon, Berg, Laus – sie alle sind sich in ihrer wesentlichen Leere gleich. Aber wird in fünfzig Jahren überhaupt noch ein Planet existieren, auf dem es sich zu leben lohnt? Chart Na bedeutet »nächstes Leben«, und als Buddhist macht man sich Gedanken darüber. Nicht nur über das eigene, sondern auch über das der Erde, denn sie ist ein lebendes Wesen mit eigenem Karma, unauflöslich mit dem unseren verknüpft.

Tja, es wird von Jahr zu Jahr heißer – nun ist es endlich offiziell. Inzwischen sind sich sogar von der amerikanischen Regierung beauftragte Wissenschaftler einig: Wir werden uns als einzige Spezies in der kosmischen Geschichte wissentlich selbst den Hitzetod bescheren.

Heute Morgen habe ich mir über Kabel die BBC-Nachrichten angeschaut. Eigentlich wäre ein dringlicher Tonfall des Sprechers zu erwarten gewesen, aber der berichtete über die globale Erwärmung gleichmütig wie über Geburten und Fußballergebnisse.

Natürlich kann er nichts dafür; er weiß besser als die meisten, wie retro die Normalität bisweilen ist, doch wie, muss man sich fragen, sieht die angemessene Reaktion aus, wenn Leugnen die Voraussetzung dafür wird, dass man geistig und psychisch nicht aus dem Gleichgewicht gerät? Weitermachen wie bisher, nehme ich an, und auch in Zukunft Schadstoffe in die Luft pumpen. Irgendwann kommt der Umweltfaschismus. Wenn der Schnee im Himalaja schmilzt, werden die Staatsoberhäupter der Englisch sprechenden Nationen drohen, jene Länder der Dritten Welt mittels Atombombe zur Räson zu bringen, die sich anders nicht daran hindern lassen, fossile Brennstoffe zu verbrauchen. – Eine elegante Lösung für das Problem der globalen Erwärmung.

Die FBI-Frau und ich fahren gerade in einem Taxi zu einem Lagerhaus in Chinatown am Chao Phraya River, das Vikorn angemietet hat und in Kürze kaufen möchte, um die künstlerische Seite seines unternehmerischen Reichs zu kultivieren. Es war eindeutig ein Fehler, Kimberley diese Facette meiner beruflichen Tätigkeit zu offenbaren, weil ich sie selbst hasse und ein paar Bier brauche, bevor ich in der Lage bin, Yammys Atelier zu betreten.

Also bestelle ich mir in einem Café am Fluss ein Kloster, und zu meiner Überraschung leistet Kimberley mir Gesellschaft. Wir genießen den Blick auf den Chao Phraya, an und auf dem es wie immer von Menschen wimmelt. Bunt bemalte Kähne schleppen Frachtboote mit großen am Bug aufgemalten Augen, während Longtails mit riesigen auf Schiffskränen montierten Busmotoren sowie fast fünf Meter langen Außenbordpropellern, vollgepackt mit Touristen, den Fluss – noch immer der einzige staufreie Verkehrsweg für viele Pendler – auf und ab brausen. Auch die Passagierfähren sind überfüllt, sie legen, begleitet von hektischen Pfiffen der Bootslenker, an und ab, als wären alle gerade noch einer Katastrophe entgangen.

Kimberley trinkt so gut wie nie Alkohol, doch ich weiß, dass sie sich seit ihrer Ankunft hier in merkwürdiger Stimmung befindet. Warum ist sie überhaupt in Bangkok? Angeblich, weil sie sich für den Fall interessiert, und offenbar besteht tatsächlich eine Verbindung zu ihrer Tätigkeit fürs FBI. Aber clevere Agenten springen nicht mal eben auf das Telefonat eines Freundes hin in einen Flieger. Dazu kommt, dass unsere Freundschaft mehr als ein Jahr lang auf Eis lag, bevor sie mit einem typischen Farang-Anruf reanimiert wurde: »Hallo, Sonchai, wie gehts?« – Als wäre sie an der nächsten Straßenecke und unser letztes Gespräch gerade ein paar Stunden her. Es war mitten in der Nacht meiner Zeit, und ich brauchte eine Weile, bis ich richtig wach wurde. Ich verdrückte mich mit dem Handy in den Hof, um Chanya und das Kleine in ihrem Bauch nicht zu wecken. (Nein, ich sagte nicht: »Kimberley, ist dir eigentlich klar, dass wir hier zwei Uhr früh haben?« Als Thai bin ich dazu einfach zu höflich.) In mir begann sich Mitleid zu regen, als ich merkte, wie unglücklich sie klang, doch sobald sie mit mir zu flirten anfing, klärte ich sie über Chanya und das Baby auf; da schwieg sie. Trotzdem ahnte ich, dass sie von einem glücklichen Bangkoker Leben mit diesem seltsamen Cop geträumt hatte, in den sie seit dem Python-Fall vernarrt war. (Ein schwarzer amerikanischer Marine, von einer transsexuellen Thai – Mann zu Frau – mittels drogenberauschter Kobras und riesiger Python ermordet; wir nahmen seinerzeit aus Gründen des Mitgefühls Abstand davon, ihn/sie einzubuchten.) Am Ende stellte sich heraus, dass Kimberleys Schmusekurs nicht ausschließlich hormonelle Gründe hatte: »Ich gelange hier an meine Grenzen, Sonchai, und außerhalb der Vereinigten Staaten hab ich wenige Freunde – eigentlich nur dich. Auch in einem riesigen Land wie Amerika kann einem die Decke auf den Kopf fallen.« Wir setzten unsere nächtlichen Gespräche fort, bis der Damrong-Fall uns Gelegenheit zur Diskussion praktischer Dinge gab. Dennoch hätte ich nicht erwartet, dass ein Supercop wie Kimberley einfach das nächste Flugzeug nach Bangkok nimmt. Also erwarte ich Signale ihrerseits, dass sie ein bedeutungsschweres Gespräch führen möchte. Ich habe eine volle Woche gebraucht – es gibt Teile der Farang-Psyche, mit denen nicht einmal ich vertraut bin –, um zu merken, dass sich hinter der taffen, extrovertierten Fassade eine ziemlich schüchterne Frau verbirgt, die nicht allzu viel Übung darin besitzt, ihr Herz auszuschütten.

Doch im Moment dreht sich das Gespräch weniger um ihre innere Befindlichkeit, sondern um meine.

»Schon komisch, wie sehr du Pornografie unter den gegebenen Umständen hasst«, sagt Kimberley.

»Du meinst, weil ich damit aufgewachsen bin und mit meiner Mutter ein Bordell leite? Tja, das ist nicht dasselbe.«

»Und wo liegt der große moralische Unterschied?«

Ich suche nach Worten. Sie hat den Nagel auf den Kopf getroffen: »Moralischer Unterschied« ist tatsächlich der richtige Ausdruck. »In der Spontaneität. Ein Mädchen aus Isaan kommt einsam, verängstigt und arm hier in Krung Thep an, ein westlicher Mann mittleren Alters einsam, verängstigt und reich. Die zwei sind wie die beiden Seiten einer Münze. Der Club meiner Mutter erleichtert lediglich das unausweichliche Zusammentreffen der beiden, stellt Bier und Musik sowie gegen ein geringes Entgelt für ein paar Stunden ein Bett zur Verfügung. Letztlich ist alles auf den menschlichen Wunsch nach Wärme und Geborgenheit zurückzuführen. In meinen vielen Jahren im Gewerbe habe ich nur ein halbes Dutzend Fälle ernsthaften Vertrauensmissbrauchs einer Partei erlebt, weswegen das Arrangement so gut als Ausdruck natürlicher Moral und bodenständigen Kapitalismus funktioniert. Meiner Ansicht nach sind wir so etwas wie Immobilienmakler, die nicht mit Grund und Boden, sondern mit Körpern handeln. Das in einem Film zu inszenieren und zu choreografieren, damit irgendwelche schwabbeligen Bierbäuche in Sussex oder Bayern, Minnesota oder der Normandie sich einen runterholen können, ohne ihre Fantasie bemühen zu müssen, empfinde ich als ausgesprochen unmoralisch. Im Club *tun* die Leute es immerhin. Das heißt, hier kommt die Realität ins Spiel.«

Sie schüttelt lächelnd den Kopf. »Mein Gott, Sonchai, manche Leute würden dich für verrückt halten, aber so, wie du mir das erklärst, ergibt es Sinn, jedenfalls kurzfristig. Wie konnte dein Geist bloß so frei werden? Was ist mit dir passiert? Sind alle Thais Zuhälter wie du?«

»Nein«, antworte ich. »Wahrscheinlich bin ich tatsächlich seltsam.«

Sie hat ihre Flasche Kloster ziemlich schnell geleert und bestellt eine zweite, die sie ebenso hastig kippt. »Sie tun es wirklich«, denkt sie laut nach. »Tja, das ist es wohl, was wir nicht so gut können. Vielleicht lieben wir deshalb auch den Krieg, weil wir ausgehungert sind nach Realität.«

Sie bedenkt mich mit einem rätselhaften Blick. »Du hast dich verändert«, bemerke ich. »Sehr sogar. Was ist passiert?«

Ein weiterer Schluck aus der Flasche. »Ich bin fünfunddreißig geworden, das ist die Mitte des Lebens, und da hab ich gemerkt, dass mein gesamtes Realitätsempfinden aus zweiter Hand stammt. Meine Generation der Frauen rebellierte nie, weil wir nicht das Gefühl hatten, es zu müssen. Wir erbten eine Botschaft des Hasses und schmückten die einfach ein bisschen aus. Meinen Vater sah ich nicht oft – dafür sorgte meine Mutter. Und die einzige wichtige Beziehung meines Lebens begann ich wohl, damit ich so richtig das Miststück raushängen lassen konnte. Ist das nicht krank?«

Was soll ich darauf sagen? Am besten nichts, also wechsle ich das Thema. »Warum bist du wirklich nach Bangkok gekommen?«

Sie seufzt. »Wahrscheinlich, um dieses Gespräch mit dir zu führen. So etwas ist in den Staaten nicht mehr möglich, weißt du. Ich bin deines Geistes wegen angereist, Sonchai. Deinen Körper kann Chanya haben – sie hat ihn sich verdient. Mein Gott, ist sie klug. In eurer Gesellschaft halte ich es kaum aus. Wenn ich eure Liebe sehe, würde ich euch am liebsten ins Gefängnis stecken. Ich glaube nicht, dass es so etwas in Amerika gibt; dort wirkt ein mächtiges Tabu dagegen: Denk dir nur, wie viele Stunden du mit der Liebe vergeudest, in denen du Geld verdienen könntest.«

»Lass uns gehen«, sage ich.

»Ich will noch ein Bier.«

»Nein.«

Wir sitzen eine Weile schweigend im Taxi, bis sie plötzlich sagt: »Ich war verheiratet; ich hab dich angelogen.« Noch einmal kurz Stille, dann: »Und natürlich haben wir uns scheiden lassen.«

»Kinder?«

»Einen Jungen. Den hab ich seinem Vater gelassen. Der sagte, wenn der Kleine bei mir bliebe, würde ich ihn kaputt machen, ich sei wie eine auf die Zerstörung alles Männlichen programmierte Bombe. Und ich hatte Angst, dass er recht haben könnte.« Wieder langes Schweigen, bevor sie hinzufügt: »Das ist ziemlich lange her, ich war kaum zwanzig. Als die Sache den Bach runterging, bin ich zum FBI. Wenn ich schon die Fähigkeit besaß, Männer zu zerstören, konnte ich mir die auch versilbern lassen.«

Irgendwie ist es ihr gelungen, eine Dose Bier ins Taxi zu schmuggeln, die sie jetzt öffnet und an den Mund hebt. »In dem Augenblick, in dem man nach dem Sinn zu suchen beginnt, ist man verloren. Aber ohne Sinn auch. Wer bin ich, woher komme ich, wohin gehe ich? Keine Ahnung. Die Ehe ertrage ich jedenfalls nicht, so viel steht fest. Ein Lover für mehr als nur ein Wochenende könnte meiner emotionalen Stabilität allerdings guttun.« Sie nimmt einen Schluck Bier. »In Ermangelung eines solchen masturbiere ich jede Nacht.« Ein tragischer Blick. »Vielleicht sollte ich mir einen Toy Boy zulegen.«

Dass man sich in Chinatown befindet, merkt man, wenn man die Goldgeschäfte zählt. Ist nicht an jeder Ecke eines, hat man sich vermutlich verfahren. Die Schilder sind ausnahmslos mit gelben chinesischen Schriftzeichen auf rotem Grund versehen, und aus den Schaufenstern blinkt hochglanzpoliertes Edelmetall. Bei vielen dieser Läden handelt es sich um sogenannte Hangs, Lagerhäuser mit Waagen auf der Theke und Turban tragenden, waffenstrotzenden Sikhs daneben, dazu Neonlichter, die sich in den Oberflächen der endlosen Reihen von Buddhas, Drachen, Gürteln, Ketten und Armbändern spiegeln. Die zweite hier vorherrschende Branche ist die Bekleidungsindustrie. Die von Menschen wimmelnden engen

Gassen werden noch enger durch die Stände, die alle nur erdenklichen Baumwoll- oder Seidengewänder zu erstaunlich niedrigen Preisen feilbieten.

Die FBI-Frau, der es mittlerweile gelungen ist, betrunken zu werden, hält mich zurück, als ich dem Taxifahrer Geld geben will. »Weißt du, dass ich nie Freude erlebt habe? Dunklere, komplexere Gefühle ja, aber keine Freude. Genauso wenig übrigens wie meine Freunde. Wir sind schon im Alter von fünf mit dem Durchsetzungsvirus infiziert worden. Aber *du* kennst Freude. Das macht mich ganz fertig. Du, der Sohn einer Nutte, Zuhälter und Bordellbetreiber, Beamter in einem der korruptesten Polizeiapparate Asiens, du hast dir deine Unschuld bewahrt. Und ich habe nie gegen ein Gesetz verstoßen, betrogen oder gelogen, bin aber trotzdem korrupt. Ich fühle mich vierundzwanzig Stunden am Tag schmutzig. Ihr seid aus fünfzig Prozent leichterem Stoff gemacht als wir. Warum bloß?«

»Weil wir die Erbsünde nicht kennen«, erkläre ich, während ich dem Fahrer einen Hundert-Baht-Schein reiche.

Vikorn hat ein paar Beamte in Zivil vor dem Lagerhaus postiert, die uns in Yammys Atelier lassen, wo Marly sowie Jock'n Ed in weißen Seidenhausmänteln mit purpurrotem Saum den Irakkrieg diskutieren. Ich spüre Kimberleys sexuelles Interesse an Ed. Ach ja, die Sache mit Jock'n Ed sollte ich vielleicht erklären:

Sie sind ein in der Bangkoker Pornoindustrie wohlbekanntes Team und werden immer dann gerufen, wenn das Skript einen männlichen Farang verlangt. Ed sieht einfach großartig aus mit seinen eins neunzig und den beachtlichen Bauchmuskeln, die im Licht glänzen, wenn man sie mit Johnsons Babyöl einreibt, mit den kräftigen Oberschenkeln, die einer Löwin zur Ehre gereichen würden, der erotischen Adlernase und dem kantigen Gesicht, den verführerischen babyblauen Augen und dem Kinngrübchen, das so typisch amerikanisch ist, dass es von Ford erfunden worden sein könnte. (In Wahrheit stammt Ed, ein waschechter Cockney, aus dem Londoner Elephant-and-Castle-Viertel.) Zum Ausgleich des karmischen Gleichgewichts bleibt sein Schwanz selbst im erigierten Zustand weit hinter den Erwartungen noch der geilen Oma in Omaha zurück. Was bedeutet, dass er ein Double braucht, und dieses Double heißt Jock, ist grade mal eins siebzig groß, stammt aus Schottland – was man hört –, hat eine Glatze, einen Bierbauch, fast kein Kinn, wulstige Lippen, die man seinem schlimmsten Feind nicht wünscht, aber – Sie ahnen es schon – ein gigantisches Gemächt von nahezu pneumatischer Gefügigkeit.

Die beiden sind waschechte Profis und unzertrennlich, und im Moment beäugen sie Kimberley wie eine Stute auf dem Pferdemarkt. Unter den gegebenen Umständen sei ihnen verziehen, dass sie annehmen, sie sei zum Arbeiten hier.

Nun zu Marly: Sie erinnern sich vielleicht noch, dass sie bei uns im Old Man's Club tätig ist und von Vikorn ihres blendenden Aussehens wegen auserkoren wurde. Ihr ausgezeichnetes Englisch versetzt sie in die Lage, Yammys Anweisungen zu folgen, die, soweit ich weiß, weitaus komplexer ausfallen als für solche Drehs üblich. Da Marly in Kimberley eine potenzielle künstlerische Rivalin wittert, reagiert sie nicht sofort auf deren breites, ein wenig bierseliges Frau-zu-Frau-Lächeln. Ich überlasse es Kimberley, eine Charmeoffensive zu starten – die Jungs, das Mädchen, das Bett, die Scheinwerfer und die Kameras faszinieren sie ganz offensichtlich (sie schürzt lasziv die Lippen) –, und mache mich auf die Suche nach Yammy, der gerade mit einer Flasche Sake eine kreative Pause in seinem Büro im hinteren Teil des Ateliers macht.

»Hallo«, begrüßt er mich aus den Tiefen seiner Depression. »Na, wollen Sie nachsehen, ob ich auch genug nackte Haut in den Film packe?«

»Machen Sie's mir nicht noch schwerer, Yammy. Ich tu auch nur meine Arbeit.«

Yammy nimmt einen Schluck aus der Flasche. »Tja, ich hätte da diese fantastisch surreale Handlung mit einer Kobra und einem Tigerjungen, mit weißen Kimonos und einer Kyoto-Kulisse à la Hokusai …« Er winkt resigniert ab.

»Und? Wo liegt das Problem?«

»Die Geschichte ist viel erotischer, wenn alle die Kimonos anbehalten. Sonchai, ich flehe Sie an …«

Ich schüttle mitfühlend den Kopf. »Darauf lässt er sich nicht ein. Es liegt wirklich nicht an ihm, sondern an den Kunden. Die großen Hotelketten kaufen den Streifen nicht, wenn er nicht pornografisch genug ist.«

»Hab ich's doch gewusst, dass Sie das sagen würden.«

»Können Sie denn nicht beides vereinen: subtile Kimono-Erotik und anschließend das Standardprogramm nackt?«

Er schüttelt den Kopf. »So geht die künstlerische Balance verloren, und das Ganze sieht scheiße aus.«

»Es hat keinen Zweck, wenn ich versuche, ihn zu überzeugen. Dann erklärt er mir, dass es ums Geld geht.«

Schweigen, und schließlich: »Ich hab nachgedacht. Da wären ein paar Investoren in Japan. Die würden einen Fifty-fifty-Deal für einen bescheidenen Fünfzig-Millionen-Kunstfilm machen. Ich muss bloß noch die zweiten fünfundzwanzig Millionen auftreiben.«

»Yammy, das haben wir doch alles schon besprochen. Er hat wirklich nichts gegen Sie – Ihnen fehlt nur das richtige Profil.«

»Und wie zum Teufel sieht ein erfolgreicher Drogenkurier aus?«

Ich mustere ihn. Er zuckt nervös wie ein von Bremsen geplagtes, nicht mehr ganz junges Pferd; hohle Wangen und harter Blick zeugen von seinem Gefängnisaufenthalt. »Jedenfalls nicht wie Sie, Yammy. Jeder Zollbeamte bekäme sofort die fristlose Kündigung, wenn er Sie nicht durchsucht.«

Aus Erfahrung weiß ich, dass es keinen Sinn hat, weiter auf ihn einzureden. Yammy macht alles entweder in seinem eigenen Tempo oder überhaupt nicht. Ich kehre zum Set zurück, wo Kimberley sich gerade mit Marly unterhält.

»Eine Frau wie du hätte doch in den Staaten einen Riesenerfolg haben müssen«, sagt sie mit einem zweideutigen Lächeln. »Warum hats nicht geklappt?«

»Tja, so einfach ist das auch wieder nicht«, erklärt Marly. »Mit

Dritte-Welt-Pathos hab ich mir einen Eunuchen mit Hundeblick eingefangen. Und mit der Masche als Thai-Nutte 'nen alten Knacker auf Viagra.« Ein wenig aggressiv fügt sie hinzu: »Und, wie gehst du die Sache an?«

»Postmodern«, antwortet Kimberley. »Ich hab 'nen Dildo.«

»In einer Minute gehts weiter!«, verkündet Yammy, der gerade sein Büro verlässt, im Befehlston. Sofort schlüpfen Marly und Jock'n Ed aus den Hausmänteln. Marly geht zum Bett und beugt sich so darüber, dass ihre Brüste frei schwingen. »Kein Problem, wir können uns weiter unterhalten«, teilt sie Kimberley mit. »Die Jungs grapschen bloß ein bisschen an meinem Hintern rum.«

Ed beginnt, ihren apfelförmigen Po zu polieren wie eine griechische Vase. »Was ist los?«, fragt Marly die FBI-Frau und wirft einen Blick über die Schulter. »Ja, fantastisch, nicht? Auf der Straße würde man Jock keines Blickes würdigen, aber er ist einfach ein Profi, der Beste in der Branche. Er kriegt ihn sogar betrunken hoch.«

Kimberley, die plötzlich unter Hormonstau zu leiden scheint, flüstert heiser: »Sag mal, hast du nicht das Gefühl, das ganze feministische Matriarchat zu verraten, wenn du das hier machst?«

»Nein«, antwortet Marly stirnrunzelnd. »Eher das ganze Thai-Patriarchat.«

Kimberley nickt.

Auf ein Signal von Yammy tritt die FBI-Frau einen Schritt zurück. »Szene zwölf, Take eins«, brüllt er. Marly beginnt sofort zu stöhnen. »Schnitt!«, keift Yammy. »Er ist doch noch gar nicht in dir drin, Schätzchen. Was bleibt dir fürs Crescendo, wenn du gleich mit 'nem Paukenschlag anfängst?« Er überprüft etwas auf seinem Laptop. »Außerdem bist du nicht ganz in Position«, erklärt er geistesabwesend und bewegt die Maus. »Die Bodenkamera kriegt deine Klitoris und den oberen Teil von deiner Muschi, aber so, wie du jetzt dastehst, bekommen wir beim Fick nur die Hälfte von Jocks Schwanz drauf. Schieb doch deinen Hintern ein ganz klein bisschen nach hinten, ja? Gut. Perfekt. Präg dir die Stellung bitte genau ein. Jock, was ist los? Wird er weich?«

»Nö, nö, ich bin bloß mal kurz auf Stand-by«, antwortet Jock mit einem Blick nach unten.

»Na schön. Nicht zu viel Kraft, wenn du in sie reingehst, sonst schiebst du sie aus der richtigen Position, und wir kriegen bloß deine haarigen Eier aufs Bild. Kein horizontaler Druck, verstehst du? Kontrollierte Stöße kommen auf Zelluloid am besten. Alles klar?«

»Klar«, sagt Jock.

»Prima.« Yammys Stimmung hat sich schlagartig verbessert; der prometheische Wille des echten Künstlers bezwingt die Verzweiflung. Er bedenkt mich mit einem Grinsen. »Wenn mein Schwanz bloß auch so zuverlässig wäre. Also gut, Marly, Schätzchen: Der gute Ed poliert dir den Arsch, als wär er 'ne Vase aus der Sung-Dynastie, und dir ist klar, was als Nächstes passiert, aber nicht, wann genau. Er lässt dich zappeln. Zeig uns mit deinem Gesicht, wie sehr du dich auf ihn freust. Prima. Und jetzt die Zunge – nein, nicht ganz raus; nur die Spitze zwischen feuchten Lippen. Perfekt. Okay, Take zwei.«

Take zwei, das ist die Penetration mit Jock. Ich sehe die FBI-Frau an. »Können wir gehen?«, fragt Kimberley heiser. »Ich brauch jetzt entweder 'ne kalte Dusche oder sofort 'nen Mann.«

An der Tür fällt mir zum ersten Mal der groß gewachsene, athletische, etwa vierzigjährige Engländer auf, der in adretter Freizeitkleidung am anderen Ende des Ateliers auf einem Plastikstuhl sitzt. Unter seinem offenen Kragen blitzt eine filigrane Goldkette hervor. Ich weiß bereits, wie er nackt aussieht, und dass er Tom heißt. Und ich werde eifersüchtig, als wäre Damrong noch am Leben.

Tom, du bist einfach der Wahnsinn. Den Gedanken, dass du mit einer anderen zusammen sein könntest, ertrage ich nicht.

Mach dir da mal keine Sorgen. Was hätte das denn für einen Sinn?
Wieso ist er hier?

Auf dem Rückweg zur Sukhumvit erkläre ich der FBI-Frau, dass ich Lek von seinem monatlichen Test im Krankenhaus abholen muss. Kimberley schließt daraus, dass Lek HIV-positiv ist, und überlegt, wie sie sich schützen kann, zum Beispiel, indem sie sofort das Taxi wechselt, aber ich teile ihr mit, dass Lek sich bester Gesundheit erfreut. Die Tests haben mit seiner Geschlechtsangleichung zu tun, in der es nicht primär darum geht, ihm die Eier abzuschneiden, sondern darum, ihm mithilfe von Östrogen allmählich zu einer neuen Identität zu verhelfen. Die Operation ist fast der letzte Schritt. Auf diese Information reagiert Kimberley mit unverhohlener Neugierde. Als Lek einsteigt und neben ihr auf dem Rücksitz Platz nimmt, starrt sie ihn bewundernd an. »Mein Gott, bist du schön«, sagt sie mit einem Blick auf seine langen, schwarzen, mittelgescheitelten Haare, seine großen ovalen Augen mit dem Hauch Mascara, seine hohen Wangenknochen und seine jugendlich geschmeidigen Bewegungen.

»Lork?«, fragt Lek in meine Richtung.

Als Kimberley vor dem Grand Britannia aussteigt, flüstert sie heiser: »Mein erster Engel.«

Im Revier muss ich an den Engländer Tom denken. Ich überlege gerade, was er in Yammys Atelier verloren hatte, als mein Handy zu klingeln beginnt.

»Das lasse ich nicht zu«, sagt die FBI-Frau.

»Was?«

»Das darf nicht sein. Ich hab Albträume wegen dem Messer, und das noch vor dem Schlafen. Mein Gott!«

»Natürlich macht er das. Für einen echten Transsexuellen ist der Tag der Operation der wichtigste in seinem Leben, der Tag, an dem sein wahres Ich geboren wird.«

»Nein«, sagt die FBI-Frau entschlossen, als hätte sie vor, die Zukunft mit Bomben in die Knie zu zwingen. »Er ist einfach zu schön. Gib mir seine Telefonnummer.«

»Nein«, sage ich meinerseits und klappe das Handy zu.

15

Am nächsten Tag sucht Lek mich gegen vier Uhr nachmittags an meinem Schreibtisch auf. Ihn umgibt die Aura des müden Profis, die er, unterstützt von einem Hauch Rouge, durch eine feminine Geste abmildert, indem er sich erschaudernd mit beiden Händen durch sein langes, pechschwarzes Haar streicht. Dann holt er einen Yaa-Dum-Aromatherapie-Inhalator aus der Tasche und steckt ihn ins linke Nasenloch. »Bei dem heißen, stickigen Wetter bin ich den ganzen Tag Hinweisen nachgegangen«, erklärt er, während er zum rechten Nasenloch wechselt. »Die Nutte war wirklich überall, ist aber nirgends lange geblieben. Die Informationen von ihrem Ex-Mann Baker stimmen im Großen und Ganzen. Sie hat sich Schritt für Schritt nach oben gearbeitet.«

»War sie zum Zeitpunkt ihres Todes für eine Bar tätig?«

»Darauf wollte ich gerade kommen. Anfangs war sie in der Soi Cowboy, im Nana-Viertel und in Pat Pong beschäftigt und gehörte zu den erfolgreichsten Mädchen der Straße. Dann ist sie in den Parthenon Club gewechselt.« Er mustert mich schweigend.

»Der Parthenon Club«, wiederhole ich schluckend. Tja, wo sonst? Aber einfacher macht das den Fall nicht.

Lek versucht mit einem Blick zu ergründen, ob ich mir der Implikationen für weitere Ermittlungen bewusst bin.

»Und? Mit wem hast du dich dort unterhalten?«

»Nun, ich brauchte eine Tarnung.«

»Lek, was hast du gemacht?«

»Ich hab so getan, als suchte ich Arbeit. Wie sollte ich denn sonst jemanden dazu bringen, mit mir zu reden? Wenn ich denen gesagt hätte, dass ich Polizist bin, säße Ihnen jetzt die männliche Hälfte von Bangkoks High Society im Nacken.«

»Werden denn dort Katoys beschäftigt?«

Er schürzt stolz die Lippen. »Natürlich. Keine Bar ist heutzutage ohne uns vollständig.«

»Und mit wem hast du gesprochen?«

»Mit einer Mamasan aus der zweiten Riege. Ich hab ihr erzählt, dass Damrong meine Cousine ist und ich über sie einen Job möchte. Von ihr weiß ich, dass Damrong die letzten beiden Monate ihres Lebens dort tätig war. Sie hatte keine Ahnung, warum Damrong in letzter Zeit nicht mehr in die Bar kam – ihrer Meinung nach hatte sie sich einen potenten Gönner geangelt. Genau danach suchen ja alle Mädchen und Jungs im Parthenon.«

»Weißt du, mit wem sie dort zusammen war? Oder ob's jemand Besonderen in ihrem Leben gab?«

»Ich musste das Ganze ja auf der Klatschebene halten und immer wieder auf den erstaunlichen beruflichen Erfolg meiner Cousine zurückkommen. Die Mamasan wollte zuerst nicht so recht mit der Sprache rausrücken, aber am Ende hab ich ihr dann doch herausgekitzelt, dass Damrong die Lieblingsnutte von zwei Club-Mitgliedern war.«

»Farang oder Thai?«

»Ein Farang und ein Thai.«

»Hast du ihre Namen?«

»Nein. Wenn ich so etwas gefragt hätte, wäre meine Tarnung aufgeflogen.«

»Stimmt.«

»Übrigens: Diese Farang gestern im Taxi … hat die noch alle Tassen im Schrank?«

»Die FBI-Frau? Warum?«

»Sie hat sich meine Nummer übers Revier besorgt, weil sie sich angeblich für Geschlechtsangleichungen interessiert und sich bei einem Essen mit mir über das Thema unterhalten möchte. Ich hab ihr erklärt, dass die Umwandlung von Frau zu Mann ziemlich kompliziert ist und so gut wie nichts mit dem zu tun hat, was ich gerade praktiziere, aber als sie nicht lockerlassen wollte, hab ich aus *greng jai* Ihnen gegenüber zugesagt.«

Ich blinzle einige Male kurz hintereinander. »Wann seid ihr verabredet?«

»Morgen.«

»Ich erwarte einen vollständigen Bericht«, erwidere ich, ohne ihm in die Augen zu sehen.

Ich grüble darüber nach, ob es irgendeine Möglichkeit gibt, in den Parthenon Club hineinzukommen, ohne beruflichen Selbstmord zu begehen, und ob der Fall Damrong meinen Märtyrerkomplex zum Vorschein bringen wird, während ich die Treppe zu den Zellen hinuntergehe. Der Gefängniswärter versichert mir, der Farang Baker sei reif für eine Vernehmung.

Er sitzt in merkwürdiger Haltung auf dem Fußende seiner Pritsche, die Stirn so fest gegen die Gitterstäbe gepresst, dass man meinen könnte, sie sei daran geschweißt.

»Er hat sich seit Stunden nicht bewegt«, erklärt der Wärter mir. »Er isst und trinkt nichts mehr. Ich glaube, wir haben seinen Willen gebrochen.«

Ich signalisiere ihm mit einem Nicken, dass er die Zellentür aufschließen und offen lassen soll, damit er es hört, falls der Farang gewalttätig wird. Wenn eine Persönlichkeit sich auflöst wie bei Baker, weiß man nie so genau, wohin die einzelnen Partikel fliegen.

Ich betrete die Zelle und damit die Psyche ihres Insassen, strecke die Hand aus, um Bakers Haare zu ergreifen, und ziehe ihn von den Gitterstäben weg. Er zittert und zuckt wie ein verängstigtes Kaninchen. Zur Beruhigung streiche ich ihm über Kopf und Gesicht. Der blaue Fleck unter seinem linken Auge ist dunkler geworden. Baker betrachtet mich mit hilflosem Blick. Ich rücke einen Stuhl an seine Pritsche und setze mich darauf.

»Warum sind Sie hier, Dan?«

Ein Blinzeln. Meine Worte reißen ihn aus seiner Apathie, aus jener seltsamen Mischung aus Einsamkeit und Thai-Cop-Paranoia, die seinen Willen gebrochen hat. Sätze beginnen, aus ihm herauszusprudeln.

»Warum ich hier bin? Weil Sie mich eingebuchtet haben. Weil Sie ein Thai-Cop sind, der einen Sündenbock gefunden hat zum Quälen. Wahrheit, Gerechtigkeit, Freiheit und Demokratie sind Ihnen schnurz. Sie wollen mich in die Todeszelle bringen, damit Sie sich dem nächsten Fall widmen können. Deswegen wollte ich mich aus dem Staub machen, und jetzt haben Sie noch mehr Grund, mich schlecht zu behandeln.«

»Kennen Sie sich aus mit dem thailändischen System der Jurisdiktion?«

»Ich lebe seit Jahren in diesem Land, Mann«, sagt Baker verbittert. »Da hab ich eine Menge gesehen. Hier gibts keine Jurisdiktion.«

»Warum sind Sie überhaupt in Thailand, wenn hier alles so schrecklich ist?«

Plötzlich ergießt sich aus seinem Mund ein angestauter Wortschwall. Seine Zunge hat Mühe, mit seinen Gedanken Schritt zu halten:

»Ich bin hier, weil es in der freien Welt keine Rehabilitation gibt – mit einer Vorstrafe kriegt man keinen Job, mit dem man mehr verdienen könnte als das absolute Minimum. Ich bin hier, weil meine Ehe gescheitert ist. Ich bin hier, weil ich kaum noch Haare auf dem Kopf und fast die Hälfte meines Lebens hinter mir habe – das mag albern klingen, aber mir ist noch kein einziges Thai-Mädchen begegnet, dem's wichtig wäre, ob ich dreißig oder vierzig, kahlköpfig oder geschieden bin. Euer Volk bildet sich kein Urteil über andere, und ich hab vier Jahre gebraucht, um herauszufinden, warum. Ihr habt eine riesige Hölle, das Gefängnissystem, das verschlingt jeden, der durchs Raster fällt. Die abscheulichste Einrichtung der Welt. Eigentlich handelt es sich gar nicht um ein Gefängnis im engeren Sinn, sondern eher um eine steinzeitliche, von Bullen und Anklägern betriebene Geldfabrik, vor der niemand sicher ist. Jeden kanns erwischen, egal, ob Thai oder Farang, Mann oder Frau, Alt oder Jung. Man geht ganz friedlich eine nächtliche Straße entlang, da taucht aus dem Nichts ein Cop auf, steckt einem eine Ecstasy- oder Yaa-Baa-Pille in die

Tasche, ohne dass man's merkt, und schon sitzt man im Gefängnis. Und dann macht der Bulle einem ein Angebot: Zahl mir, was ich verlange, sonst raubt das System dir den Rest deines Lebens. In eurer Gesellschaft zählt letztlich nur eine einzige Frage: Ist er durchs Raster gefallen oder nicht?«

»Und die Hölle darunter – gibt es einen Weg heraus oder nicht?«

»Ich hab nicht das nötige Geld, um mich freizukaufen.« Er sieht mich an. »Und ich bin kein Mörder.«

Ich nicke. »Angenommen, Sie sind ausgerechnet an den einzigen unbestechlichen Bullen in Bangkok geraten? Angenommen, ich möchte wirklich herausfinden, was mit Damrong passiert ist?«

Ich hätte Damrongs Namen nicht in dem Tonfall aussprechen sollen. Er sieht mich fragend an. »Und woher soll ich das wissen?«

»Sie waren mit ihr verheiratet und ihr Geschäftspartner. Möglicherweise hat sie Ihnen mehr anvertraut als jedem anderen. Vielleicht haben Sie sie nicht umgebracht, wissen aber, warum sie sterben musste.«

Offenbar war meine letzte Formulierung geschickt gewählt, denn sie lenkt ihn ab. Erst nach einer ganzen Weile meint er: »Musste sie denn sterben? Sie haben mir nicht gesagt, wie's passiert ist.«

»Das möchte ich ja von Ihnen erfahren.«

»Ich weiß es nicht. Sie haben mir noch nicht mal verraten, wann sie gestorben ist.«

»Tja, gute Frage«, antworte ich. »Aber nicht wirklich relevant. Dank moderner Technologie lassen sich heutzutage Dinge, die man früher selbst erledigen musste, aus der Ferne bewältigen.«

Plötzlich wirkt er verängstigt. Ich habe keine Ahnung, warum meine Worte eine solche Wirkung zeitigen. Sein Gesichtsausdruck ähnelt dem eines Ertrinkenden. Ich rücke mit dem Stuhl ein wenig näher an ihn heran. »Sagen Sie es mir«, beschwöre ich ihn mit leiser Stimme. »Vielleicht kann ich Ihnen helfen.«

Ein Achselzucken. »Helfen? Ich befinde mich zwischen Scylla

und Charybdis. Wenn Sie mich heute hier rauslassen, weiß ich nicht mal, ob ich's bis zum Flughafen schaffe.«

Ich nicke weise, bevor ich mich erhebe und in der Zelle hin und her zu gehen beginne. »Verstehe. Das heißt also, dass Sie die Clips eigentlich nicht auf Ihrem Laptop hätten speichern dürfen, stimmts?«

»So könnte man das ausdrücken«, antwortet er.

»Und warum haben Sie's dann gemacht?«

»Opportunismus, seit jeher mein Problem. Ich bin ein toller Taktiker, hab aber einfach überhaupt kein Durchhaltevermögen und keine Disziplin. Wenn ich die hätte, wär ich ein reicher, freier Mann.«

»Sie dachten, wenn Sie die Clips behalten, hätten Sie was in der Hand, wenn Ihnen einer an den Kragen will?«

»Genau.«

»Kennen Sie den Thai chinesischer Abstammung auf den Clips?«

»Ich weiß nur, dass er ein hohes Tier ist, ein Jao Paw.«

»Ja, ein Pate. Sie sollten also die Aufnahmen von der Festplatte löschen und ihr die DVD geben, damit sie nach Bedarf Druck ausüben konnte. Warum haben Sie nicht getan, was sie wollte?«

Baker wendet den Blick ab. »Wem kann man in dieser Stadt schon vertrauen?« Dann fügt er hinzu: »So genau hab ich mir das alles nicht überlegt. Wie Sie richtig sagten: Ich wollte ein Druckmittel für den Fall der Fälle haben, mehr nicht.«

»Sie sind ein ziemlich hohes Risiko eingegangen für eine ungewisse Sicherheit. Angst? Ja, das könnte ich nachvollziehen. Möglicherweise kannten Sie einfach ihre Launen und ihren Sadismus zu gut und behielten deshalb die Clips. Und dann war da noch der Engländer. Den hat sie vermutlich auch erpresst, oder?«

Er zuckt mit den Achseln. »Ach, das war bloß so ein geiler Yuppie, keine große Herausforderung, nicht für sie.«

Ich lege nachdenklich einen Finger an die Nase: Der Engländer hat in Bakers Abwesenheit zweimal dessen Haus aufgesucht, bis einer der Wachleute ihm verriet, dass dieser im Gefängnis ist. Das weiß ich, doch der Instinkt sagt mir, dass ich es besser verschweige. »Und der Jao Paw – der war anders?«

Fast beginnt Baker zu kichern. »Er verunsicherte sie, das sehen Sie ja auf dem Clip. Ich hab sie wirklich oft bei der Arbeit erlebt, aber nie zuvor eine solche Vorstellung.« Unvermittelt bedenkt Baker mich mit einem entschlossenen Blick. »Machen Sie mit mir, was Sie wollen. Sie können mir keine Angst einjagen wie er, wer er auch immer sein mag.«

Das, was ich als Nächstes sagen muss, wird mich Überwindung kosten, aber mir bleibt nichts anderes übrig.

»Sie war keine Frau, sondern eine Seuche«, erkläre ich, immer noch auf und ab gehend, »eine Krankheit, die das Blut der meisten Männer vergiftete, mit denen sie etwas hatte.« Er sieht mich mit großen Augen an. »In ihren Händen wurde der Körper des Mannes zu einem Instrument, auf dem sie ihre eigene Melodie spielte. Aber letztlich gings ihr nicht nur um seinen Körper, sondern auch um sein Herz, nicht wahr? Sie wusste genau, wie sie es zum Glühen bringt. Sie war eine Sucht, schlimmer als die nach Crack, Yaa Baa oder Heroin. Haben Sie das nicht selbst so ausgedrückt bei unserem ersten Treffen? Wie hat sie das angestellt? Ist der Sextrieb bei Männern tatsächlich so stark? Oder reden wir von etwas Grundlegenderem? Hatte sie etwas erkannt, das andere Frauen nur ahnen? Konnte sie das Gefühl vermitteln, sie besitze die Fähigkeit, uns die Lebensangst zu nehmen? Zwischen ihren Schenkeln sei der Friede zu finden, nach dem wir uns alle sehnen? Sie verstehe einen wirklich? War sie mit anderen Worten der Heilige Gral, den kein Mann je entdeckt?« Ich sehe Baker an. »Wars der Sex, Dan, dem Sie verfielen, oder nicht vielmehr diese unheimliche Begabung, Sie zu beruhigen, als könnte sie in Ihre Seele blicken?«

Er starrt mich verwundert an. Vielleicht sollte ich jetzt aufhören, aber wenn man den Pfad der Selbstgeißelung erst einmal beschritten hat, gibt es kein Zurück mehr. »Natürlich entpuppte sich die Erfahrung am Schluss als das genaue Gegenteil dessen, was man am Anfang erwartete: Man holte sich eine tödliche Dosis

Herzschmerz, als man merkte, dass sie einfach nur höchst professionell mit einem gespielt hatte, nicht wahr? Wie leid tut es Ihnen, dass sie tot ist?«

Seine Miene hat sich deutlich verändert; ich lese Schadenfreude darin. »Dann waren es also doch Sie. Fast hab ich's mir schon gedacht. Sie sind der Cop, der sich mit Haut und Haaren in sie verliebte, stimmts?«

»Ich will ihre Mörder finden, Dan«, antworte ich, seinem Blick ausweichend. »Selbst wenn Sie an der Sache beteiligt waren, zählen Sie bestenfalls als Komplize. In dem Fall spielten Geld und Verbindungen eine Rolle, und bei beidem sind Ihnen Grenzen gesetzt. Das würde ich zur gegebenen Zeit berücksichtigen. Wahrscheinlich könnte ich dafür sorgen, dass Sie nicht mehr als fünf Jahre absitzen müssten, und zwar an einem Ort, den Sie überleben. Mit ein bisschen Glück würde es Ihnen sogar gelingen, um Vergewaltigung, HIV und Tuberkulose herumzukommen.«

Plötzlich wirkt Baker verächtlich. »Sie wissen nicht, was Sie verlangen. Ich betrachte dieses Gespräch als beendet.«

Er wendet sich ab, sodass ich seinen Kopf wieder zu mir drehen muss. »War er hier?« Als Baker mich verständnislos ansieht, füge ich hinzu: »Natürlich hatten Sie ihn nicht erwartet, obwohl ich das seltsam finde. Sie verkehren fast schon freundschaftlich mit einem Briten namens Tom, der sich zu sehr wie ein Anwalt kleidet, um nicht wirklich einer zu sein, und Sie genauso gern besucht wie ich, und zwar immer *nach* mir. Das kann nur daran liegen, dass er Sie entweder beobachten lässt oder dass Sie ihn jedes Mal zurate ziehen, wenn irgendein Vertreter des Gesetzes an Ihre Tür klopft. Und in Ihrer privaten Filmsammlung spielt er auch eine nicht unerhebliche Rolle. Er scheint sich mehr als nur laienhaft für die altehrwürdige Kunst der Pornografie zu interessieren und bekommt bei den Proben einen Platz in der ersten Reihe.« Baker bedenkt mich mit einem stummen, wütenden Blick. »Aber wenn Sie tatsächlich in der Bredouille sind, rührt er keinen Finger.« Ich mustere ihn nachdenklich.

Er verschränkt zitternd die Arme. »Verschwinden Sie.«

»Ah! Wer den Skorpion kennt, hat keine Angst vor der Kröte, stimmts?« Sein Gesicht nimmt einen aggressiven Ausdruck an. »Das sagten die Tibeter, als die Briten die Chinesen als Besatzer ablösten. Inzwischen haben sie wieder den Skorpion. Man nennt das Fortschritt. Soweit ich das beurteilen kann, befinden Sie sich in einer ganz ähnlichen Lage: lieber eine Kröte wie mich als einen Skorpion wie Tom den Briten, Tom den Anwalt, Tom den Yuppie – oder Tom den Vollstrecker?«

Er glaubt, dass ich ihm in die Augen sehen möchte, doch ich drehe sein Gesicht in die andere Richtung, zur Zellentür hin. »Ich verurteile Sie zur Freiheit, Dan. Wenn Sie hierbleiben wollen, sollten Sie sich ein paar ernsthafte Antworten zurechtlegen.«

Er schüttelt verzweifelt den Kopf. »Wärter«, rufe ich, »schmeißen Sie den Penner hier raus.«

»Sie bringen mich um«, kreischt Baker.

»Ich weiß. Und so erwischen wir sie.«

»Ich entkomme ihnen wieder.«

»Das bezweifle ich. Alle südostasiatischen Grenzübergänge haben Ihr Passfoto – und erinnern Sie sich: Ihr letzter Versuch, in die Freiheit zu gelangen, war, gelinde gesagt, nicht sonderlich erfolgreich. Aber probieren Sie's ruhig wieder. Vielleicht lasse ich dem Vollstrecker das nächste Mal den Vortritt.«

16

Gerade bereite ich mich innerlich auf einen Besuch im Parthenon Club vor.

Ich trage einen Zegna-Zweireiher mit vier Knöpfen, ein Leinenhemd von Givenchy, eine Hose aus Sommerschurwolle und – mein ganzer Stolz – Lackslipper von Baker Benjes. Diese nicht eben polizistentypische Ausstattung habe ich meinem Anteil an den Einnahmen des Old Man's Club zu verdanken. Von meiner Haut erhebt sich der Duft eines aparten kleinen Russell-Simmons-Cologne. Ich bin ein bescheidener, zurückhaltender Buddhist, also können Sie mir durchaus glauben, wenn ich behaupte, dass ich verdammt sexy aussehe – und rieche. Die Thai-Gene verleihen mir einen leicht nervösen Ausdruck, mein Farang-Erbe lässt mich zupackend wirken. Bin ich ein Hightech-Freak oder eher ein Geisterjäger der Dritten Welt? Nun, das eine schließt das andere nicht aus.

Die enge Soi, in der sich das Parthenon, ein riesiges Gebäude mit vier blendend weißen Stockwerken, Kitsch und Tand und leider auch einer ganzen Menge roter Lichter befindet, endet an einer Ziegelmauer. Zu den dorischen Säulen am Eingang mit der blutroten, messingbewehrten Doppeltür führt eine halbmondförmige Kiesauffahrt. An der Schwelle übermannt mich eine asiatische Identitätskrise.

Einen Augenblick lang meine ich, mich im Paris des Monsieur Truffaut zu befinden, eines alten Schwerenöters, der die Dienste meiner Mutter ein paar Monate in Anspruch nahm, als ich noch ein Junge war. Er liebte das Maxim's in der Rue Royale, an das mich die Lampen des Parthenon erinnern, obwohl diese hier fünfmal so groß sind wie die des Maxim's und aus einer Fabrik stammen. Das sieht man daran, dass die gigantischen Messingdamen identisch sind. Erst nach einer Weile gelingt es meinem Gehirn, die Ausstattung umfassender zu würdigen. – O-beinige Louis-XV-Chaiselongues, vergoldete Beistelltischchen, rote und goldene Samtquasten; eine gewölbte Decke mit feisten Putten auf der Jagd; die Venus von Milo und andere Statuen Amputierter auf Podesten; gestufte Balkons, die hinauf in den stundenweise zu mietenden Himmel der Zimmer führen. Und es gibt eine momentan leere Bühne mit flackernden blauen Neonlichtern, die gut und gerne die baldige Landung eines Ufo ankündigen könnten.

Jetzt taucht eine Mamasan mit dicker Rougeschicht auf den Wangen und einer Art Ballkleid im Stil des 18. Jahrhunderts auf.

Der Körper, der darin steckt, dürfte nicht viel älter als siebenundzwanzig sein. Mittlerweile sitze ich auf einem der Sofas mit Blick auf die Bühne, und sie kniet neben mir nieder, darauf bedacht, dass ihr Kopf sich immer tiefer befindet als der meine. Da es sich bei dem Etablissement um einen Club handle, erklärt sie mir, müsse ich offiziell Mitglied werden, ein Vorgang, der sich innerhalb von fünf Minuten erledigen lässt und hauptsächlich im Kopieren meiner Kreditkarte besteht. Die Mamasan versichert mir, dass die Mitgliederliste vertraulich bleibt und in codierter Form auf einem einzigen Computer ohne Internetzugang geführt wird.

Es ist erst kurz nach acht, was bedeutet, dass ich früh dran und das einzige männliche Wesen weit und breit bin. Doch nach meiner Aufnahme in den exklusiven Club erscheint schon bald meine Belohnung; in null Komma nichts bin ich von hübschen Mädchen umringt. Vier sitzen bei mir auf dem Sofa, sechs weitere auf Stühlen, und alle beobachten mich und lauschen mir voller Respekt und Interesse, mit einem Blick, der sich sofort in Bewunderung verwandeln würde, wenn ich nur das kleinste Zeichen der Ermutigung gäbe. Sie tragen unterschiedliche Ballkleider mit gepudertem Ausschnitt, dazu Rouge und tiefroten Lidschatten. Während ich ihre Gesichter betrachte, denke ich an Damrong. Natürlich sind sie alle jung und schön, aber ihnen fehlt Damrongs Ausstrahlung. Nicht einmal der/die wie Marie-Antoinette verkleidete Katoy, den/die ich erst nach einer ganzen Weile entdecke, besitzt sie. Nur seine/ihre eigentümliche Befangenheit verrät ihn/sie – am Gesicht hätte ich ihn/sie nie erkannt. Ich weiß, dass in diesem Club feudal-hierarchische Prinzipien gelten, und winke die Mamasan so diskret wie möglich heran, um nach oben zu deuten. Nach ein paar leise gesprochenen Worten von ihr verschwinden meine neuen Freundinnen. Auf der samtbelegten Treppe mit den vergoldeten Handläufen erwähnt sie mit gedämpfter Stimme, dass die Mädchen oben besonders hohen Wert besitzen, was bedeutet, dass sie das Doppelte kosten. Wieder findet eine Schönheitsparade für mich statt. Hier ist die Haut ein wenig heller, was auf einen größeren Anteil an chinesischen Genen verweist, und hinter den flatternden Augenlidern verbirgt sich deutlich mehr Lebhaftigkeit, aber Damrongs Ausstrahlung kann ich wieder nicht entdecken. Genauso wenig wie Katoys.

Die Mamasan, die meinen Mangel an Überzeugung bemerkt, signalisiert mir unauffällig, dass ich ihr ins oberste Stockwerk folgen soll. Auf dem Weg dorthin sehe ich sie mir genauer an: Sie wirkt energisch und fleißig, ist aber viel zu jung und attraktiv für diese Stelle als Platzanweiserin. Obwohl sie mein Interesse mitbekommt, reagiert sie nicht. In diesem Millionärsclub gelten die gleichen Regeln wie im bescheidenen Etablissement meiner Mutter: Es ist von großer hierarchischer Bedeutung, dass die Mamasan sich im Hintergrund hält, bis alle anderen Alternativen erschöpft sind. Im obersten Stockwerk erwarten mich auf Chaiselongues fünf Primadonnen mit verdächtig perfekten Brüsten, Puppengesichtern und dem lasziven Gehabe von Filmstars. Hier führt der/die einzige Katoy das Regiment; er/sie betrachtet mich von der Mitte der Gruppe aus mit provozierendem Blick. Die Mamasan und ich nicken einander kaum merklich zu. Die Zimmer befinden sich nur ein paar Stufen von uns entfernt.

Nok, so lautet ihr Name, hat sich ausgezogen und geduscht, tritt nun im Bademantel herein und macht sich daran, mir das Hemd aufzuknöpfen. Ich habe keinen richtigen Plan für mein weiteres Vorgehen und muss feststellen, dass ich hin- und hergerissen bin. Mir ist klar, dass es Chanya nichts ausmachen würde, wenn ich sozusagen dienstlich mit Nok schliefe; vermutlich fände sie es nicht einmal einer Erwähnung wert. Ich hätte deswegen auch keine Gewissensbisse, aber eine spezifisch thailändische Auslegung des Buddhismus hindert mich daran. Chanya und ich sind, seit wir um ihre Schwangerschaft wissen, ziemlich fromm und wollen kein negatives Karma für das Kind. Folglich besteht mein Problem darin, Nok zum Reden zu bringen, ohne mit ihr zu schlafen. Während sie sich dem Reißverschluss meiner Hose widmet, öffnet sich ihr

Bademantel ein wenig, und es wäre unhöflich, ihre Brüste nicht zu liebkosen. Die Vertrautheit dieser Geste führt dazu, dass wir uns beide entspannen. Als sie mich bis auf die Shorts entkleidet hat, erzähle ich ihr von Chanya und dem Kleinen. Nok, selbst Buddhistin, begreift, ohne ihre Bemühungen zu reduzieren.

Das bleibt im Verlauf des restlichen Gesprächs in etwa der Stand der Dinge. Sie massiert mit den Handflächen durch die Shorts hindurch sanft meinen Schwanz, während ich die spinnwebförmigen Äderchen betrachte, die zu ihren großen braunen Brustwarzen führen, welche ich ein wenig nervös zwischen Zeigefinger und Daumen zu rollen beginne. Weil ich beschlossen habe, ihren Unterleib aus dem Spiel zu lassen, muss ich mich ihrem Busen besonders intensiv widmen. Ich versuche es mit abwechselnden und gleichzeitigen Berührungen ihrer Brüste von unten und von oben, mit sanftem und beharrlicherem Druck sowohl der geschlossenen als auch der offenen Hand. Dabei beobachte ich ihren Gesichtsausdruck, um sicherzustellen, dass Belustigung nicht irgendwann in Spott übergeht, aber sie macht artig mit; das Einzige, worüber sie sich von Zeit zu Zeit beklagt, ist, dass ich sie kitzle.

»Soll ich dir einen blasen?«

Ich signalisiere ihr höflich und ein wenig bedauernd ein »Nein, danke«. Sie lächelt, angenehm überrascht über meine Reaktion. »Du bist ein guter Typ. Viele gibts von deiner Sorte nicht mehr.«

»Nun, ich hab selbst keine sonderlich schöne Kindheit hinter mir und möchte, dass das Kleine alle Chancen der Welt bekommt.«

Sie nickt weise, während sie meinen Fingern an ihren Brustwarzen zusieht. »Ich weiß, was du meinst.« Sie hatte mich für einen verwöhnten reichen Jungen gehalten wie all die anderen. Plötzlich verändert sich ihr Thai kaum merklich: Jetzt klingt sie bäuerlicher, idiomatischer. Schon bald erzählen wir uns Geschichten über unsere Jugend in Armut. Ihre Eltern nennen ein Stück halbwegs kultivierbaren Grund in Isaan, in der Nähe von Kong Kaen, ihr Eigen, aus dem sich aufgrund der Agrarsubventionen in den G-8-Ländern so gut wie kein Profit schlagen lässt – ein Thema, bei dem sie Expertin zu sein scheint. Ich beschließe, das Gespräch zu intensivieren, indem ich ihre Brüste einen Augenblick lang wäge wie Kunstgegenstände von unschätzbarem Wert. Sie betrachtet lächelnd meine Hände. »Siaow«, sagt sie: geil. »Bist du sicher, dass du nicht mit mir schlafen möchtest?«

»Ja«, antworte ich, aber ihr entgeht die Schwellung in meinen Shorts nicht. Die Eitelkeit treibt sie dazu, die Verführerin zu spielen, doch ich lege sanft die Hand unter ihr Kinn und hebe ihr Gesicht, sodass ich ihr in die Augen sehen kann. »Ich weiß, dass dir diese Art von Arbeit eigentlich keinen Spaß macht«, sage ich.

Einen besseren Satz als diesen gibt es nicht, um eine Nutte zum Reden zu bringen. Jetzt erzählt sie mir in allen Einzelheiten ihre traurige Geschichte, dass sie mit einem wunderbaren, liebevollen Mann ein gutes buddhistisches Leben führen könnte, wenn ihre Eltern nicht so viele Schulden hätten und sie nicht jeden Monat mindestens zehntausend Baht nach Hause schicken müsste, um das Überleben ihrer Familie zu sichern. Die ausreichende Versorgung mit Nahrungsmitteln ist nur die halbe Miete – dazu kommen Arztrechnungen, Schulgebühren und all die anderen Dinge, die zu einem vollständigen Menschendasein nötig sind. Ich frage, ob sämtliche Mädchen in diesem Haus aus ähnlichen Verhältnissen stammen wie Nok. Sie bejaht; die meisten kommen vom Land, haben sich jedoch genug Niveau angeeignet, um hier arbeiten zu können; wenn nicht, wären sie in Clubs wie dem meiner Mutter beschäftigt. Nur bei den chinesischen Primadonnen im obersten Stock, die ein kleines Vermögen für die Veränderung ihres Körpers ausgegeben haben und oft aus wohlhabenden Familien stammen, ist das anders. Ich erzähle Nok, dass ich auf Empfehlung eines Freundes Mitglied im Parthenon geworden bin, der besonders von einem Mädchen namens Damrong beeindruckt gewesen sei.

Sie hält einen kurzen Moment in ihren Massagebewegungen inne. »Du bist ein Freund von *ihm?*«, fragt sie voller Angst.

Ich hüstle überrascht. »Heißt das, sie hatte nur einen einzigen Kunden?«

Nun hört sie ganz auf, meinen Schwanz zu liebkosen, und sieht mich mit herausforderndem Blick an. »Du spionierst sie für ihn aus, stimmts? Deswegen bist du hier. Dein Freund ist der besitzergreifendste Mann, den ich kenne. Ich hab sie seit mehr als einer Woche nicht mehr gesehen. Wir dachten alle, sie sei zu deinem Freund gezogen.«

Ich weiß nicht so recht, wie ich ihr den Namen des Mannes entlocken soll. »Er ist auch schon mehr als eine Woche nicht mehr hier gewesen?«

»Nein.«

»Na ja, vielleicht wollte er nach Hause.«

»Nach England? Er hasst England, das hat er mir selber gesagt.«

»Hm. Mir gegenüber hat er das nie erwähnt.«

»Khun Smith behauptet, dass sein Leben erst hier im Osten wirklich begonnen hat.«

»Tja, so gut kenne ich ihn auch wieder nicht«, erkläre ich. »Eigentlich ist er eher ein Bekannter als ein Freund, oder noch besser: ein Geschäftspartner.«

Sie wirkt erleichtert.

Bereits nach zehn Minuten beginnen sich ihre Geschichten über den besitzergreifenden Khun Smith zu erschöpfen – zweimal scheint er ausgerastet zu sein, worauf man ihn mit Gewalt zurückhalten musste –, aber immerhin weiß ich nun sicher, dass er als Anwalt für eine internationale Kanzlei in Bangkok arbeitet. Manchmal lädt er besondere Klienten in den Club ein, wo er Damrong vor zwei Monaten kennenlernte und ihr verfiel. Er ist groß gewachsen, kleidet sich gut und spricht Thai mit deutlichem englischen Akzent. Ich stelle Nok eine letzte Frage: »Kennst du Khun Kosana, den Typ aus der Werbebranche, über den die Klatschblätter die ganze Zeit berichten? Der ist doch auch Mitglied im Club, oder?«

Sie gibt mir keine Antwort, als hätte sie meine Frage nicht gehört. Ich bedanke mich für ihre Mühen und sage ihr, dass ich gehen muss. Dann zahle ich ihr den exorbitanten Betrag, der fällig gewesen wäre, wenn wir tatsächlich miteinander geschlafen hätten, und verabschiede mich.

Draußen auf der Kiesauffahrt hebe ich den Blick zu dem surrealen Fantasiegebäude des Parthenon, während ich mein Handy aus der Tasche hole. Ich könnte problemlos am nächsten Tag Khun Smiths Kanzlei ausforschen, aber irgendwie hat der Club mir die Laune verdorben. Also rufe ich Vikorn an und bitte ihn, eine Drogenrazzia zu veranlassen – kaum vorstellbar, dass sich in einem solchen Etablissement kein Kokain findet –, deren Hauptzweck darin besteht, an die geheime Mitgliederliste zu kommen. Ich rate Vikorn, seine Männer nach einem einzelnen Computer ohne Internetzugang suchen zu lassen.

17

Komm rauf«, weist Vikorn mich an. »Ich möchte dir jemanden vorstellen.«

Vor seinem Büro wird mir flau im Magen, weil ich ahne, dass mein Besuch bei ihm etwas mit der Mitgliederliste des Parthenon zu tun hat. Wie seine treue Sekretärin Manny mit dem grimmigen Blick mir erzählt, sind an diesem Morgen ungewöhnlich viele Anrufe von hohen Tieren der Bangkoker Gesellschaft im Revier eingegangen, obwohl bei der Razzia kein Kokain gefunden und keine Anzeige erstattet wurde. Ich persönlich will eigentlich nur die Daten von Khun Smith, dem englischen Anwalt, der Damrong verfallen war und mich allmählich wie eine Art Consigliere anmutet, doch plötzlich scheint Vikorn Größeres vorzuhaben.

Folglich bin ich ziemlich überrascht, als ich in Vikorns Büro einen groß gewachsenen Farang mit rosiger Haut, rötlich dunklem Haar und haselnussbraunen Augen sowie Anzug sitzen sehe.

»Darf ich dir Khun Tom Smith vorstellen?«, fragt Vikorn mit ausgesuchter Höflichkeit.

Smith steht auf, um mich mit einem Wai und einem kräftigen Händedruck zu begrüßen. »Sehr erfreut, Sie kennenzulernen. Hab Sie neulich im Atelier von Mr Yamahato gesehen«, teilt er mir mit.

»Sonchai Jitpleecheep«, sage ich. »Ja, Sie haben die Dreharbeiten von einer Ecke aus mitverfolgt, das ist mir aufgefallen.«

Vikorn grinst. »Er war nicht aus erotischem Interesse da, sondern für seine Klienten, nicht wahr, Mr Smith?«, meint Vikorn auf Thai. Überraschenderweise beherrscht Smith die Sprache gut genug, um zu antworten: »Richtig, Colonel.« Er verwendet sogar die angemessene Anrede.

»Wirklich sehr erfreut, Sie kennenzulernen«, wiederholt Smith und reicht mir mit beiden Händen seine Visitenkarte. Offenbar kennt er die Gepflogenheiten dieses Landes ausgesprochen gut.

»Ihr werdet zusammenarbeiten«, teilt Vikorn mir mit. Ich runzle die Stirn, doch der Colonel bedeutet mir mit einer Handbewegung, dass ich schweigen soll.

»Mit Vergnügen«, sagt Smith in einer kuriosen Mischung von Akzenten: ein bisschen BBC, ziemlich viel Londoner East End, ganz hinten noch ein Hauch authentisches Cockney, dazu ein klein wenig Los Angeles. »Mit großem Vergnügen.«

Vikorns alles andere als subtilem Nicken folgend, versichere ich: »Ich freue mich schon darauf.« – Was ein Strahlen Smiths zur Folge hat.

»Nun, Colonel«, meint Smith, »mehr werden wir heute wohl nicht mehr regeln können. Schön, mit Ihnen gesprochen zu haben.«

Als Smith weg ist, gönnt Vikorn sich ein triumphierendes Grinsen. Etwas Vergleichbares habe ich seit seinem letzten Sieg über seinen Erzfeind General Zinna nicht mehr gesehen.

»Sie lieben es, Sonchai«, erklärt er, sich die Hände reibend.

»Wer liebt was?«

»Die Mitglieder des Syndikats, das die internationalen Hotelketten beliefert und als dessen hiesiger Anwalt Smith agiert. Aufgrund seiner früheren Tätigkeit in Kalifornien besitzt er die besten Verbindungen. Er ist beeindruckt von Yammys Professionalismus und sagt, sein Film sei der beste Porno, den er in seinen zehn Jahren in der Branche gesehen habe. Gott sei Dank haben wir Yammy ins Boot geholt.«

»Stimmt«, pflichte ich ihm bei.

»Es soll eine Art Vertrag geben, und sie wollen eine Videokonferenz mit ihrem obersten Macker schalten. Ich hab ihm gesagt, dass du mich in allen Belangen vertrittst.«

»Was bedeutet, dass ich abgeschossen werde, wenn irgendwas schiefgeht, nicht Sie? Na, vielen Dank.«

Vikorn ermahnt mich mit strengem Blick, mich auf meine Verantwortung zu besinnen. Gefälligkeiten sind nicht nur Teil des Feudalsystems, sondern seine Grundlage. Hat er die Razzia im Parthenon etwa nicht aufgrund einer bloßen Laune von mir angeordnet? Jetzt muss er sich mit einem Dutzend Senatoren und Parlamentsmitgliedern, Bankern und Industriellen herumschlagen, die Angst davor haben, ins Rampenlicht zu geraten. Ich sage lieber nicht: Und die sind bereit, jeden Preis dafür zu zahlen, dass Sie ihre Namen aus den Medien heraushalten.

»Na schön«, meine ich.

»Mach einfach, was er will, überprüf ihr schriftliches Angebot, übertrags selber ins Thai, gibs keinem offiziellen Übersetzer. Und erstatte mir Bericht, sobald du mehr weißt.«

»Selbstverständlich, Sir. Aber könnten wir uns noch einen Augenblick über meine polizeiliche Tätigkeit unterhalten?«, frage ich.

»Natürlich. Du meinst die Razzia vergangene Nacht? Wie hoch soll dein Anteil sein?« Er stellt die Frage in ironischem Tonfall, weil er genau weiß, dass ich kein Geld nehme.

»Nein«, antworte ich. »Wissen Sie, dass der Mann, mit dem wir gerade gesprochen haben, Mitglied des Parthenon Clubs ist und eine Affäre mit Damrong hatte? Sie können ihn auf dem Filmclip bewundern, und er arbeitet als eine Art Vollstrecker für eine Snuff-Movie-Gang – ist Ihnen das klar?«

Vikorn erstarrt. »Wir müssen uns auf die wesentlichen Fragen konzentrieren«, erklärt er, sobald er sich gefangen hat, »und dürfen uns nicht von Nebensächlichkeiten ablenken lassen.«

»Nur noch eins: Ist Tanakan auch Mitglied im Parthenon Club? Steht sein Name auf der Liste?«

Vikorn befleißigt sich eines ernsten Tonfalls, den er normalerweise Gesprächen über Leben, Tod oder Geld vorbehält. »Ich würde mir an deiner Stelle die Finger nicht an der Sache verbrennen, Sonchai. Überlass Khun Tanakan mir.«

Sein Raubkatzengrinsen sagt mir, dass unsere Unterhaltung zu Ende ist.

Gegen elf Uhr morgens wird mir ein Computerausdruck mit etwa einhundertfünfzig Namen auf den Schreibtisch gelegt. Schon bald habe ich den Eintrag »Thomas Smith« sowie die zugehörige Kreditkartennummer darauf gefunden. Ich hole Smiths Visitenkarte aus meiner Tasche, auf der der Name der Kanzlei vermerkt ist: Simpson, Sirakorn & Prassuman. Ihre Website verrät mir, dass die Herren auf internationales Recht, Unternehmens-, Immobilien- und Handelsrecht, insbesondere Import- und Exportprojekte sowie die Beschaffung von Krediten selbst unter schwierigsten Umständen spezialisiert sind. Ich will gerade den Telefonhörer des Festnetzapparats in die Hand nehmen, als mein Handy zu klingeln beginnt. Es ist Tom Smith. In ausgesprochen freundlichem, höflichem und salbungsvollem Tonfall beordert er mich mehr oder minder in seine Kanzlei, wo er alles für eine Videokonferenz vorbereitet habe. Es sei wegen der unterschiedlichen Zeitzonen dringlich, erklärt er mir.

Am Empfang der Kanzlei nehme ich eine Ausgabe von *Fortune* vom Beistelltischchen, tausche sie schon bald gegen eine von *House and Garden*, entscheide mich aber letztendlich für die *International*

Herald Tribune. Es gibt auch ein paar thailändische Zeitungen, doch die sind alle nicht aktuell. Nach einer Weile begrüßt Smith mich mit einem freundlichen Händedruck. Dabei rutschen seine Manschetten mit den goldenen Knöpfen ein Stück zurück, sodass ein hübsches Elefantenhaararmband zum Vorschein kommt, das ich bis dahin nicht bemerkt hatte. Er registriert meinen Blick. »Das haben Sie gestern noch nicht getragen«, sage ich.

Er lächelt. »Stimmt. Sie sind wirklich ein guter Beobachter, Detective. Im Skytrain zur Asok ist ein junger Mönch mit mir zusammengestoßen. Als Entschuldigung hat er mir das Ding gegeben.« Er streckt mir sein Handgelenk hin. Ich frage ihn lieber nicht, wieso ein Mönch in einer Skytrain-Station Potenztalismane verteilt. Allerdings kann ich mir vorstellen, dass ein Mann, der seine Erektionen so hoch schätzt wie Smith, sich sehr über ein solches Geschenk freut.

Er dirigiert mich ins Herz der Kanzlei, in einen fensterlosen Raum mit kleinem Konferenztisch, Computer und großem Flachbildmonitor. Smith schaltet das Ding ein und nimmt einen Telefonhörer in die Hand. »Ich habe eine Videokonferenz mit Mr Gerry Yip angemeldet für … genau jetzt. Was, er ist schon dran? Mein Gott, wie lange haben Sie ihn warten lassen? Los gehts.«

Kaum sitzen wir vor der digitalen Videokamera auf dem Konferenztisch, als auch schon das Bild eines kleinen, schmalen, etwa fünfzigjährigen Chinesen mit Bierbauch, der lediglich mit einer Badehose bekleidet ein wenig gelangweilt an einem Strand steht, auf dem Monitor auftaucht. Mit starkem australischen Akzent fragt er: »Bin ich nun auf Sendung, oder was? Ja? Warum sagt mir keiner was? Tommy, bist du dran, Kumpel?«

»Ja, ich bin wie besprochen hier, mit Mr Sonchai Jitpleecheep, Mr Yip.«

»Gut. Das Problem ist bloß, dass ich euch nicht sehen kann.« Er zieht die Badehose hoch. »Jetzt klappts. Hallo, Mr Jitpleecheep, danke fürs Kommen.«

»Keine Ursache.«

»Okay. Hören Sie, ich hab nicht viel Zeit, weil ich mich noch auf ein Treffen mit dem verdammten Premierminister morgen früh vorbereiten muss, also gleich zur Sache: Ihr Produkt hat uns sehr beeindruckt, nicht wahr, Tommy?«

»Ja, ausgesprochen. Es ist Weltklasse.«

»Sie haben den Vertrag gesehen, Mr Jitpleecheep. Was halten Sie davon?«

»Mein Colonel und ich hatten noch keine Zeit, ihn durchzugehen«, antworte ich.

»Ihr Colonel? Sie meinen den guten Vikorn, stimmts? Schade, dass er bei der Videokonferenz nicht dabei ist. Vielleicht hör ich mich an wie ein Scheißaustralier, aber ich bin Asiat, bis ins Mark; ich weiß, warum er heute nicht auftaucht. Ich hab mich über ihn erkundigt. Er ist ein schlaues Kerlchen; der würde sich nie selber ins Rampenlicht manövrieren. Deswegen schickt er Sie. Wenn ihm nicht passt, was Sie aushandeln, kann er alles zurücknehmen. Nein, nein, machen Sie sich nicht die Mühe zu widersprechen – das ist im asiatischen Sinne respektvoll und bewundernd gemeint. Es gefällt mir. Also dann, von Asiat zu Asiat – und das soll jetzt keine Geringschätzung von Tommys Arbeit sein, der sich echt den Arsch aufgerissen hat: Vergessen wir den Vertrag. Sie schicken uns den nächsten, genauso hochwertigen Teil des Produkts, und wir überweisen Ihnen das Geld auf eine von Ihnen gewählte Bank im Ausland. Wenn wir uns nicht an die Abmachung halten, stellen Sie einfach die weitere Lieferung ein; wenn Sie nicht liefern, kriegen Sie keine Kohle. Tauchen irgendwelche Probleme mit dem Produkt auf, geben wir Ihnen Gelegenheit, sie zu beseitigen, aber wenn Sie den Termin nicht halten, ist 'ne Strafe fällig. Wie viel pro Tag, Tommy?«

»Zehntausend US-Dollar«, antwortet Smith.

»Genau. Ist Ihnen das recht? Klar. Ihr Colonel hat sowieso nicht vor, irgendwelche Strafen zu zahlen, und ich komm in Thailand nicht an ihn ran, also wissen wir beide, woran wir sind.« Wieder zieht er die Badehose hoch. »Ich vertrete ein großes, weltweites

Konsortium, nicht nur Hotelketten, sondern auch andere Interessenten in jedem zivilisierten Land der Erde, besonders die Medien. Was Folgendes bedeutet: Wenn Sie nicht ordnungsgemäß liefern, können Sie sich nach 'ner neuen Branche umsehen. Alles klar? Gut. Nun zu dir, Tommy: Da gabs ein Problem mit einem der beteiligten Unternehmen, oder?«

»Ja, eine Ölgesellschaft mit engen Verbindungen zu – «

» – dem Jungen im Weißen Haus. Zur Information für Sie, Mr Jitpleecheep: Die Ölgesellschaften sind an Ihrem Produkt interessiert, weil sie damit die Männer auf den Bohrinseln während der langen Tage und Nächte bei Laune halten können. Die haben die Schnauze voll von der üblichen Bumsshow; wahrscheinlich ist euer schräges Zeug genau das Richtige für sie. Allerdings könnte es Schwierigkeiten bei SM-Sachen geben, oder, Tommy?«

»Das auch, allerdings geht es eher um eine stillschweigende Vereinbarung und den Geschmack der Regierungsmitglieder mit Kontakt zur betreffenden Ölgesellschaft – ihnen ist es nicht recht, wenn tatsächlich Penetrationen gezeigt werden.«

Der klein gewachsene Chinese stöhnt auf. »Scheiß Weicheier. Sehen Sie, Mr Jitpleecheep, genau an solchen Sachen arbeiten wir uns ab. Die Regeln ändern sich von Unternehmen zu Unternehmen, von Regierung zu Regierung und von einem Monat zum nächsten. Es existiert einfach kein Industriestandard, worauf ich schon beim Treffen der Topproduzenten solcher Erzeugnisse vor ein paar Monaten in Manila hingewiesen habe. ›Das ist verrückt, Leute‹, hab ich gesagt. ›In zehn Jahren spielt unsere Branche eine genauso große Rolle wie heute das Öl, und wir haben keinen scheiß Standard für irgendwas. Die Schamhaare von den Mädels darf man sehen, aber ihre Nippel nicht; abhängig von der Tageszeit ists dann auch mal andersrum. Man kann den beiden zuschauen, wie sie sich im Bett rumwälzen, doch den Schwanz kriegt man nicht zu Gesicht, oder er kommt in Großaufnahme, dafür behält die Nutte den Büstenhalter an.‹ – So eine Kacke. Sag dem Jungen im Weißen Haus, dass ich mit dem Gedanken spiele, mich wieder global dem Journalismus an der Front zuzuwenden. Dann überlegt er sichs vielleicht anders.«

»Ich kümmere mich drum, Mr Yip«, sagt Smith.

»Gut. Aber genug gequatscht. Danke für den Trailer, Mr Jitpleecheep. Tommy, wir müssen uns noch unter vier Augen über diese andere Sache unterhalten.«

»Ja, Mr Yip. Wenn Sie nichts dagegen haben, führe ich zuvor nur schnell Detective Jitpleecheep hinaus.«

Der Chinese starrt blind aus dem Monitor heraus, während Smith mich zur Tür bringt. Auf dem Flur wendet dieser sich mir zu. »Ist er nicht toll? Haben Sie's schon mal mit einem solchen Genie zu tun gehabt?« Smith besitzt die Begabung, in Gesichtern zu lesen, und begreift es als Teil seiner Aufgabe, mir um den Bart zu gehen. Er hebt die Schultern, dreht die Handflächen in Richtung Decke. »Was soll ich machen? Geld regiert die Welt.«

Draußen auf der Straße hole ich mein Handy und die Karte aus der Tasche, die die Mamasan mir am Vorabend im Parthenon Club gegeben hat. Sie lässt sich zu einem Treffen im Starbucks am Nana-Ende der Sukhumvit überreden. Zuvor muss ich noch kurz ins Revier, und weil mir nicht mehr viel Zeit bleibt, nehme ich ein Motorradtaxi. Am Anfang der Soi lümmeln etwa fünfzig Dame spielende, sich über Geld und Frauen unterhaltende Fahrer mit abgetragenen Seua Win, ärmellosen orangefarbenen Jacken, auf deren Rücken die Nummer groß in verspielter Thai-Schrift steht. Am liebsten wäre mir die Neun, die Glückszahl aller, aber leider muss ich die Vier nehmen, die die Kantonesen sowie die kulturell von ihnen Beeinflussten, also auch wir, als Zahl des Todes erachten. Nun, der Typ scheint die Nummer schon länger auf dem Rücken zu tragen, denn er wirkt ziemlich lebendig. Bei jedem Überholvorgang – ungeachtet aus der Gegenrichtung herannahender Laster – und bei jedem todesmutigen Einfädeln in die Corrida de la Muerte muss man um seine Kniescheiben fürchten, doch dieser Fahrer kennt keine Angst. Was beweist, dass die Vier zwar nicht unbedingt die Zahl des Todes ist, aber auch nicht notwendigerweise harmlos. Als ich vor dem Revier mit zitternden Knien vom Motorrad steige, stoße ich mit dem Internet-Mönch zusammen.

»*Kawtot*«, sage ich beim Anblick der safranfarbenen Robe ganz automatisch, obwohl ich das Gefühl habe, dass er mich absichtlich angerempelt hat. Merkwürdig, denn für gewöhnlich achten Mönche sehr auf das Bild, das sie nach außen präsentieren. Im Revier stelle ich fest, dass Lek und ich den ganzen Nachmittag Bürodienst haben, wir alle hereinkommenden Funksprüche beantworten müssen und unsere sonstigen Arbeiten erst einmal ruhen.

Ich rufe Lek zu mir. Seiner bescheidenen Meinung nach sollten wir uns auf die Armbänder konzentrieren. »Zwei Stück, beide von einem jungen Mönch. Und dann rempelt Sie auch noch einer hier vor dem Revier an. Könnte das ein Hinweis sein? Oder sehe ich nur alles wieder zu kompliziert?«

»Spar dir deinen Sarkasmus. Natürlich habe ich über den Mönch und seine Armbänder nachgedacht, aber was soll ich machen? In diesem Land kann man einen Mönch nicht einfach vernehmen, ohne dass einem der Sangha ins Kreuz steigt, und soweit wir wissen, hat er ja auch nichts Ungesetzliches getan.«

»Wieso verteilt er dann Elefantenhaararmbänder an alle, die mit Damrong Kontakt hatten?«

»Du übertreibst, und außerdem ist nicht sicher, ob er sie überhaupt verteilt hat. Warten wir erst mal ab, was er weiter anstellt, bevor du ihn dir vornimmst.«

Ich sehe, dass sich ein neuer Gedanke in Leks Gehirn herausformt. Er besitzt eine bessere Intuition als ich und ist, einmal überzeugt von etwas, nur schwer umzustimmen. Im Moment starrt er mich voller Angst und Ehrfurcht an. »Sie lassen ihn gewinnen, stimmts?«

Natürlich sollte ich fragen: »Was gewinnen?«, aber das wäre unehrlich. Ich habe keine Ahnung, was der junge Mönch im Schilde führt – bestimmt etwas Ehrenwerteres als Vikorn. Ich weiche Leks Blick aus.

Nun sitze ich auf einem anderen Motorrad in Richtung Starbucks, und mein Handy beginnt zu klingeln. Ich muss rangehen, weil es Nok sein könnte, die das Treffen absagen möchte. Aufgrund des Verkehrslärms verstehe ich kaum etwas, und obendrein ist die Verbindung schlecht.

»Willst du ihm wirklich das Geld für die Operation geben?«, erkundigt sich die FBI-Frau. Einen Moment lang brauche ich beide Hände, um mich am Griff hinter dem Vordersitz festzuhalten, weil der Fahrer sich gerade in eine Fünfundvierzig-Grad-Kurve legt. Der Trick besteht darin, das Handy zwischen Zeige-, Mittel- und Ringfinger zu klemmen, ohne irgendwelche Knöpfe zu betätigen, während man sich mit Daumen und kleinem Finger festklammert. »Hallo? Hallo?«

»Sonchai? Bist du noch dran?«

Nach der soeben überstandenen Nahtoderfahrung antworte ich ein wenig außer Atem: »Ich leihe es ihm. Habt ihr zwei euch schon zum Essen getroffen?«

»Nur zu 'ner Kaffeepause, weil ihr heute den ganzen Nachmittag Dienst im Revier habt. Wie kannst du so etwas tun?«

Dieser Fahrer ist einer der schlimmsten, die ich je erlebt habe, und dabei trägt er die Nummer neun auf dem Rücken. Ich frage mich, ob es im Hinblick auf die Glücksverteilung bei den Zahlen Vier und Neun zu einem ähnlichen Paradigmenwechsel gekommen ist wie beim Klima. Gerade eben musste ich mich mit gesenktem Kopf am Rücken des Fahrers festkrallen, als er ein Taxi überholte. »Was? Ja, ich werde ihm das Geld leihen, weil er mich praktisch auf Knien darum gebeten hat. Seit er das weiß, bin ich der wichtigste Mensch in seinem Leben. Jetzt haben wir Gatdanyu.«

»Was?«

»Vergiss es. Das erkläre ich dir, wenn du mal eine Woche übrig hast.«

»Ohne dein Geld könnte er es sich nicht leisten, stimmts? Und von einem andern würd er's nicht bekommen.«

Ich seufze. »Kimberley, wenn ich ihm das Geld für eine erstklassige Operation nicht gäbe, würde er sie von einem Pfuscher machen lassen. Kannst du dir vorstellen, was das in Bangkok bedeutet?«

»Sonchai, ich versteh dich einfach nicht. Er ist einer der schönsten Männer, die ich je gesehen habe.« Ich werde das Gefühl nicht los, dass sich unter dem dicken Fell der FBI-Frau ein Gutmensch verbirgt. »Du hast so viel Mitgefühl. Wie kannst du das tun? Er wird doch seines Lebens nicht mehr froh.«

»Bleib dran.« Ich bin Optimist, aber selbst mir fällt es schwer zu glauben, dass ich die Begegnung mit dem herannahenden Zementlaster überleben werde. Doch, geschafft! »Ohne Schwanz? Keine Ahnung. Die Betroffenen scheinen zurechtzukommen. Heutzutage verschafft das männliche Glied einem keine Privilegien mehr. Viele, die eins besitzen, fragen sich schon, ob es nicht eher eine Last ist.«

»Hör auf mit dem Unsinn. Ich meins ernst. Hier gehts um die Zukunft eines jungen Menschen.«

Ein wenig verärgert darüber, dass ich vor meinem eigentlichen Ziel vom Motorrad absteigen muss, um weiter mit ihr reden zu können, sage ich: »Moment mal. Ich erklär dir das gleich.« Ich lasse den Fahrer an einer Garküche halten, wo ich mir eine Dose 7up kaufe und mich hinsetze, um sie zu leeren. »Es ist folgendermaßen …« Der FBI-Frau ein Realitätssandwich zu servieren, wird nicht leicht, aber mir bleibt keine andere Wahl. »Lek hatte mit fünf einen Unfall. Er wollte über die Hinterbeine eines Wasserbüffels auf dessen Rücken springen, wie es auf dem Land Sitte ist, doch das Vieh versetzte ihm einen Tritt. Er hatte Glück, dass er nicht auf den Hörnern landete, sondern auf dem Boden, wo er sich den Kopf aufschlug. In dem Dorf gabs keinerlei medizinische Versorgung. Seine Eltern dachten, er müsse sterben. Es stand nicht gut. Hörst du zu?«

»Ja.«

»Also riefen sie einen Schamanen, der ein Holzkohlenfeuer neben dem Kopf des Kindes entzündete und Rauch über ihn fächelte. Der Schamane sagte den Eltern, ihr Sohn sei so gut wie tot; es gebe nur noch eine einzige Hoffnung: Sie sollten ihr Kind einem Geist als Opfer darbieten, der seinen Körper erfüllen und wieder zum Leben erwecken könnte. Dann würde er allerdings dem Geist gehören, nicht mehr den Eltern.«

»Wie bitte?«

»Tja, die Sache hatte nur einen Haken: Der Geist war weiblich. Genau besehen, ist Lek kein richtiger Mensch, sondern ein weiblicher Geist, der einen männlichen Körper bewohnt.«

Ich nehme einen Schluck 7up und warte auf ihre Antwort, die ausbleibt. Nach einer Weile erklingt ein Piepston aus meinem Handy, und ich klappe es zu. Gleich danach piepst es zweimal kurz hintereinander – eine SMS, die ich sofort lese. Doch die Botschaft stammt nicht von der FBI-Frau. *Mohnproduktion in Afghanistan seit NATO-Invasion um mehr als fünfhundert Prozent gestiegen. Kosten für Rohstoff halbiert. Meine Kontakte bringen das Zeug bis nach Laos, dort übernehmen wir. Interessiert? Yammy.*

Ich antworte mit einem entschiedenen »Nein« und schicke die SMS postwendend ab.

18

Ich warte auf einem Sofa im ersten Stock des Starbucks auf Nok; mein Blick ist durchs Fenster auf die Straße gerichtet. Ich weiß, was sie sich von unserem Treffen erwartet, und habe ein schlechtes Gewissen, weil ich sie an der Nase herumführe, aber im Moment ist es der einzige Faden, den ich in der Hand halte. Außerdem habe ich das Gefühl, Vikorn zu hintergehen, dem es ganz offensichtlich lieber wäre, wenn ich die Sache mit der Damrong-DVD nicht allzu beharrlich weiterverfolgte. Irgendwie fühle ich mich schizophren: Auf der einen Seite steckt ein Fanatiker in mir, der nicht eher ruhen wird, als dass er die Hintergründe zu dem Snuff Movie aufgeklärt hat, auf der anderen ist da der Typ, der sich nur zu gern auf Vikorns Plan einlassen und glücklich und zufrieden mit seiner schwangeren Frau leben würde. Tja, der Fanatiker behält die Oberhand.

Nun taucht Nok auf, deren Erwartungen sich an ihrer Kleidung ablesen lassen. Mit ihren engen Jeans und dem T-Shirt ist sie himmelweit entfernt von der Mamasan aus dem 18. Jahrhundert vom Vorabend. Weil ich für unsere Zusammenkunft das Nana-Viertel mit seinen Stundenhotels gewählt habe, glaubt sie, wir würden gleich zum Sex kommen, was bedeutet, dass sie sich nicht in Schale werfen musste. Ihren wippenden Schritten ist die Freude darüber anzusehen, dass sie sich mit mir nicht nur auf angenehme Weise ein Zubrot verdienen wird, sondern sich daraus möglicherweise sogar eine längerfristige Lösung ergibt: Ich könnte sie zu meiner Mia Noi oder Nebenfrau machen und ihr ein Gehalt sowie ein Zimmer zahlen. Da ich offenbar beschlossen habe, meine Frau doch zu betrügen, scheine ich sie außerdem unwiderstehlich zu finden, was sie mir mit einem stolzen, überlegenen Lächeln dankt.

»Weißt du, dass gestern Abend, gleich nachdem du weg warst, bei uns eine Razzia stattgefunden hat?«

Ich schüttle den Kopf. »Ach. Und, wurde was gefunden?«

»Keine Drogen, aber den Computer mit der Liste haben sie mitgenommen. Die Chefin telefoniert schon den ganzen Tag mit Mitgliedern, die Angst haben, dass die Presse Wind von der Sache bekommt. Und ein gewisser Colonel Vikorn will Geld. Scheiß Bullen.«

»Tja«, sage ich und gebe mein Vorhaben auf, ihr reinen Wein einzuschenken. »Aber das ist nicht dein Problem.«

Sie lächelt. »Jedenfalls nicht im Augenblick.« Dann sieht sie mich erwartungsvoll an. Als ich nicht mit Verhandlungen über den

Preis für ihre Dienste beginne, mustert sie mein Gesicht genauer. Vielleicht bin ich ja einer dieser verwirrten Männer, die irgendwie in eine freudlose Ehe gestolpert sind, jedoch auch nicht wissen, ob eine Geliebte das Richtige für sie ist. Leider habe ich mich nicht ausreichend auf das Treffen vorbereitet und überschreite meine Kompetenzen. Ich fühle mich eher wie ein Gangster, weniger wie ein Polizist, als ich die Brieftasche zücke und ein paar Tausend-Baht-Scheine auf den Tisch lege. Nok reagiert verärgert auf meine Indiskretion, als ich allerdings weiter Banknoten hinblättere, verfliegt ihr Zorn. Zehntausend Baht – sie sieht mich an. Nur ein Farang würde so viel Geld für einen Mittagsfick bieten: Gut, ich bin etwas Besonderes, aber so besonders auch wieder nicht. Ich knülle die Scheine zusammen.

»Sagen wir mal, ich führe Ermittlungen durch«, erkläre ich, »für Banken.«

Sie stellt sich sofort auf die neuen Gegebenheiten ein. »Das heißt, du versuchst, die Mitglieder zu schützen? Deswegen warst du gestern Abend bei mir und wolltest nicht mit mir schlafen? Die Banker zahlen dich?«

»Nein, jemand anders.«

Ich verziehe das Gesicht, was sie als Bestätigung ihres Verdachts interpretiert. Ihre Miene wirkt jetzt härter und entschlossener. »Dann will ich mehr.«

»Ich verdopple mein Angebot.«

»Mehr.«

»Nein.«

»Dann kriegst du kein Wort aus mir heraus.«

Ich blähe die Backen. Zwanzigtausend Baht entsprechen vermutlich ihrem Monatseinkommen. Die meisten Mädchen würden zugreifen – es sei denn, sie hätten Angst.

»Und woher«, frage ich, »soll ich wissen, dass du die Informationen hast, die ich will?«

»Ich zähle zwei und zwei zusammen: Wenn du nicht für die Banker arbeitest, planst du 'ne Erpressung. Damit möchte ich

148

eigentlich nichts zu tun haben, aber ich brauche das Geld. Für fünfzigtausend rede ich.«

Das klingt endgültig. »Na schön. Dann muss ich zuerst zum Geldautomaten.«

»Ich begleite dich, und anschließend gehen wir ins Stunden-hotel. Dann denkt jeder, du willst mit mir ins Bett.« Sie sieht sich in dem Café um. Drei Weiße mittleren Alters sitzen mit Mädchen, die sie vermutlich am Vorabend im Viertel aufgerissen haben, in unmittelbarer Nähe. Die anderen Gäste sind hauptsächlich Farang-Männer und -Frauen, die sich bei einer Zeitung und einer Latte macchiato eine Pause von der Dritten Welt gönnen. Nok und ich suchen den nächstgelegenen Geldautomaten auf, wo ein paar junge Farangs mit Augenbrauen-Piercings amüsiert beobachten, wie ich, meine Nutte neben mir, ein Bündel Scheine heraushole.

Nok kennt die Hotels im Nana-Viertel besser als ich, weil sie in einigen der hiesigen Bars gearbeitet hat, bevor sie im Parthenon anfing. Wir fahren mit dem Taxi zu einem Drive-in, wo man Vor-hänge um den Wagen zuziehen kann oder die einfachen Räume nutzt, die direkt von der unterirdischen Parkgarage aus zu erreichen sind. Im Zimmer fragt der Wachmann, dem ich dreihundert Baht gebe, ob ich beim Bumsen Pornofilme auf DVD sehen möchte, was ich verneine. Nok hat mittlerweile auf dem Doppelbett Platz genommen und lädt mich mit einem verführerischen Lächeln zu einem Blick in den Spiegel an der Decke ein. Ich erwidere ihr Lä-cheln und schüttle den Kopf. Sie streckt die Hand aus. Ich gebe ihr zehntausend Baht und verspreche ihr den Rest für nützliche Informationen.

In einer Ecke befindet sich ein gynäkologischer Stuhl, mit des-sen Hilfe sich die Vagina bis in die hintersten Winkel erkunden lässt. Nok deutet mit dem Kinn in seine Richtung. Ihr Grinsen scheint zu sagen: Schau, was wir alles machen könnten, wenn du nicht unbedingt dumme Fragen stellen wolltest. Sollen wir's mit einem Begleitprogramm versuchen? Wieder schüttle ich den Kopf. Seufzend legt sie sich flach auf den Rücken. Ich geselle mich zu ihr, sodass wir uns beide im Deckenspiegel betrachten können, der unser Bild ein wenig verzerrt. Soll das erotisch wirken?

»Was willst du wissen?«

»Wie das Parthenon wirklich organisiert ist.«

Sie bedenkt mich mit einem verschlagenen Blick. »Warum sagst du mir nicht einfach, was du schon weißt?«

»Zum Beispiel, dass es nur hundertfünfzig offizielle Mitglieder gibt. Die Aufnahmegebühr ist eher niedrig, und eine so geringe Anzahl von Kunden reicht nicht für das Funktionieren eines solchen Clubs; sie wäre nicht mal genug, um deine Seidengewänder zu finanzieren.«

Aus dem Spiegel nickt mir ernst eine Dämonin zu. »Du bist ziemlich clever. Wie läuft das Ganze dann deiner Meinung nach?«

»Über geheime Mitglieder«, antworte ich. »Auf eurer Liste stehen ein paar interessante Namen, aber längst nicht die allerinteressantesten.«

Sie nickt. »Stimmt. Nicht viele wissen Bescheid, nicht einmal die Mädchen. Es gibt keine schriftlichen Aufzeichnungen.«

»Erklär mir, wie die Sache läuft.«

»Wir nennen sie die X-Mitglieder. Genauer gesagt, sind das die Gründer. Ihr Geld finanziert den für sie privaten Club. Ihnen steht jedes Mädchen zu, jederzeit, an jedem Ort, für jede Dienstleistung. Eine der Mamasans erhält die Nachricht, dass sie eine bestimmte Frau zu einer bestimmten Zeit an einen bestimmten Ort schicken soll, und die tut dann, was man ihr sagt, denn sie weiß nichts über die X-Mitglieder. Das ist ihr auch egal, weil sie doppelt so viel verdient wie sonst und den nächsten Abend freikriegt. Manchmal muss sie nur einfach rauf ins obere Stockwerk. Normalerweise hat sie keine Ahnung, zu wem. Wir kommen alle vom Land und kennen die High Society nicht.«

»Und das Ganze findet dann in einem der Zimmer statt wie gestern Abend bei uns beiden?«

»Nein. Es gibt auch echte, nur über einen speziellen Aufzug zu erreichende Privatzimmer.«

»Und wer sind die X-Mitglieder?«

»Was denkst du? Die Topleute in Thailand – hohe Militärs und Polizeibeamte, Banker, Geschäftsleute, Politiker. Ganz ähnlich wie die offiziellen Mitglieder, aber eine höhere Liga.«

»Das heißt also, dass die offiziellen Mitglieder letztlich nur Fassade sind?«

Nok zuckt mit den Achseln. »Sie kriegen schon was fürs Geld. Und weil es sich sehr oft um Geschäftspartner der geheimen Mitglieder handelt, zahlt sich der Beitritt für sie aus.«

Ich wende mich Nok zu, um ihr ins Gesicht sehen zu können. »Darf ich fragen, woher du das alles weißt?«

Sie schüttelt den Kopf. »Ich bin ziemlich beliebt bei den X-Mitgliedern und hab sie überredet, mich zur Mamasan zu machen, damit ich keine normalen Mitglieder mehr bedienen muss. Besser ein großes Schwein einmal die Woche als ein kleines jede Nacht.«

»Und Damrong?«, erkundige ich mich. »Die war doch sicher auch beliebt bei den geheimen Mitgliedern, oder?«

Nok wendet den Kopf der Wand zu. »Schenk mir reinen Wein ein. Ist sie tot?«

»Ja.«

»Das hab ich mir schon gedacht. Stellst du Nachforschungen für ihre Familie an?«

»Na ja, so könnte man es nennen.«

Sie dreht den Kopf wieder zu mir. »Sie war nicht bei allen der Hit. Viele Männer durchschauten sie, und die Frauen fanden ihr Aussehen nicht außergewöhnlich.«

»Aber die anderen, besonders die X-Mitglieder?«

»Angenommen, einer war ganz scharf auf sie – was macht das jetzt noch, wenn sie tot ist?«

»Es ist meine Aufgabe, der Sache auf den Grund zu gehen.«

Schweigen, dann: »Sie war eine geniale Prostituierte. Das lag an ihrem Instinkt. Sie agierte schnell und instinktiv wie ein wildes Tier und wusste auf den ersten Blick, ob ein Mann ihr verfallen würde oder nicht. Diejenigen, die sie nicht innerhalb der ersten zehn

Sekunden erreichen konnte, ignorierte sie. Das verschaffte ihr Zeit und Energie für die anderen. Sie begriff, was den meisten Mädchen, auch mir, verborgen bleibt.« Ich hebe fragend die Augenbrauen. »Je mehr Gedöns, desto tiefer der Fall. Das hab ich selbst gesehen.« Ihre linke Hand sucht die meine. »Aber sie war meine Freundin. Sie hat sich um mich gekümmert, mich beschützt.«

Nun sehen wir einander direkt an. »Wovor?«

»Vor einem Schwein. Ich hab ihr erzählt, dass ich ihn nicht mehr ertrage, weil er mir jede Selbstachtung raubt – natürlich kannte ich seinen Namen nicht. Er zahlte gut, war aber brutal. Sie verführte ihn, lenkte ihn von mir ab. Ihr schien Sadismus nichts auszumachen. Vielleicht war sie in dieser Hinsicht selber ein bisschen schräg. Oder ich bin einfach zu sensibel. Sie teilte sogar das Geld mit mir, das er ihr nach dem ersten Mal mit ihr gab. Jai Dee Mark Mark.« Mit einem Kopfschütteln fügt sie hinzu: »Ich glaube, niemand hat ihn je so in der Tiefe seiner Seele erreicht wie sie. Mir gegenüber war er immer hart wie ein Diamant.«

»Wie sieht er aus?«

»Er ist Thai-Chinese, groß gewachsen, schlank, ungefähr fünfzig, ziemlich attraktiv, wenn man's brutal mag.«

Erst nach einer ganzen Weile sage ich: »Du weißt, wer er ist, stimmts?«

»Ich habs rausgefunden.«

»Khun Tanakan?«

Sie nickt kurz, ohne den Namen auszusprechen.

»Aber gleichzeitig stand auch einer der normalen Kunden auf sie – der Anwalt Tom Smith. Von dem hast du mir erzählt.«

»Dieser Idiot. Er ahnt nicht, dass der Thai-Chinese ihn beinahe ins Jenseits befördert hätte. Wäre ihm klar gewesen, wer sein Rivale war, hätte er bestimmt den Mund gehalten. Er ist jedes Mal ausgeflippt, wenn er in den Club kam und sie keine Zeit für ihn hatte. Farangs sind wie kleine Jungs – sie haben keine Selbstbeherrschung.«

»Wusste Tanakan von Smith?«

»Klar. Ein Mann wie er ist informiert. Er zahlt dafür.«

»Aber er hat nichts gegen Smith unternommen?«

»Smith lebt noch, oder?«

»Hat er den Thai-Chinesen juristisch beraten?«

»Woher soll ich das wissen?«

»Entschuldige.« Ich halte die restlichen Scheine hoch. »Wer organisiert das alles? Bei irgendjemandem müssen die Fäden doch zusammenlaufen.«

»Der Wachmann an der Tür. Sieh ihn dir an. Er ist clever, hat die Namen aller geheimen Mitglieder im Kopf und bringt die Mädchen zu den Verabredungen. Die X-Mitglieder zahlen ihm eine Menge Kohle, damit er den Mund hält. Aber er würde es sowieso nicht wagen, irgendetwas zu verraten.«

Ich strecke ihr die Scheine hin, halte sie jedoch zwischen den Fingern fest, als sie danach greift. »Khun Kosana, der Typ aus der Werbebranche – er gehört zu den X-Mitgliedern, stimmts?«

Sie blinzelt und schluckt. »Ja. Er war ein enger Freund von Khun Tanakan.«

»War?«

»Er ist verschwunden. Alle halten ihn für tot.«

»Hat Tanakan ihn ermorden lassen?«

»Wie zum Teufel soll ich das wissen?«, braust sie auf, beruhigt sich aber schnell wieder. »Die Katoys hat der Club letztlich ausschließlich für Khun Kosana angeheuert. Ich glaub, er tat nur so, als würde er Mädchen mögen – ich hab ihn immer bloß mit Katoys gesehen. Er war so eine Art Sklave für Tanakan, weil er einfach keinen Instinkt fürs Geschäft hatte. Tanakan musste ihn mehr als einmal raushauen. Aber die Medien hatte er im Griff. Tanakan benutzte ihn, um sein Image in der Öffentlichkeit zu polieren.«

Ich reiche ihr die Scheine und löse weitere aus dem Bündel. »Bring mich in den privaten Teil des Clubs, von dem aus der spezielle Aufzug nach oben führt.«

»Wozu?«

»Ich möchte mich umsehen.«

Wieder scheint sie ihre Meinung über mich zu ändern. »Du bist also doch ein Cop, stimmts? Dort wurde sie umgebracht, oder? In einem der Privaträume.«

»Woher soll ich das wissen, ohne einen Blick hineingeworfen zu haben?«

Sie reißt mir das Geld aus der Hand. »Ich würds auch umsonst machen. Komm heute Abend in den Club. Ruf vorher an und buch mich und ein Zimmer.«

Wir verlassen das Stundenhotel getrennt. Lek erkundigt sich per Handy, ob ich bald ins Revier zurückkehre, weil allmählich Funkrufe hereinkommen. Ich sage ihm, dass ich in zwanzig Minuten da sein werde. Heute ist Sergeant Ruamsantiah für die Teams zuständig.

Ich sitze im Taxi, als mein Handy zu vibrieren beginnt. Ruamsantiah informiert mich über eine Razzia. »In einem scheiß Bestattungskasino«, sagt er, alles andere als erfreut.

»Ich dachte, da machen wir keine Razzien mehr.«

»Inoffiziell. Ein Cop hat uns informiert – wahrscheinlich ein Verwandter, der sauer ist, weil er nicht eingeladen wurde. Leider können wir den Kopf nicht in den Sand stecken. Gehen Sie die Sache mit Samthandschuhen an, aber notieren Sie alles, damit wir hinterher sagen können, wir hätten sofort reagiert.« Ich rufe Lek an und verabrede mich mit ihm an der der Adresse nächstgelegenen Skytrain-Station.

Tut mir leid, wenn nun in der Mitte der Geschichte ein Kulturschock kommt, Farang, aber eine Beschreibung der Funktionsweise von Bestattungskasinos ist unerlässlich:

Stellen Sie sich vor, Sie seien gerade frisch angekommen auf der anderen Seite, im Geisterreich, ohne Körper, und verständlicherweise noch ein wenig desorientiert. Es gibt nach wie vor jede Menge mit den Mitteln der heutigen Wissenschaft nicht feststellbare Verbindungen zu Ihren lebenden Verwandten, die nach dem

Verlust Ihrer Körperfunktionen hauptsächlich durch die Übertragung von emotionaler Energie aktiviert werden: Bedürfnisse und Triebe überdauern das Denken. Ohne Ihren Leib sind Sie auf ein Restbewusstsein angewiesen, das sich primär aus Trennungsängsten speist. Was wollen Sie jetzt am allerwenigsten? Ja: allein sein. Verwandte, die Sie zu Lebzeiten nicht mochten, erhalten nun plötzlich eine wichtige – nein, lebenswichtige – Bedeutung. Es ist die Pflicht Ihrer Familie, Sie während der Totenwache, die bis zu neunundvierzig Tage dauern kann und an deren Ende Sie eine neue Bleibe im Bauch von irgendjemandem – oder irgendetwas – gefunden haben werden, mit so vielen Menschen wie möglich zu umgeben. Und es gibt nur eine einzige Aktivität, die einen typischen Thai dazu bringt, sieben Wochen lang zu Ihnen ins Haus zu kommen, besonders dann, wenn er Sie nie sonderlich leiden konnte. Der andere Vorteil des Kaufs von Rouletteausstattung besteht darin, die trauernden Hinterbliebenen mit Geld für die Mönche, das Essen und besagte Ausstattung zu versorgen und den engsten Anverwandten mit einer Handvoll Baht durch die schwierige Zeit nach der Totenwache zu helfen.

Was erklärt, warum Lek und ich uns vor Nang Chawiiwans Wohnung im dritten Stock eines bescheidenen Gebäudes in der Soi 26 einfinden. Lek hat überprüft, ob es eine über die hintere Tür erreichbare Feuertreppe gibt. Durch lautes Hämmern gegen die vordere und ebenso lautes Brüllen des Wortes »Polizei« sorgen wir für eine sofortige Evakuation. Von der anderen Seite des Apartments hören wir das Trippeln von Sonntagsschuhen auf der schmiedeeisernen Treppe, dazu aufgeregtes Flüstern und Kichern. Das dauert etwa zehn Minuten, was bedeutet, dass sich ungefähr einhundert Gäste über die Soi aus dem Staub machen. Auf erneutes Hämmern öffnet eine erschöpfte, aber durchaus vital wirkende, gerade mal eins fünfzig große, trauernde Nang Chawiiwan in traditioneller Thai-Kleidung.

Da ich ihr in diesen schweren Tagen keinen Kummer bereiten will, lasse ich sie Zeit schinden, bis der Letzte ihrer Gäste das Weite gesucht hat. Nun bittet sie uns herein. Sie hat sich nicht die Mühe gemacht, die Rouletteausstattung zu verstecken; es gibt insgesamt fünf Tische. Clever, wie sie ist, hat sie die kleinen Münzstapel darauf nicht entfernt. Sie sieht zuerst das Geld an, dann mich, dann Lek, dann wieder das Geld.

»Dies ist ein ernsthafter Verstoß gegen das Gesetz und wird mit einer Gefängnisstrafe geahndet«, teilt Lek ihr streng mit, während er einen kurzen Blick auf den Verstorbenen wirft, der mit über der Brust gefalteten Armen in einem bunt lackierten Kiefernholzsarg ruht: Er hat das ausgezehrte, grobe Gesicht eines Arbeiters, wirkt sogar so hager, dass ich mich frage, ob Nang Chawiiwan ihn nicht hat verhungern lassen. Ein schändlicher Gedanke, zugegeben, aber er drängt sich auf.

»Entschuldigung«, sagt Nang Chawiiwan.

Lek, der nie lange streng bleiben kann, betrachtet die Leiche mit unendlichem Mitgefühl. »Der Arme fühlt sich schon einsam«, sagt er. »Das spüre ich deutlich.«

Nang Chawiiwan schnieft. »Deswegen hab ich's gemacht. Ich musste es doch für alle attraktiv gestalten, ihm Gesellschaft zu leisten. Wie sonst hätte ich meine Verpflichtungen als Ehefrau erfüllen sollen?«

Lek wendet sich Hilfe suchend an mich, doch ich starre fasziniert den Leichnam an, als wäre er der erste, den ich zu Gesicht bekomme. Der Tod löst diese Woche merkwürdige Reaktionen in mir aus.

»Nehmen Sie das Geld«, meint Nang Chawiiwan mit einem ungeduldigen Nicken in Richtung Roulettetisch.

»Geld interessiert uns nicht«, teilt Lek ihr mit, immer noch bemüht, meine Aufmerksamkeit auf sich zu ziehen.

»Stimmt«, bestätige ich lächelnd. »Lassen Sie es lieber verschwinden – wenn es so offen herumliegt, könnte das falsch verstanden werden.«

Nang Chawiiwan macht große Augen. »Sie nehmen kein Geld?« Ein Grinsen breitet sich auf ihrem Gesicht aus. »Ich hab immer gewusst, dass mein Toong ein guter Mensch ist, aber dass er ein solches Karma hat …! Man stelle sich das vor: eine Razzia von zwei Polizisten, die kein Geld nehmen!« Sie lässt die Münzen in ihrer Tasche verschwinden. »Er war praktisch ein Arhat, ein Heiliger, und das ist der Beweis.«

»Allerdings müssen Sie uns Ihren Ausweis geben«, sage ich. »Falls jemand fragt: Das war eine ernsthafte Razzia, die schiefgegangen ist, weil wir nicht wussten, dass es hier eine Feuertreppe gibt.«

»Gut.«

»Und Sie machen das nie wieder, ja? Ich meine, Sie rufen nicht gleich, wenn wir weg sind, alle Gäste an, um ihnen zu sagen, dass die Luft rein ist, oder?«

»Natürlich nicht.«

»Versprochen?«

»Versprochen.«

»Tja, dann bleibts diesmal bei einer Verwarnung.«

Sie sieht mich an. »Wollen Sie wirklich kein Geld? Dann hätte ich ein besseres Gefühl.«

»Nein«, antwortet Lek, wieder streng, und deutet anmutig mit seinem langen Finger auf sie. »Vertrauen Sie uns einfach.«

Das ausgezeichnete Karma des guten alten Toong versetzt sie in Begeisterung. Jetzt erinnert sie sich wieder, was für einen tollen Mann sie geheiratet und wie rührend er immer für sie gesorgt hat. Es passiert nicht oft, dass es einem Geist bei seinem eigenen Bestattungskasino derart gut geht. Nang Chawiiwan fühlt sich durch seine spirituelle Macht so sehr gestärkt, dass sie das Handy zückt und die Gäste zurückruft, bevor wir zur Tür hinaus sind.

Während wir die Soi 26 auf der Suche nach einem Taxi hinuntertrotten, wird mir schwindelig, und ich muss an einem Café haltmachen. Normalerweise trinke ich im Dienst keinen Alkohol, aber jetzt brauche ich ein Bier. Lek holt sich an einem Straßenstand ein 7up. Ich sehe zu, wie der Verkäufer die Glasscheibe zurückschiebt, eine saure grüne Mango aufspießt, sie auf ein Schneidebrett legt und so schnell in Schnitze zerteilt, dass die Bewegungen seiner Hände zu einer einzigen verschwimmen. Dann lässt er die Frucht-stücke in eine Plastiktüte gleiten, steckt diese in eine zweite und gibt pinkfarbene Säckchen mit Chili, Salz und Zucker für den Dip sowie einen Cocktailstick dazu.

»Was ist los?«, fragt Lek, als er kauend zu mir zurückkehrt.

Ich sitze leichenblass auf einem Plastikstuhl vor dem Café in dieser Straße, in der hauptsächlich Beschäftigte des horizontalen Gewerbes wohnen. Hier wimmelt es von Katoys, dazu kommen ziemlich viele Farangs und Mädchen in Jeans und T-Shirt auf dem Weg zur Arbeit.

»Der Tod«, antworte ich. »Jeder Cop muss sich gleich am ersten Tag im Job ein dickes Fell ihm gegenüber zulegen, aber das kann von der einen Minute auf die andere verloren gehen.« Ich schnippe mit den Fingern, und Lek macht große Augen. Er versteht nicht, was ich meine, und ich habe keine Lust, ihm den peinlichen Zwi-schenfall der vergangenen Nacht zu beichten. Ich nehme hastig einen Schluck Bier, doch es will mir nicht gelingen, die Erinne-rung daran zu verdrängen:

Ich fuhr so unvermittelt aus dem Schlaf hoch, dass meine Ge-lenke knackten. Sofort dachte ich, es sei etwas mit Chanya, doch die war bereits wach und starrte die Decke an. Das macht sie nur, wenn sie wütend ist.

»Wieder sie, stimmts?«

Ich zögerte meine Antwort hinaus. »Ja.«

»Sonchai, ich weiß nicht, wie lange ich das noch ertrage. Ge-gen jede Frau aus Fleisch und Blut würde ich um dich kämpfen, aber gegen eine Tote? Ist dir klar, was du die letzte halbe Stunde gemacht hast?«

Ich blieb stumm.

»Du hast sie gebumst.«

Ich drehte den Kopf weg. »Ja.«

»Wieder und wieder. Das geht jetzt die dritte Nacht so. Und du bist gekommen. Alles ist klebrig.«

Das war mir nicht bewusst gewesen. Jetzt fiel mir der ganze Traum wieder ein. Aber »Traum« ist eigentlich nicht das richtige Wort; es handelte sich eher um einen Besuch. Ich begann zu zittern.

Mit Mühe unterdrückte Chanya ihren Zorn und stand auf, um einen feuchten Lappen zu holen, mit dem sie mich ziemlich grob abrieb. »Normale Männer haben eine echte Mia Noi. Nur du brauchst unbedingt eine Scheißtote.«

»Entschuldige.«

»Das geht jetzt so, seit du das letzte Mal in ihrer Wohnung warst.«

»Ich glaub, ich muss duschen.«

»Mitten in der Nacht?«

Trotzdem trat ich hinaus auf den Hof, um mich mit dem Schlauch abzuspritzen wie einen Elefanten. Am Morgen schafften Chanya und ich es nicht, einander in die Augen zu sehen.

Ich trinke mein Bier aus.

»Es hat mit dem Damrong-Fall zu tun, stimmts?«, fragt Lek mit diesem unheimlichen sechsten Sinn, der Katoys eigen ist. Ich nicke, weiche seinem Blick aus. »Würden Sie mich zu meinem Moordu, meinem Meister, begleiten?«

Lek hat seinen unfehlbaren Seher vor einem Jahr gefunden und möchte mich seitdem bewegen, ihn zu ihm zu begleiten. Er ist überzeugt, dass wir uns seit Hunderten von Leben in unterschiedlichen vertrauten Rollen umkreisen: Mutter/Vater, Schwester/Bruder, Ehefrau/Ehemann. Am meisten interessiert ihn jedoch, wann ich das letzte Mal ein Katoy wie er war. Wir Buddhisten glauben, dass alle Seelen von Zeit zu Zeit die transsexuelle Erfahrung machen.

»Wenn es mir besser geht, Lek«, sage ich. »Nicht heute.« Während ich mein Bier und Leks 7up bezahle, kommt eine SMS herein. Ich hole mein Handy aus der Tasche, lese die Nachricht und zeige sie Lek. Sie stammt von Yammy, die fünfte diese Woche: *Hab einen*

Kurier gefunden, müsste also nicht selbst aktiv werden. Bitte sprechen Sie mit dem Colonel. Glaub nicht, dass ich das noch lang aushalte. Muss mich wieder meiner Kunst widmen. Yammy.

Stöhnend stecke ich das Handy zurück in die Tasche, wo es gleich noch einmal zu piepsen anfängt. Diesmal kommt die Nachricht von der FBI-Frau: *Du lebst in einem der Magie verfallenen Land.*

19

Nok hat mich angewiesen, nach elf zu kommen, wenn im Parthenon am meisten los ist. Auf den Sofas sitzen Männer in dunklen Anzügen, die von jeweils zwei oder drei aufgetakelten jungen Frauen bedient werden. Nok, wieder im Ballkleid, stellt Mädchen vor, bringt Kunden in die oberen Stockwerke und begrüßt anschließend weitere Freier. Meinem Blick weicht sie aus. Allerdings hat sie im Vorbeigehen gerade kurz mein Handgelenk ergriffen. Offenbar naht der Moment, in dem die Bühne endlich zum Leben erwacht.

Die Lichter werden heruntergedimmt, und ein unsichtbares Orchester spielt eine süßliche Melodie aus den Fünfzigern, zu der fünfzig Mädchen in knappen Badeanzügen gleichzeitig die Beine werfen. Die Show ist eine perfekte Kopie von Szenen aus Hollywood-Tanzfilmen mit einem Finale, das sich auf die junge Frau mit den größten Brüsten konzentriert. Sie steht auf einem kreisrunden Podest, die anderen huldigen ihr kniend. Anders als in den konkurrierenden Bars des Viertels verbietet die Choreografie hier das Entblößen von Brustwarzen und Schamhaar; was wir sehen, ist fast familiengeeignet. Zur Wahrung des Scheins hat Nok drei junge Frauen für mich abgestellt, die entzückt darüber sind, dass ich trotz meiner eher westlichen Züge Thai spreche, und die mir zum Zeitvertreib ihre Lebensgeschichte erzählen. Ihnen scheint jedoch klar zu sein, dass ich der Mamasan gehöre, denn keine macht mir erotische Avancen. Als die Show ihren Höhepunkt erreicht und die Gäste zu klatschen beginnen, fragt Nok mich, ob eins der Mädchen sich zu mir setzen soll. Ich antworte ein wenig verlegen mit Nein, und sofort verschwinden die Girls. Nun bringt Nok mich hinauf in die oberen Stockwerke, wo das gleiche Spiel beginnt wie beim letzten Mal. Am Schluss führt sie mich für alle sichtbar zu einem der Zimmer und verschließt die Tür hinter uns. Dann lehnt sie sich von innen dagegen und schiebt mir ihren Louis-XV-Busen entgegen.

»Ich dachte, wir gehen zu den privaten Räumen.«

Sie hebt einen Finger an die Lippen. »Keine Sorge, ich hab 'ne Schlüsselkarte.« Sie holt sie aus den Tiefen ihres Gewandes. »Der Wachmann ist mir noch was schuldig. Ich hab ihm erzählt, dass du mein ganz spezieller Lover bist und ich in einem der Privatzimmer mit dir schlafen möchte. Das hier ist der Generalschlüssel; er öffnet alle Türen.« Ich bedanke mich mit einem Lächeln. »Vielleicht willst du doch noch mit mir ins Bett, wenn du erst das Zimmer siehst.«

Über eine Feuertreppe führt sie mich zu einem Putzraum im Erdgeschoss und macht dort mit der Schlüsselkarte eine unauffällige Tür auf, hinter der sich ein dick mit Teppich belegter Bereich und ein mit rotem Leder gepolsterter Aufzug befinden. Auch in dem Lift, der in null Komma nichts ins oberste Stockwerk hinaufgleitet, liegt ein hochfloriger roter Teppich.

Nun breitet sich vor mir eine faszinierende Spielwiese aus. Auf Fernsehmonitoren sind abwechselnd Paris-, Venedig-, Rom- und Fellatio-Bilder zu sehen. Nok zeigt mir, wie man seine erotische Aufnahme der Wahl heranzappt – alle nur erdenklichen Stellungen des Kamasutra und noch ein paar mehr. Die Decken hier sind hoch und vergoldet, allerdings nicht so üppig wie im öffentlich zugänglichen Bereich. In der Mitte befindet sich ein Swimmingpool von olympischen Ausmaßen, aus dem Dampfschwaden emporsteigen. An seinem Rand lümmeln Davide, Zeuse und Poseidone, und im

Wasser spritzen sich einige sehr lebendige nackte Nymphen gegenseitig an. Vermutlich wurden sie durch das Geräusch des herannahenden Aufzugs aktiv. Nok winkt ihnen durch den Dunst zu, und sie erwidern ihr Winken.

»Das ist mein Freund«, erklärt sie ihnen.

»Willst du ihn mit uns teilen?«

»Nein.«

Sie wirft den Kopf mit einem herausfordernden Lächeln in den Nacken und führt mich an der Hand einen Flur jenseits des Pools entlang. Abgesehen vom Rascheln ihres Gewandes und den Wassergeräuschen, herrscht Stille. In diesem Bereich zähle ich lediglich drei Türen, und Nok bestätigt, dass es tatsächlich nur drei Privatzimmer gibt, weil nicht mehr Platz vorhanden ist.

Als sie eine Tür öffnet, wird mir klar, was sie meint: Der Raum ist riesig, in seiner Mitte ein großer nierenförmiger Whirlpool, um den herum Handtücher, Seifen, Gels und Massagelotionen aus Paris arrangiert sind. Auf hohen Regalen stehen offenbar wertvolle Antiquitäten aus Porzellan und Jade. Mein Blick ruht einen Moment lang auf einem knapp einen halben Meter langen liegenden Jade-Buddha, ein wunderbares Stück. »Hier ist alles echt«, erklärt Nok, als sie mein Interesse bemerkt. Das gewaltige Bett wartet ungefähr zehn Meter von uns entfernt. Noch beeindruckender jedoch sind die LCD-Monitore, einige von ihnen gigantisch, die an den Wänden hängen wie Gemälde. Auch die Videokameras fallen mir auf. Mittels Fernbedienung kann man vermutlich von allen Stellen des Raums aus genitale Aktivitäten – eigene wie fremde – heranzoomen.

»Das ist Tanakans Zimmer«, sagt sie, zum ersten Mal den Namen aussprechend.

Bisher wusste ich nicht, dass die Räume einzelnen Mitgliedern gehören; nun wird mir manches klar. Ich würde gern noch weitere Fragen stellen, doch sie ergreift meine Hand, führt mich zum Rand des Whirlpools und beginnt, mich zu entkleiden. »Wenigstens könnten wir zusammen baden«, meint sie, plötzlich nicht mehr mit mir flirtend, sondern traurig und bedürftig. Sobald ich nackt bin, schlüpft auch sie aus ihrem Gewand und zieht mich hinter sich ins warme Wasser.

»Er hat dich oft hierhergebracht, stimmts?«

Sie wendet den Blick ab. »Du bist so intuitiv. Das hilft dir zu überleben, nicht wahr? Ich glaub dir, dass du in Armut aufgewachsen bist. Nur Arme und Leute im Gefängnis entwickeln einen solchen Instinkt.« Sie seufzt. »Ja, oft. Eine Weile war ich seine Favoritin. Seine Lust auf ein bestimmtes Mädchen hält immer ungefähr ein halbes Jahr. Dann sucht er sich eine Neue.«

»Ich dachte – «

»Ich weiß … Er ist ein Sadist, ja, aber auch«, sie macht eine Handbewegung, »unglaublich«.

»Damrong hat ihn dir also ausgespannt?«

Sie sieht mich entrüstet an. »So funktioniert das nicht bei den X-Mitgliedern. Da sagen die Männer, was Sache ist.« Sie seufzt. »Meine sechs Monate waren sowieso fast vorbei, als die Mamasan ihm von einem neuen Mädchen erzählte. Am nächsten Morgen war ich raus. Aber Damrong verhielt sich sehr anständig und gab mir die Hälfte des Geldes, das sie für die erste Nacht mit ihm bekam. Sie war ein echter Profi und hatte ein gutes Herz. Letztlich, scherzten wir, nahm sie mir die samstagabendlichen Peitschenhiebe ab.«

Plötzlich werden ohne Vorwarnung alle Wasserdüsen im Whirlpool voll aufgedreht. Mein Herz beginnt zu rasen, und unversehens liegt Nok vor Angst zitternd in meinen Armen und drückt ihr Gesicht gegen meine Schulter. »Alles in Ordnung«, versuche ich, sie zu beruhigen. »Wir haben wahrscheinlich versehentlich einen Schalter betätigt.«

Sie klammert sich eine ganze Weile an mich, bevor es mir gelingt, sie von meinem Körper zu lösen. Ich lasse ihr ein bisschen Zeit, sich zu beruhigen. »Du kennst ihn nicht«, sagt sie.

Wieder ein paar Sekunden Schweigen. »In den sechs Monaten habt ihr euch bestimmt über mehr unterhalten als nur über den

Preis von Massageöl.« Ihr Schmerz rührt mich, ich finde ihn weitaus attraktiver als ihre Verführungsstrategien. Unter Wasser ergreife ich einen ihrer Finger. Sie sieht mich an. »Du hast ihn trotz seiner sadistischen Neigungen geliebt?«

»Er beherrscht es meisterlich, eine Frau heiß auf sich zu machen.«

»Für diese Fähigkeit würden viele Männer eine ganze Menge geben.«

»Mit seinem Geld und seiner Macht ist das nicht so schwierig. Er übernimmt Schritt für Schritt dein Leben, bis es darin nichts mehr gibt als ihn, und du besessen bist von ihm, egal, ob du das willst oder nicht. Vielen Frauen gefällt es, wenn ein Mann sie zwingt, sich auf ihn zu konzentrieren. Mir wahrscheinlich auch.« Mit einem Blick auf den liegenden Buddha fügt sie hinzu: »Man spürt den Schmerz, den er empfindet, wenn er einem wehtut. Das macht das Ganze irgendwie erträglich. Pervers, ich gebs zu.«

»War das bei Damrong auch so?«

Ein mattes Lächeln. »Nein, sie war anders, stärker als er. Deswegen musste sie sterben, stimmts?« Plötzlich taucht sie unter und tropfensprühend wieder auf, wie nach einer Taufe.

»Keine Ahnung«, antworte ich. »Ich glaube, Tanakans Psyche ist der Schlüssel zu allem. Du weißt sicher mehr über ihn.«

»Warte«, sagt sie und steigt aus dem Becken. Ihr Körper ist ähnlich perfekt geformt wie die exquisiten Vasen und Jadestücke – und der von Damrong. »Lass uns Musik hören.« Sie betätigt ein elektronisches Touchpad neben der Tür, und schon erklingt aus dem Nichts der lange, klagende Ton einer Flöte. Nok kehrt lächelnd in den Whirlpool zurück und signalisiert mir, dass ich den Kopf unter Wasser halten soll, wo der Klang noch eindringlicher ist – wie ein Flehen um grenzenlose Ewigkeit.

Ernst nickend greift sie den Gesprächsfaden wieder auf. »Ja. Er ist klug genug zu wissen, dass selbst eine Nutte Gefühle braucht, wenn die Sache ein halbes Jahr dauern soll, und schüttet einem sein Herz aus.« Ihre linke Hand taucht einen Moment lang aus dem Wasser auf und streicht über meine Brust, bevor sie wieder hinabsinkt. »Diese andere Seite lässt einen seine Aggressivität beim Bumsen vergessen. Weißt du, er ist nicht wie ein Stier, der sich blind auf einen stürzt, sondern eher wie eine Python, die den Moment des Zuschlagens sehr genau wählt.«

»Und wer hat ihn so aggressiv gemacht?«

»Ich glaube, die thailändische Gesellschaft. Sein Vater war ein chinesischer Geschäftsmann, der an den Grenzen zwischen Thailand, Birma, Laos und China operierte.«

»Opium?«

»Wahrscheinlich. Tanakan hat sich nie darüber ausgelassen; ich denke, sein Vater handelte mit allem, was sich verkaufen ließ, besonders mit Jade.« Sie deutet hinüber zu den hohen Regalen. »Tanakan ist einer der weltbesten Jade-Kenner.«

»Aha. Und seine Mutter?«

»Natürlich eine Thai-Nutte, die dritte oder vierte Nebenfrau, ich weiß es nicht so genau. Alle Frauen lebten miteinander in einem Haus in Chiang Rai; er und seine Mutter befanden sich ganz unten in der Hackordnung. Er hat mir ein Foto von ihr gezeigt. Ich dachte, das heißt, dass er's ernst meint mit mir, aber die andern erzählten mir, dass sie das Bild auch gesehen hatten. Seine Mutter war unglaublich schön, das ist sogar auf dem Schnappschuss zu erkennen. Eins von diesen Mädchen aus Isaan, weißt du?«

Ich nicke. Die Schönheit der Isaan-Mädchen – sie erinnert an die wilder Rosen, die unter widrigsten Bedingungen aus einem Felsspalt herauswachsen – ist in der Branche wohlbekannt. Fast könnte man meinen, dass die Natur sich für tausend Jahre feudaler Unterdrückung rächt, indem sie dort hin und wieder eine junge Frau hervorbringt, der ein Mädchen der Oberschicht nicht das Wasser reichen kann.

»Seiner Aussage nach war sie hart wie Stahl. Ohne wirklich Zuneigung zu zeigen, entlockte sie seinem Vater genug Geld, um den Sohn auf die besten Schulen schicken zu können. Natürlich wusste jeder in seiner Klasse, was seine Mutter war, und so entwickelte er irgendwann ein zwanghaftes Geltungsbedürfnis.« Sie zeigt auf die wertvollen Vasen und Jadestücke auf den Regalen. »Darauf ist er stolz. Er glaubt, dass seine Mutter einen echten Mann aus ihm gemacht hat, einen Krieger. Seiner Meinung nach hat sie ihn nicht verdorben, sondern auf die Realität vorbereitet, wie sie sie sah. Nun, vielleicht hatte sie recht. Wie soll eine Frau mit ihrem Wissen um die Welt einen Jungen aufziehen? Als lebten wir in Disney World?«

»Meine Mutter war auch im horizontalen Gewerbe«, gestehe ich.

Sie runzelt die Stirn. »Hab ich's doch geahnt.«

»Die statistische Wahrscheinlichkeit dafür ist ziemlich hoch, denn die Prostitution gehört in Thailand seit dreihundert Jahren zu den Hauptindustriezweigen. In den meisten Familien befindet sich mindestens eine Kurtisanen-Ahnin.« Um ihre Hand davon abzuhalten, dass sie die unteren Regionen meines Körpers erkundet, sage ich: »Entschuldige, ich muss pinkeln.« Und schon bin ich aus dem Whirlpool heraus.

Die Toilette befindet sich am anderen Ende des Raums und wimmelt von Edelstahlarmaturen. Ich betrachte eingehend die Power-Dusche, um Zeit zu schinden und meinen Körper unter Kontrolle zu bringen. Als ich das Bad eine ganze Weile später verlassen will, stelle ich fest, dass die Tür verschlossen ist. Ich beginne anfangs noch sanft, dann immer heftiger, auf sie einzuhämmern und zu treten. Schließlich werfe ich mich mit der Schulter dagegen, und sie springt auf. Mein Blick fällt auf den Whirlpool, in dem Nok mit dem Gesicht nach unten treibt. Wieder sind die Düsen in Aktion. Es sieht aus, als würde sie noch einmal der Unterwassermusik lauschen.

Am Rand des Beckens gehe ich in die Hocke und warte darauf, dass sie den Kopf hebt, doch ganz allmählich nimmt das Wasser einen Rosaton an. Ich springe auf und renne zur Tür, wo ich den Schalter für die Düsen finde und betätige. Schon beruhigt sich der Wellengang im Pool. Aus Noks Mund ergießt sich im Rhythmus mit den klagenden Klängen der Flöte ein durchscheinender pink-farbener Strom. Ich steige ins Becken, um den tödlichen Schnitt durch ihre Kehle zu begutachten.

Frische Leichen lassen sich nur schwer manövrieren. Ich brauche mehr als zehn Minuten, um ihren glitschigen Körper aus dem Wasser herauszubekommen, sie mit verschränkten Armen auf den Boden zu legen und mit einem der Seidenlaken vom Bett zu bedecken.

Anschließend gehe ich zur Tür. Es tut mir in der Seele weh, ihren Tod herbeigeführt zu haben. Als ich den zentralen Bereich mit den Nymphen im Pool erreiche, bemerken sie sofort meinen Gesichtsausdruck.

»Was ist passiert? Bist du zu schnell gekommen?«

Ohne die Frage zu beantworten, fahre ich mit dem Aufzug zum Erdgeschoss hinunter. Wahrscheinlich hat der Wachmann Tanakan von Noks Ausflug mit mir in die Privatgemächer erzählt.

Vom Rücksitz eines Taxis aus rufe ich die FBI-Frau an. »Immerhin wissen wir jetzt, wo das Verbrechen verübt wurde«, sage ich zu ihr. »Damrongs Tod wurde hier gefilmt – ich habe den liegenden Buddha erkannt.«

»Und was willst du jetzt tun?«

»Nichts.«

»Eine Frau wird vor deinen Augen ermordet, und du willst nichts tun? Warum verhaftest du Tanakan nicht?«

»Das würde Vikorn nicht zulassen«, erkläre ich. »Er erpresst ihn.«

»Ist er so korrupt?«

»Das verstehst du nicht. Hier geht es um die Ehre – deswegen spielt Tanakan mit. Und solange er das tut, schützt Vikorn ihn. Auch wenn's für Tanakan teuer wird, ist es von Vorteil für ihn, das Arrangement zu akzeptieren.«

»Du hast recht: Das begreife ich wirklich nicht.«

»Dann versuch einfach, in Wall-Street-Kategorien zu denken«, rate ich ihr und klappe das Handy zu.

Vor dem Haus, in dem ich wohne, beschließe ich, einen zweiten Anruf zu tätigen. Es ist Viertel vor drei morgens, aber die Person, mit der ich sprechen möchte, schläft in der Nacht bekanntermaßen kaum jemals. Sie geht beim zweiten Klingeln mit hellwacher Stimme ran. Weil es so spät und auf der Straße so ruhig ist, flüstere ich: »Tut mir leid, wenn ich Sie geweckt habe.«

»Sonchai? Kein Problem, Sie haben mich nicht geweckt. Warum sind Sie um diese Zeit noch auf?«

»Sie werden heute irgendwann die Leiche einer jungen Frau namens Nok hereinbekommen, deren Kehle durchtrennt wurde.«

Langes Schweigen, das mir verrät, dass sie so einen Anruf nicht zum ersten Mal erhält. »Was soll ich tun? Hoffentlich bitten Sie mich jetzt nicht, die Sache zu kaschieren.«

Plötzlich sehe ich wieder die nackte Leiche Noks vor mir, wie sie, Gesicht nach unten, im Wasser treibt und fahlrosafarbene Fäden sich in Wellenlinien von ihrem Hals wegschlängeln. »Ganz im Gegenteil, Dr. Supatra«, sage ich. »Ich würde gern herausfinden, wer in diesem Fall etwas kaschieren möchte.«

Ich fühle mich erschöpft und aufgeputscht zugleich. In meinem Gehirn schwirrt es wie in einem Hornissennest, aber meine Gliedmaßen sind so müde, dass ich sie kaum bewegen kann. Ich weiß, dass ich nicht in der Lage sein werde zu schlafen, egal, was passiert. Warum also die Demütigung auf morgen verschieben? Ich betrete unsere Wohnung auf Zehenspitzen, um Chanya und das Kleine nicht zu wecken, ziehe meinen Dienstrevolver unter der Matratze hervor, wo ich ihn versteckt habe, und schleiche wieder hinaus auf die Straße. Dort rufe ich ein Taxi herbei, mit dem ich zum Parthenon zurückfahre. Etwa hundert Meter vor dem Club steige ich aus. Meine Handy-Uhr sagt mir, dass es dreiundzwanzig nach vier ist. Die letzten Mädchen verlassen das Parthenon in Jeans und T-Shirt und verabschieden sich mit müder Stimme voneinander. Auch die männlichen Angestellten gehen nach Hause. In einer dunklen Ecke warte ich, bis fast alle weg sind. Da naht ein Lieferwagen heran. Im Licht des Parthenon-Eingangs erkenne ich den Wachmann, der inzwischen seine Uniform gegen Shorts und Unterhemd eingetauscht hat. Das Verladen des Leichensacks in den Wagen, der sich sofort nach Beendigung der Transaktion in Bewegung setzt, dauert keine zwanzig Sekunden. Der Wachmann zieht ein Handy aus der Tasche, lauscht einen Moment und schaut dann in meine Richtung.

Plötzlich wird der Jäger zum Gejagten. Ich bleibe wie ein verängstigtes Kaninchen an Ort und Stelle, während er auf mich zukommt. Ich weiß, dass die Beule in der rechten Tasche seiner Shorts vom Handy stammt; eine Waffe wäre größer. Außerdem wirkt er nicht sonderlich bedrohlich: Er ist etwas kleiner als ich, um die fünfundvierzig und hat einen Bierbauch.

Er mustert mich neugierig. »Wollen Sie mich umbringen?«, erkundigt er sich und ergreift mit beiden Händen mein Revers. Ich frage mich, was er vorhat, bis ich merke, dass er mich zu einer Straßenlaterne zieht, damit ich mir sein gequält verzerrtes Gesicht genauer ansehen kann. Dann klopft er auf die Waffe in meiner Tasche.

»Warum bringen Sie mich nicht um? Sie würden mir damit einen Gefallen tun.« Er schluckt. »Meine Frau und meine Tochter arbeiten als Bedienstete bei ihm zu Hause. Er behandelt sie gut, und weil sie beide nicht schön sind, lässt er die Finger von ihnen. Aber ich bin sein Sklave. Ich hoffe, Sie verstehen.«

20

Eine Leiche, auf die Ihre Beschreibung von gestern Nacht passt, ist heute Morgen um sechs hier bei mir eingetroffen«, sagt Dr. Supatra, während ich mich anziehe. Chanya weilt im Wat und bittet den Buddha, über ihre frühere Tätigkeit hinwegzusehen sowie für ein gesundes und glückliches Baby zu sorgen.

»Wer hat sie gebracht?«

»Detective Inspector Kurakit.«

»Wo, sagt er, wurde die Leiche gefunden?«

»In der Mietwohnung der Verstorbenen.«

»Man hat Sie nicht zur Spurensicherung dorthin gebeten?«

»Nein.«

Ich bedanke mich und lege auf. Dann rufe ich Vikorns Sekretärin Manny an, die mich zu ihrem Chef durchstellen soll. Sie scheint bereits Bescheid zu wissen. »Er ist in einer Sitzung.«

»Ist er nicht.«

»Er hat viel zu tun. Ich glaube nicht, dass er heute noch Zeit für Sie erübrigen kann.«

»Ich möchte wissen, warum man mich nicht auf den neuen Mordfall von heute Morgen angesetzt hat.«

»Soll ich ihn für Sie fragen?«

»Nein. Dann sagt er, ich hätte sowieso schon alle Hände voll zu tun. Ich will persönlich mit ihm sprechen.«

»Mal sehen, was ich tun kann.«

Natürlich ruft er nicht zurück. Es ist, als hätte er eine Reise zum Mond unternommen – ich habe keine Chance, an ihn heranzukommen, wenn er das nicht möchte. Was bedeutet, dass ich mich an Kurakit wenden muss. Ausgerechnet an ihn.

Wir hassen einander nicht, weil man jemanden auf irgendeiner Ebene verstehen muss, um ihn hassen zu können, doch ich verwirre Kurakit genauso sehr wie er mich. Seiner Ansicht nach bin ich ein Volltrottel, der nie eine Stelle bei der Polizei hätte erhalten dürfen. Für einen gläubigen Buddhisten und früheren Soldaten wie Kurakit und Millionen andere wie ihn gestaltet sich das Leben sehr einfach: Such dir einen ordentlichen Job, mach, was der Chef sagt, und akzeptier die Beförderungen, die dann automatisch folgen. Die Komplexität meiner Psyche interpretiert er als Wahnsinn. Natürlich hat man ihn vorgewarnt, dass ich anrufen würde.

»Wie gehts?«, frage ich bemüht jovial.

»Ganz gut«, antwortet er argwöhnisch.

»Ich hab gehört, dass heute Morgen ein neuer Fall hereingekommen ist.«

»Woher?«

»Warum, ist das ein Geheimnis?«

»Es ist *mein* Fall. Colonel Vikorn hat mich morgens um vier daheim angerufen. Sie sind ohnehin schon überlastet.«

»Ich hab auch nicht vor, Ihnen den Fall wegzunehmen. Aber er könnte mit etwas in Verbindung stehen, an dem ich gerade arbeite – vielleicht sollten wir uns zu einem Brainstorming zusammensetzen.«

»Zu einem was? Der Fall hat keinerlei Bezug zu irgendetwas, womit Sie sich beschäftigen.«

»Hat er Ihnen verraten, wer der Mörder ist?«

»Nein.«

»Aber er hat Ihnen gesagt, wer's nicht gewesen sein kann, oder?«

»Vielleicht.«

»Hat er Ihnen eingeschärft, dass ein gewisser Banker namens Tanakan nichts damit zu tun hat?«

»Ja. Nein. Ich hab keine Lust, mich weiter mit Ihnen zu unterhalten.«

Er legt auf. Ich rufe ihn ein zweites Mal an. »Geben Sie mir wenigstens die Adresse der Wohnung, in der sie gefunden wurde.«

»Nein, das darf ich nicht.«

Diesmal lege *ich* auf und wähle die Nummer von Dr. Supatra, um sie um die Adresse auf dem Einlieferungsformular zu bitten, das Kurakit ausgefüllt haben muss. Sie verspricht, mir das Formular zuzufaxen, auf dem sich auch Noks Ausweisnummer sowie ihre Heimatadresse befinden. Während ich auf das Fax warte, ruft die FBI-Frau an.

»Sonchai, weißt du was? Ich halte das, was du da tust, für böse. Ein besserer Ausdruck fällt mir dafür nicht ein. Es ist wie im Mittelalter, als würde man Chorknaben kastrieren. Er möchte das bloß machen, um hinterher seinen Körper feilbieten zu können, oder?«

»Ich hab dir schon erklärt, warum er es will.«

»Das glaub ich dir nicht; das ist wieder so eine asiatische Finte. Allmählich kapier ich, was ihr macht: Ihr redet euch das Hässliche schön, ums leichter verkaufen zu können.«

»Nun, Werbung ist eine Erfindung des Westens. Du kennst doch die Spots für Zigaretten, oder? Da werden plätschernde Gebirgsbäche gezeigt, damit die Leute Gift kaufen. Du leidest unter einem Kulturschock, das ist alles.«

»Mein Gott, wie grotesk, ihm alles wegzuschneiden und dann eine künstliche Vagina zu verpassen. Igitt!«

»Hast du bei Brustimplantaten die gleichen Bedenken? Wenn ja, könntest du in den Staaten eine Pressure-Group dagegen gründen. Dann wärst du die nächsten Jahrzehnte beschäftigt.«

Sie keucht wütend. »Du hältst mich also für eins von diesen frustrierten Farang-Weibem, die ständig gegen irgendwas Gift und Galle spucken, ja?«

»Nein, ich glaube, du hast dich in Lek verliebt.«

Kurzes Schweigen, dann ein vorsichtiges: »Ist er schwul?«

»Verdammt noch mal, nein. Er hat in seinem Leben mit keinem Menschen geschlafen und wirds vermutlich auch nie tun. Bei Katoys wie ihm reagiert sich die Lust in Gesprächen ab. Wenn's ernst wird, sind sie meistens ziemlich prüde. Ich hab dir doch gesagt, dass er ein weiblicher Geist in einem männlichen Körper ist. Er möchte bloß, dass seine innere Wahrheit irgendwann mit seinem äußeren Erscheinungsbild übereinstimmt. Tut mir leid, wenn das schwer zu begreifen ist.« Der Verzweiflung nahe, lege ich auf.

Sie ruft sofort wieder an. »Hast du grad was von ›innerer Wahrheit‹ gesagt? Tja, um die gehts mir auch. Genau aus dem Grund bin ich hier; das beantwortet deine Frage von neulich.«

»Falls du ihn auf der Suche nach deiner inneren Wahrheit verführen möchtest, solltest du keine Präzisionsbomben verwenden – damit bringst du ihn nur gegen dich auf. Versuchs lieber mit Einfühlungsvermögen und bemüh dich, ihn ernst zu nehmen. Schließlich ist es ganz schön mutig, sich einer solchen Operation zu unterziehen, das solltest du nicht vergessen.«

Kurzes Schweigen. »Hat er wirklich nie mit jemandem geschlafen? Wie alt ist er?«

»Zweiundzwanzig. Wenn du mich jetzt entschuldigen würdest – ich hab zu tun.« Ich lege auf, schalte das Telefon aus und gehe zum Mittagessen.

Von der Telefongesellschaft erfahre ich die Nummer von Noks Familie in ihrem Dorf. Allerdings zögere ich, sie zu wählen, weil ich an ihrem Tod schuld bin – wie schwierig wird es werden, mit ihren Angehörigen zu sprechen? Ich beschließe, mir zuerst Noks Wohnung anzusehen.

Die Adresse befindet sich weit außerhalb der Stadt, ganz in der Nähe des neuen, noch nicht eröffneten Flughafens. Als ich nach einem mehr als einstündigen Stau auf der Sukhumvit 101 dort ankomme, sehe ich, dass sie in einer Standard-Einzimmerwohnung gelebt hat, die als reine Schlafstätte für Flughafenangestellte konzipiert wurde. Mit seinen drei mal viereinhalb Meter großen Zellen, die alle auf einen Flur im Innern gehen, erinnert das Gebäude an ein Gefängnis. Nok wohnte im fünften, dem obersten Stock, und zwar ohne Lift. Die Türen der Zimmer sind durch einfache Schlösser gesichert, doch die zu ihrem steht offen. Trotzdem klopfe ich vor dem Eintreten. In dem Raum halten sich fünf Menschen auf, ein Paar Mitte fünfzig, vermutlich ihre Eltern, ein junger Mann Anfang zwanzig, ein Mädchen, noch keine zwanzig, und ein Junge von etwa sieben Jahren. Abgesehen von einem Futon und einigen Frauenkleidern, befindet sich nichts in dem winzigen Raum. Mein Blick ruht einen Moment lang auf dem Jungen; ich kann nur hoffen, dass das nicht Noks Sohn ist. Sie hat nie etwas von einem Kind erwähnt. »Ich bin Detective Jitpleecheep«, stelle ich mich vor.

In den fünf Augenpaaren, die sich nun auf mich richten, kann ich keinerlei Hoffnung lesen, denn von Polizisten ist normalerweise keine Hilfe zu erwarten. Mutter und Tochter haben Angst, der Sohn wirkt verärgert. Vater und Jüngster begreifen offenbar nicht, was los ist. »Darf ich fragen, warum Sie hier sind?«

»Unser Cousin, der weiter unten wohnt, hat uns angerufen. Er sagt, einige Männer hätten unsere Tochter vergangene Nacht auf einer Tragbahre tot hierhergebracht. Dann hätten andere Männer sie wieder abgeholt. Wir wissen nicht, wo sie ist«, antwortet die Mutter. Der Bruder fügt hinzu: »Sie war unsere einzige Hoffnung und hat für unser Überleben gesorgt. Was sollen wir jetzt tun?«

Plötzlich scheinen sie mir alle stumm die Schuld zu geben. Ganz unrecht haben sie nicht, denn im Allgemeinen werden fünfzig Prozent der Probleme, unter denen die niedrigeren Einkommensgruppen leiden, durch Polizisten verursacht.

»Sie war ein gutes Mädchen«, erklärt ihre Mutter. »Handelte nicht mit Drogen und verkaufte auch nicht ihren Körper, sondern arbeitete in einem Restaurant.« Ich sehe den Jungen an, ohne die naheliegende Frage zu stellen. »Nok war ganz offiziell mit seinem Vater verheiratet, aber der hat sich eine andere Frau gesucht und aufgehört, für das Kind zu zahlen.«

»Verstehe«, sage ich. Natürlich hätte Nok mit dem Verdienst aus einem Restaurantjob niemals fünf oder mehr Menschen ernähren können, doch die Etikette erfordert Augenwischerei. Möglicherweise ist nur die Mutter clever genug, um zu merken, als was Nok tatsächlich arbeitete.

Und ganz bestimmt würde keiner in der Familie es laut sagen. Ohne Thematisierung fällt es mir allerdings schwer, über den Fall zu reden.

»Sie hat monatlich zehntausend Baht nach Hause geschickt«, erklärt die Mutter, »mit denen ich uns alle und meine Eltern versorgen muss. Wir verbringen unsere Zeit damit, Reis fürs Essen anzubauen, und haben kein Bargeld. Meine Mutter leidet an Diabetes. Ihre Medizin wird vom Staat bezuschusst, nicht aber ihre besondere Diät. Auch mein Vater ist krank – irgendwas stimmt nicht mit seinem Kopf; er hat sein Leben lang in der Hitze gearbeitet. Mein Sohn hier wollte eigentlich die höhere Schule abschließen, doch das war zu teuer. Meine jüngere Tochter ist noch Jungfrau, aber sie lernt nur Jungs aus der Gegend kennen, die auch kein Geld haben, Whiskey trinken und Drogen nehmen. Nok wollte ihr bei der Suche nach einem ordentlichen Ehemann helfen, doch dazu muss sie ebenfalls die höhere Schule besuchen, sonst interessieren sich nur Männer aus der Unterschicht für sie. Nok hat gesagt, sie sei hübsch genug, um in einem Jahr oder so hier in Krung Thep einen Farang-Mann zu finden. Angeblich haben Farangs so viel Geld, dass einer unsere ganze Familie unterhalten könnte. Was soll jetzt aus uns werden – Bettler?«

Fast meine ich, meine eigene Familie vor mir zu sehen. Zum Glück war meine Mutter klug und skrupellos genug, um sich ein ordentliches finanzielles Polster anzulegen und selbst ein Bordell zu eröffnen: Niemand entkommt seinem Karma, nicht einmal ein Buddha.

Jetzt meldet sich der Bruder zu Wort. »Unser Cousin meint, Polizisten hätten sie her- und wieder weggebracht. Wir glauben, dass irgendein Reicher sie missbraucht und getötet und hinterher die Beamten geschmiert hat.« Er sieht mich vorwurfsvoll an.

»Ich weiß, dass sie ermordet wurde«, erwidere ich. »Und ich denke nicht, dass man sie vergewaltigt hat.«

Nun wendet der Vater sich mir zu. Er ist der Typ Mann, den man als Rückgrat unseres Landes bezeichnen könnte, spricht langsam und bedächtig und sehr, sehr höflich, mit zutiefst aufrichtiger Stimme. »Wir sind eine gläubige Familie und spenden dem Wat, soviel wir können. Nok hat das auch getan, sogar noch hier in Krung Thep. Ich bin mein Leben lang auf den Feldern gewesen. Als junger Mann habe ich ein ganzes Jahr als Mönch zugebracht. Wenn ich sterbe, gehe ich ins Nirwana ein. Ich möchte nicht mit dem Gedanken leben müssen, dass meine Tochter von einem schlechten Menschen ermordet wurde. Das würde mich wahnsinnig machen.« Er wölbt die schwieligen Hände um seinen Kopf und dreht ihn hin und her. Diese Geste verstärkt mein Gefühl der Hilflosigkeit. Am liebsten würde ich ihm versprechen, dass ich den Killer zur Strecke bringe und seiner gerechten Strafe zuführe wie ein Filmheld, aber wahrscheinlich würde mir nicht einmal diese weltfremde Familie das abkaufen. Sie haben sich bereits mit dem Mord an Nok abgefunden, was sie jetzt wollen, ist Sicherheit für die Zukunft, ein Ersatz für ihre einzige Geldverdienerin. Es gibt keine Tragödie, die sich mit einem endlosen Morgen ohne Reis vergleichen ließe. Die Mutter scheint meine Gedanken zu erraten.

»Es hat mehr als tausend Baht gekostet, heute hierherzukommen«, sagt sie mit festem Blick auf mich. Ich hole meine Brieftasche heraus, reiche ihr zweitausend Baht, sehe mich in dem Raum um (in dem ich keine Blutspuren oder Hinweise auf einen Kampf entdecken kann), nicke und verabschiede mich mit einem Wai. Draußen trotte ich eine Weile mit hängenden Schultern herum. Dieses Gebäude ist nur eines von Dutzenden, die im Rahmen der Immobilienspekulation hier aus dem Boden schossen und alle identisch sind: lange, fünfgeschossige Anlagen mit gleichförmigen Wohnzellen. Sieht so unser aller Zukunft in dieser Welt der funktionalen Barbarei aus? Ich muss hier weg.

Als ich wieder am Schreibtisch sitze, ruft Vikorn an. »Wo warst du?«

»Ich ermittle in einem Mordfall.«

»Sonchai, diesmal bitte ich nicht, sondern befehle. Lass die Finger davon. Kurakit macht das schon. Du kannst von Glück sagen, dass du noch am Leben bist. Ich weiß, dir ist, abgesehen von deiner Frömmigkeit, alles egal, aber halt dich wenigstens für Chanya und dein ungeborenes Kind aus der Sache raus. Tanakan zerquetscht dich wie eine Wanze, und zwar ohne mit der Wimper zu zucken. Möchtest du vielleicht, dass Kurakit bald in *deinem* Mordfall ermittelt? Was erwartest du dir denn davon?«

Ich muss an Noks Vater denken und würde am liebsten »Nirwana« sagen, besitze aber weder die Unschuld noch den Mumm dazu. Also brumme ich bloß ein »Okay«.

Unter den gegebenen Umständen verspricht die Gesellschaft

eines frustrierten Drogenhändlers/Filmregisseurs geradezu entspannend zu werden. Yammy hat mir soeben folgende Botschaft geschickt: *Ich bin im Kimsee, trinken. Kommen Sie doch vorbei.*

Das Kimsee ist ein japanisches Restaurant an der Sukhumvit, gegenüber vom Emporium und unter einer Skytrain-Brücke. Es sieht aus, als hätte man es aus einem pittoresken Viertel in Tokio entfernt und in Bangkok unter strenger Nippon-Qualitätskontrolle wiederaufgebaut. Ich bin schon ein paar Mal in dem Lokal gewesen, in dem alles außer den thailändischen Kellnerinnen authentisch japanisch wirkt, auch die dem Alkohol heftig zusprechenden Salarymen, deren persönliche, mit ihrem Namen versehene Sake-Flaschen auf einem hohen Regal stehen. In der von Yammy befand sich einmal ein Liter, aber mittlerweile hat sich der Regisseur schon die Hälfte davon einverleibt. Als ich an dem dunklen, perfekt zur Vertäfelung der Wände passenden Holztisch Platz nehme, winkt Yammy eine Kellnerin heran, die etwas Sake zum Erhitzen in einen Steingutbehälter gießt. Sobald er warm ist, gibt sie ihn in unsere winzigen Gefäße. Yammy pickt düster mit seinen Essstäbchen an einem gelben Tofuwürfel in seiner Bento-Box herum.

»Ich halte das nicht mehr aus, Sonchai«, sagt er mit seinem kalifornischen Akzent. »Das wars, ich kündige.«

»Okay«, meine ich und nehme einen Schluck Sake. »Ich rede mit dem Boss.«

Ich weiß nicht, ob das die richtige Strategie ist. Möglicherweise befindet er sich ja schon zu tief in seiner Depression, als dass ich ihn mittels eines Tricks herauslocken könnte. Er bedenkt mich mit einem verschlagenen Blick. »Für den dritten Film in der Reihe müsst ihr euch einen neuen Regisseur suchen.«

»Gut.«

Mit einem Blick über seine Essstäbchen fragt er: »Euch ist das egal? Der ganze Vertrag steht doch auf dem Spiel.«

»Tja, Yammy, doch Sie sind Künstler, und Künstler sind nun mal emotional. Wenn die Bedingungen nicht stimmen, können Sie nicht arbeiten. Vikorn wird das begreifen müssen.«

»Dann lässt er mich also nicht über die Klinge springen?«

»Vielleicht schon, aber wir wissen ja, dass Sie keine Angst vor dem Sterben haben. Wir mussten Sie doch praktisch anbetteln, aus der Todeszelle rauszukommen.«

Er beginnt zu grinsen. »Na schön, ich dreh den Film zu Ende und mach auch noch die andern zehn, aber danach …«

»Yammy, vergessen Sie's. Wenn Sie schwierig werden, lässt Vikorn Sie sowieso fallen. Vielleicht bringt er Sie um, vielleicht schickt er Sie ins Gefängnis zurück. Möglicherweise sind Sie tatsächlich so integer, wie Sie tun, aber was solls? Die Filme werden so und so gemacht, wenn nicht von Ihnen, dann von einem andern. Ich hab bloß Angst, dass ich selber den Job übernehmen muss.«

Er legt die Essstäbchen weg und starrt mich entsetzt an. »Sie? Sie haben doch nicht die geringste Ahnung vom Filmemachen.«

»Stimmt. Stellen Sie sich mal vor, wie grässlich die Streifen werden, wenn ich sie drehe. Wie soll ein Amateur wie ich einen Penis dazu bringen, in eine Vagina zu schlüpfen? Dazu braucht man bestimmt jahrzehntelange Übung.«

Er schweigt unendlich lange, bevor er sagt: »Sie sind also mein Babysitter, stimmts? Dann sollten wir uns jetzt zusammen besaufen.« Er kippt seinen Sake und fordert mich mit einem Nicken auf, es ihm gleichzutun. In meinem Schuldbewusstsein und meiner Trauer um Nok lasse ich mich auf das Spiel ein. Ich weiß nicht, wie viele Becher Sake wir trinken, aber als wir das Restaurant verlassen, ist Yammys Flasche leer. Draußen rattert der Skytrain über unsere Köpfe hinweg, und neben uns pusten die im Stau steckenden Autos Gift in die Atmosphäre. Die Stände des Tages, die allerlei süße Snacks anbieten, weichen Garküchen mit Nudeln und anderen Gerichten für die hungrigen Pendler auf dem Nachhauseweg. Mich mutet alles deutlich wackeliger an als sonst. Yammy, der sich kaum noch auf den Beinen halten kann, klammert sich an meinem linken Arm fest. »Du glaubst also wirklich, dass es ganz leicht ist, einen Penis in eine Vagina zu dirigieren, wenn keins der beiden Körperteile dir gehört? Weit gefehlt. Weißt du, wer die größten Primadonnen in der Pornobranche sind? Die Männer, mein Freund, die Männer. Ein grobes Wort, und sie schrumpeln.«

»Aber du hast doch Jock.«

»Tja, wenn's den nicht gäbe, würd ich wirklich den Kram hinschmeißen«, brummt er.

In dieser Nacht überrascht Chanya mich. Wir liegen nebeneinander im Bett, meine Hand auf ihrem Bauch; ich habe ihr gerade von Noks Tod erzählt. Eigentlich erwarte ich Angst, gefolgt von der Forderung, auf Vikorn zu hören und Nok zu vergessen, doch Chanya schweigt eine ganze Weile, bevor sie sagt: »Tu, was du tun musst, Sonchai.«

»Aber was ist mit dir und dem Kind?«

»Das Risiko müssen wir eingehen. Zu viele Leute in Thailand verschließen die Augen vor der Realität. Das darf nicht sein. Vielleicht kommt ja eines Tages ein reicher Mann auf die Idee, mich zu vergewaltigen und umzubringen, und zahlt der Polizei dann Schweigegeld. Irgendwann müssen die Veränderungen mal anfangen.«

»Als wir das letzte Mal über Tanakan geredet haben, hörte sich das aber ganz anders an.«

»Ich weiß, doch jetzt ist wieder eine Frau tot. Möglicherweise hat unser Buddhismus die ganz normalen Thais zu bescheiden gemacht.«

»Und die anderen zu arrogant«, murmle ich.

21

Jedes schwere Verbrechen lässt sich irgendwie erklären: durch eine schreckliche Kindheit, einen Sturz von der Treppe in jungen Jahren, eine Jugend im Elend et cetera. Die kriminelle Handlung, die ich plane, ist durch die Morde an Nok, Pi-Oon und Khun Kosana motiviert; über meine Empörung ob der Art und Weise von Damrongs Ende möchte ich mich gar nicht auslassen. Immerhin stand Nok nicht im Einvernehmen mit ihrem Mörder. Ich will Tanakans Kopf; zur Hölle mit Vikorn. Allerdings muss ich schlau wie ein Fuchs sein, wenn ich am Leben bleiben möchte. Widerstrebend gebe ich zu, dass es meine Verbindung zu Vikorn ist, die mich schützt: Würde Tanakan mich über die Klinge springen lassen, wäre eine Veränderung seines Deals mit dem Colonel zu Vikorns Gunsten die Folge, und der Colonel würde kein Erbarmen kennen.

Bis jetzt habe ich keine echte Strategie, was mir die Laune gründlich verdirbt. Ich könnte mir unter irgendeinem Vorwand den Wachmann des Parthenon greifen und ihn zum Reden bringen, aber wenn Tanakan das herausfindet, befördert er mich ins Jenseits. Außerdem hat der Mann keine Angst vor Tod oder Gefängnis, weil seine Frau und seine Tochter sich in der Gewalt von Tanakan befinden. Manchmal beneide ich meine westlichen Kollegen um die Unkompliziertheit ihres Lebens; offenbar kennen sie keine andere Sorge, als Übeltäter ihrer gerechten Strafe zuzuführen. – Kinderkram und keine moralische Herausforderung. Ich bezweifle, dass sich auf diese Art viel Karma abarbeiten lässt.

Ich beschließe, einen Spaziergang um den Block zu machen. Beim Überqueren der Straße läuft mir der Internet-Mönch über den Weg, den ich mit einem grimmigen Blick bedenke, bevor ich weitergehe.

Es ist etwa halb zwölf, die Zeit, zu der alle guten Händler sich aufs Mittagsgeschäft vorbereiten. Sie haben ihre Stände für die Polizisten und anderen Angestellten gegenüber vom Revier aufgebaut; das verleiht ihnen eine gewisse Immunität. Was sie an den Mann bringen wollen, erschließt sich aus ihren Utensilien: ein Messingkessel mit siedender Flüssigkeit – Suppe auf Rinderbrühenbasis; ein großes Emailgefäß – Schweinsfüße; ein dunkelbrauner Mörser aus gebranntem Ton – höllisch scharfer Somtan-Salat; ein Wok über Holzkohlenfeuer – gebratene Gerichte und so weiter.

Auf dem Rückweg zum Revier habe ich mich halbwegs beruhigt, doch wieder rempelt mich der Mönch an, der gerade aus dem Internetcafé herauskommt; ich frage mich, ob nun der richtige Zeitpunkt ist, ihn zu einer Befragung mitzunehmen. Gerade als ich ihn mit einer sarkastischen Bemerkung bedenken will, streckt er die Hände mit den Handflächen nach oben in die Luft. Sein Gesichtsausdruck wirkt fragend, fast ein wenig belustigt. Verrückte Mönche sind im Buddhismus genauso weitverbreitet wie in anderen Religionen. Nun beginne ich, ihn wirklich für wahnsinnig zu halten, denn er stellt sich mir so in den Weg, dass ich um ihn herumgehen muss. In Gedanken bin ich immer noch mit ihm beschäftigt, als ich meinen Schreibtisch erreiche und Lek sich zu mir gesellt.

»Schon wieder dieser Internet-Mönch. Er hat mich absichtlich angerempelt und sich so hingestellt.« Ich hebe die Arme, die Handflächen auf Lek gerichtet.

»Bei mir hat er gestern das Gleiche gemacht.« Mir fällt auf, dass Lek nicht mehr so versessen auf den Mönch ist wie noch ein paar Tage zuvor. »Vielleicht spinnt er. Hat er Ihnen seine Narbe gezeigt?«

»Was für eine Narbe?«

»Ich dachte, deswegen hält er mir die Hände hin. Er hat eine Narbe am Gelenk wie von einem Selbstmordversuch in der Jugend.«

»Und die Armbänder?«, frage ich.

»Möglicherweise schenkt er allen, denen er begegnet, eins, und es besteht keine Verbindung zu dem Fall.«

»Mir hat er keins gegeben.«

Ich habe die Narbe auch bemerkt, sie aber nicht weiter beachtet. Lek und ich zucken mit den Achseln. Wir möchten nicht schuld daran sein, dass ein Mönch in der Irrenanstalt landet. Ich versuche, die Erinnerung an ihn zu verdrängen und mich auf meine Rache an Tanakan zu konzentrieren. Den ganzen Vormittag über denke ich nicht mehr an den Mönch; er fällt mir erst wieder ein, als Lek und ich an einer Garküche auf Kong Kob Kiao warten. Ich halte ein halbes Dutzend Fischbällchen in Händen, die ich nun auf dem Tisch ablege.

»Die Narbe«, sage ich.

»Was für eine Narbe?«

»Am Handgelenk des Mönchs.«

»Was ist damit?«

»Schau im Internetcafé nach, ob er noch da ist. Ich geh inzwischen zurück ins Revier. Falls du ihn dort antriffst, bittest du ihn höflich, zu mir zu kommen.«

Lek zuckt mit den Achseln. Vielleicht lande ja ich bald in der Klapsmühle, denkt er wohl.

Von meinem Bürofenster aus beobachte ich, wie Lek aus dem Internetcafé tritt und sich die Haare mit beiden Händen aus dem Gesicht streicht. Wenig später ist er bei mir, allein.

»Und?«

»Er sagt, er kommt gern in etwa einer Stunde. Zuerst möchte er noch zum Meditieren in den Wat.«

Es gelingt mir, die in mir hochsteigende Verärgerung zu unterdrücken, weil ich weiß, dass keiner gründlicher ist als ein Betrüger. Als er schließlich auftaucht, werde ich wieder wütend, da er wie ein Mönch an der Schwelle zum Nirwana posiert. Ich muss mich sehr zusammenreißen, keine aggressive Vernehmungstechnik anzuwenden. Offenbar gefällt es ihm, andere bitten zu sehen.

»Phra ... Sie müssen entschuldigen, ich kenne Ihren Sangha-Namen nicht.«

Er lässt sich nicht aus der Ruhe bringen, das muss ich ihm lassen. »Der spielt keine Rolle. Sie scheinen ohnehin nicht zu glauben, dass ich einen habe, oder?«

Verstimmt frage ich: »Wie vielen Weisungen folgen Sie?«

»Was für eine kindische Frage, Detective. Sie wissen sehr genau, dass ein Mönch zweihundertsiebenundzwanzig folgen muss.«

»Entschuldigung«, sage ich, »wie dumm von mir.« Sein gewähltes Thai überrascht mich; ich hatte einen ungebildeten jungen Mann aus dem armen Norden erwartet.

»Verstehe. Weil Sie finden, dass ich mich nicht wie ein Mönch benehme, kann ich auch keiner sein. Das nennt man Festhalten an Bildern oder, allgemeiner ausgedrückt: Unwissenheit. Benehmen Sie sich denn immer wie ein Polizist, Detective?«

Die Eleganz seiner Antwort verblüfft mich so sehr, dass ich ziemlich unbeholfen reagiere. »Für einen Mönch verbringen Sie viel Zeit in einem Internetcafé. Sind Sie ein modernistischer Buddhist?«

Er lächelt, fast schon herablassend. »Natürlich nicht. Modernismus ist größtenteils eine Form der Unterhaltung, noch dazu eine oberflächliche. Er überdauert weder Umweltkatastrophen noch Ölknappheiten, ja nicht einmal Terroranschläge. Und ganz bestimmt nicht die Armut, das Los der meisten von uns. Ein Knopfdruck, und schon verschwinden die Bilder vom Monitor. Dann beginnen uns wieder uralte Fragen zu quälen: Wer bin ich? Woher komme ich? Wohin gehe ich? Aber ohne Wissen verwandeln sich diese Fragen in reines Gift. Verwirrung sucht Erleichterung in Bigotterie, und die führt zu Konflikten. Ein Hightech-Krieg, und wir sind zurück in der Steinzeit. So sieht die Verbindung zwischen Modernismus und Buddhismus aus. Mit anderen Worten: Es gibt keine, es sei denn, man postuliert Letzteren als Heilmittel für Ersteren.« Plötzlich spielt ein charmantes Lächeln um seine Lippen. »Andererseits lassen sich buddhistische Texte ganz einfach herunterladen, ohne dass man in Bibliotheken stundenlang danach suchen müsste. Bis vor Kurzem hatte ich keine Ahnung, wie begrenzt der Theravada ist. Wollte ich mich heute ordinieren lassen, würde ich es vermutlich in Dharamsala tun, wo der Dalai-Lama lebt.«

Ich rücke mit meinem Stuhl zurück. Allmählich dämmert mir, dass der Fall eine unerwartete, ja, schockierende Wendung nimmt. Zu meiner Überraschung stelle ich fest, dass ich fasziniert bin von diesem jungen Phra, dessen wahre Identität mir mit jedem Wort, das er äußert, schwerer zu fassen scheint. Habe ich seine Manierismen für die eines Betrügers gehalten, weil er so fortgeschritten ist, dass er seine Wirkung auf andere überhaupt nicht mehr wahrnimmt? Bei echten Mönchen verhält es sich so.

»Gehen wir in ein anderes Zimmer, wo wir ungestört sind.«

In unserem kleinsten Vernehmungsraum sage ich: »Sie beobachten mich seit mehr als einer Woche. Warum?«

»Ich wollte Ihnen von meiner Schwester erzählen«, antwortet er mit jener ausgewogenen Mischung aus Mitgefühl und Distanz, die authentisch sein mag oder auch nicht.

Meine Anspannung löst sich in einem dankbaren Seufzen auf. »Und der Name Ihrer Schwester lautet Damrong?«

»Ja. Das habe ich Ihnen mit den Narben mitzuteilen versucht.«

»Wissen Sie Genaueres über ihren Tod?«

»Nein.«

»Warum wenden Sie sich dann an mich?«

»Weil sie Ihnen Informationen zukommen lassen möchte. Sie sucht mich jede Nacht auf. Ihre Seele findet keine Ruhe.«

Ich brauche einen Moment, um das zu verdauen. »Wieso die Spielchen? Warum sind Sie nicht wie jeder andere ins Revier gegangen?«

»Ich bin eben nicht wie jeder andere. Ich bin Mönch.«

»Oder hats etwas damit zu tun?« Ich deute auf die kurze weiße Narbe an seinem linken Handgelenk, das Pendant zu der von Damrong.

»Nicht das, was Sie denken«, erklärt er lächelnd. »Das war eine Eselei im Teenageralter, nicht mehr.«

Ich brumme resigniert. »Bitte erzählen Sie mir alles, was Sie wissen«, fordere ich ihn mit einem Seufzen auf.

»Nicht hier«, erwidert er. »Draußen wäre mir lieber. Ihnen doch auch, oder?«

Er geht mir voran ins blendende Licht, hinaus auf die belebte Straße. Ich bleibe einen halben Schritt hinter ihm, wie die Etikette es verlangt. Neben uns zieht ein Mann mit Strohhut einen hoch mit Bürsten, Besen und Müllschaufeln beladenen Karren hinter sich her.

Damrong, so der Mönch, war praktisch ein weiblicher Arhat oder buddhistischer Heiliger. Er selbst, ein kränkliches Kind, erhielt nach der Geburt den Namen Gamon, benutzt aber jetzt den Sangha-Namen Phra Titanaka. Ihre Mutter, die aufgrund ihrer Yaa-Baa-Sucht allmählich den Verstand verlor, hatte immer wieder unbegründete Wutausbrüche. Ihr Vater, ein erfolgreicher Gangster mit einem Körper voller Tätowierungen – magische Beschwörungsformeln in Khmon, der alten Schrift der Khmer –, wurde Opfer eines Ritualmords durch örtliche Polizeibeamte, als Gamon sieben war. Die Eltern flohen, nachdem Nixon die östliche Hälfte ihres Landes bombardiert und die gesamte Region destabilisiert hatte, aus der Khmer-Heimat. Beide Kinder wurden in einem Flüchtlingslager in Thailand geboren. Die Verehrung des Mönchs für seine Schwester beeindruckt mich.

»Ohne sie hätte ich nie überlebt. Sie hat alle Prügel für mich bezogen – mich durfte er nicht anrühren. Er hatte Angst vor ihrer Wildheit. Und vor unserer Mutter hat sie mich auch geschützt.«

»Sie hat Ihre Ausbildung bezahlt?«

»Ja.«

Unsere Blicke treffen sich. Meine Ausbildung wurde auf die gleiche Weise finanziert, also kann ich nicht umhin zu fragen: »Sie wussten, woher sie das Geld hatte?«

»Anfangs nicht. Aber als ich älter wurde, konnte es mir natürlich nicht mehr verborgen bleiben.«

Seine Selbstbeherrschung ist beeindruckend. Er wischt die einzelne Träne an seiner linken Wange nicht weg. Aus seiner Sicht sind selbst seine emotionalen Qualen ein irreführendes Phänomen, wie alles andere auf der Welt. Es belustigt ihn, dass ich ihn bewundere. Er hat keine Ahnung, wie verführerisch mir das Leben eines Mönchs einst erschien; vielleicht hat sich daran nichts geändert. Als Teenager verbrachte ich ein Jahr in einem Waldkloster. Das war die friedlichste und unkomplizierteste Zeit meines Lebens.

Wir halten an einer Kreuzung, um einen von einem Motorrad bewegten Stand vorbeizulassen; das Gefährt ist über und über mit Lotterietickets und bunten Zeitschriften bedeckt, sodass man den Fahrer nicht mehr sieht. Der Polizist in mir muss eine grausame Frage stellen: »Wissen Sie, wie gut sie in ihrem Job war?«

Er unterdrückt ein Schaudern. »Natürlich. Sie war wunderschön und sehr, sehr klug. So hat sie mir meine Ausbildung finanziert, sobald sie sechzehn war und ihren Körper verkaufen konnte. Sie verhalf mir zu der Chance, die sie selbst nie hatte. Aber ich war nie so klug wie sie. In einem anderen Land, vielleicht auch in einer anderen Schicht, wäre sie eine große Ärztin geworden.«

»Eine Ärztin?«

»Sie besaß die Gabe des Heilens und war ein ausgesprochen uneigennütziger Mensch. Und mit ihrem Wissen über Ernährung und Drogen hinderte sie meine Mutter daran, mich umzubringen.« Er gesteht sich ein Schlucken zu. »Sie war sehr, sehr sanft.«

»Wann haben Sie von ihrem Tod erfahren?«

Ein Achselzucken. »Sie hat mich in einem Traum aufgesucht.«

»Mehr wollen Sie mir nicht sagen? Sie haben große Mühen auf sich genommen, um sich mit mir in Verbindung zu setzen.«

»Ich wollte feststellen, ob Sie aufnahmebereit wären. Es freut mich sehr, in Ihnen einen so frommen Mann gefunden zu haben.«

Ein Gedanke schleicht sich in mein Gehirn. »Sie sagen, Sie

wussten von ihrem Tod, weil sie Sie als Geist aufsuchte. Wie konnten Sie so sicher sein?«

Er wendet sich mit seiner üblichen ätherischen Eleganz mir zu. »Für den Augenblick habe ich Ihnen genug mitgeteilt. Ich wollte nur Kontakt mit Ihnen aufnehmen.«

»Wie sollen wir weiter verfahren?«

»Wenn ich mehr Informationen habe, lasse ich es Sie wissen. Allerdings möchte ich mich nicht mehr im Revier mit Ihnen treffen. Lieber wäre mir ein örtlicher Wat, wenn Ihnen das recht ist.« Ich spüre Verlustängste in mir aufsteigen, fürchte, ihn nicht mehr wiederzusehen. Er schenkt mir ein mitfühlendes Lächeln. »Keine Sorge – wen der Buddha zusammenbringen will, kann niemand auseinanderhalten.«

Ich lächle, überwältigt von diesem außergewöhnlichen Heiligen. »Das stimmt«, pflichte ich ihm bei. Meine Polizistenzweifel unterdrücke ich.

Es ist jämmerlich, aber ich sehne mich nach der Anerkennung und der Absolution des jungen Mannes. »Wussten Sie, dass Ihre Schwester eine Weile im Club meiner Mutter gearbeitet hat? Damrong und ich, wir kannten uns.«

Meine Frage scheint eine Bewusstseinsveränderung bei ihm herbeizuführen. Er zieht die Brauen zusammen, konzentriert sich auf beängstigende Weise auf sein Stirn-Chakra. Sein Blick wirkt unerbittlich; er braucht nicht zu sagen: Ich weiß alles.

»Sie hielt Sie für einen heiligen Narren«, murmelt er, bevor er die Straße überquert.

Erst als er weg ist, merke ich, dass ich vergessen habe, ihn zu fragen, in welchem Kloster er ordiniert wurde. Ich bitte Lek telefonisch, das beim Sangha für mich zu überprüfen. Eine halbe Stunde später steht er vor meinem Schreibtisch und erklärt mir, dass der Sangha keinen Gamon beziehungsweise Phra Titanaka kennt. Lek spielt nervös mit seinem Yaa-Dum-Stäbchen, schiebt die Haare mit beiden Händen zurück und hüstelt.

»Was ist, Lek?«

Wieder ein Hüsteln. »Die Farang-Frau. Sie erinnern sich?«

»Lek, du könntest sie wenigstens ›die FBI-Frau‹ nennen. Das wäre höflicher.«

»Nun, sie hat mich gestern zum Mittagessen ausgeführt, während Sie weg waren.«

Unsicher, wie ich auf diese Information reagieren soll, rücke ich mit dem Stuhl zurück. »Verstehe.«

»Sie will mich heiraten, wenn ich die Operation nicht machen lasse.« Er sieht mich an. Plötzlich bin ich der Außenseiter mit Farang-Blut – kann ich ihm die Angelegenheit erklären? Er wirkt nicht so, als würde er auch nur eine Sekunde über das Angebot der FBI-Frau nachdenken; dafür ist die kulturelle Kluft einfach zu tief. Er möchte lediglich wissen, wie sich ein Erdling in Gesellschaft eines besonders aufdringlichen verhalten soll.

»Wenn du sie heiratest, hast du Anspruch auf die Hälfte ihres Einkommens. Ich glaube, bei ihrer Dienstzeit kriegt sie brutto ungefähr fünfunddreißigtausend Dollar im Jahr.«

Mit einer eleganten Bewegung zieht Lek meinen Taschenrechner zu sich heran und gibt den Betrag mit einem Finger ein, während er das Yaa-Dum-Stäbchen in sein rechtes Nasenloch steckt. Als er die Zahl vor sich sieht, blinzelt er kurz und zuckt hilflos mit den Achseln. »Aber dann könnte ich keine Frau mehr sein, oder?« Er entfernt sich, den Kopf über die Verschlagenheit der Andromedaner schüttelnd. Ich bin wütend auf die FBI-Frau, doch dieses Gefühl muss ich fürs Erste auf Eis legen und mich auf Damrongs Bruder konzentrieren.

Das Problem bei einer unbekannten, möglicherweise sogar unergründlichen Größe liegt darin, dass die Fantasie sie nach Belieben gestalten kann. Betrüger oder Wahnsinniger? Ausnahmsweise teile ich Lek meine Selbstzweifel mit. »Er hat mich hinters Licht geführt. Einen Moment lang hab ich ihn für echt gehalten.«

»Ist er«, erklärt Lek im Brustton der Überzeugung, jetzt, da er den Mönch offenbar nicht mehr im Verdacht hat, verrückt zu sein. »Und Sie bewundern ihn. Sie hätten so sein können wie er, Meister.«

»Aber der Sangha kennt ihn nicht.«

Lek legt das Yaa-Dum-Stäbchen weg und sieht mich an. »Sie wissen genauso gut wie ich, dass er als echter Mönch Jahre in einem Kloster verbracht hat. Sonst könnte er nicht so reden und sich bewegen. Er ist sehr fortgeschritten auf dem Pfad der Erkenntnis. Bestimmt hat er sich in einem anderen Land ordinieren lassen.«

»In Kambodscha, wo seine Eltern herstammen? Wie kann jemand wie er aus Kambodscha kommen?«

Ich erhebe mich stirnrunzelnd, um das Revier zu verlassen und einen Spaziergang zu machen. Mangels besserer Ideen folge ich einem Saleng, der mit seiner Rikscha gemächlich die Straße nach Müll absucht. Salengs sind unsere Aasfresser und Zauberkünstler. In ihren Händen verwandeln sich Bierdosen in Spielzeug, Plastikflaschen in bunte Mobiles für Schaufenster, Coladosen in Sonnenhüte und Lastwagenkühlergrills in Gartentore. Mit einem triumphierenden Grinsen holt er einen kaputten Schirm aus dem Abfall. Er lenkt meine Gedanken zurück zu Damrongs Bruder.

Meine Identifikation mit ihm ist zu stark, als dass ich objektiv sein könnte. Seine Biografie brauche ich nicht schriftlich – ich erspüre jede Einzelheit. Er hatte eine härtere Jugend als ich, aber letztlich geht es hier um Nuancen. Auch meine Mutter und ich bewegten uns am Rand des Abgrunds. Nong entschied sich für die überseeische Alternative, indem sie ausländische Kunden kultivierte; Gamon blieb zu Hause, während seine Schwester ihren Körper verkaufte. Als Preis für sein Überleben ließ sie sich von ganzen Männerheerscharen sämtlicher Rassen und Glaubensrichtungen benutzen. – Seiner eigenen Aussage nach war er ein ausgesprochen feinfühliges Kind. Wie viele qualvolle Nächte verbrachte er wohl, bevor ihn jemand mit der entspannenden Wirkung von Methamphetamin vertraut machte? Doch das kostet, und wenn man arm ist und davon abhängig, bleibt einem eigentlich nichts anderes übrig, als damit zu handeln.

Ich schiebe mein Wissen um sein Leid beiseite; mich beeindruckt vielmehr, wie es ihm gelungen ist, sich darüber zu erheben. Ich selbst habe solche Höhen nie erreicht. Mein verstorbener Partner Pichai und ich verbrachten ein Jahr in einem Waldkloster, damit wir nicht ins Gefängnis mussten. Offenbar ließ Gamon sich freiwillig ordinieren, lebenslang. Sein Meister dürfte genauso schonungslos gewesen sein wie meiner, wahrscheinlich sogar strenger. Gamon hätte als junger Mönch nicht lange überlebt, wenn er nicht bereit gewesen wäre, sich jener Form der destruktiven Prüfung auszusetzen, die als Vipassana-Meditation bekannt ist. Vermutlich begann er in höllischer Frustration, in einer komplexen Mischung aus Armut, Verbrechen, Drogenmissbrauch und Prostitution. Ich habe es mit einer verlorenen Seele am Rand von Verzweiflung und Wahnsinn zu tun.

Als ich ins Revier zurückkehre, steht Lek am Fenster neben meinem Schreibtisch. »Er hat noch mal zehn Minuten im Internetcafé verbracht und ist dann in Richtung Wat gegangen«, teilt er mir mit verträumter Stimme mit. »Ein echter Mönch.«

Da piepst mein Handy zweimal: *Wir könnten klein anfangen, den Kurier testen, oder alles auf eine Karte setzen mit einem großen Auftrag. Ich bin bereit, für meine Kunst zu sterben. Wie aufrichtig muss ich sein? Und wie verzweifelt? Yammy.*

22

Er hats dir erzählt, nicht?«, höre ich die Stimme der FBI-Frau leise zischelnd aus dem Handy.

»Ja.«

»Wie sauer bist du auf 'ner Skala von eins bis zehn? Bitte sag jetzt nicht elf.«

»Elf.«

»Okay, was heißt, dass wir bei Adam und Eva anfangen. Du hältst den westlichen Geist für ein Produkt Frankensteins aus verquerer Religion und den Gedanken von ein paar alten pädophilen Griechen, für eine üble Mischung aus Schuljungenlogik, Blutdurst, Besserwisserei und Zerstörungswut zum Zweck der Weltrettung. Das Ganze führte dazu, dass in Vietnam drei Millionen Menschen abgeschlachtet wurden, die meisten davon Frauen und Kinder, alle im Namen von Freiheit und Demokratie, bevor wir uns vom Acker machten, weil die Sache zu teuer wurde. Stimmts?«

»Stimmt.«

»Du täuschst dich, und zwar gründlich. Ich hatte vorher keine Ahnung, dass ich Lek den Vorschlag machen würde. Der kam ganz spontan. Ich hab ihn in ein gutes Thai-Restaurant ausgeführt, und wie er den Somtan-Salat und den Klebereis mit den Fingern aß, ging mir auf, dass du tatsächlich recht hast: Er ist eine unschuldige Seele.« Ich bleibe stumm. »Aber es nützte nichts. Plötzlich spürte ich diese überwältigende Flut aus Liebe, Mitleid und Lust – mit allem Drum und Dran. Ich hätte nicht gedacht, dass solche Gefühle in mir stecken. Ich bin vernarrt in ihn, hab mich Hals über Kopf in ihn verliebt. Ist das nicht der Weg zum Verständnis des Buddha: Man erkennt, dass er vernarrt war in das ganze Universum?«

»Tja, dann wirst du ihn sicher auch nach der Operation noch lieben können, oder?«, sage ich ein wenig verstimmt und klappe das Handy zu.

Vergessen Sie Wat Po und den Tempel des Smaragd-Buddha; die meisten Wats sind baufällige Hütten, wo streunende Katzen, flohgeplagte Hunde und verelendete Menschen sowie ein bunter Haufen von Mönchen unterschiedlichster Hingebung an die Sache unter Bodhi-Bäumen das Mitgefühl des Buddha nutzen. (Manche verstecken sich, andere weinen, wirken frustriert, ehrgeizig oder schwul; die meisten sind fromm und einige fast Buddhas.) Vor allen Dingen handelt es sich um eine Gemeinschaft, in der Looksits in weißen Hosen und Hemden für einen schnellen Weg zur Erleuchtung, Chart Na, die Roben ihrer Mönchsmeister waschen; Handwerker erwerben sich Verdienste, indem sie die Dächer der Mönchsverschläge reparieren; irgendjemand kocht oder isst hier immer, nur nicht die Mönche, die ab nachmittags nichts mehr zu sich nehmen dürfen. Kinder, deren Eltern sich die teuren Schulen nicht leisten können, in denen Hochchinesisch und Business-Englisch gelehrt werden, saugen das Wissen auf, das die Mönche ihnen vermitteln. Mehr oder minder leidenschaftliche Buddhisten kommen und gehen.

Sie halten das für mittelalterlich? Nun, die Tradition geht noch viel weiter zurück. Im Grunde unseres Herzens sind wir ein zutiefst konservatives Volk. Unsere Version des Buddhismus, die wir Theravada nennen, ist zweitausendfünfhundert Jahre alt, und in all der Zeit haben wir kein Wort davon verändert. Die Roben unserer Mönche werden immer noch nach demselben Muster gefertigt, das der Siddharta selbst benutzte, und wir folgen nach wie vor seinen Vier edlen Wahrheiten, von denen die erste lautet: Das Leben ist Leiden. Nur Farangs bezweifeln das.

Ich betrete durch verwitterte, aber trotzdem majestätisch anmutende Holztore heiligen Boden. Ein junger Mönch mit leuchtenden, ernsten Augen zeigt mir den Weg zu Gamon, der auf dem Balkon eines alten Holz-Kuti sitzt. Er wirkt nicht überrascht darüber, mich zu sehen.

»Willkommen in meinem Palast«, begrüßt Damrongs Bruder mich, rafft seine Roben und deutet auf den besonders verfallenen Schuppen, den der Abt ihm im Namen der Gastfreundschaft überlassen hat. Ich bedenke ihn mit einem Wai, wie einen richtigen Mönch. Er lächelt bescheiden. »Sie haben sich beim Sangha erkundigt. Und dort ist nichts über mich bekannt, stimmts?« Er lacht. »Ich habe mich in Kambodscha ordinieren lassen, weil der Thai-Sangha mich wegen einer Vorstrafe nicht wollte.« Er zuckt mit den Achseln.

»Ach«, sage ich, als wüsste ich das nicht bereits.

»Stört Sie das?«

»Ich bin Polizist.«

»Nein«, erwidert er, »Sie sind Mönch, wie ich. Sie haben bloß die falsche Vereinbarung unterschrieben. Irgendwann werden auch Sie die Robe tragen, Chart Na.«

Ich nehme im halben Lotussitz mit dem Rücken zur dünnen Holzwand ihm gegenüber Platz. Unten hört ein an einem Bein fast kahler Hund nicht auf, sich zu kratzen. Nicht allzu weit von uns entfernt unterhalten sich zwei ältere Mönche leise im Schatten des Bodhi-Baumes, der den Mittelpunkt der Anlage bildet. »Es stimmt, dass wir viel gemein haben«, pflichte ich Gamon bei. »Sie haben sich vor der Ordinierung durch die Prostitution Ihrer Schwester ernähren lassen, ich durch die meiner Mutter. Sie haben mit Yaa Baa gehandelt, ich habe zugesehen, wie mein Freund Pichai unseren Dealer ermordete. Ich habe ein Jahr im buddhistischen Purgatorium verbracht. Drei Monate lang hat mein Abt Pichai und mich den Tod atmen lassen.«

Vielleicht ist es melodramatisch, diesen umgangssprachlichen Ausdruck zu verwenden. Um Gamons Lippen spielt ein belustigtes Lächeln; er wirkt wie ein Meister, der die unbeholfenen Bemühungen eines mittelmäßigen Schülers beobachtet.

»Den Tod zu atmen, ist eine gute Übung«, sagt er. Ich hänge an seinen Lippen.

»In Kambodscha werden dazu immer noch echte Leichen verwendet. Ich habe in meiner Zelle ein Jahr lang mit einer gelebt, ihre Verwesung von der Fliegenphase bis zum Skelett mitgemacht und mich identifiziert: Alle Bindungen und Abneigungen sind zusammen mit den Organen, in denen sie ihren Ursprung hatten, von mir abgefallen.«

»Ein Jahr lang? Das hätte mich um den Verstand gebracht.«

Ein nachsichtiges Lächeln. »Das war bei mir nicht anders. Für einen Mönch ist das, was die Welt geistige Gesundheit nennt, ein fauler Kompromiss.«

»Aber irgendetwas hat Sie gerettet. Sie wirken, als wäre jetzt alles in Ordnung.«

Er sieht mich fragend an. »Gerettet? Sie reden wie ein Christ. Sie können sich nicht mit der Hoffnung ins Unergründliche stürzen, dass das Ihnen die Erlösung bringt – Sie springen einfach. In einem nirwanischen Universum kann es keine Rettung geben, weil wir nie wirklich verloren sind. Die Optionen sind Nirwana und Unwissenheit. Das will der Buddha uns lehren. Wir sind die Summe unseres Begehrens. Kein Begehren, kein Sein.«

Ich gebe mich geschlagen und beschließe, ihn nicht weiter zu prüfen, weil ich mich damit nur selbst zum Narren mache. Also ziehe ich mich auf forensische Fragen zurück.

»Warum haben Sie mich aufgesucht, wenn Ihre Erleuchtung so aussieht?«

»Wie gesagt, meine Schwester findet keine Ruhe. Als Mönch habe ich natürlich nichts mehr mit ihrem Dharma zu tun, aber eine Restschuld ihr gegenüber bleibt.« Für »Schuld« verwendet er ein Wort, das in den westlichen Sprachen keine Entsprechung hat, jedoch in meiner Kultur den tiefsten bekannten Grad der Verpflichtung ausdrückt: Gatdanyu, eine Art Blutschuld.

»Aber wie könnte ein einfacher Polizist wie ich einem Fast-Arhat wie Ihnen helfen?«

Bilde ich mir das nur ein, oder zuckt er tatsächlich kaum wahrnehmbar zusammen?

»Ihr Geist fordert Gerechtigkeit«, sagt er, um erst nach einer ganzen Weile hinzuzufügen: »Warum stellen Sie mir keine Fragen, die die Ermittlungen voranbringen? Deshalb sind Sie doch hier, oder?«

»Na schön. Wissen Sie von der DVD?«

Keine Antwort, also sage ich: »Jemand hat sie mir anonym zukommen lassen. Ich vermute, Sie.« Noch immer keine Antwort.

»Ich dachte, Sie wollen mir bei der Lösung des Falls helfen. Sie sind doch über die DVD informiert, oder?«

Er schweigt lange, bevor er erklärt: »Ich habe immer noch

Kontakt zu meinem Dorf. Mönche dürfen durchaus E-Mails schreiben.« Eine weitere ausgedehnte Pause, dann: »Der Westen sieht seine Aufgabe darin, Körper und Gedanken in Produkte zu verwandeln. Er begreift nicht, dass der Rest der Welt das als obszön erachtet, als Korruption unseres nirwanischen Wesens.«

Wieder beginne ich, an ihm zu zweifeln, sei es aufgrund eines Zuckens, einer Geste oder einer subtilen Veränderung seines Tonfalls, die seine Aussage gewöhnlich machte.

Ich hüstle. »Phra Titanaka, darf ich mir eine persönliche Frage erlauben?«

»Für einen Mönch gibt es keine persönlichen Fragen.«

»Dann im Dienste der forensischen Ermittlungen: Wie nahe standen Sie und Ihre Schwester sich?«

Sein Blick beginnt zu flackern. Plötzlich steht er auf und überquert den Hof zum Bot. Ich verharre im halben Lotussitz, während er mit eleganten, bedächtigen Schritten, die safranfarbene Robe wallend, den Tempel betritt. Vermutlich erwartet er, dass ich verschwinde, und fast tue ich es. Doch dann beschließe ich zu bleiben und die gelassene Geschäftigkeit des Wat-Lebens zu beobachten. Er wirkt nicht überrascht, mich wiederzusehen, als er eine Stunde später ein paar Meter von mir den halben Lotussitz einnimmt, und sagt mit jener merkwürdigen Abruptheit, die offenbar eine Folge seiner mentalen Disziplin ist:

»Wir standen uns am nächsten, als sie Anfang zwanzig war und ich ein Teenager. Sie sagte immer, es tue ihr leid, sich an meiner Schulter ausweinen zu müssen, aber anders könne sie es nicht ertragen. Wenn sie mir eine ordentliche Ausbildung finanziere, wäre ich vielleicht irgendwann in der Lage, alles besser zu begreifen als sie.«

»Hat sie Ihnen von ihren Kunden erzählt?«

Ich beobachte fasziniert, wie seine Gelassenheit sich in Hass verwandelt. Es ist, als zöge er eine Gummimaske vom Gesicht und bringe ein Monster von einem fernen Planeten zum Vorschein. »Von jedem einzelnen verschwitzten, weißen, braunen, schwarzen, übergewichtigen, verzweifelten, verliebten, emotional verkrüppelten, perversen, beschissenen. Es fiel ihr sehr schwer, Begeisterung vorzutäuschen. Manchmal musste sie sogar so tun, als liebte sie sie – diese Arschlöcher.« Mit einem finsteren Blick fügt er hinzu: »Bevor sie ein abgestumpfter Profi wurde.«

Mir verschlägt es die Sprache ob seiner unvermittelten Persönlichkeitsveränderung, derer er sich nicht bewusst zu sein scheint. Noch etwas anderes bringt meine Nackenhaare dazu, sich aufzustellen: Gerade eben klang er genau wie Damrong, die gleiche Stimme, die gleiche Ausdrucksweise.

Ziemlich aus der Fassung, sage ich: »Verstehe.« Immer noch grimmig, wendet er den Kopf ab. Seine Gelassenheit ist dahin; er beginnt, an seiner Robe zu nesteln, möchte mich loswerden.

Ich stehe auf, verabschiede mich mit einem Wai von ihm und gehe. Mir wird klar, dass der Mann, der diese bitteren, unflätigen Worte ausgesprochen hat, nicht der Mönch Phra Titanaka war, sondern ein völlig anderer.

Benommen trotte ich über den Hof, vorbei an einem großen weißen Chedi, dem ältesten Teil der Tempelanlage, und frage einen Mönch, wo ich den Abt finden kann. Er antwortet, er halte sich in dem Bot auf, aus dem soeben Damrongs Bruder gekommen ist.

Der Abt, der mich im halben Lotussitz empfängt, ist ziemlich dick, ein perfektes Ebenbild des lachenden Buddha, und reagiert auf mein ehrfürchtiges Wai mit einem Nicken. Ich verwende die höflichste Form der Anrede und achte darauf, meinen Kopf niedriger zu halten als er den seinen. Aus seinem fröhlichen Gesicht mustern mich wache Augen. Ich stelle mich ihm als Polizist vor, der im Fall der Schwester von Phra Titanaka ermittelt. Der Abt bestätigt, dass er dem sehr fromm wirkenden Khmer-Mönch Gastfreundschaft gewährt, der seit der vergangenen Woche hier weilt.

»Ist Ihnen irgendetwas Merkwürdiges an ihm aufgefallen?«

»Etwas Merkwürdiges? Wir Menschen bestehen darauf, uns auf einem Gräberfeld zu tummeln – ist das für ein spirituelles Wesen nicht grundsätzlich merkwürdig?«

»Er scheint zwei Persönlichkeiten zu besitzen, zwischen denen er im schnellen Wechsel hin- und herspringt.«

»Nur zwei? Haben Sie ein Problem mit den Augen? Sehen Sie ihn sich genauer an, dann werden Sie feststellen, dass er sich mit jedem Atemzug verändert. Genau wie ich. Und Sie.«

Ich verabschiede mich mit einem Wai, danke ihm für seine weisen Worte und gehe.

23

Die unvermittelte Einmischung des Mönchs in den Fall hat mich in eine emotionale Sackgasse geführt. Meine Schuldgefühle wegen Noks Tod werden durch die immensen Leiden, die dieser junge Mann hinter sich hat, gemindert; außerdem steht mir der Sinn heute Nachmittag nach einer langen Massage. Zu diesem Zweck suche ich ein großes, ziemlich bekanntes Etablissement in einer Seiten-Soi von Sukhumvit und Soi 45 auf. Viele Leute nutzen die Soi, in der sich allerlei Garküchen mit unterschiedlichstem Angebot befinden – geschmortes Schweinefleisch mit Reis; gekochtes Hühnchen mit Reis; Somtan-Salat mit Klebereis; Mango und Kleberreis plus jede Menge Kong Wan, Süßigkeiten –, als Abkürzung. Was du dir keinesfalls entgehen lassen solltest, Farang, sind die knusprigen Pfannkuchen mit Kokosnusscremefüllung. Ich sehe zu, wie ein Händler sie auf traditionelle Weise zubereitet, indem er den Teig in die winzigen Löcher einer großen runden Pfanne gießt und dann süße Kokosnussmilch darüber gibt. Weil das heutzutage nicht mehr allzu oft praktiziert wird, bin ich gezwungen, bisweilen zum Fast-Food-Esser zu werden und zum Beispiel auf Bananenkuchen auszuweichen.

Zur Versöhnung habe ich die FBI-Frau eingeladen, mich zu begleiten, nachdem wir uns gestern gegenseitig mit Anrufen,

SMS-Botschaften und E-Mails bombardierten, von denen nur die verletzendsten wirklich wert sind, hier aufgezeichnet zu werden:

Ich: Das ist hormonelle Ausbeutung. Du bist auch nicht anders als die Typen mittleren Alters, die sich an der Nana Plaza rumtreiben.

Die FBI-Frau: Und was war mit dir und Damrong?

Wenn's dich trifft, haben wir's mit Cupido zu tun, mit Orion am Nachthimmel, mit Chakren und Lotusblütenblättern im Kopf. Aber wenn eine Amerikanerin sich verliebt, ists hormonelle Ausbeutung.

Ich (durchaus ahnend, dass ich dabei bin, einen schwerwiegenden taktischen Fehler zu machen): Genau das ist ja der kulturelle Unterschied.

Die FBI-Frau: Du bist also ein Kulturchauvinist, genau das, was du uns Westler immer schimpfst.

Nachdem wir unsere Krallen aneinander geschärft hatten, wandten wir uns anderen Themen zu, und ich lud sie in den Massagesalon ein, um die Niederlegung der Waffen zu besiegeln. Jetzt erklärt die FBI-Frau mir mit einem strahlenden Lächeln und einem gerüttelt Maß Professionalismus (ich weiß jedoch, dass sie gestern Abend mit Lek auf einen Drink in der Soi 4 Pat Pong war; Lek rief mich hinterher an; seiner Aussage nach machte sie ihn an, ließ sich aber nach einem missglückten Grapscher abwimmeln), dass sie gute Nachrichten hat, die sie mir während der Massage mitteilen möchte.

»Ich weiß nicht, ob ich's schaffe, wach zu bleiben, Sonchai.«

»Das sollst du gar nicht. Wenn du nicht einnickst, hat die Masseurin ihre Arbeit nicht richtig gemacht.«

Was für eine Erleichterung, aus der von Menschen wimmelnden Soi in die klimatisierten Räume zu treten. Die junge Frau am Empfang erkundigt sich, ob wir eine traditionelle Thai- oder lieber eine Ölmassage möchten. Ohne Kimberley zu fragen, antworte ich »traditionelle Thaimassage« und buche für jeden von uns zwei

Stunden, zwei Stunden reiner Gehirnleere. Für dreihundert Baht ist das ein Schnäppchen.

Als die FBI-Frau die dreißig Masseurinnen sieht, die in Zeitschriften blättern oder sich mit gedämpfter Stimme unterhalten, meint sie: »Die Mädchen … massieren die alle nur, oder bieten sie auch andere Dienstleistungen?«

Ach, wie schlicht das Gehirn eines Farang doch funktioniert! »Im ersten Stock massieren sie, im zweiten bieten sie dem Kunden auf Wunsch auch andere Dienste an.«

»Nennt man das Moral, nach Höhe bemessen, oder kapier ich wieder mal was nicht?«

»Im ersten Stock gibts traditionelle Thai-Massage, im zweiten die mit Öl. Es ist sehr schwierig für eine junge Frau, einen Mann am ganzen Körper einzuölen, ohne dass er erregt würde, und wie du weißt, sind wir ein Volk voller Mitgefühl.«

»Dieses Mitgefühl bringt auch mehr Geld, oder?«

»Dreimal so viel wie eine einfache Massage, plus Trinkgeld. Die Mädchen lieben den zweiten Stock, aber wir haben den ersten gebucht.«

»Verstehe«, meint Kimberley.

Bevor wir die Treppe hinaufdürfen, müssen wir uns die Füße waschen lassen. Die FBI-Frau wird nervös, als ihre Masseurin sie anweist, die Schuhe auszuziehen und vor einer Schale mit warmem Rosenwasser Platz zu nehmen. Hier gibt es niemanden, den man verhaften, erschießen oder befragen könnte, folglich auch keine Möglichkeit für Kimberley, ihre Fähigkeiten unter Beweis zu stellen, und schon legt sie die Stirn in tiefe Falten. Sie hat Angst, dass eine solche Fußwaschung antiamerikanisch sein könnte, wie Cricket oder der Kommunismus. Aber fünf Minuten später wendet sie sich mir mit glatter Stirn zu. »Erstaunlich, wie entspannend so was wirken kann«, sagt sie, und ihre Augen leuchten.

Ich bitte die beiden Masseurinnen, die FBI-Frau und mich auf zwei nur durch Vorhänge voneinander getrennte Pritschen zu platzieren, sodass wir uns mit gedämpfter Stimme unterhalten können, während unsere Körper bearbeitet werden. Wir schlüpfen in dünne Baumwollhosen und -hemden. Kimberley lässt sich mit einem zufriedenen Grunzen auf ihrer Matratze nieder.

Meine Masseurin beschäftigt sich bereits mit meinen Füßen und lockert verhärtete Stellen, die auf mysteriöse Weise Signale an meinen restlichen Körper aussenden. Plötzlich höre ich die FBI-Frau ächzen. »Wow, das hat sich grad angefühlt, als wär was aufgeplatzt. Ist das die berühmte Fußreflexzonenmassage? Angeblich existiert ja eine Verbindung zwischen jedem Organ des Körpers und den Fußsohlen.«

»Und auch jedes Gefühl hat seinen Ursprung in einem Organ.« Das klingt wie das Echo der Worte von Damrongs Bruder. Ich stelle ihn mir in seiner Zelle vor, allein mit der Leiche. Selbst würde ich das nie aushalten, aber ich kann mir denken, wie es funktionierte: Die Auflösung des Kadavers kam einer Befreiung seines Geistes gleich. Allerdings handelt es sich um eine radikale Technik, die der Sangha missbilligt, weil er nicht für die Fälle verantwortlich sein möchte, die schiefgehen. In Kambodscha hat man solche Bedenken offenbar nicht. Wie schief ist es bei Phra Titanaka gegangen?

»Ja, die Theorie kenne ich: Liebe ist eine rein chemische Reaktion.«

»Nicht nur die Liebe. Das, was die Blinden Leben nennen, erachten die Sehenden als virtuelle Realität.«

Wieder ein Ächzen. »Da komm ich als hartgesottene Farang nicht mehr mit. Möchtest du wissen, was ich rausgefunden habe?«

»Klar.«

»Wir wissen jetzt, wer der Typ mit der schwarzen Maske ist, ein gewisser Stanislaus Kowlovski, kurz Stan, beide Eltern polnische Einwanderer der zweiten Generation.« Sie stöhnt auf. »Mein Gott, keine Ahnung, mit welchem Organ diese Stelle in Verbindung steht, aber ich hatte grad eine ziemlich lebhafte Kindheitserinnerung. Wo war ich?«

»Heißt das, dass wir den Mörder haben?«

»Noch nicht, aber wir kennen seine Social-Security-Nummer, seine Fingerabdrücke, einfach alles. Die biometrische Überprüfung an den Flughäfen funktioniert eins a. Die Computerfreaks mussten bloß von der DVD eine geeignete Großaufnahme von seinen Augen runterkopieren. Das hat kaum fünf Minuten gedauert.«

»Und wie war ihre Reaktion auf die DVD?«

Kurzes Schweigen, dann antwortet sie leise: »Genauso wie bei mir, Sonchai. Obwohl's für einen Mann vielleicht noch schlimmer ist zu beobachten, wie eine schöne junge Frau voller Leben so was macht. Als ich ihnen gesagt hab, dass das real war, wären sie fast in Tränen ausgebrochen. Und das sind hartgesottene Bullen. Erstaunlich.«

»Mit anderen Worten: Die Jagd auf ihn ist eröffnet?«

»Ja. Alle sind ganz heiß drauf. Die internationale illegale Pornobranche ist momentan im gesamten Westen der Hit. In ein paar Tagen haben wir ihn, es sei denn, er besitzt gute Kontakte ins Ausland, was ich bezweifle. Vielleicht stammt er ursprünglich aus Kansas, aber mittlerweile wirkt er durch und durch wie ein Kalifornier.«

»Irgendwelche Vorstrafen?«

»Keine, dafür hat er einen denkbar schlechten Ruf. Bei der Polizei von Los Angeles ist er als Pornostar bekannt. Es gibt Dutzende billiger Streifen, in denen sein Schwanz eine wesentliche Rolle spielt.«

»Alle für Heterosexuelle?«

»Ja.«

»Alle Sadomaso?«

»Nein, kein einziger. Er ist ein ganz normaler Wald-und-Wiesen-Darsteller: strahlendes Lächeln, hübscher geölter Body, und sobald die Kamera auf die Frau zoomt, verschwindet er im Hintergrund. Sie haben mir ein paar Bilder von ihm ohne Maske gezeigt – ein attraktiver, animalischer Mann mit kantigem Kinn und Blendaxzähnen. Wenn ich's nicht besser wüsste, würde ich ihn für 'nen harmlosen Beachboy-Typen halten.«

Wir unterbrechen unser Gespräch über die Ermittlungen, als die Mädchen sich intensiver unserer Folter widmen. Die meisten von ihnen kommen aus der ländlichen Gegend von Isaan, sind gebaut wie kleine braune Panzer und hatten schon vor ihrer Tätigkeit als Masseurinnen beachtliche Muskeln. Während die meine mir ihren Ellbogen in die Leber stößt, versuche ich, mir die nächste Frage für Kimberley zu überlegen.

»Dann hat er's also wegen dem Geld gemacht?«

»Warum sonst? Irgendwie passt das auch. Männliche Pornodarsteller gehören genauso schnell zum alten Eisen wie ihre Kolleginnen. Wer erst mal dreiundvierzig und so gut wie bankrott ist wie er, lockt unweigerlich die Kredithaie an. Wir arbeiten eng mit der Polizei von Los Angeles zusammen, um mehr über dieses Thema zu erfahren. Au! Ist es wirklich gesund, einen Ellbogen in den Bauch gerammt zu kriegen?«

»Das regt die Verdauung an. Hattest du dabei auch irgend 'ne Kindheitserinnerung?«

»Ja, an zehn Jahre Kotzen im Auto. Wir wohnten in Florida und beide Großelternpaare in New York. Treffen viermal im Jahr. Wir fuhren jedes Mal mit dem Wagen hin.«

Kurzes Schweigen, während die Masseurin meine Füße nach innen biegt und drückt. »Was uns also noch fehlt, ist ein Hinweis auf die Geldgeber, stimmts?«

»Ja, aber da bin ich optimistisch. Pornostars beiderlei Geschlechts haben für gewöhnlich keinen allzu hohen IQ. Nach ein paar Tagen Vernehmung sollten wir eigentlich alles Wesentliche wissen.«

Wir verstummen ob der Gewalt der Wat-Po-Massagetechnik. Irgendwann kommt der Punkt, an dem die Masseurin sich mit dem Gemächt ihres männlichen Kunden beschäftigen muss. Normalerweise ist der mittlerweile vollkommen entspannt, sodass die Frau den schlaffen Penis einfach hin- und herschieben kann. Oft führt die Situation zu beidseitiger Belustigung, noch mehr sogar, wenn die Massage den Kunden stimuliert hat und das Mädchen die Schwellung seines Schwanzes mit großen Augen bewundert.

Bei mir löst sie jedoch wieder den Albtraum aus, vor dem ich schon die ganze Woche wegzulaufen versuche. Nur mit Mühe gelingt es mir, ihn zu verdrängen und nach einer Weile wegzudösen.

Ich erwache völlig desorientiert. Normalerweise schlafe ich während einer solchen Massage nicht ein. Warum hat Kimberley ihren Vorhang geöffnet? Und warum kniet sie neben mir und streicht mir über die Wange?

»Du hast plötzlich zu schreien angefangen und den Mädels einen Riesenschreck eingejagt.« In ihrem Gesicht ist Mitgefühl zu lesen, als sie meint: »Du bist ein leidenschaftlicher Mensch, Sonchai. Ein Teil von dir liebt sie immer noch, egal, wie schlecht sie war.«

Nachdem wir uns angezogen und gezahlt haben, stehen wir ein wenig verloren draußen in der engen Soi. Endlich bringe ich den Mut auf zu sagen: »Kimberley, ich muss dich um einen Gefallen bitten. Kannst du dir denken, um welchen?«

»Klar. Du möchtest dir die DVD noch mal anschauen, und ich soll dir dabei die Hand halten, oder?«

Ich berühre ihre Schulter. »Danke, Kimberley.«

24

Während der gesamten Heimfahrt beschäftigen mich Stanislaus Kowlovski und sein DVD-Auftritt. Ich fühle mich wie vor dem zweiten Fallschirmsprung. Der erste ist angeblich erträglich, weil man nicht weiß, was einen erwartet, aber beim zweiten wehrt sich alles in einem, und man fragt sich: Warum bloß tue ich mir das an? Schließlich wäre es Vikorn scheißegal, vielleicht sogar lieber, wenn ich die Ermittlungen zu der Damrong-DVD einfach ruhen lassen würde.

Zu Hause begrüße ich Chanya mit einem Kuss, tätschle ihren Bauch und verzehre die Mahlzeit, die sie liebevoll für mich zubereitet hat. Sie blickt mich an und schluckt. Ich denke: O gütiger Buddha, sie sieht in mein Herz. Meiner Intuition folgend, umarme und küsse ich sie. Die Arme, sie fühlt sich bedroht, weil ich mir mit meiner Farang-Freundin eine Massage gegönnt habe. Vor einem Thai-Mädchen hätte sie keine Angst, aber vor Kimberley, die ihrer Meinung nach die westliche Seite meines Wesens repräsentiert, hat sie Respekt: Sosehr Chanya mich auch liebt, sie wird nie vergessen, dass ich ein Leuk Kreung bin, ein Mischling mit verborgenen Farang-Neigungen und -Vorlieben.

Es ist fast schon komisch, zu welch genauen und gleichzeitig falschen Schlüssen das Herz gelangen kann. Natürlich denke ich die meiste Zeit an eine andere Frau, aber nicht an Kimberley. Mein Schwur – den ich unter einer Mischung aus Tränen und Gekicher ablege –, ich würde gerne als hungriger Geist wiedergeboren, falls ich jemals auf die Idee verfiele, mit Kimberley schlafen zu wollen, klingt offenbar so überzeugend, dass Chanya sich schämt und ihre Zweifel an mir wieder gutmachen möchte: Sie verspricht, mir meine Lieblingsspeise Pla Neung Menau, gedünsteten Fisch in Zitronensauce, zu kochen.

Wir schlafen miteinander, so gut es in ihrem Zustand geht. In ihrem Bedürfnis nach Liebe und Zuspruch möchte sie es mir so schön machen wie möglich. Dabei verwendet sie den einen oder anderen Trick aus ihrer Zeit im Gewerbe, was uns beide zum Lächeln bringt. Ich lasse sie spüren, wie sehr ich sie liebe, ganz ohne Heuchelei, aber mit einem quälenden Gefühl. Hinterher fragt sie mich: »Das war wieder sie, stimmts?«

Ich versuche, sie in den Arm zu nehmen, doch sie dreht sich weg.

»Ich muss mir die DVD noch mal ansehen, Schatz, und das fällt mir nicht gerade leicht. Kimberley wird mir Gesellschaft leisten.«

»Warum nicht ich?«

Langes, ängstliches Schweigen meinerseits, bevor ich antworte: »Wegen der Dinge, die du sehen würdest.«

»Du glaubst, ich komme nicht mit so etwas zurecht?«

»Doch, natürlich, aber ich halts nicht aus, dass du mich dabei beobachtest.«

Wir wollen nicht streiten; außerdem ist Chanya mittlerweile so gelassen, dass sie eines trivialen Snuff Movie wegen nicht mehr die Fassung verliert. Ich sehe zu, wie sie von beneidenswerter Müdigkeit, dem Vorrecht der Reinen im Geiste, übermannt wird.

Nun ergreife ich die Gelegenheit, ihren Bauch voller Erstaunen, Angst und Vorfreude zu liebkosen. Die Vipassana-Meditation wirkt auf jeden anders. Obwohl ich mich nicht als Meister dieser Form bezeichnen würde, bin ich immerhin bis zu jenem Teil der Psyche vorgedrungen, in dem Erinnerungen an den Uterus verborgen sind. Sie suchen mich heim, seit ich weiß, dass ich bald Vater sein werde. Ich erlebe die Furcht vor der Geburt wieder, den ersten beißenden Atemzug voller Sauerstoff, die brennende Luft auf der Haut, das Kopfüberhängen, während man von jemandem im weißen Kittel einen Klaps aufs Hinterteil bekommt, und dann, wenn man beschließt umzukehren, weil man merkt, dass die körperliche Existenz doch nicht das Richtige für einen ist, wird einem die Sauerstoffmaske übergestülpt: Nein, Freundchen, du hast keine Wahl, das hier ist nicht freiwillig. Pichai scheint sich allerdings in seiner kleinen Welt noch ganz wohlzufühlen. Laut Ultraschalluntersuchung beweist er durch sein Strampeln mit Beinchen und Ärmchen lobenswertes Vertrauen in die Zukunft. In meinen weniger zuversichtlichen Momenten fürchte ich, dass ein sportbesessenes Monster aus ihm wird. Widerwillig beschließe ich, Leks Morduu einen Besuch abzustatten, sobald ich Zeit dazu finde.

»Möchtest du irgendwas zur Beruhigung?«, fragt Kimberley, als ich mich auf ihrem Sofa in der Suite des Grand Britannia niederlasse. »Ich hab kein Koks, aber vermutlich könnte man das irgendwo kriegen. Wie wärs mit einem Single-Malt-Scotch? In der Minibar sind ein paar Fläschchen.«

Sie holt zwei und reicht mir eines. Wir öffnen die Schraubverschlüsse und prosten einander zu. »Viel Glück«, sagt die FBI-Frau. Ich ziehe die DVD aus meiner Jackentasche und gebe sie ihr.

Anfangs glaube ich noch, meine Objektivität zurückgewonnen zu haben. Es gelingt mir, das ausgedehnte Vorspiel mit einer gewissen Distanz und professionellem Blick mitzuverfolgen, obwohl Damrong wirklich alle Register zieht. Sie hat die Fellatio zu einer Kunstform voller Eleganz, Romantik, Humor und Spannung entwickelt. Auch der Maskierte versteht sein Handwerk. Er begreift, dass er bei dieser außergewöhnlichen Performance der Statist ist, und hält sein Ego heraus. Besonders ritterlich wirkt Kowlovski kniend während der Cunnilingus-Szene. Modernste Kameratechnik erlaubt es dem Zuschauer, die Bewegungen seiner Zunge sowie Damrongs Lust aus nächster Nähe mitzuverfolgen. Kimberley hält den Film an der Stelle an, an der Damrong, die Augen halb geschlossen, mit der Zungenspitze ihre Oberlippe berührt. »Madonna-Phänomen«, konstatiert die FBI-Frau. »Letztlich hat sie ein Alltagsgesicht, aber das verstärkt offenbar ihr erotisches Charisma. Ein Paradox, allerdings beginne ich zu begreifen, wie es funktioniert.« Kimberley betätigt den Knopf, der Damrong wieder zum Leben erweckt. »Schau, sie hat doch tatsächlich Spaß dran. Sie spielt nicht. Sie ist erregt.«

Und genau diese Erregung ertrage ich nur schwer. Dass sie kaum zehn Minuten vor ihrem Tod echte Lust empfindet, stellt etwas mit meinem Kopf an. Damrong hat nicht die geringste Angst; im Gegenteil: Sie befindet sich in einem Zustand der Ekstase. Ich bitte Kimberley, das Gerät abzuschalten, doch sie weigert sich.

»Keine Chance, mein Lieber«, knurrt sie. »Du bleibst mir bis zum bitteren Ende bei der Stange.«

»Dann gib mir wenigstens noch was zu trinken.«

Sie hält den Film an, um vier weitere Fläschchen aus der Minibar zu holen. Das Standbild gibt mir Gelegenheit, den Hintergrund etwas genauer zu betrachten. Ja, es ist ein Regal mit wertvollen Kunstgegenständen zu sehen, darunter der liegende Jade-Buddha.

Jetzt, da ich weiß, wonach ich suche, fällt es mir leicht, Tanakans Raum im Parthenon Club zu identifizieren. Sobald die Fläschchen geleert sind, setzt Kimberley mich wieder dem Streifen aus.

»Warte«, sage ich. Sie hält den Film mit fragendem Blick an.

»Nach dem Schluss werde ich mir das Ding nicht mehr ansehen können, also sollten wir es jetzt noch mal von Anfang an durchspulen. Ich möchte mehr über diesen Kowlovski erfahren, aber leider trägt er die Maske.«

»Achte auf seine Hände«, rät Kimberley mir.

Wir wiederholen das Vorspiel in Zeitlupe. Die FBI-Frau hat recht – der einzige Hinweis auf die Psychologie des Maskierten liegt in der Art und Weise, wie er die Hände bewegt.

»Siehst du?«, fragt Kimberley und drückt den Stop-Knopf, als er Damrongs linke Brust berührt.

»Was?«

»Das Zittern. Das erkennt man auf dem Standbild nicht. Schau.«

Sie hat recht – wahrscheinlich ist ihr dieses Zittern gleich beim ersten Durchlauf aufgefallen, während mich Damrong zu sehr ablenkte. »Das beweist gar nichts«, sage ich.

»Stimmt, aber mehr haben wir nicht. Aus Virginia sind ein paar Pornostreifen mit ihm aus der Zeit kurz davor gekommen. In der Mainstream-Branche war er ein Meister.«

»Ohne Zittern der Hände?«

»Ja.«

Wieder hält die FBI-Frau den Film an, und wir sehen drei Finger, die Damrongs linke Brust leicht stützen, bebend, wie wir inzwischen wissen. Ja, die ganze Hand zittert vom Gelenk an. Ich wechsle einen Blick mit Kimberley, die den Play-Knopf betätigt.

Jetzt, da die FBI-Frau mich auf die wesentlichen Details hingewiesen hat, ist es nicht mehr schwer, auch noch andere wahrzunehmen. Nach dem Vorspiel dreht er Damrong für die erste von fünf Penetrationen auf den Rücken.

Kimberley lässt die erste in Zeitlupe durchlaufen. Nun, da ich in der Lage bin, mich zu konzentrieren, erkenne ich, dass die

Hände, die Damrongs Schenkel auseinanderdrücken, zittern wie Espenlaub. Einmal sieht sie sich genötigt, tröstend seine Finger zu ergreifen: eine professionelle Geste. Gleichzeitig flüstert sie ihm etwas ins Ohr.

»STOPP!«, rufe ich aus; Kimberley gehorcht sofort. Sie geht zur Minibar und schleppt alle Fläschchen heran, die sie darin finden kann, ungefähr zehn: Brandy, Whiskey, Wodka, Gin; genug, um meinen Kummer zu ertränken. Ich kippe zwei, und diesmal zittern *meine* Hände. Es gelingt mir nicht, meine Tränen vor Kimberley zu verbergen.

»Nicht unterkriegen lassen, Kumpel«, sagt sie, was die Sache nur noch schlimmer macht. Jetzt muss sie mich in den Arm nehmen wie ein Kind.

»Sie rüstet ihn moralisch auf«, presse ich hervor.

Nun fällt es sogar Kimberley schwer, sich zu beherrschen. »Aber du kannst sagen, was du willst: Sie ist wirklich eine erstaunliche Frau.«

»Es ist fast, als würde sie ihn lieben.«

»Warum nicht? Er liebt sie auf jeden Fall, auch wenn er's vielleicht nicht merkt.«

»Wieso bist du dir da so sicher?«

»Warum sonst würde er sich solchen Qualen aussetzen?«

»Wie kriegt er ihn in einer solchen Situation hoch?«

»Viagra ist das Herzblut der Pornoindustrie, Sonchai.«

Kimberley drückt auf den Play-Knopf. Nun betreten wir intimstes Penetrationsgebiet, und die Kamera zoomt auf Körperteile, die in dieser Vergrößerung alles sein könnten. Einmal erinnert mich der Übergang von Tiefrot zu hellem Pink an eine fleischfressende Pflanze.

»Schau!« Nun nimmt er sie von hinten, aber mit so zitternden Knien, dass sein Schwanz aus ihr herausrutscht. In dieser Szene ergreift ihre schmale braune Hand ihn dreimal, um ihn wieder an Ort und Stelle zu bringen.

»Mein Gott, Sonchai!«, ruft Kimberley aus.

»Den Ring hat sie von mir«, schluchze ich. Unsere gemeinsame Zeit war so kurz, dass ich kaum Gelegenheit hatte, ihr etwas zu schenken, und ich weiß noch, wie billig ich mir vorkam, als ich ihr, die vor mir mit Millionären geschlafen hatte, an einem Antiquitätenstand am Wat Po einen Silberring für tausend Baht kaufte. Möglicherweise, denke ich, ist es kein Zufall, dass sie nur das eine Schmuckstück trägt; vielleicht ahnt sie in diesem Moment, genau drei Minuten fünfundzwanzig Sekunden vor ihrem Tod laut Counter am DVD-Player, dass ich eines Tages ihre Hand mit meinem Ring daran beobachten werde, wie sie ihren Henker tröstet und ihm hilft.

Als er sie schließlich zu einer Art Tapeziertisch bringt, auf den sie sich während des Finales stützen kann, fällt ihm das orangefarbene Nylonseil aus den Fingern, und sie muss es für ihn aufheben. Ich ergreife die Fernbedienung und schalte das Gerät aus.

Kimberley bedenkt mich mit einem enttäuschten Blick. »Sonchai …«

»Ich halte das nicht aus.«

»Wenn du's jetzt nicht durchstehst, kriegst du die Bilder dein Leben lang nicht mehr los.«

»Ich bin Thai, und Thais werden nun mal lebenslang von Geistern verfolgt.«

»Sonchai!«

»Vergiss es, Kimberley. Hartes Durchgreifen zerstört die Welt, ist dir das schon aufgefallen?«

Ich springe auf, haste aus der Suite und knalle die Tür hinter mir zu.

Draußen winke ich ein Taxi heran und weise den Fahrer an, mich zum Polizeirevier zu bringen, mich aber zuerst kurz vor Phra Titanakas Wat herauszulassen. Unmittelbar vor den massiven Toren befinden sich Stände mit Kerzen, Lotuskränzen und Mönchskörben. Immer noch zitternd, erwerbe ich alles Nötige für den Exorzismus. Die Körbe bestehen heutzutage nicht mehr aus

Geflecht oder Bambus, sondern aus dem gleichen halb transparenten, grellbunten Plastik wie die Eimer, mit denen man Wasser zum Autowaschen holt. Immerhin sind die Dinger hier safranfarben. Darin liegt alles, was ein Mönch einen oder zwei Tage lang zum Überleben in jener spirituellen Wüste benötigt, die wir Maya nennen: eine Packung löslicher Kaffee, Kekse, Lux-Seife, zwei Dosen 7up, eine Schachtel Yaa-Dum-Aromatherapiestäbchen, Zahnpasta und –bürsten sowie Weihrauch. Der Tambun-Gedanke besteht darin, Schätze für Chart Na anzuhäufen: Wenn du Blumen spendest, erhältst du Schönheit; wenn du Geld gibst, wirst du reich; wenn du Arzneien bringst, bleibst du gesund; wenn du Kerzen entzündest, erlangst du die Erleuchtung. Aber das nächste Leben ist mit fünfunddreißig noch in weiter Ferne.

Die Wirkung wird stärker, je höhergestellt die spendende Person ist, also suche ich den Abt auf, um ihm den Korb zu reichen, den er mit einem Nicken annimmt. Dann knie ich im Tempel vor dem großen goldenen Buddha nieder, erhebe meine zitternden Hände zu einem Wai und bitte um Erbarmen. Meine Mutter Nong hat einmal in einer extremen Notlage eintausend gekochte Eier und ein paar gebratene Schweinsköpfe geopfert, aber ich gehöre einer anderen Generation an: Ich werde mir als Ehemann und Polizist und Lehrer für Lek und im Glauben mehr Mühe geben – ich tue alles, wirklich alles, um dieses DING loszuwerden.

Man weiß nie sofort, ob es funktioniert – das hängt alles vom unberechenbaren Mitgefühl des Buddha ab –, aber im Moment meine ich immerhin, alles Menschenmögliche getan zu haben. Ich versuche, zwanzig Minuten lang zu meditieren, um meinem Flehen mehr Nachdruck zu verleihen, und verlasse dann erschöpft den Tempel. Unterwegs zum großen Tor entdecke ich Lek mit Damrongs Bruder Phra Titanaka auf einer Bank unter dem Bodhi-Baum. Lek achtet darauf, den Kopf tiefer zu halten als der Mönch den seinen. Phra Titanaka spricht bedächtig, mit einem schönen, mitfühlenden Lächeln auf den Lippen.

Weißt du, Farang, dass die Alten die Eifersucht als grünlichen, hornförmigen Eindringling des Astralkörpers in den materiellen betrachteten? Schon vor der Erfindung der Segelkunst war der gehörnte Ehemann überall auf der Welt bekannt: bei den Mayas, den alten Ägyptern, den Japanern und später den Elisabethanern in England. Das habe ich im Internet recherchiert.

Wieder im Taxi, wende ich mich den Ermittlungen zu. Allerdings stelle ich schon bald fest, dass die konventionelle forensische Analyse mir nicht wirklich weiterhilft: Ich finde keine Verbindung zwischen dem glatten Anwalt Smith sowie dem weniger glatten Pornografen Baker und dem Snuff Movie beziehungsweise dem Mord an Nok. Tanakan ist nur insofern involviert, als beide Verbrechen in seinem Privatboudoir geschahen – und diese Tatsache könnte er bestimmt mit einem Tausend-Baht-Schein wegdiskutieren. Als ich im Büro jedoch die unterste Schublade meines Schreibtischs aufschließe und den großen alten birmesischen Holzphallus mit der grellroten Spitze heraushole, der nur in extremen Notfällen zum Einsatz kommt, um ihn mit einem Amulett zu schmücken, das Lek angeblich von einem Khmer-Moordu höchsten Ranges erhalten hat, die Augen vor dieser Art Altar schließe und die Gedanken fließen lasse, was entdecke ich da? Drei blinde Mäuse in engen, viele Hundert Jahre zurückreichenden Karmaspiralen und eine schwarze Katze, die sich einen Spaß daraus macht, mit ihnen zu spielen.

Tja, so weit die Hellseherei; aber immerhin scheint die Übung mich zu einem diesseitigeren Gedankengang geführt zu haben: Ich überprüfe die Daten, die am Vormittag von der Einwanderungsbehörde gekommen sind. Merkwürdigerweise trafen Baker, Smith und Tanakan aus unterschiedlichen Richtungen alle am selben Tag in Bangkok ein, etwa vierundzwanzig Stunden nach Ende des Zeitraums, in dem laut Aussage der Gerichtsmedizin der Tod Damrongs eingetreten sein muss. Zufall oder die logische Reaktion von drei blinden Mäusen, die keinen Grund mehr hatten, sich an einem anderen Ort aufzuhalten, als die Katze tot war?

Der Maskierte

25

Die FBI-Frau starrt eine Terrine mit fetten, in ihrem eigenen Saft geschmorten Schnecken in brauner Sauce an. Wir essen im D's gleich bei der Silom, einem bei den in den Bars von Pat Pong arbeitenden Mädchen beliebten Straßenlokal.

»Du musst nicht«, sage ich. »Wirklich nicht.«

»Ich will aber. Nach meinem ersten Aufenthalt hier hab ich in den Staaten meine Liebe zum Thai-Essen entdeckt.«

Ich selbst probierte während meines einzigen Amerika-Besuchs die dortige Thai-Küche nicht. (Wir weilten in Florida, bei einem von Nongs Kunden, einem muskulösen Siebziger, der es gut mit uns meinte. Kräftige Hände sind mir in Erinnerung geblieben, die immer etwas reparierten, und die vielen Stunden, die Mum und ich ihm dabei zusahen, um ihn anschließend zu seinem Triumph über das Leck im Bad, dem Sieg über den Sicherungskasten, dem gewonnenen Kampf gegen die leere Batterie und so weiter zu beglückwünschen. Aber am Ende langweilte er Nong so sehr, dass sie sich eine schreckliche Krankheit für ihre Mutter ausdenken musste, damit wir nach einer Woche nach Hause fahren konnten. Wieder in Bangkok, nahm ich seine flehenden Anrufe entgegen, weil Nong es einfach nicht schaffte, mit ihm zu reden. Ich war damals zwölf.) Die Schnecken machen mir weniger Sorge als der Somtan-Salat, auf dem der Blick von Kimberley nun ruht.

»Gib wenigstens ein bisschen Klebereis dazu und roll ihn zu einer Kugel. So.« Sie sieht mich missbilligend an, weil sie sich inzwischen mit Gewürzen auszukennen glaubt, taucht dann aber wie ich ihre Reiskugel in die Sauce und beginnt ohne sichtbare Reaktion zu kauen. »Köstlich.« Ich erwähne nicht, dass sich an diesem Ende des Salats keine Chiliteile befinden.

»Wir glauben, dass er sich in Kambodscha aufhält«, erklärt die FBI-Frau mir. Wir führen übrigens immer noch einen Eiertanz der gegenseitigen Freundlichkeit auf und meiden das Thema Lek tunlichst.

»Wer?«

»Kowlovski, der Maskierte. Seine biometrischen Daten wurden vor ungefähr einer Woche bei der Einreise am Flughafen von Phnom Penh erfasst. In der Zwischenzeit hat die Polizei von Los Angeles auch eine ganze Reihe Hintergrundinformationen. Der Typ sitzt in der Falle wie eine Fliege im Netz.« Eigentlich traut sie den Schnecken nicht, aber um das Gesicht nicht zu verlieren, probiert sie eine. »Wie isst man die?«

»Man saugt sie aus.«

Sie folgt meinen Anweisungen, und die Schnecke schnellt aus ihrem Haus in Kimberleys Mund. Den Würgereiz unterdrückt sie heldenhaft.

»Geld?«

Die Hand vor den Lippen, antwortet sie: »Letztlich ist es ein Teufelskreis, besonders in Kalifornien. Um sich selbst vermarkten zu können, muss man Glamour haben, wozu man hip sein sollte, und dafür braucht man Geld, zu dem man bloß kommt, wenn man sich selbst vermarkten kann.«

»Kokain?«

»Alles, was die Mode hergibt. Der Typ ist ein wandelndes Klischee und denkt wie eine Nutte: ›Was auch immer ich für Geld tun soll – sorgt dafür, dass ich gut dabei rüberkomme.‹ Er hat Schulden bei Dealern und Kredithaien. Außerdem wären da noch rückständige Unterhaltszahlungen für eine Ex-Frau und zwei Kinder in Kansas sowie Raten für einen Geländewagen, den er nie fährt, weil er sich das Benzin nicht leisten kann. Von überall her kommen Drohungen. Das haben die Kollegen in den Staaten ziemlich schnell rausgefunden. Die Pornobranche kennt keine Geheimnisse.«

»Aber warum Kambodscha? Wenn er für den Film so viel gekriegt hat, wie wir glauben, hätte er doch seine Schulden begleichen und sich wieder dem Mainstream-Porno zuwenden können.«

Die FBI-Frau zuckt mit den Achseln. »Darüber wissen wir nichts. Nur eine Zeugin hat ihn in den letzten Wochen gesehen, eine alte Freundin, mit der er nach wie vor in Kontakt steht. Sie behauptet, die einzige Person zu sein, auf die er sich mehr als nur oberflächlich eingelassen hat, und hält ihn für eine gequälte Seele, für einen Menschen, der Probleme verdrängt. Das passt auf alle Prostituierten, egal, ob männlich oder weiblich.«

Kimberley rollt eine weitere Kugel Klebereis und taucht sie tief in den Somtan-Salat. Ich wage es nicht, ihr Folgendes zu erläutern: Der intensive, aber zum Glück flüchtige Schmerz, den sie sich damit selbst zufügt, steht in direktem Zusammenhang mit der zu starken Stimulierung ihres zweiten Chakra, das für ihre Lek-Leidenschaft verantwortlich ist.

»Hat sie sonst noch was gesagt?«

Die Antwort bleibt aus. Kimberley bekommt einen Schluckauf; Schweiß steht auf ihrer Stirn; ihr Gesicht wird krebsrot. Kaltes Wasser nützt in einem solchen Fall überhaupt nichts, doch sie nimmt einen Schluck direkt aus der Flasche, bevor sie in Richtung Toilette hastet. Ich esse Somtan-Salat und ein paar Schnecken, während ich auf sie warte. Der Chili im Salat harmoniert gut mit meinem eiskalten Kloster-Bier. Nach einer Weile marschiert die FBI-Frau mit entschlossenem Gesichtsausdruck zu unserem Tisch zurück.

»Ja. Offenbar ist er vor ein paar Wochen ziemlich niedergeschlagen und schweigsam von einer Auslandsreise heimgekommen und dann ganz verschwunden. Sie war überrascht, dass er überhaupt genug Tiefe für Depressionen besitzt. Ich glaube, ich möchte jetzt keine Schnecken und keinen Somtan-Salat mehr.«

»Sie braten dir bestimmt ein Steak, wenn du sie nett drum bittest.«

»Ich bin ab sofort auf Diät. Machen wir's doch so: Ich schau dir beim Essen zu, und wenn ich wirklich Hunger kriegen sollte, nehm ich mir einfach was von dem Klebereis.«

»Gut. Hatte er bei ihrem letzten Treffen Geld?«

»Ja, sie sagt, er habe seine Mietrückstände für die Wohnung in Inglewood sowie seine Schulden im Lebensmittelladen beglichen und ihr eine Seidenbluse und einen Rock geschenkt. Die Beamten haben sie gefragt, ob die Bluse aus thailändischer Seide sei, aber das wusste sie nicht.«

Nun wird die geschmorte Ente im Topf serviert. Kimberley beäugt sie misstrauisch, aber als ich ihr versichere, dass sich in diesem Gericht keine scharfen Gewürze befinden, kostet sie einen Bissen und beginnt dann, mit Appetit zu essen.

Da klingelt ihr Handy; sie meldet sich mit »Kimberley«. Kurz darauf sagt sie »Scheiße« und beendet das Gespräch.

»Er hat gestern in Phnom Penh Selbstmord begangen, mit 'ner AK-47. – Eine Schnur am Abzugshahn, nicht grade die einfachste Methode, aber wenn man unbedingt so aus der Welt scheiden will …«

Schwer zu beurteilen, was mir den Appetit verschlagen hat: der Tod des Maskierten; die Art und Weise, wie er eintrat; die Tatsache, dass der Mann nun nicht mehr seiner gerechten Strafe zugeführt werden kann; die Erinnerung an das, was er mit Damrong gemacht hat; der Gedanke, dass ich nun möglicherweise nach Phnom Penh muss. Plötzlich fehlt mir jeder Elan.

In diesem Fall gelange ich immer wieder in Situationen, die ich nicht fassen kann, wie eine Fata Morgana. Nein, ich will nicht nach Kambodscha, denn dort hasst man uns Thais. Beide Seiten haben sich im Lauf der Jahrhunderte so viele territoriale Übergriffe geleistet, dass keiner mehr weiß, wer die Auseinandersetzungen begann, die trotz der vielen in unser Nachbarland reisenden glücksspielwütigen Thais nicht nachzulassen scheinen. Vermutlich haben die Kambodschaner uns den Sieg in Angkor Wat nie verziehen. Schon damals, vor etwa siebenhundert Jahren, verließen sich die Khmer so sehr auf die Magie, dass sie sich nicht mehr die Mühe einer Kampfausbildung machten; die Thai-Invasion könnte man durchaus mit dem Einfallen einer Motorradgang in einen ungeschützten Süßwarenladen vergleichen. Wir nahmen ihnen damals alles, was sie hatten: Frauen, Jungen, Mädchen, Sklaven, Gold, ihre Astrologie und Tempelarchitektur, ihre Musik und ihren Tanz – ein frühes Beispiel für Identitätsraub. Für ihre Küche allerdings interessierten wir uns nicht, denn die konnte der unseren noch nie das Wasser reichen. Wenn wir seinerzeit geahnt hätten, wie langlebig ihr Groll uns gegenüber sein würde, wären wir vermutlich schonender mit ihnen umgegangen.

Plötzlich vermeiden Kimberley und ich es, einander in die Augen zu sehen. Ohne Ermittlungsdiskussionen wissen wir nicht so genau, was wir miteinander anfangen sollen. Wir beobachten uns insgeheim, wundern uns über das Karma des jeweils anderen und bemitleiden ihn dafür. Schließlich beginnt Kimberley, mit einem Löffel zu spielen, bevor sie sich einen Ruck gibt und zu reden anfängt:

»Vielleicht liegts an eurem Land, aber allmählich komme ich mir vor wie diese Westler mittleren Alters, die man, eine halb so alte Frau am Arm und ein zufriedenes Grinsen im Gesicht, die Sukhumvit runterstolzieren sieht. Mir ist klar, dass ich mir selber was vormache.« Nun sucht sie meinen Blick. »Immerhin merke ich das, wenn auch vielleicht nur mit der linken Gehirnhälfte. Aber ich kann nicht anders. Plötzlich ist Frühling, ein Frühling, wie ich ihn noch nie erlebt habe, weil es zu viele Ziele gab, die ich erreichen musste. In seiner Gegenwart empfinde ich Liebe, tiefe Zuneigung, Mitgefühl. Was soll ich sagen? Genau das soll ich doch als Mensch spüren, oder? Deswegen sind wir hier, auch wenn es sich letztlich als unlebbar erweist. Erzähl mir jetzt nicht, dass du das bei Damrong nicht erfahren hast.«

Ich atme tief ein. »Natürlich hab ich das. Wenn ein Lichtstrahl in deinen Sarg dringt, fällt es schwer, weiter so zu tun, als wärst du tot. Dann weißt du, dass das Versprechen auf Leben nicht völlig hohl war und ›Ecstasy‹ nicht nur der Name einer Droge ist – hinter den Geschichten vom Paradies und der Ekstase steckt tatsächlich etwas.«

Ich versuche, sie mit mitfühlendem Blick zu betrachten. »Solange auch nur ein kleiner Teil des Menschen lebt, muss er die Herausforderung annehmen.«

Kimberley sieht mich an. »Dann bist du mir also nicht mehr böse?«

Ich lege meine kleine Hand über ihre große. »Aber bitte pass auf.«

»Hast du Angst, dass ich ihn kaputt mache?«

»Nein, eher umgekehrt.«

Sie hebt den Blick zu den Bäumen, die das Lokal flankieren. »Er bemerkt mich kaum. In dieser Hinsicht nimmt er mich überhaupt nicht wahr.«

»Was glaubst du, wie sich die Mädchen fühlen, wenn sie mit den zufrieden grinsenden Farang-Männern die Sukhumvit entlanggehen? Sind sie auch zufrieden, oder haben sie nur einfach einen schmutzigen Job gefunden, der mehr Geld bringt als Fabrikarbeit?«

Sie nickt. »Aber die Operation, Sonchai, die ist einfach nicht richtig.«

Ich zucke mit den Achseln. Es hat keinen Sinn, das Thema noch einmal zu diskutieren. Gute zehn Minuten vergehen, in denen alte Rockmusik aus den Lautsprechern des Lokals ertönt. Ein junges Thai-Paar am Nachbartisch sieht aus, als wollte es den Rest des Nachmittags in einem Hotel in der Nähe verbringen; fünf Jungmanager lassen sich in ihrer Mittagspause mit Reiswhiskey volllaufen; ein paar Farang-Touristen studieren einen Stadtplan; unter den Tischen sucht eine Katze nach Essensresten. Die FBI-Frau sagt: »Du musst nach Phnom Penh fahren, dir die Sache mit eigenen Augen ansehen. Ich begleite dich; schließlich bin ich ja wegen dem Fall da. Außerdem brauche ich jetzt ein bisschen harte

Realität. Vielleicht denke ich in einem anderen Land nicht so oft an ihn.«

Die FBI-Frau verlässt mich an der Sala-Daeng-Skytrain-Station, um zum Packen ins Hotel zurückzukehren. Ich rufe Lek an und verabrede mich für den frühen Abend mit ihm in seiner Lieblings-Katoy-Bar mit dem hübschen Namen Don Juan's. Dann gehe ich ins Revier, arbeite Papierkram ab und fahre nach Hause, wo ich mich umziehe und Chanya sage, dass ich einen Tag oder so mit der FBI-Frau nach Kambodscha reise. Kurz droht sie eifersüchtig zu werden, doch wirklich ablenken lässt sie sich nicht von der Seifenoper im Fernsehen. Die Schwangerschaft verleiht ihr beneidenswerte Gelassenheit. »Außerdem werde ich Leks Morduu aufsuchen«, gestehe ich.

Sie mustert mich fragend, bevor sie lächelt. »Das wurde auch langsam Zeit. Sag mir hinterher, ob er was taugt.«

»Er ist ein Katoy«, erkläre ich.

Sie macht große Augen. »Umso besser.« Man sagt den Katoys nach, dass sie ausgezeichnete Morduus abgeben.

Es existieren unterschiedliche Bezeichnungen für Transsexuelle: »zweite Frauen«, »drittes Geschlecht«, »die anderen«. Mir gefällt »verkleidete Engel« am besten. Im Don Juan's wimmelt es von ihnen. Glatte, braune, weibliche Haut, gepolsterte BHs, Silikonpos, jede Menge Schmuck – besonders Silberhalskettchen –, dazu wohlgeformte Beine, lasziives Lachen, billiges Parfüm und tuntiges Getue tragen dazu bei, die Laune für eine Nacht zu verbessern. Mumm haben sie, das muss man ihnen lassen. Ich erkenne Lek mit Lippenstift, Rouge und Mascara kaum wieder; ein enges T-Shirt betont seine knospenden Brüste. Die Jeans trägt er wohl mir zuliebe, ohne mich hätte er sich eher für einen Rock entschieden. Strahlend drängt er sich zwischen seinen Schwestern zu mir durch. Vermutlich hat er keinen einzigen Gedanken an Kimberley verschwendet seit deren letztem schmachtenden Anruf.

»Das ist mein Chef, mein Meister«, informiert er seine Freunde mit unverhohlenem Stolz. »Wir arbeiten an einem höllisch schwierigen Fall.« Er schlägt eine Hand vor den Mund. »Aber darüber darf ich nicht reden, das ist alles schrecklich geheim.«

»Nun mach uns nicht neugierig, Pi-Lek!«, ruft ein Katoy mit langen Kunstperlenohrringen. »Was für eine Ehre, Sie kennenzulernen«, fährt er an mich gewandt fort. »Pi-Lek hat uns schon viel von Ihnen erzählt – wir wissen, dass Sie der mitfühlendste Cop Bangkoks sind, vielleicht sogar der Erde. Pi-Lek sagt, im Privatleben seien Sie bereits ein Buddha; Sie blieben nur hier auf der Welt, um Ihre Erleuchtung mit uns zu teilen. Was für eine *Ehre*.«

»Er übertreibt«, erwidere ich. »Ich bin ein ganz normaler Polizist.« Es ist nicht leicht, sich von dieser Charmeoffensive nicht überwältigen zu lassen.

»Kommen Sie«, sagt Lek, »gehen wir zu Pi-Da.« Und mit einer scheuchenden Geste in Richtung seiner Freunde: »Ihr könnt jetzt verschwinden. Mein Meister hat keine Lust, seine Zeit mit albernen Mädels zu vergeuden.« Dann nimmt er mich an der Hand und dirigiert mich durch die Menge zur Bar und auf die andere Seite des Raums. Nun klingt seine Stimme bedeutend weniger tuntig als zuvor: »Pi-Da, das ist mein Chef, Detective Jitpleecheep.«

Pi-Da gehört einer anderen Kategorie Katoy an. Er ist um die vierzig, hat ein großes, rundes Gesicht, einen Bauch und feiste Beine und war wohl nie schön, aber seine weibliche Seele sehnt sich offenbar schon sein ganzes Leben lang nach äußerem Ausdruck. Lek hat mir erzählt, dass Pi-Da in für Katoy-Bars typischen selbstironischen Kabarettnummern auftritt. Er gilt als »weise Tante« und meidet tuntiges Gehabe. Seine Stimme ist von Natur aus hoch und feminin. Bei der Begrüßung mustert er mich mit wachem Blick. Nach einer Weile ergreift er meine Hand, um mich zu einem Tisch zu geleiten, wo wir uns setzen. Ich spüre, dass er tief in mein Herz blicken kann. Er erzittert, macht große Augen, sieht zuerst Lek an, dann mich. Lek lässt die Schultern hängen, als er sagt: »Tut mir leid, aber das schaffe ich nicht. Dieser Geist ist zu mächtig für mich.« Er versucht, mich wegzuschieben. Lek und ich sind verwirrt. Irgendwann meint Lek: »Sie enttäuschen mich.«

Einen schlimmeren Vorwurf gibt es kaum. Pi-Da sinkt unter Leks erbarmungslosem Blick in sich zusammen. Als Lek sich angewidert abwendet, meint Pi-Da: »Du weißt nicht, was du da verlangst.«

»Sie können doch angeblich ohne Furcht hinüber auf die andere Seite schauen«, erklärt Lek nun eher bekümmert als verärgert. Plötzlich geht es um die existenzielle Frage des Katoy: Werde ich ernst genommen? Darf Pi-Da sich überhaupt Morduu nennen, wenn er nicht mit schwierigen Geistern fertigwird? Oder ist er einfach nur eine ältliche Tunte?

Nun verändert sich Pi-Das Gesichtsausdruck. Er wirkt nicht mehr wie eine etwas übergewichtige ältere Tante, sondern eher wie ein Mann, dessen Reife in Zweifel gezogen wurde. »Gehen wir nach oben«, sagt er mit grimmigem Blick. Und an mich gewandt, fügt er hinzu: »Ich will nichts dafür.«

»Oben«, das sind einige Räume, die zur Lagerung von Alkohol und Snacks genutzt werden. Pi-Da macht den Boden frei, damit wir Platz nehmen können. Dann ergreift er wieder meine Hand und schließt die Augen. Nach etwa einer Minute öffnet er sie, doch er scheint mich nicht wahrzunehmen. Ich beobachte mit Faszination und Abscheu, wie er sich erhebt, die Hände gegen eine Wand legt und sich, das Hinterteil nach hinten gereckt, vorbeugt. »Sonchai, nimm mich von hinten, wenn du möchtest. Und peitsch mich aus.« Das ist Damrongs Stimme, kein Zweifel. »Du bist ein fantastischer Liebhaber, Detective; du erinnerst mich an einen angreifenden Elefanten.« Ein hysterisches Gackern entringt sich Pi-Das Brust.

Pi-Da schüttelt heftig den Kopf, als wollte er sich von etwas befreien. Als er sich wieder uns zuwendet, ist seine Haut fahl, und er wirkt erschöpft. »Mehr kann ich nicht tun – ihre Energie ist einfach zu rau und intensiv. Sie bringt mich um, wenn ich ihr das Steuer überlasse. Sie ahnen nicht, worauf Sie sich da eingelassen haben. Das ist Khmer-Magie, kein Partyspielchen.« Er verschwindet ohne ein weiteres Wort nach unten. Lek starrt mich mit großen Augen an.

»Ja«, murmle ich, »es stimmt. Ich hatte eine Affäre mit ihr.« Dann haste ich – immer zwei Stufen auf einmal nehmend – die Treppe hinunter, bis ich draußen bin in der Anonymität der Bangkoker Nacht.

26

Es gibt jede Menge bankrotte Staaten, genügend Kleptokratien, ein paar gescheiterte Systeme – und Kambodscha. Nach dem Nixon-Holocaust: Pol Pot, großzügig unterstützt von der CIA. Fast zwei Millionen Menschen verlieren ihr Leben in einem Bürgerkrieg, der so ganz anders ist als alle anderen. Jeder erinnert sich an das Klopfen mitten in der Nacht, an die Verschleppung von Verwandten, üblicherweise durch einen Teenager mit Maschinengewehr, daran, dass man sie später als Leichen wiedersah, oft grässlich verstümmelt. Dann wären da noch Tuol Sleng, wo die Folterungen stattfanden, und die Schädelberge von Choeung Ek. Bei den Kambodschanern kaschiert eine generelle Apathie die tief gehenden psychischen Verletzungen. Viele wirken wie Schlafwandler; willkürliche Schlägereien sind an der Tagesordnung; die Wirtschaft stützt sich auf die vier großen Gs – »Girls, Gewehre, Glücksspiel und Ganja«; Korruption ist die Grundlage der allgemeinen Arbeitsethik, Kindesmissbrauch ein Nationalsport. Wer originell sein möchte, verwendet die Landeswährung, aber letztlich mag man amerikanische Dollars lieber. Natürlich zieht die Hauptstadt Phnom Penh internationale Privatorganisationen an wie die Fliegen; hinter den getönten Fenstern von teuren Autos mit Vierradantrieb lugen blasse Europäergesichter hervor. Ein großer Teil der

Stadt zerfällt. Im Revier zeigt Kimberley ihren Polizeiausweis vor. Hier darf offiziell keiner von uns beiden ermitteln, aber hier hält sich niemand an die Regeln. Für einhundert Dollar lassen sich die zuständigen Beamten problemlos zur Kooperation bewegen.

Die Wohnung, in der Stanislaus Kowlovski starb, befindet sich in einer Nebenstraße ungefähr zweihundert Meter vom Mekong entfernt. Wir folgen einem Polizisten, an dem die Uniform möglicherweise das einzig Offizielle in seinem Besitz ist, aus der blendenden Sonne in die dunklen Räume. Der klein gewachsene Mann geht ein wenig gebeugt; an beiden Händen fehlen ein paar Finger. Offenbar erwartet er, dass wir von den mit einem Schwarm Fliegen besetzten Blut- und Hirnspritzern an der Wand genauso fasziniert sein werden wie er. Er kichert: »Großer Amerikaner, toller Körper, aber jetzt ist er tot. Verrückt. Was hat ihn wohl gequält? Überall im Land können sich die Menschen vor innerem Schmerz kaum bewegen; manchen wurden die Beine durch Landminen weggerissen. Dieser Typ hatte einfach alles. Mit so einem Körper hätte er jede Frau gekriegt, die er wollte, sogar Farangs. Verrückt.«

Die Tatwaffe, eine in China hergestellte Kalaschnikow, haben wir bereits im Revier gesehen. Solche Gewehre bekommt man hier fast überall; wenn sie mehr als zweihundert Dollar kosten, kann man sicher sein, dass man über den Tisch gezogen wird. Allerdings haben die Beamten die Schnur in Kowlovskis Wohnung zurückgelassen, die er, die Waffe mit den Füßen festhaltend, benutzte, um den Abzugshahn zu betätigen. Eine ziemlich blutige Methode, denn der Schuss riss ihm den ganzen Unterleib weg und zertrümmerte seine Wirbelsäule. Die FBI-Frau und ich konzentrieren uns auf das Stück Seil. Offenbar wollte Kowlovski ein Statement abgeben, vielleicht auch eine Beichte ablegen: Das Ding ist leuchtend orangefarben und ungefähr einen Zentimeter dick, genau wie die Schnur, mit der er Damrong umbrachte.

»Alles in Ordnung?«, fragt die FBI-Frau mich.

»Klar.«

»Was denkst du gerade?«

»Dass er uns seine Habseligkeiten zeigen soll.«

Der Polizist empfängt seine Anweisungen eher von Kimberley als von mir, muss ich feststellen. Er führt uns vom Wohnzimmer (Linoleum, schmutziges Sofa, Fernseher) in den Schlafraum, wo ein Koffer auf dem Bett liegt. Wir brauchen uns keine Hoffnungen zu machen, dass wir hier irgendetwas Wertvolles aus seinem Besitz finden. Beim Durchsehen seiner Kleidung, die in Gänze darauf angelegt ist, seinen außergewöhnlichen Körper zur Geltung zu bringen, und viel zu groß wäre für einen kambodschanischen Cop, entdecken wir seinen Geldgürtel. Natürlich ohne Geld, aber ein paar alte Flugtickets tauchen auf und noch etwas anderes, das die FBI-Frau mir mit einem fragenden Blick reicht: ein Elefantenhaararmband. Ich erzähle ihr, dass Tom Smith bei unserem letzten Treffen eines trug, genau wie Baker. »Smith sagt, er habe es an einer Skytrain-Station von einem exzentrischen Mönch bekommen.«

Kimberley schüttelt verwirrt den Kopf. »Ich dachte, dein Mönchsfreund treibt sich in Bangkok rum?«

»Ist mit dem Flugzeug nur eine Stunde weg, und Mönche dürfen genauso fliegen wie wir.«

»Aber schwören sie denn nicht, in Armut zu leben und kein Bargeld zu besitzen?«

Ich nicke schweigend.

»Warum Kambodscha?«, erkundigt sie sich schließlich. »Tja, warum wohl Kambodscha?«

»Du hast gesagt, er habe sich hier ordinieren lassen.« Wieder nicke ich.

Als Kimberley achselzuckend eine Shorts ausschüttelt, fällt ein zweites Elefantenhaararmband heraus. Ich bekomme eine Gänsehaut.

»Offenbar ein Statement dieses Mönchs«, sagt die FBI-Frau.

»Ja.«

»Aber für wen, wenn nicht für dich?«

Obwohl wir uns nun ernsthaft der Durchsuchung widmen,

entdecken wir nichts Interessantes mehr. In der Leichenhalle identifizieren wir Kowlovski anhand von Bildern aus Kimberleys Fundus. Sein Körper ist beim Hochheben in zwei Teile auseinandergebrochen, die jetzt mit einer kleinen Lücke dazwischen in einer Kühlschublade liegen.

»In diesem Land ist es ein Wunder, dass sie es geschafft haben, Kopf und Füße an den richtigen Enden zu platzieren«, brummt Kimberley.

Die FBI-Frau braucht ein Bier, und ich auch. Als geeignetster Ort dafür erscheint mir der Foreign Correspondents' Club direkt am Mekong-Ufer (altes Kolonialgebäude, Ventilatoren, hohe Decken, alles hübsch renoviert, an den Wänden tolle Schnappschüsse vom Krieg). Vom Balkon aus beobachte ich am Fluss einen Jungen mit einem einfachen Karren, offenbar auf der Suche nach Touristen. Die darauf geschnallte Gestalt scheint ein Bruder oder anderer Verwandter zu sein. Der Junge küsst den missgebildeten Körper mit dem übergroßen Kopf mehrfach, streichelt ihn und zeigt ihn einem vorbeigehenden Westlerpaar mittleren Alters in schicker Freizeitkleidung, vielleicht Amerikanern. Der Junge und der Behinderte sind sehr höflich, das sieht man an ihrem Lächeln, den flehenden Blicken und dem tragischen Stirnrunzeln, aber die Botschaft lautet unmissverständlich: Wie viel ist es euch wert, diese Ikone des schlechten Gewissens nicht mehr anschauen zu müssen? Ein paar Dollar, soweit ich das aus der Ferne beurteilen kann. Nach einem peinlich berührten Blick setzen die beiden Amis ihren Spaziergang fort, während der Junge seinen Bruder in Richtung Mekong zurückschiebt. Was hätten wir sonst tun können?, scheinen die Touristen einander zu fragen; anständige Leute ertragen nicht sehr viel Realität.

»Um noch mal auf diesen Mönch, Damrongs Bruder, zurückzukommen«, sagt Kimberley und nimmt einen Schluck Bier. Über ihrem Mund bleibt ein weißer Schnurrbart, den sie mit dem Ärmel wegwischt.

Meine Gedanken kreisen im Moment ausnahmsweise nicht um den Mönch, sondern um Kimberley. Ich weiß, dass sie das erste Mal in Kambodscha ist, aber offensichtlich lässt ein Teilaspekt ihrer eigenen Kultur ihr den Müll hier vertraut erscheinen; in Kambodscha wirkt sie entspannter und selbstsicherer als in meinem Land. Sie trägt eine Armeehose sowie eine kakifarbene Weste mit tausend Taschen. »Hier ist alles möglich«, sagt sie begeistert. »Hältst du ihn für echt?«

»Ich denke schon. Jedenfalls kennt er sich mit der Technik der Vipassana-Meditation aus. Nur durch sie wird man so merkwürdig.« Ich erzähle ihr von Phra Titanakas unvermittelten Persönlichkeitsveränderungen.

»Manisch-depressiv«, diagnostiziert sie. »Vielleicht vergisst er von Zeit zu Zeit das Lithium. Glaubst du, er war bei Kowlovski?«

»Sieht so aus, oder? Ein Elefantenhaararmband könnte man noch als Zufall abtun, aber zwei – «

» – sind eine Provokation. Er hat also irgendwie die Identität des Maskierten vor uns rausgefunden. Dachtest du nicht, er hätte die DVD nie gesehen?«

»Das behauptet er. Und Mönche lügen nicht.«

Verächtliches Schnauben von Kimberley, bevor sie einen weiteren großen Schluck Bier nimmt. Dann schüttelt sie den Kopf. »War Pol Pot nicht auch ein buddhistischer Mönch?«

»Tja, eine Weile. Aber offenbar passte das nicht so ganz zu seiner Persönlichkeit.«

»Ein buddhistischer Khmer-Mönch?«

Ich zucke mit den Achseln. »Es liegt auf der Hand, dass er es nicht getan hat – er gehört nicht zum Kreis der Verdächtigen.«

»Aber er scheint mehr über den Fall zu wissen als wir. Sonchai, warum versuchst du, einen religiösen Fanatiker wie ihn zu schützen, den du nicht mal richtig kennst? Irgendwie ist er an Kowlovski rangekommen; alle Hauptverdächtigen erhielten Elefantenhaararmbänder von ihm. Könnte er seine Schwester verkauft haben und hinter dem Snuff Movie stecken?«

Ich sehe Kimberley ungläubig an. »Du kapierst nichts«, sage ich – für einen Thai eine ziemlich unhöfliche Antwort, aber Kimberleys gute Laune ist unerschütterlich.

»Was?«

»Gatdanyu.«

»Wie bitte?«

Ich hole tief Luft. Einem Farang das Gatdanyu-Konzept erläutern zu wollen, kommt dem Versuch gleich, einem Kopfjäger auf Sumatra die DNA-Helix nahezubringen – das Verständnis bleibt zwangsläufig oberflächlich.

Ich bemühe mich, die verborgene Struktur einer Gesellschaft zu erklären, die nur wenige Fremde als thailändisch erkennen würden: Unsere Vorfahren nahmen, zum ersten Mal mit dem Buddhismus konfrontiert, seine Botschaft der Großzügigkeit und des Mitgefühls begeistert auf, passten ihn aber so an die Realität an, dass er der menschlichen Natur gerecht wurde. Ihr Vorbehalt gegenüber dem neuen Glauben bezog sich auf seine mangelnde Rentabilität. Wie kann sich Großzügigkeit für alle lohnen? Indem man dafür sorgt, dass sie sich auszahlt. Folglich steht jeder Thai im Mittelpunkt eines weitläufigen Netzes moralischer Verpflichtungen, die nur mit dem Tod enden. Jede Gefälligkeit wird vor dem Hintergrund eines Referenzrahmens bewertet, dessen erster Bezug die große Gunst der Geburt ist.

»Auf den ersten Blick mag Thailand wie ein chauvinistisches Patriarchat erscheinen; aber wenn man den Lack abkratzt, merkt man, dass wir von unseren Müttern beherrscht werden. Ich auf jeden Fall.«

»Und deswegen arbeitest du in ihrem Bordell, obwohl sich alles in dir dagegen sträubt?«

»Ja«, gestehe ich, ihr nicht in die Augen sehend.

»Thais überlegen also ständig, wie sie A einen Gefallen entlocken können, mit dem sich eine Schuld ausgleichen lässt, die vielleicht schon seit der Kindheit gegenüber B besteht?«

»Jetzt hast du's begriffen.«

»Moment mal – und was ist mit den Mädchen, die in den Bars arbeiten? Willst du mir weismachen, dass sie ihren Körper feilbieten, um eine Schuld ihrer Mutter gegenüber zu begleichen?«

»Ja, genau das tun sie.«

»Und den Müttern ist das klar?«

»Man schweigt sich darüber aus, aber eigentlich wissen alle Bescheid.«

Kimberley sieht mich über den Rand ihres Bierglases hinweg an und stellt es schaudernd ab. »Wow.« Sie schüttelt den Kopf. »Dann sind sie gar nicht unbedingt auf das horizontale Gewerbe eingestellt, sondern werden emotional erpresst und verzichten freiwillig auf eine gute Ehe und Kinder?«

»Das wäre ein bisschen zu drastisch ausgedrückt. Wir sind ein armes Land, Kimberley, da ist die Aussicht auf das alles nicht selbstverständlich.«

»Was hat das mit unserem Fall zu tun? Ich dachte, Damrong und ihr Bruder hassten ihre Mutter.«

»Genau. Gatdanyu ist ein ausgesprochen praktisches Konzept. Man schuldet demjenigen etwas, der einem einen Gefallen tut. Realistisch betrachtet, übte Damrong die Mutterfunktion für ihren Bruder aus, rettete ihm immer wieder das Leben und sorgte dafür, dass er die Schule schaffte.«

»Und sie fand auch nichts dabei, ihn daran zu erinnern, wie viel er ihr schuldig war?«

»Ich nehme es an.«

»Sie hat ihn also von frühester Kindheit an programmiert?«

»Wahrscheinlich.«

»Kein Wunder, dass der Junge Probleme hat.«

»Wie wir«, sage ich leise und deute mit dem Kinn in Richtung Mekong, an dessen Ufer Tom Smith in schicker Freizeitkleidung entlangspaziert. Der Junge und sein behinderter Bruder scheinen ihn nicht zu rühren. Das Lächeln und die flehenden Blicke frieren auf ihren Gesichtern ein, als er sie mit einem Knurren verscheucht. Da er ein kurzärmeliges Hemd trägt, sehe ich sofort das braune

227

Elefantenhaararmband an seinem linken Handgelenk. Ich habe der FBI-Frau noch nichts von Smiths Klienten, dem chinesischstämmigen Australier, erzählt und hole das jetzt nach.

»Wir müssen hier weg«, erklärt Kimberley, als ich fertig bin.

»Warum?«

Sie schüttelt den Kopf. »Er ist ein Consigliere, Sonchai, und den chinesischstämmigen Australier kenne ich auch, wie übrigens die meisten FBI-Agenten mit Erfahrung. Hier haben wir genau den internationalen Aspekt, den ich in Asien überprüfen soll.« Ich runzle die Stirn. »Wir glauben, dass er als Front für ein Syndikat reicher Freaks fungiert, die wir ›die Unsichtbaren‹ nennen. Sie stecken hinter ziemlich vielen Projekten: tödliche Gladiatorenkämpfe in der Sonora-Wüste, Snuff Movies in Nicaragua, Sadomaso-Streifen für Kunden in Schanghai, entführte Jungs aus zerrütteten Glasgower Familien für Ölscheichs im Nahen Osten – Fälle, in denen nie ermittelt wird, weil sie nach Ansicht Amerikas und des gesamten Westens hinter der Bühne passieren und die Drahtzieher zu wohlhabend und einflussreich sind, als dass man sie belangen könnte.«

Sonderlich überrascht bin ich nicht, aber ich sehe auch keinen Grund zur Panik, und das sage ich Kimberley. »Selbst wenn Smith aus demselben Grund hier ist wie wir, bestellt er vermutlich noch lange kein Exekutionskommando.«

Kimberley schüttelt wieder den Kopf. »Nicht zu fassen, dass ich dieses Land besser begreife als du. Kapierst du's denn nicht? Hier gibts keine Gesetze. Und weißt du, was Menschen tun, wenn keine Gesetze existieren? Sie befördern andere Menschen, die ihnen im Weg sind oder so aussehen, als wären sie es, ins Jenseits. Das nennt man Kains Erstes Gesetz des Überlebens. Stell dir vor, du bist der Consigliere eines einflussreichen internationalen Syndikats, das offiziell Mainstream-Pornografie vermarktet, dessen Hauptprodukt jedoch der Befriedigung psychotischer Millionäre dient. Weißt du, was für eine Macht dir das verleiht, wenn du auf ein Dutzend reiche Perverse Druck ausüben kannst? Denk nur, was hier auf dem Spiel steht. Smiths Leute haben die DVD mit Damrong gemacht und sind nach dem Selbstmord des männlichen Hauptdarstellers, kaum mehr als einen Kilometer von hier entfernt, höllisch nervös. In ungefähr dreißig Minuten wird Tom Smith dieselben Polizisten bestechen, die wir bestochen haben, damit sie ihm Kowlovskis Zimmer zeigen. Und auf dem Weg dorthin werden die Cops ihm von unserem Besuch erzählen, ihm verraten, dass wir bis morgen hierbleiben wollen. Was tut Smith in einem Land, in dem etwa zweihunderttausend Khmer-Rouge-Veteranen auf Beschäftigung warten? Wie lange würde es wohl dauern, ein kleines Einsatzkommando zusammenzustellen? Wahrscheinlich lässt er sich dabei sogar von der Polizei helfen – die hat sicher jederzeit ein Dutzend Auftragskiller zur Hand, vielleicht sogar Cops. Begreifst du denn nicht? Wenn, muss er uns in Kambodscha kriegen. Eine solche Gelegenheit lässt sich ein Typ wie er nicht entgehen. Denk an Nok. Sonchai, nehmen wir der Einfachheit halber an, dass ich in einem früheren Leben schon mal hier gewesen bin, ja? Ich kenne mich in diesem Land aus.«

»Das war nicht hier«, widerspreche ich, »sondern im vietnamesischen Danang. Damals warst du natürlich ein Mann, und schwarz.« Ich lächle sie freundlich an; sie ist schockiert. »Du solltest lieber nach Bangkok zurückfliegen. Ich möchte mich in Damrongs Heimatort umsehen, und dorthin gelangt man am leichtesten über die Grenze in der Provinz Surin.«

Wir beschließen, am Mekong-Ufer entlangzuspazieren, weil das alle tun. Der Fluss ist blutbraun und mythenbeladen; alle Menschen verbinden etwas anderes mit ihm. Sogar Kimberley trägt ein Stück davon in sich – verwegene Aktionen der Navy SEALs vor dreißig Jahren zum Beispiel. Der Mekong entspricht dem indischen Ganges und wurde von einem Drachen erschaffen. Darauf herrscht nicht der dichte Verkehr wie auf dem Chao Phraya; in Phnom Penh fließt der Mekong noch ruhig und träge dahin und verschmilzt bei Sonnenuntergang wie ein herabstürzender Feuerwerkskörper mit der roten Erde. Tagsüber treiben darauf einige Fischerkähne ohne Außenbordmotor; die wenigen Boote, die einen besitzen, sind so klein und leise, dass man meinen könnte, hier herrsche seit tausend Jahren ungestörter Friede.

»Ich liebe ihn«, erklärt die FBI-Frau mit leiser Stimme, den Blick auf den Fluss gerichtet. »Sorry«, fügt sie hinzu und legt die Hand auf meine Schulter. »Ich bin noch nie sechzehn gewesen. Es wird nicht lang dauern.«

»Morgen bist du wieder bei ihm«, tröste ich sie lächelnd.

»Nein, schon heute Abend«, berichtigt sie mich. »Ich hab ihm grad eine SMS geschickt.« Sie berührt meine Hand mit der ihren und ergreift sie dann vollends. »Du ahnst nicht, wie gut deine hellseherischen Fähigkeiten sind, Sonchai. Heute Nacht hatte ich den lebhaftesten Traum meines Lebens. Vietnam. Danang. Du hast recht, ich war schwarz und ungefähr neunzehn. Und beim Sterben wurde ich den Gedanken an ein Mädchen in Saigon nicht los. Meine einzige Sorge war es, sie nie mehr wiederzusehen. Ich verließ diese Welt mit einem Blick auf einen Schnappschuss von ihr.«

»Lek?«

»Ja, sie war ihm wie aus dem Gesicht geschnitten.« Sie sieht mir einen Moment in die Augen und schaut dann flussaufwärts in Richtung Laos. »Du erklärst mir doch die ganze Zeit, dass wir Menschen nichts anderes sind als die sichtbaren Enden aufs Engste miteinander verflochtener karmischer Ketten, die Tausende, ja, Millionen von Jahren zurückreichen. Aber auf eine verliebte Amerikanerin wolltest du die Theorie nicht anwenden, oder?«

Ich gebe mich geschlagen. Am liebsten würde ich nicht mehr über das Thema reden, doch nicht umsonst ist Kimberley eine Farang. »Sonchai, du brauchst die Frage, die ich dir gleich stelle, nicht mit Ja oder Nein zu beantworten. Ich werde versuchen, in deinem Gesicht zu lesen. Ist das, was ich empfinde, wirklich nur der Reflex einer sexuell frustrierten Mittdreißigerin? Geht es dabei tatsächlich ausschließlich um Dominanz, Geld, Macht und Exotik? Ich weiß, er ist zehn Jahre jünger als ich, sehr feminin …« Sie hüstelt. »… und unwiderstehlich. Seine Schönheit und Sensibilität – eine amerikanische Polizistin wie ich kann es nur als Wunder begreifen, dass es so etwas wie ihn überhaupt gibt. Vorgestern Abend hab ich ihm zugesehen, wie er das Make-up für die Bar auflegte. Ich fand weibliche Schminkrituale immer langweilig, aber ihm hätte ich die ganze Nacht zuschauen können. Was passiert da mit mir?«

27

Fünf Uhr früh: Der Busbahnhof in Surin ist so groß wie ein Flughafen; von dort gibt es Verbindungen überallhin, die meisten nach Bangkok. Schon zu dieser nachtschlafenden Zeit ist mein nomadisches Volk auf den Beinen. Wir verbergen unsere Rastlosigkeit hinter einer Fassade der Gelassenheit; wer sich genauer mit unseren Lebensläufen beschäftigt, wird feststellen, dass wir immer wieder vom Land in die Stadt und zurückziehen. Wie Tempelhunde nehmen wir unsere Flöhe mit und hören nie auf, uns zu kratzen.

Von der FBI-Frau habe ich mich am Flughafen in Phnom Penh verabschiedet, wo sie sich auf ihrem Handy ein Bild Leks ansah. Er ist schön, natürlich, aber auch sehr Thai; für sie könnte er gut und gern ein Alien sein, doch sie betrachtete sein Foto, als würde sie seine geheimsten Gedanken kennen.

Ich habe Glück, noch einen Platz im hinteren Teil des Busses nach Ubon Ratchathani zu ergattern. Als der Fahrer den Motor anlässt, überkommt mich dieses vertraute Gefühl der Erleichterung, dass die Reise endlich losgeht. Er schaltet einen Monitor über seinem Kopf ein, und ein Video beginnt in den Passagierraum zu plärren. Es handelt sich um eine süßliche Romanze mit langen Stränden, schmachtenden Blicken und Großaufnahmen der dazugehörigen Augen; ich döse schon bald ein. Der Sitz ist ziemlich unbequem, was bedeutet, dass ich meine Haltung immer wieder verändern muss, indem ich die Knie gegen den Vordersitz drücke, mich drehe, den Kopf ans Fenster stütze und so weiter.

In den Momenten, in denen ich nicht schlafe, sehe ich draußen fehlgeschlagene und deshalb unvollendete Bauprojekte, die sich schon seit Jahrzehnten an Ort und Stelle befinden, kümmerliche Bäche und dunstige Dschungelreste. Diese Ödnis zieht sich ein paar Kilometer lang dahin, bis wir Pak Cheung erreichen, wo die baufälligen Siedlungen vor dem dichten Grün des Hinterlandes wie Barrikaden wirken.

Nach dem Mittagessen entspinnt sich ein Gespräch mit meiner Sitznachbarin. Schon bald gestehen wir uns, dass wir beide im horizontalen Gewerbe tätig sind. Sie arbeitet an der Nana Plaza, wo sie in den vergangenen Monaten ziemlich erfolgreich war, und möchte nun einige Tage zu Hause bei ihrer fünfjährigen Tochter von einem Thai-Lover verbringen, den sie seit ihrem Geständnis, sie sei schwanger, nicht mehr gesehen hat. Es ist ihr deutlich anzumerken, dass sie sich auf die Hochachtung freut, die die Dorfbewohner ihr entgegenbringen werden, weil sie für ihre Eltern und Geschwister sorgt. – Eine schöne Abwechslung zum Nuttenalltag in Bangkok. Ich frage sie, ob sie Black Hill Hamlet kenne, den Ort, aus dem Damrong stammte. Sie nickt. Ja, sie sei ein paar Mal dort gewesen. Sogar für Isaaner Verhältnisse ist dieses Dorf bitterarm.

Dort essen die Kinder Erde; man hat nur das Allernotwendigste.

In Ubon Ratchathani miete ich einen Wagen mit Vierradantrieb einschließlich Fahrer, um zu Damrongs Dorf zu gelangen. Jetzt bin ich mitten in Isaan. In der hereinbrechenden Dunkelheit verleiht die mystisch flache Landschaft einem das Gefühl, sich auf dem tiefsten Punkt der Erde zu befinden. Tagelöhner mit um den Kopf gebundenen T-Shirts rollen auf der Ladefläche von Pick-ups vorbei. Regelmäßig angeordnete Baumreihen halten den Wind ab von den kleinen Grundstücken, auf denen Frauen über Holzkohlefeuern kochen; das Grün der Reisfelder kommt durch friedlich vor sich hin grasende Elefanten besonders intensiv zur Geltung. Mir fällt ein, dass die Provinz Surin Thailands Dickhäutergegend ist, in der am letzten Wochenende im November ein Fest stattfindet, das sogenannte »Zusammentreiben der Elefanten«, nach dem es auf den Straßen wochenlang von den Vierbeinern wimmelt. Hier auf dem Land verstehen die Leute es als Glück bringend, wenn die Kinder unter den vorbeitrottenden Tieren durchrennen.

Es ist dunkel, als wir in Damrongs Dorf ankommen, und müde, wie ich bin, mache ich mir nicht mehr die Mühe, irgendjemanden nach ihrer Familie zu fragen. Ich finde eine Frau, die mich für den bescheidenen Betrag von einhundert Baht – Frühstück inklusive – in ihrem Haus schlafen lässt, das wie alle anderen in der Gegend auf Pfählen ruht. Es besteht aus einem einzigen großen Raum, auf dessen Boden einige Futons liegen; in einer Ecke häufen sich die Habseligkeiten der Eigentümerin. Für sie als Witwe mittleren Alters gibt es bei einem männlichen Übernachtungsgast kein Problem mit der Schicklichkeit. Das Haus ist umgeben von denen ihrer Verwandten. Obwohl sie in ihrem Leben bestimmt noch keine Minute städtische Paranoia empfunden hat, schiebt sie ihren eigenen Futon ans andere Ende des Raums, bevor sie mir den meinen zuweist, auf dem ich schon bald einschlummere. Am Morgen reicht sie mir eine Schale mit Reisbrei, ein gebratenes Ei darüber. Ohne ihr zu verraten, dass ich Polizist bin, beginne ich, mich über Damrong und ihre Familie zu erkundigen.

Natürlich hat sie von Damrongs Tod gehört – das ganze Dorf spricht seit Tagen von nichts anderem. Ich versuche, die Rede auf Damrongs Familie zu bringen. Was sind das für Leute?, frage ich.

Offenbar steche ich in ein Wespennest. Ich sehe meiner Gastgeberin an, dass sie glaubt, hier seien Magie, Karma, vielleicht auch göttliche Rache im Spiel gewesen. Als ich sie frage, ob sie Kaffee im Haus habe, und meine Brieftasche zücke, um ihr Geld dafür zu geben, versteht sie sofort und fängt an, mir die ganze Geschichte zu erzählen.

Damrongs Familie, erklärt sie, sei hart. Sie verwendet ein Isaan-Wort, das eine Mischung aus Furcht, Respekt und Zweifel ausdrückt – auch hier auf dem Land kann man es mit der Härte zu weit treiben. Damrongs Vater, ein Gangster, der sich bei seinen mitternächtlichen Überfällen auf Nachbardörfer mit Hexerei und magischen Tätowierungen schützte, starb, als sie ein Teenager war. In jenen Tagen gab es nicht allzu viele Polizisten, und die vorhandenen bewiesen keinen großen Diensteifer. Damrongs Vater brachte insgesamt fünf Menschen um, in Schlägereien oder weil sie ihm auf die Nerven gingen – für gewöhnlich mit einem nach oben geführten Messerstich zwischen die Rippen. Um Damrongs Mutter warb er, indem er sie entführte und drei Tage lang in seinem Haus einsperrte. Ob er sie während dieser Zeit vergewaltigte oder nicht, spielt keine Rolle; hinterher hätte sich sowieso kein anderer Mann mehr für sie interessiert. Allerdings machte es ihr offenbar nicht viel aus, den Gangster zu heiraten, dem sie in puncto Härte in nichts nachstand. Fortan wollte niemand etwas mit ihnen zu tun haben. Ein dunkler Schatten hing über ihnen, und Damrongs gewaltsamer Tod wurde nun in der Gegend als weiteres Kapitel der finsteren Familiengeschichte gedeutet.

Meine Gastgeberin hält inne in ihrer Schilderung, um mir eine Frage zu stellen. »Sie kennen doch die Tradition, dass während des Fests Kinder unter den Elefanten durchrennen, oder? Nun, ich war dabei, als Damrongs Mutter ihre Tochter dazu zwang. Ich persönlich halte den Brauch für grausam – die Angst mancher Kinder ist so groß, dass sie sie nie wieder loswerden. Stellen Sie sich vor, was es für einen Sechsjährigen bedeuten muss, diese gewaltigen Beine und Füße zu sehen und von der Mutter gesagt zu bekommen, dass man sein Leben aufs Spiel setzen und dazwischen hindurchlaufen soll. Elefanten sind nicht die sanften Riesen, als die sie gelten, sondern unberechenbar.«

»Und wie reagierte Damrong auf die Anweisung ihrer Mutter?«

»Tja, ich hatte noch nie ein so verängstigtes Kind gesehen. Aber ihre Mutter prügelte sie, so lange, bis die Kleine sich mehr vor dem nächsten Schlag fürchtete als vor dem Elefanten. Irgendwann lief sie dann tatsächlich zwischen seinen Beinen durch. Den Hass in ihren Augen werde ich nie vergessen – nicht auf den Elefanten, sondern auf ihre Mutter. Hinterher blieb sie in einer Art Schockzustand auf der anderen Straßenseite stehen. Was für ein hübsches

Mädchen! Schon in dem Alter konnte man sehen, was später aus ihr werden würde. Was blieb ihr anderes übrig?«

Da hören wir jemanden von unten rufen. Eine der Nachbarinnen, die gemerkt hat, dass ein Fremder hier übernachtet, möchte ihn sich ansehen. »Wir reden gerade über Damrong!«, brüllt meine Gastgeberin hinunter. »Ich komm rauf!«, schallt es zurück.

Sie ist sehr klein, bestenfalls eins fünfundvierzig, also praktisch eine Zwergin, trägt einen abgewetzten Sarong und hat eine Plastiktüte mit einer grünen, stacheligen Durianfrucht in der Hand, die sie zweifelsohne irgendwo an den Mann bringen möchte. Sie als arm zu bezeichnen, würde bedeuten, die falsche Perspektive einzunehmen; sie gehört eher einem vom Aussterben bedrohten Typus an. Auch heute noch gibt es in Thailand, besonders in Isaan, Menschen wie sie, die im wörtlichen Sinn von den Früchten des Landes leben, Menschen, die den Wald und den Dschungel gut genug kennen, um ohne große Hilfe von außen überleben zu können. Sie hat eine breite, tief gefurchte Stirn und junge, wache Augen unter schweren Lidern. Dieser Frau ist das Wort »Depression« fremd; sie lebt auf einer zutiefst elementaren Ebene und glaubt an Geister.

»Der Herr hat sich gerade nach Damrong erkundigt«, erklärt meine Gastgeberin.

»Ja, natürlich«, meint die Zwergin, nicht im Mindesten überrascht darüber, dass jemand, der aus dem Nichts auftaucht, den Dorfklatsch erfahren möchte. »Wie traurig.«

»Ich hab ihm erzählt, dass sie aus einer harten Familie stammt.«

»Hart?«, wiederholt die Zwergin. »Was du nicht sagst.« Sie sieht mich kurz an und kommt offenbar zu dem Schluss, dass ich irgendeine Autorität vertrete. »Es heißt, ihr Bruder Gamon sei untröstlich.«

»Ja«, bestätigt meine Gastgeberin, bedauernd, dass sie ein dramatisches Detail nicht erwähnt hat. »Sie standen sich so nahe. Aber als Mönch weiß er bestimmt, wie er mit der Situation umgehen muss.«

»Wir können von Glück sagen, wenn er sich nicht umbringt«, meint die Zwergin nachdenklich, »Mönch hin oder her. Sie war der einzige Rückhalt, den er hatte.«

Als wir von unten die Stimme einer weiteren neugierigen Nachbarin hören, die den mysteriösen Besucher sehen möchte, ahne ich, dass es Zeit ist zu gehen. Ich hole meinen Polizeiausweis heraus; das erstaunt niemanden. Die Zwergin bietet mir an, mich zum Haus von Damrongs Mutter zu begleiten.

Es handelt sich eher um eine große Hütte ohne Garten; der Müll türmt sich in einer Ecke davor. Anders als bei den Nachbarhäusern sind die Pfähle, auf denen sie ruht, ganz aus Holz, ohne Zementbasis, was bedeutet, dass sie, genau wie die Stufen zur Eingangstür, vor sich hin modern. Ich muss einige Male klopfen, bis jemand die Tür öffnet. Dahinter sehe ich einen großen, beinahe leeren Raum voller Plastikeimer, in denen das Leckwasser vom Dach aufgefangen wird. Aus einer der hinteren Ecken flackert das Bild eines Schwarz-Weiß-Fernsehers vor einem Futon.

Die vom Alkohol ausgezehrte Frau, die darauf liegt, ist betrunken und trägt einen ziemlich alten, grauen Sarong sowie ein schwarzes T-Shirt. Noch nie zuvor habe ich ein vor Angst und Hass so finsteres Gesicht gesehen. Zweifelsohne war sie vor zwanzig Jahren stahlhart, aber inzwischen hat sich diese Härte verflüchtigt; geblieben sind nur ein kaputter Körper und ein schadhaftes Gehirn. Ich zeige ihr meinen Ausweis. »Grüße von Ihrem Sohn Gamon.«

Sie bedenkt mich mit einem grimmigen Blick; offenbar versteht sie das Wort »Sohn« nicht. Als ich mich auf der Suche nach Erinnerungsstücken an ihn in dem Raum umsehe, entdecke ich ein Werbefoto für eine Harley-Davidson an einer Wand. Die Augen der Frau leuchten kurz auf, bevor sie eine scheuchende Handbewegung macht. »Hat sich verpisst.«

»Er hat sich dem Sangha angeschlossen.«

Ein weiterer finsterer Blick. »Hat sich verpisst.«

»Und Ihre Tochter Damrong?« Der Name scheint ihr nichts zu sagen. Ich hole ein DVD-Standfoto von ihr aus der Tasche:

Damrongs schönes Gesicht, etwa fünf Minuten vor ihrem Tod. Es übt eine seltsame Wirkung auf die alte Frau aus, scheint weniger Erinnerungen an sie als eine Parallelwelt heraufzubeschwören. Sie deutet auf eine wackelige Konstruktion in einer Ecke des Raums, eine Art separaten Bereich aus dünnem Sperrholz, mit einer durch ein billiges Schloss gesicherten Tür. »Borisot«, sagt die Alte: Jungfrau. Ich kenne die ländliche Tradition, einen speziellen Raum für eine Tochter einzurichten, deren Ehre nach Erreichen der Pubertät intakt gehalten werden muss, bis ein geeigneter Ehemann gefunden ist. Jede zweite Seifenoper im Fernsehen beruft sich darauf. Eines schönen Tages beschloss Damrongs Mutter offenbar, ihre abwesende Tochter zu schützen, die sie zur Prostitution gezwungen und von der sie seit Jahren nichts gehört hatte. Ich muss ihr zweihundert Baht geben, damit sie den Schlüssel zu der Tür aus der Tasche fischt und sie öffnet. Im Innern des winzigen Raums befinden sich zwei Fotos von Damrong, das eine zwanzig mal dreißig Zentimeter groß, alt und vergilbt, an die Sperrholzwand gepinnt, ein romantisches Bild, wie nur Fotografen auf dem Land es zustande bringen, mit Weichzeichner, entrücktem Blick und weißem Spitzenkleid. Damrong kann nicht älter als dreizehn gewesen sein, als es aufgenommen wurde; vermutlich sagte man ihr, dass sie den Blick himmelwärts gerichtet halten solle, wo attraktive Ehemänner und Klimaanlagen auf sie warteten. Schon in dem Alter war ihre Schönheit zu erkennen. Auf dem anderen Foto ist ein Kind zu sehen, das unter einem riesigen Elefanten hindurchrennt. Als die Alte mein Interesse bemerkt, beginnt sie, für mich unverständlich, auf Khmer dahinzubrabbeln. Hoffnungslosigkeit, wie ich sie jetzt empfinde, war es wohl, die Damrong schon in jungen Jahren zu bekämpfen beschloss.

»Nur noch eins, Mutter«, sage ich und lege ihr einen Finger auf die Lippen. Zu meiner Überraschung verstummt sie sofort, wie ein artiges Kind. Ich drehe sie sanft herum, bis sie mit dem Rücken zu mir steht, und schiebe ihr T-Shirt hoch. Sie lässt es über sich ergehen wie eine medizinische Untersuchung. Und tatsächlich: Ich entdecke eine Tiger-Tätowierung, die irgendwo im Kreuz beginnt und bis zur linken Schulter reicht. Bei dem anderen Tattoo handelt es sich um ein kunstvolles Horoskop. Beide sind ausgeblichen und faltig; wahrscheinlich hat sie sie in Teenagerjahren machen lassen. Ich betrachte das Horoskop genauer; natürlich ist es im alten Khom geschrieben, das ich nicht entziffern kann. Da ich hier keine neuen Erkenntnisse mehr gewinnen werde, verabschiede ich mich und gehe die Treppe hinunter. Als ich zu der wackeligen Hütte mit den verrottenden Pfählen und der verrückten Alten hinaufschaue, die gerade die Tür zuknallt, überkommt mich Zorn. Welche psychologischen Mauern musste Damrong durchbrechen, um ihr tägliches Leben zu meistern, morgens einfach nur aufzustehen und zu arbeiten? Und welche übermenschliche Kraft befähigte sie, ihre Aufgabe mit Einfallsreichtum und Elan zu bewältigen? Baker, Smith und Tanakan wussten nichts von alledem, als sie sich ihrer Reize bemächtigten. Ich ahnte immerhin etwas, verschloss aber die Augen, während ich mir mein Vergnügen mit ihr gönnte; letztlich war ich auch nicht besser als sie, mes semblables, mes frères.

Das Dorf ist erstaunlich weitläufig, weil es aus lauter kleinen Grundstücken besteht. Einigen der Familien scheint es ziemlich gut zu gehen; auf ihrem Boden befindet sich sogar ein Abstellplatz für einen Pick-up; bei den meisten jedoch reicht es gerade so zum Überleben. Mittlerweile hat es sich herumgesprochen, dass ein Polizist sich hier aufhält. Aus dem Nichts tauchen zerlumpte Kinder auf, um mich unverhohlen anzustarren. Allerdings möchte niemand vor aller Augen mit mir reden. Ich versuche mein Glück bei der Nachbarsfamilie von Damrongs Mutter. Eine Frau im Sarong bereitet, unter dem langen Dach ihres Hauses sitzend, mit Mörser und Stößel Somtan-Salat zu. Als ich vor ihrem Tor stehen bleibe, ruft sie mir zu: »Haben Sie schon was gegessen?«

»Nein.«

»Dann leisten Sie uns doch Gesellschaft.«

Ich schiebe das Metalltor zurück, und drei Kinder tauchen auf, das jüngste ungefähr drei Jahre alt. Ein gebeugter alter Mann, wahrscheinlich über achtzig, wankt mit einer Flasche Moonshine aus dem Haus, gefolgt von wüsten Verwünschungen einer Frau mittleren Alters. Dann erscheint noch eine junge, sehr langsam gehende Frau. Die ältere bemerkt meinen Blick auf die jüngere.

»Das machen die Medikamente«, erklärt sie.

»Yaa Baa?«

»Ihr zweiter Mann war Dealer, von der Polizei erschossen, aber da hatte er sie mit den Drogen schon um den Verstand gebracht. Die eine Hälfte von ihrem Gehirn ist im Eimer. Sie hätten sie in der Klapsmühle behalten, wenn ich nicht bereit gewesen wäre, für sie zu bürgen. Ich muss jeden Monat das Geld für die Medikamente zusammenkratzen, sonst wird sie völlig wahnsinnig.«

»Sind das ihre Kinder?«

»Ja, alle von unterschiedlichen Vätern. Wenn ich meine Älteste nicht hätte, wüsste ich nicht, was ich täte.«

»Ihre Älteste arbeitet in Krung Thep?«

»Natürlich.« Mit abgewendetem Blick stellt sie mir den Somtan-Salat und einen Weidenkorb mit Klebereis hin.

Meine unsensible Frage bedauernd, wechsle ich das Thema, während ich mit den Fingern ein Reisbällchen forme. »Ich habe mich gerade mit Ihrer Nachbarin unterhalten.«

»Ich weiß. Sie sind wegen Damrong hier.«

»Wie lange leben Sie schon in diesem Dorf?«

»Von Anfang an. Wir stammen aus dem Ort; der Grund gehört uns.«

Ich lasse ihr Zeit. Sie tunkt ihr Reisbällchen in die vom Chili tiefrote Salatsauce und kaut eine Weile, bevor sie sagt: »Sie sind also Polizist und wollen mehr über den Tod der armen Damrong herausfinden. Ihre Familie hat wirklich ein sehr schlechtes Karma.« Kopfschüttelnd fügt sie hinzu: »Was für eine andere Erklärung könnte es geben? Wir leiden wie sie unter der Armut und sind trotzdem nicht schlecht, sondern besuchen den Wat, erwerben uns Verdienste, halten das Haus sauber, verstoßen nicht gegen das Gesetz.« Wieder schüttelt sie den Kopf. »Was soll aus dieser

Mutter werden, Chart Na? Sie kann ja nicht einmal mehr richtig reden. Sie wird in der Hölle landen. Und danach kann sie von Glück sagen, wenn sie als Mensch wiedergeboren wird. So etwas Dunkles, Hoffnungsloses kenne ich sonst nicht. Was Leute nur mit ihrem Kopf anstellen, nicht wahr?«

Plötzlich taucht die Zwergin wie aus dem Nichts auf und späht zum offenen Tor herein. Als meine Gastgeberin sie entdeckt, fragt sie: »Hast du schon was gegessen?«

»Nein.« Die Zwergin setzt sich mit kerzengeradem Rücken zu uns auf die Binsenmatte.

»Er erkundigt sich nach Damrong.«

»Ich weiß«, meint die Zwergin und sieht mich an, als wäre es an der Zeit, dass ich die Wahrheit erfahre. »Sie war ein sehr starker Geist mit einem sehr schlechten Karma«, erklärt sie. »Deshalb wurde sie in diese Familie hineingeboren.«

»Die Mutter hat lange Zeit im Gefängnis verbracht«, sage ich.

»Ja.«

»Unter der Tiger-Tätowierung auf ihrem Rücken befinden sich Khmer-Schriftzeichen.«

»Ja.«

»Das Horoskop ist wohl in der dunklen Tradition entstanden. Gehörte sie einem kriminellen Kult an?«

»Ja.« Sie nickt, ohne mir in die Augen zu sehen.

»Schwarze Magie?«, frage ich.

Sie zuckt mit den Achseln. »Es ist nicht gut, über das nachzudenken, was die Angehörigen dieser Familie getan haben. Das bringt Unglück.«

»Haben sie ihre eigenen Kinder missbraucht?«

»Ja.«

»Was ist mit ihrem Bruder?«

Kurz tritt so etwas wie ein Ausdruck der Sorge auf ihr Gesicht. »Sie liebte ihn. Ihr hat er alles zu verdanken. Er ist sehr, sehr schwach. Möglicherweise kann er ohne sie gar nicht leben.« Sie sieht mich an. »Wissen Sie, wie ihr Vater starb?«

»Wie?«

»Es bringt Unglück, über einen so gewaltsamen Tod zu sprechen.« Sie legt die Hand auf meinen Unterarm. »Ich werde nicht wiederkehren.«

Es ist merkwürdig, eine Frau, die offenbar einem schamanistischen Kult anhängt, über ein buddhistisches Konzept sprechen zu hören, aber als die Inder den Buddhismus nach Thailand brachten, wurde vieles davon in den örtlichen Animismus integriert. Buddhistische Mönche, die meinen, die Stufe der Nicht-Wiederkehr erreicht zu haben, achten sehr darauf, keinen Fehler zu begehen, der sie zu einer neuerlichen Reinkarnation zwingen würde. Schon unangemessenes Reden kann alle Hoffnungen auf Verlöschen zunichtemachen.

Auf dem Land spielt Höflichkeit keine große Rolle, und so erhebe ich mich, sobald ich mit dem Essen fertig bin, und sehe die Zwergin ein letztes Mal an. Ohne meinen Blick zu erwidern, erzählt sie: »Sie haben die Kinder zum Zuschauen gezwungen, beide, damit sie nicht so würden wie ihr Vater. Das Mädchen war gerade alt genug, um es auszuhalten. Aber der Junge ...«

»Sie haben ihren Vater sterben sehen?«

Sie hebt einen Finger an die Lippen. Als ich mich zum Gehen wende, ruft mir die Gastgeberin nach: »Wissen Sie, das sind Khmer, keine Thai.«

An der Hauptstraße gelingt es mir, einen Pick-up anzuhalten, der mich für hundert Baht zur nächsten Busstation bringt. Der Fahrer ist schweigsam, fromm und aufrichtig – der Inbegriff des guten Bauern. In der köstlichen Leere, die ihn umgibt, spult mein Gehirn immer wieder die gleichen Gedanken ab:

Eine Pilgerreise in der Dritten Welt:
1. In ein entmutigendes Karma hineingeboren, beschließt man, das Leben schlafend zu verbringen.
2. Mutter lässt Option eins nicht zu, also läuft man gegen seinen Willen unter dem Elefanten durch.

3. Skrupellosigkeit und Wut erzwingen immerhin Reaktionen der Gesellschaft, anders als Artigkeit, die in Sklaverei und Hunger führt. Nur Sex und Drogen sichern das Überleben. Man sieht Licht am Ende des Tunnels.
4. Das Spiel im Griff, bereut man, der Liebe keine Chance gegeben zu haben. Zu spät, man ist dreißig, und am Horizont tauchen Dämonen auf. Nur der Tod kann einen jetzt noch retten. Doch eine Frage bleibt: Wen reißt man mit?

Willkommen im neuen Millennium.

28

Wo steckt er, Lek?«

Nur ungern herrsche ich meinen Protegé in diesem Tonfall an, aber anders weiß ich mir nicht zu helfen. Zwei Tage in Bangkok und noch keine Spur von Phra Titanaka.

»Keine Ahnung«, antwortet Lek mit tuntig verzogener Schnute und gesenktem Blick. Wir befinden uns in einem der kleinen Vernehmungszimmer des Reviers, was Leks Laune nicht gerade hebt.

»Du hast dich in meiner Abwesenheit doch sicher mit ihm getroffen. Ihr seid in Kontakt, das weiß ich. Ich hab dich im Wat mit ihm reden sehen.«

Er springt entrüstet auf. »Ich hab Sie noch nie belogen, das könnte ich gar nicht – wegen meinem Gatdanyu mit Ihnen. Sie schützen mich tagein, tagaus. Wenn Sie auf meinen Gefühlen herumtrampeln, bringe ich mich um.«

»Entschuldige, Lek. Ich bin einfach nicht stark genug für diesen Fall. Du musst nachsichtig sein mit mir. Trotzdem glaube ich, dass du in meiner Abwesenheit mit ihm zusammen warst. Ihr habt euch doch gut verstanden.«

Nun tritt Lek neben mich, um mich zu trösten. »Meister, es tut mir so leid für Sie. Ich würde alles tun, um Ihnen zu helfen.«

»Wann hast du ihn zuletzt gesehen?«

»Er hat sich verabschiedet, als Sie in Kambodscha waren.«

»Und?«

»Er wollte Ihre Handynummer. Ich hab sie ihm gegeben.«

Ich nicke. Offenbar muss ich mich nach dem jungen Mönch richten. Tja, auch das ist Karma: Ich zahle einen höllisch hohen Preis für jene zehn Tage ekstatischen Elends mit Damrong.

Abgesehen von der kurzen Unstimmigkeit mit Lek, ereignet sich den ganzen Tag über nicht viel. Um aus dem Revier herauszukommen, beschließe ich, mir eine Massage zu gönnen. Eine masochistische Anwandlung lässt mich fast in den zweiten Stock gehen, um zwei Stunden köstliche aromatische, ölig glitschige, orgasmische Selbstvergessenheit zu genießen. Da ich jedoch weiß, dass das mein Ego nicht dauerhaft stärken würde, buche ich wieder mein übliches Programm.

Während der gesamten ersten Stunde hüpfen meine Gedanken herum wie Flöhe, und von der Massage bekomme ich so gut wie nichts mit. Gerade, als ich mich zu entspannen beginne, klingelt das Handy. Während die Masseurin mir das Knie ins Kreuz drückt, ziehe ich die Hose vom Haken über der Matratze und fische das Telefon heraus.

»Ich muss mit Ihnen reden«, sagt Phra Titanaka.

Der Polizist in mir erahnt endlich eine Schwäche bei ihm. »Na, dann mal los.«

Ich bedeute der Masseurin mit einer Geste, dass sie ihre Bemühungen während des Telefonats reduzieren soll, obwohl es letztlich ziemlich egal ist, was sie mit mir anstellt, weil meine Gedanken sich voll und ganz auf die bedächtigen, kühlen Worte des Mönchs richten.

»Sie haben sie verkauft, als sie vierzehn war«, sagt er. »Eine Familienentscheidung. Ich wurde in die Diskussion nicht einbezogen, Damrong schon. Sie erklärte sich bereit, in einem Bordell in Malaysia anzufangen, unter der Bedingung, dass sie sich anständig um mich kümmern.«

»Es tut mir leid, das zu hören.«

»Ihr Mitgefühl ist ein Teelöffel Zucker in einem Ozean der Bitternis.«

»Auch das tut mir leid.«

»Es war ein Knochenjob. Sie musste mindestens zwanzig Kunden in vierundzwanzig Stunden abfertigen. In der ersten Nacht wurde ihre Jungfräulichkeit an den höchsten Bieter versteigert, und der ging nicht gerade sanft mit ihr um.«

»Du gütiger Buddha –«

»Unterbrechen Sie mich nicht. Der Vertrag lautete auf zwölf Monate. Als sie hinterher nach Hause kam, um sich zu vergewissern, dass sie sich ordentlich um mich gekümmert hatten, war sie wie ausgewechselt. Sie befragte mich und alle Leute im Dorf, begutachtete meinen Körper und mein Gewicht. Niemand kannte sie so: kalt und effizient.« Kurzes Schweigen. »Natürlich hatten sie mich alles andere als gut behandelt und ihr Geld für Moonshine und Yaa Baa ausgegeben.« Eine längere Pause. »Also zahlte sie es ihnen heim. Können Sie sich vorstellen, wie?«

Nein, antworte ich, ich habe keine Ahnung, wie eine sexuell ausgebeutete, mittellose Fünfzehnjährige zwei hartgesottene Kriminelle strafen könne.

»Sie verpfiff unseren Vater bei der Polizei, die ihn bei einem seiner Einbrüche auf frischer Tat ertappte.« Seinem Tonfall ist anzuhören, dass er mein heftiges Einatmen wahrgenommen hat. »Es funktionierte besser als erwartet. Die Bullen, die seine Dreistigkeit satthatten, brachten ihn mit dem Elefantenspiel um.« Erneutes Schweigen. »Sie war euphorisch. Ich erinnere mich noch genau an das Leuchten in ihren Augen. Während ihres nächsten Bordellaufenthalts, diesmal in Singapur, behandelte meine Mutter mich die ganzen sechs Monate über gut. – Wenn sie nüchtern war.«

Er beendet das Gespräch.

Als die Massage zu Ende ist und ich gerade beim Zahlen bin, ruft er noch einmal an.

»Eins habe ich vergessen, Detective: Es gab einen schriftlich fixierten Vertrag – darauf bestand Damrong.«

Ich muss schlucken. »Verstehe.«

»Erzählen Sie niemandem davon. Am allerwenigsten Vikorn.«

Wieder beendet er das Gespräch. Am allerwenigsten Vikorn – meinen Meister hintergehen? Tja, denke ich, scheiß auf Vikorn.

Die Geschichte mit dem schriftlich fixierten Vertrag klingt unwahrscheinlich, aber wenn er tatsächlich existiert, hat ihn bestimmt Tom Smith entworfen, weil seine Auftraggeber gewiss keinem anderen Anwalt vertrauen. Doch wie soll ich an diesen Vertrag herankommen? Erhielt Damrong eine Abschrift? Und wo ist sie? Warum hinterlegte sie sie nicht bei ihrem Bruder?

Ich sehe Chanya gerade beim Kochen zu, als er wieder anruft. Chanya beobachtet, wie ich das Handy aus der Hose hole, die an einem Haken an der Schlafzimmertür hängt, weil ich bereits in leichte Shorts geschlüpft bin. Sie reagiert mit einer Mischung aus Sorge, Mitleid und Verlustängsten auf das Telefonat.

»Können Sie reden?«

»Ja.«

»Sprechen wir über Gatdanyu. Was halten Sie davon?«

Ich kratze mich am Ohr. »Eine andere Möglichkeit, Thailand zu organisieren, gibt es nicht. Natürlich ist das System nicht perfekt, manche missbrauchen es, besonders Mütter, aber wie gesagt: Etwas Besseres haben wir nicht.«

»Sie sind halb Farang. Da müssen Sie die Dinge doch manchmal aus einer anderen Perspektive sehen.«

»Trotz meiner Abstammung denke ich wie ein Thai.«

»Sie haben im Ausland gelebt und beherrschen Englisch, sprechen sogar Französisch.«

»Und?«

»Ich möchte es wissen.«

Allmählich werde ich ungeduldig. »Was?«

Langes Schweigen. Vielleicht hat er diesen Gedanken noch nie wirklich formuliert. »Wie mein Tun zu bewerten ist.«

»Das weiß ich nicht.«

»Ich denke doch. Aus der Sicht des Farang: Gehe ich zu weit?«

»Zu weit?«

»Der Preis, den ich ihrem Willen nach zahlen soll – ist der zu hoch?«

»Wie sieht der Preis aus? Hat sie Ihnen Anweisungen hinterlassen?«

Schweigen. »Vielleicht.«

»Und Geld. Sie hat Ihnen das Geld gegeben, das sie durch den Vertrag verdiente, nicht wahr? Wie viel? Eine ganze Menge, denke ich – sie war ziemlich clever. Und damit wollen Sie sich nicht auseinandersetzen, stimmts? Noch vor zwei Wochen waren sie ein mittelloser Mönch, für den es keinen Sinn hatte, über die Schrecken der Kindheit nachzudenken. Für Sie zählte lediglich, dass Sie Ihre Meditationspraxis fortführen konnten. Sie waren bereits sehr fortgeschritten, fast ein Arhat, in der Lage, die Vergangenheit aufzulösen, weil die Gegenwart Ihnen keine …« Ich halte mitten im Satz inne, um herauszufinden, ob er angebissen hat oder nicht.

Er sagt: »Fahren Sie fort.«

»Rache.«

Offenbar ist dieses Wort, ähnlich einem Virus, das sein wahres Wesen erst in der fotografischen Vergrößerung enthüllt, noch nicht an die Oberfläche seiner Gedanken gedrungen.

»Rache? Wo sollte ich denn da anfangen?«

»Sie neigen nicht dazu, irgendetwas anzufangen, stimmts? Dafür war sie zuständig. Sie wusste, wie man überlebt, Sie nicht. Sie haben sich immer im Hintergrund gehalten. Rache war ihr Metier. Sagen Sie mir, wozu sie Sie zwingt.«

Schweigen. »Nein. Ich glaube, Sie ahnen es sowieso schon.«

»Die Planung hätte sie nie Ihnen überlassen, und sie kontrolliert Sie auch jetzt noch.«

»Wenn Sie wie ein Thai denken, wissen Sie, dass ich ihr alles verdanke. Wäre ihr Wunsch gewesen, dass ich mich mit meiner Mönchsrobe erhänge, hätte ich das getan.«

»Und es wäre Ihnen leichtgefallen«, sage ich mit sanfter Stimme. Erst nach einer Minute antwortet er: »Ja, stimmt.«

»Das, wozu sie Sie tatsächlich zwingt, ist sehr viel schlimmer.«

»Ich muss es tun.«

»Wie? Wollen Sie ausländische Söldner anheuern? Leisten können Sie sich das jetzt ja. Aber die würden Ihr Vorhaben vermutlich nicht begreifen. Selbst Söldner haben Regeln.« Plötzlich weiß ich, was er plant. »Sie werden ehemalige Khmer Rouge rekrutieren, stimmts? Die haben viele Vorteile. Erstens: Sie tun alles für Geld. Zweitens: Sie befolgen Befehle postwendend und buchstabengetreu. Drittens: Es gibt so viele von ihnen, dass sie billig sind. Viertens: Sie kennen sich aus mit Elefanten. Fünftens: Sie verschwinden hinterher einfach in den Dschungel beziehungsweise nach Poipet, wo greise Generäle in Rollstühlen ihre schützende Hand über sie halten.«

»Poipet?«, fragt er mit einem deutlich vernehmbaren Einatmen. »Waren Sie schon mal da?«

»Ja, einmal.« Poipet ist ein öder kambodschanischer Ort nahe der thailändischen Grenze, etwa auf dem gleichen Breitengrad wie Angkor Wat. Grobheit und Stumpfheit herrschen dort allüberall, sogar in den Gesichtern der Kinder, von denen die meisten sich prostituieren. Ich habe die berühmten Khmer-Rouge-Generäle in ihren Rollstühlen mit eigenen Augen gesehen. »Waren Sie auch dort, Phra Titanaka?«

»Das ist der Ort, an dem ich ordiniert wurde.«

Er beendet das Gespräch. Ich wähle seine Nummer, die auf dem Display zu sehen ist, ohne große Hoffnung, dass er rangehen wird, doch er tut es.

»Ja?«

»Erzählen Sie mir wenigstens von Kowlovski.«

»Von wem?«

»Dem Mann in Damrongs Film.«

»Ach so, der Maskierte.«

»Sie haben ihn bearbeitet, nicht wahr? Vermutlich mit Kräften der Meditation, die Sie tief in sein Herz blicken ließen. Ohne einen Finger zu krümmen, brachten Sie ihn dazu, Selbstmord zu begehen, stimmts?«

Langes Schweigen, dann: »Ich schicke Ihnen die DVD.« Wieder beendet er das Gespräch.

Chanya hat während des Telefonats völlig unbeteiligt getan. Jetzt serviert sie das Pla Neung Menau in einer Terrine. Der Fisch ist perfekt; die Zitronensauce bringt seinen natürlichen Geschmack zur Geltung und hinterlässt ein köstliches Prickeln auf dem Gaumen. Als wir fertig sind mit dem Essen, tätschle ich Chanyas Bauch, froh über die Gelegenheit, glückliche Familie spielen zu können. Plötzlich erscheint mir unser gemietetes Haus mit seinen dünnen Wänden so klein und unser Leben so unsicher. Letztlich wütet der Sturm jedoch nicht draußen, sondern in meinem Kopf.

Als wir im Bett liegen, Chanyas Rücken an meinem Bauch, wandern meine Gedanken zurück zu meiner Geburt. Ich erlebe noch einmal jenen Augenblick hilfloser Panik, als ich hinausgeschleudert wurde; dabei handelt es sich um die vielleicht tiefgreifendste menschliche Erfahrung überhaupt, die immer in uns bleibt, wie ein Türwächter an den Toren zum Maya. Ohne jene aus der Klaustrophobie geborene Verzweiflung würden wir den sichersten aller Häfen niemals verlassen; die Erinnerung an die Monate in ozeanischer Ruhe sorgt für eine lebenslange Sehnsucht nach diesem Ort, um die Damrong wusste.

Ich schlafe ein paar Stunden und wache mit folgendem Gedanken auf: das Elefantenspiel. Wer je mit Strafrecht zu tun hatte, kennt den Ausdruck, aber beschäftigt sich ein einfacher kambodschanischer Mönch mit so etwas? Ich schlüpfe vorsichtig aus dem Bett, hole mein Handy heraus und gehe damit in den Hof.

»Das Elefantenspiel«, flüstere ich, als er sich meldet. »Beschreiben Sie es mir.«

Er seufzt. »Das kennen Sie nicht? Ich dachte, alle thailändischen Polizisten wüssten darüber Bescheid. Die Cops rollten eine Kugel aus Bambusstroh, gerade groß genug für einen kleinen, schlanken Menschen wie meinen Vater mit seinen eins dreiundsechzig, in den Hof des Reviers. An der Außenseite befand sich eine Klappe mit Schloss. Die Polizisten holten meinen Vater aus seiner Zelle und fesselten ihn an Händen und Füßen wie ein Schwein, bevor sie ihn in das Bambusding stießen, die Klappe verschlossen und ihn darin eine Weile im Hof herumbugsierten. Dann führten sie einen jungen, vielleicht acht oder neun Jahre alten Elefanten heran und zeigten ihm, wie man die Kugel hin und her kickt. Da begann mein Vater zu schreien. Er war so hartgesotten; ich hätte erwartet, dass er bis zum Ende gelassen bleibt; schließlich hatte er selbst einige Leute umgebracht. Aber er verlor schon beim ersten Stoß die Fassung. Dass er bei jedem Tritt zu kreischen begann, weckte die Neugierde des Tiers. Die Polizisten hatten einen Mordsspaß. Schon bald war der Elefant süchtig nach Fußball. Er kickte die Kugel ein paar Meter, rollte sie mit dem Rüssel und stieß sie wieder mit den Füßen vorwärts. Das ging ungefähr zehn Minuten lang so, bis sie in einer Ecke des Hofs stecken blieb und der Dickhäuter ungeduldig wurde. Den meisten Menschen ist nicht klar, dass Elefanten ziemlich jähzornig sein können. Das Tier dellte die Kugel mit dem Rüssel ein und wollte sie mit dem Fuß zerquetschen, was anfangs nicht gelang, weil sie zu hoch war, aber nach weiteren Rüsselstößen hatte sie nur noch die halbe Größe, und der Dickhäuter schaffte es. Irgendwann hörten die hysterischen Schreie meines Vaters auf, obwohl er nach wie vor am Leben war. Wahrscheinlich hatte der Elefant ihn so schwer verletzt, dass er nicht mehr kreischen konnte. Ein letztes Heulen stieß er hervor, als das Tier ihm ins Kreuz trat. Tja, und dann lagen da nur noch Bambussplitter und das, was von meinem Vater übrig war.«

Langes Schweigen. Ich weiß nicht so recht, was ich sagen soll, weil ich mich einem auf dem Pfad der Erleuchtung so fortgeschrittenen Mönch gegenüber nicht in die üblichen Floskeln flüchten kann. Er erspart mir Peinlichkeiten, indem er mir mitteilt: »Es gibt ein Bild.«

»Wie bitte?«

»Von ihm, wie er von dem Elefanten zertreten wird.«

»Wer hat es aufgenommen?«

»Was glauben Sie wohl? Es existieren sogar ziemlich viele Bilder. Sie hat einen ganzen Film verschossen. Ich scanne Ihnen ein paar davon und schicke sie Ihnen aufs Handy.«

29

Er schickt mir die Fotos per E-Mail – keine unscharfen Schnappschüsse von Elefantenfüßen auf irgendetwas Undeutlichem, nein. Die Kamera, die sie benutzte, hatte offenbar ein ziemlich gutes Zoom. Auf dem einen Bild sehe ich den Dickhäuter aus der Nähe, wie er an einer großen Kugel aus Bambusflechtwerk mit einer menschlichen Gestalt darin herumschnüffelt. Dann wäre da noch ein anderes mit Damrongs gefesseltem Vater, der, abgesehen von weiten Shorts und üppigen Tätowierungen am ganzen Körper, nackt ist. Nun folgt eine brutale Sequenz: der Elefant mit erhobenem Rüssel; dessen Herniedersausen auf den hilflosen Mann in der Kugel; eine Großaufnahme des verängstigten Menschengesichts; erneut der wütende Elefant mit hoch erhobenem Rüssel; dessen Zerschmettern der Bambuskugel; der rechte Vorderfuß des Tiers über der Kugel, dann sich auf den Menschen senkend.

Ich mache mir Vorwürfe: Du hättest ihr wahres Wesen erkennen müssen. Du, der du den größten Teil deines Lebens in Gesellschaft von Frauen verbracht hast, der sie besser versteht als Männer, du, in den sich hartgesottene Prostituierte verlieben, weil du der einzige Mann bist, der sich in sie hineinfühlen kann, du: Warum hast du sie nicht begriffen?

»Weil ich verliebt war« ist eine ziemlich jämmerliche Antwort, aber vermutlich entspricht sie der Wahrheit. Obwohl wir nicht viel über unsere Gedanken und Gefühle redeten, hatte ich nicht den Eindruck, dass sie einfach nur ihr Programm abspulte wie ein abgebrühter Profi. Sie interessierte sich für mich; im Nachhinein betrachtet, glaube ich, dass dieses Interesse mit dem einer Gottesanbeterin für das dem Untergang geweihte Männchen zu vergleichen war. Sie sah mich als Nahrung; ich dachte mir ein Herz für sie aus.

Nach dem Sex, wenn sie sich um eine unvergleichliche Erfahrung für mich bemüht hatte – natürlich nicht wirklich für mich, sondern eher für sich selbst, wie eine Weltklasseballerina, die ihre Schritte kritisch im Spiegel beobachtet –, war ihr langes schwarzes Haar für gewöhnlich zerzaust und wild. Ich habe ein Foto von ihr mit wirbelnden Haaren, funkelnden Augen, schweißnasser brauner Haut. Die Erinnerung an den Geruch steigt in mir auf – Damrongs Macht lässt sich genauso wenig leugnen wie unsere heidnischen Ursprünge. Unsere Vorfahren verbrachten hunderttausend Jahre damit, unser Arsenal unwiderstehlicher Verlockungen im kollektiven Unbewussten zu vergrößern; Damrongs Kunst bestand darin, Männer in jenen animalischen Urdschungel tödlicher Freuden zurückzuführen. Sich dazu die verletzlichsten auszusuchen, fiel ihr nach lebenslanger Übung nicht schwer.

Im Bett hatte ich oft Angst, dass ich mich blamieren und sie irgendwann eine spöttische Bemerkung machen und mich mit einem ihrer anderen Liebhaber vergleichen würde, obwohl sie das nie tat.

Zusätzlich zu den Elefantenbildern hat der Mönch mir heute Morgen die DVD von seinem Gespräch mit dem Maskierten geschickt.

Die Unterhaltung fand in Stanislaus Kowlovskis Wohnung in Phnom Penh statt, wo er sich umbrachte; ich erkenne den Riss im Sofa. Vermutlich hat Phra Titanaka die für die Aufzeichnung nötige Ausstattung mithilfe seines neuen Reichtums erworben. Das Bild bleibt statisch, sodass der Betrachter immer den stattlichen

Pornodarsteller im Blick hat, der nach vielen Stunden unerbittlichen Seelenverhörs gar nicht mehr so stattlich wirkt. Ich kann nicht sagen, ob die Kamera verborgen war oder offen dastand. Vielleicht hat der Mönch die Bedienungsanleitung nicht genau gelesen, denn der Film beginnt in der Mitte der Befragung. Phra Titanakas Englisch ist grammatikalisch erstaunlich korrekt, aber er spricht mit starkem Thai-Akzent:

S. K.: »Sagen Sie mir, wie Sie mich in L. A. gefunden haben.«

Mönch: »Ich hab Kontakte auf der anderen Seite.«

S. K.: »Fangen wir jetzt wieder mit diesem spirituellen Quatsch an oder was?«

Mönch: »Das muss nicht sein.«

S. K., kopfschüttelnd: »Das ist schräg, Mann, sehr schräg. Sie haben mich nach Phnom Penh gelockt. Zuerst dachte ich, Sie wollen mich umbringen. Und einen kurzen Augenblick hab ich sogar geglaubt, Sie hätten vor, meine Seele zu retten – schließlich sind Sie Mönch.«

Mönch: »Warum sollte ich Sie umbringen? Sie sind doch schon seit tausend Jahren tot.«

S. K.: »Scheiße, Mann, ich weiß nicht, ob ich das heut noch mal durchhalte. Sagen Sie mir einfach, wie viel Sie verlangen, dann borg ich mir die Kohle.«

Mönch: »Lassen Sie es mich so ausdrücken: Ich bin ein Sammler von Geschichten über Ursache und Wirkung. Gehen wir doch noch einmal zu jener Zeit zurück, als Sie … wie alt … waren?«

S. K., mit einem widerwilligen Brummen: »Dreizehn, ja, mitten in der Pubertät. Endlich wusste ich, was ich war, ein Schwanz, ein großer, harter …«

Mönch: »Aber warum?«

S. K.: »Das hab ich Ihnen doch schon erklärt. Sport war die einzige offizielle Alternative, aber da taugte ich nichts. Also blieb mir nur die Rolle des Gigolos.«

Mönch: »Tiefer, Stan, tiefer.«

S. K.: »Tiefer? Was kann noch tiefer gehen?«

Mönch: »War das der Moment, als Sie zu dem Schluss kamen, dass es auf der Welt keine Moral gibt?«

S. K.: »Ja, obwohl ich darüber eigentlich nicht nachgegrübelt hab. Denn dann hätt ich über die Wiedergeburt und so nachdenken müssen. Aber wozu?«

Mönch: »Ich glaube, da war noch etwas anderes.«

S. K.: »Was?«

Mönch: »Ekel, oder?«

S. K.: »Ekel? Wie nach Sex mit einer schlechten Partnerin?«

Mönch: »Eher ein Gefühl der Verzweiflung, in der Magengegend.«

S. K., überrascht: »Ja, an so was erinnere ich mich. Woher kennen Sie das? Ein solches Gefühl hatte ich die meiste Zeit in meiner Heimatstadt in Kansas. Das verschwand an dem Tag, an dem ich in L. A. ankam.«

Mönch: »Beschreiben Sie dieses Ekelgefühl.«

S. K.: »Das kannte jeder. Wir nannten es den Kleinstadt-Blues, aber letztlich steckte mehr dahinter.«

Mönch: »Zum Beispiel, dass tief im Innern etwas fehlte?«

S. K., nickend: »Ja. Ein Vakuum, so weit das Auge reichte.«

Offenbar habe ich die technische Begabung des Mönchs unterschätzt, denn das Gespräch wurde so bearbeitet, dass es in zwei Teile zerfällt. Nun springen wir in den zweiten. Kowlovski ist wie ausgewechselt; er schwitzt, kämpft nervös gegen einen Tick im Gesicht an, scheint unter furchtbarer Angst zu leiden.

Mönch: »Alles in Ordnung, Sie sind ja noch da.«

S. K.: »Nein, bin ich nicht. Mein Ich ist in tausend Stücke zerbröselt. Sie haben was mit meinem Kopf angestellt, Mann.«

Mönch: »Tatsächlich? Und wie?«

S. K.: »Mein Verbrechen, verdammt noch mal, mein Verbrechen. Wie zum Teufel haben Sie davon erfahren?«

Mönch: »Wollen Sie das wirklich wissen?«

S. K.: »Ja.«
Mönch: »Sicher?«
S. K.: »Fuck.«

Langes Schweigen.

Mönch: »Sie war meine Schwester. Vor ihrem Tod hat sie mir eine E-Mail mit den Namen und Adressen aller Beteiligten geschickt.«
S. K., entsetzt: »Nein!«
Mönch: »Hier, das ist ein Foto von ihr in ihrer besten Zeit, mit ungefähr vierundzwanzig.«

Der Mönch reicht Kowlovski ein Bild in Passfotogröße. Der Maskierte starrt es an.

Mönch: »Natürlich sieht ihr Hals hier bedeutend besser aus als bei Ihrem letzten Treffen mit ihr.«

Kowlovski schreit auf, die Bildfläche wird schwarz.
    Nach einer Weile läuft der Film wieder an. Ich weiß nicht, wie viel Zeit in dem Gespräch zwischen den beiden vergangen ist, vielleicht eine Minute, möglicherweise auch eine Stunde. Nun sitzt Kowlovski zusammengesunken auf dem Sofa. Obwohl er erschöpft wirkt, flackert sein Blick, und seine Gliedmaßen sind unaufhörlich in Bewegung.

»Wie oft haben Sie mit ihr gearbeitet?«, fragt der Mönch.
»Nur dieses eine Mal.«
»Und das ist das einzige Snuff Movie, das Sie je gemacht haben?«
»Ja. Solche Sachen interessieren mich nicht; ich begreif sie nicht.
    Jemand hat mich unter Druck gesetzt.«
»Wer?«
»Sie haben doch die Liste mit allen Beteiligten von ihr.«

»Nur die Namen. Ich bin ein einfacher Mönch – woher soll ich wissen, wofür die Namen stehen?«

»Für Macht und Geld. Für die im Hintergrund, die Unsichtbaren.«

»Die Unsichtbaren?«

»Ja. Warum wäre sonst so viel Scheiße auf der Welt?«

»Ach! Solche Gedanken haben Sie aber noch nicht allzu lange, oder?«

»Sie und Ihre Schwester – Sie sind sich so was von ähnlich, Sie könnten ein und dieselbe Person sein.«

»Dann haben Sie sich vor dem Erdrosseln doch mit ihr unterhalten?«

»Sagen Sie das nicht immer wieder. Wenn Sie den Film gesehen hätten, wüssten Sie es.«

»Was?«

Schweigen; Kowlovski leckt sich über die trockenen Lippen.

»Sie hat mich bei der Stange gehalten. Ich stand mehrfach kurz davor, mich zu verdrücken. Eigentlich sollten wir den Film in weniger als zwei Stunden im Kasten haben, aber ich war einfach nicht dazu in der Lage. Wegen dem Viagra musste ich ständig kacken und furzen. Und bei dem Stress konnte ich mit meiner Erektion nichts anfangen. Ich bin alle paar Minuten in Tränen ausgebrochen und irgendwann fast zusammengeklappt. Sie wollten das Projekt abblasen, doch sie bestand darauf weiterzumachen. Es war unglaublich.«

»Was?«

»Ihr Wille. Der asiatische Wille ist wirklich erstaunlich.«

»Der hat nichts mit Asien zu tun, sondern mit der Dritten Welt. Zweihundert Jahre Elend und Erniedrigung können durchaus Stärke erzeugen.«

»Sie hatte den stärksten Willen, der mir je untergekommen ist, einfach übermenschlich. Sie sind ein Mensch, sie war es nicht.«

»Ich bin es seit ihrer Erdrosselung durch Sie auch nicht mehr.«
Kowlovski kreischt: »Ich hab sie nicht ermordet. Sie wollte es selber! Können Sie das denn nicht begreifen?«

Schweigen.

»Sie klappten also zusammen, die Unsichtbaren dachten an Scha-
densbegrenzung und wollten das Projekt abblasen, aber sie
nahm das Heft in die Hand. Erzählen Sie mir mehr davon.«
»Sie versprach ihnen, das Ganze am nächsten Tag noch mal an-
zugehen. Weil sie die Einzige mit einem Lösungsvorschlag war,
stimmten sie zu und baten sie, mit mir zu reden, mich mit nach
Hause zu nehmen, mit mir zu schlafen. Das Nötige zu tun.«

Langes Schweigen.

Mönch: »Verstehe. Sie verbrachten die Nacht mit ihr.«

Die Stimme des Mönchs klingt mitfühlend. Kowlovski, der den
Blick hebt, wirkt vorübergehend ein wenig ruhiger.

»Stimmt. Ich hab die Nacht mit ihr verbracht.«
»Und sie stellte etwas mit Ihnen an, damit Sie durchhielten. Was?«
»Sie erklärte mir die Welt, wie sie sie sah. Bis dahin kannte ich
niemanden – weder Frau noch Mann –, der das gekonnt hätte.
Was sie uns in der Kindheit einbläuten übers Christentum,
war Scheiße, wie alles andere auch. Aber das, was sie mir sagte,
ich weiß nicht, woher sie das hatte, das war keine Scheiße. Es
passte.«
»Passte?«
»Zu allem, was ich erlebt hatte. Zu der Mutter, die letztlich keine
Mutter war, sondern eine Fremde aus einer Seifenoper und nicht
wusste, was sie mit mir anfangen sollte. Zu dem Vater, der
zwar anwesend, aber nicht da war. Sie sagte, die Unsichtbaren

kontrollierten die Welt. Ihrer Ansicht nach ist das Elend des Westens dem des Ostens ähnlich und gleichzeitig sein genaues Gegenteil: Der Westen hat einen hohen Lebensstandard, dafür kein Herz; im Rest der Welt wird das große Herz von der Armut aufgezehrt. Eine überzeugendere Theorie hatte ich noch nie gehört.«

»Und?«

»Alles ein Riesenschwindel, meinte sie. Und der schlimmste Fehler sei es, das Leben zu schätzen.«

Kowlovski wendet den Blick ab, als er folgenden Satz Damrongs zitiert:

»Sobald du aufhörst, leben zu wollen, wirst du frei.« Nun sieht er den Mönch wieder an. »Das war der beste Sex, den ich je hatte. Aber dafür musste ich ihr versprechen, sie umzubringen. Wie Sie sich denken können, war ich am Morgen hoffnungslos in sie verliebt.«

»Sie haben es trotzdem gemacht?«

»Schließlich hatte ich es ihr versprochen. Und nach dieser Nacht ist sogar mir aufgegangen, dass ich keine andere Wahl hatte.«

»Sie gab Ihnen etwas, das Ihnen helfen sollte?«

»Heroin. Das hatte ich zuvor noch nie probiert. Ich dachte, es neutralisiert das Viagra. War nicht der Fall.«

Sehr langes Schweigen, dann plötzlich sagt Phra Titanaka mit leiser Stimme:

»Sie träumen von ihr, stimmts?«

»Jede Nacht, Mann.«

»Aber es sind keine Träume.«

»Was reden Sie da?«

»Ihnen ist klar, dass das keine Träume sind. Sie scheint von innen heraus zu strahlen, wenn sie Sie besucht, nicht wahr?«

»Woher wissen Sie das?«

»Und sie bumst Sie. Sie kommen im Schlaf.«

Kowlovski schreit auf.

Ich starre den flimmernden Bildschirm volle zehn Minuten lang an, bevor es mir gelingt, mich zu erheben, das verdunkelte Zimmer zu verlassen und an meinen Schreibtisch zurückzukehren.

Ich habe noch nicht erzählt, wie die Damrong-DVD endet, Farang. Tja, ich konnte mich bisher nicht überwinden, sie noch einmal anzuschauen, und werde das vermutlich auch nicht mehr schaffen. Die Bilder sind ohnehin unauslöschlich in mein Gedächtnis eingebrannt:

Er nimmt sie von hinten; sie erwidert, sich am Tapeziertisch abstützend, eifrig seine Stöße. Sein Timing scheint auf einen simultanen Orgasmus ausgerichtet zu sein; augenscheinlich hat sie an dem Ganzen mehr Freude als er. In dem schrecklichen Moment, in dem er das orangefarbene Seil zückt, verliert er die Fassung. Seine Hand beginnt zu zittern, das Seil fällt ihm weniger herunter, als dass er es resigniert auf den Boden gleiten lässt. Als sie das merkt, macht sie sich auf elegante Weise frei, um es aufzuheben. Dann wendet sie sich ihm zu, legt ihm die Finger an die maskierte Wange und sagt ihm ein paar Worte, bevor sie es ihm zurückgibt. Als er immer noch zögert, entwindet sie es ihm mit einer narzisstischen Geste und presst die Mitte gegen ihren Hals, während sie die beiden Enden über die Schultern wirft. Er zieht widerwillig daran, sodass die Muskeln an seinen mit Johnsons Babyöl eingeriebenen Unterarmen deutlich hervortreten. Nun füllt ihr Gesicht den Bildschirm aus: Die Lust des letzten Höhepunkts geht nahtlos in Damrongs Todeszuckungen über.

Ich kann ihren Triumphschrei hören, noch lange, nachdem ihr Herz aufgehört hat zu schlagen.

Elefantenfallen

30

Das Telefon auf meinem Schreibtisch klingelt. Es ist Vikorns Sekretärin Manny, die mich anweist, so schnell wie möglich sein Büro aufzusuchen, und mit leiser Stimme hinzufügt, dass im Fall Tanakan etwas schiefgegangen sei. Als ich eintrete, reicht Vikorn mir wortlos den Ausdruck eines Fotos, das ihm per E-Mail geschickt wurde. Darauf sehe ich einen Elefanten, der gerade den Rüssel auf eine Bambuskugel mit einem gefesselten, tätowierten Mann darin niedersausen lässt.

»Woher haben Sie das?«

»Na, rat mal.«

»Von Tanakan? Jemand hats ihm geschickt?«

Vikorn wendet sich vom Fenster ab. »Die Sache wird ernst, Sonchai. Fast hätte ich Tanakans Geduld überstrapaziert – ich musste die Zahl ziemlich genau benennen.«

»Fünf Drachen?«

Der Colonel nickt ernst. »Ich hab mich an die Regeln gehalten, gerade so. Noch eine Million, und er hätte sich berechtigt gefühlt, Killer auf mich anzusetzen.« Er deutet auf die Fotokopie in meiner Hand. »Und jetzt das.«

»Er denkt, das Foto kommt von Ihnen?«

»Klar. Er glaubt, ich hätte mir eine dritte Partei ausgedacht, vor der ich ihn angeblich schütze, um ihn weiter auspressen zu können, jedes Jahr noch ein paar Millionen. Das passiert, wenn die Grenzen verschwimmen. Ehre und Respekt bleiben als Erste auf der Strecke.«

»Und was wollen Sie jetzt tun?«

»Die Frage lautet eher: Was muss ich tun? Wir werden zu ihm fahren und vor ihm in die Knie gehen, zugeben, dass die Situation sich zu seinen Gunsten verändert hat, unsere Forderung reduzieren.« Vikorn deutet auf das Foto: »Wir müssen ihn davon überzeugen, dass das Ding nicht von uns stammt.«

Auf dem Rücksitz des ramponierten Streifenwagens beobachte ich, wie Vikorn sich in eine Stimmung absoluter Demut versetzt. Die Dame am Empfang der Bank war bereits bei unserem ersten Besuch hingerissen von ihm; jetzt ist sie vollends überwältigt von der buddhistischen Bescheidenheit und Professionalität dieses Polizisten. Muskulöse Wachmänner bringen uns in Windeseile zu Tanakans Suite hinauf. Wie beim letzten Mal warten wir in einem Sitzungszimmer auf ihn. Diesmal holt uns seine perfekte Sekretärin, nicht er selbst, in sein Büro. Sie bietet uns weder Tee noch Kaffee, noch kalte Getränke an und würdigt mich keines Blickes. Tanakan macht sich nicht die Mühe aufzustehen, als wir eintreten, und die Sekretärin schließt wortlos die Tür hinter uns. Vikorn sinkt auf die Knie und hebt die Hände zu einem hohen Wai; ich muss es ihm gleichtun. Das verbessert das Klima – von etwa minus fünf auf null Grad.

»Ich weiß«, sagt Vikorn, »was Khun Tanakan denken muss, aber er irrt sich.« Vikorn behält die Hände weiter vor der Stirn. »Ihr untergebener Diener ist ehrlich in seinen Verhandlungen.«

Tanakan macht ein finsteres Gesicht, für meinen Geschmack ein wenig theatralisch. »Ich wünschte, ich könnte dem Colonel glauben. Was als offene Verhandlung zwischen Ehrenmännern begann, scheint –«

»Nicht auf meine Veranlassung hin, Khun Tanakan. Würde Khun Tanakan es als Beweis meiner Aufrichtigkeit deuten, wenn ich sage, dass ich bereit bin, den Wert der Vase niedriger anzusetzen?«

Tanakan erhebt sich und tritt hinter seinem Schreibtisch hervor.

»Von nun an hat sie keinerlei Wert mehr, Vikorn. Falls ich noch einmal etwas über diese Vase hören sollte, aktiviere ich über Handy den Besitzer eines Motorrads und seinen bewaffneten Assistenten in einem anderen Teil der Stadt. Das versteht der Colonel doch sicher, oder? Natürlich lässt man sich immer gern auf ein Spiel ein, um Blutvergießen zu vermeiden, aber wenn der Partner beginnt, gegen die Regeln zu verstoßen, muss man bereit sein, ein Risiko einzugehen. Ich habe einen Ruf zu verteidigen und verstand unsere Unterhaltungen so, dass Sie mir dabei helfen würden, und zwar an vorderster Front. Das ist nicht der Fall, Colonel. Sie erledigen Ihre Aufgabe nicht zu meiner Zufriedenheit.«

Vikorns Gesicht wird aschfahl, doch er fängt sich schnell wieder, neigt den Kopf, steht auf und dirigiert mich zur Tür. Tanakan ruft uns zurück, holt etwas aus einer Schublade und wirft es vor Vikorn auf den Schreibtisch: ein Elefantenhaararmband. »Das kam zusammen mit diesem abscheulichen Foto«, faucht er und dreht ihm den Rücken zu, um aus dem Fenster zu schauen.

Auf dem Rücksitz des ramponierten Streifenwagens hält Vikorn mir einen Vortrag:

»Siehst du, was passiert, wenn Amateure sich in die Arbeit von Profis einmischen? Tanakan wusste, dass er in der Falle sitzt, und hätte die Kohle rausgerückt, solange die Verhandlungen höflich und diskret und der Preis vernünftig geblieben wären. Aber jetzt hat irgend so ein Clown den Brunnen vergiftet. Ich möchte, dass du ihn aufspürst und mir die Adresse sagst. Du musst nicht dabei sein, wenn ich meine Männer hinschicke.«

Ich nicke.

Als ich wieder an meinem Schreibtisch sitze, klingelt das Telefon erneut.

»Sie haben sich die DVD angeschaut?«

»Ja.«

»Dann wissen Sie ja jetzt, was zu tun ist.«

»Was soll das heißen?«

»Die Befragungstechnik lässt sich an die Persönlichkeit des Gegenübers anpassen. Kowlovski war ziemlich dumm. Ich glaube, Sie werden mit Ihren Partnern mehr Spaß haben.«

Ich bin mir nicht sicher, ob ich richtig verstehe. »Was für Partner?«

»Die, die ich mit den Armbändern markiert habe.«

Mir fällt die Kinnlade herunter. »Und wie soll ich die vernehmen? Der eine ist ein wichtiger Banker, der andere ein eminenter Anwalt, der Dritte ein Trottel, und alle drei haben ein hieb- und stichfestes Alibi.«

»Nein, haben sie nicht.«

»Aber sie waren zum fraglichen Zeitpunkt doch gar nicht in Thailand. Sie hielten sich nicht einmal alle im selben Land auf. Einer war in den Vereinigten Staaten, einer in Angkor Wat und der andere in Malaysia.«

»Was für ein Zufall.«

»Tja, es mag verdächtig wirken, doch es beweist auch, dass keiner von ihnen unmittelbar an der …«, ich suche nach dem richtigen Wort, »Ermordung … beteiligt war.«

»Meine Schwester sagte, es habe Treffen gegeben, so etwas Ähnliches wie Hauptversammlungen der großen Geldgeber.«

»Woher wusste sie das?«

»Weil sie dazugehörte.«

Ich bin schockiert. »Sie nahm an Besprechungen teil, bei denen ihr Körper und ihr Tod verhandelt wurden? Dafür brauche ich Beweise.«

»Geständnisse sind immer die besten Beweise, nicht wahr?«

»Solche Geständnisse bekommt man nicht freiwillig.«

»Freiwillig? Nun, daran arbeite ich.« Er beendet das Gespräch.

Ich wähle Vikorns Handynummer. »Ich habe nachgedacht und werde mir Baker und Smith vorknöpfen. Einer von beiden muss hinter dieser Elefantenscheiße stecken.«

»Warum die Mühe? Ich schicke einfach einen Motorradfahrer.«

»Nein, Colonel, ich bin mir nicht sicher, ob's wirklich einer von ihnen war, weiß aber, dass ich über sie was rausfinden kann.«

»Wie du meinst. Doch vergiss nicht: Ich will Tanakan denjenigen, der das Foto geschickt hat, als hübsch verschnürtes Paket präsentieren.«

»Ich weiß.«

»Unserem Banker ist der Betreffende lebend sicher lieber, damit er noch seinen Spaß mit ihm haben kann.«

»Tja, stimmt wahrscheinlich.«

Ich kipple mit dem Stuhl zurück, lege die Füße auf den Schreibtisch und falte die Hände. Ein bisschen komme ich mir vor wie Philip Marlowe. Ich runzle die Stirn. Drei Verdächtige: Dan Baker, Tom Smith, Khun Tanakan. Verdächtig? Ich bin mir nicht einmal sicher, ob Damrongs Vertrag in Thailand gegen das Gesetz verstößt beziehungsweise ob es überhaupt einen solchen Vertrag gibt. Vielleicht wurde, abgesehen von dem Mord durch Kowlovski, gar kein Verbrechen begangen? Allerdings handelt es sich um eine unmoralische Aktion, die durchaus zu Verbrechen führte, zu dem Mord an Nok, der mir schwer auf der Seele lastet; zu dem an Pi-Oon und seinem extravaganten Liebhaber. So lautet wohl die Botschaft des Mönchs. Ich pflichte ihm bei, aber wem zuerst Angst einjagen? Baker oder Smith? Tanakan muss ich fürs Erste in Ruhe lassen, weil er unter dem Schutz Vikorns steht; wie ich das hinbekommen soll, weiß ich nicht. Ein Marlowe hätte sich vermutlich nicht in eine solche Sackgasse hineinmanövriert.

Oberflächlich betrachtet, scheint Baker die erste Wahl zu sein, denn er ist schwach, gewöhnt an Deals mit Polizisten und vermutlich unfähig zu Loyalität. Ich habe mich praktisch schon für ihn entschieden, als ich es mir noch einmal anders überlege. Leider passt Baker nicht ins Bild; er beginnt, mich zu verwirren. Dies sind keine Schachteln, die sich ineinanderschieben lassen, sondern Pyramiden. Tanakan und Tom Smith gehören einer großen Elitepyramide international Agierender an, Smith ziemlich weit unten, Tanakan ziemlich weit oben. Dan Baker hingegen, der Gelegenheitszuhälter, ist Teil einer völlig anderen kleinen Pyramide, in der er sich fast ganz unten befindet.

Irgendetwas fasziniert mich an dem Anwalt Smith: die moderne britische Hysterie gleich unter der Oberfläche, die in krassem Widerspruch steht zu seinem scharfen Verstand und seiner Weltgewandtheit. Der Mann, der seiner Eifersucht wegen mehr als einmal den Kopf verloren hat, könnte ihn wieder verlieren. Ich beschließe, mich in seinem Büro umzusehen – und überlege es mir noch einmal anders.

In Kriminalromanen und Thrillern ist von Bedenken für gewöhnlich nicht die Rede: Wie soll ein kleiner, bescheidener Dritte-Welt-Cop es anstellen, einen cleveren, mächtigen, gebildeten, angesehenen Anwalt mit besten Verbindungen unter Druck zu setzen? Ja, man nennt das Minderwertigkeitskomplex, und sich wie ein Opfer vorzukommen, bedeutet noch lange nicht, dass man davor gefeit ist, tatsächlich eines zu werden. Ich hätte gern ein paar konkrete Fakten, mit denen ich ihn konfrontieren könnte, doch wenn ich über seine Persönlichkeitsfacetten nachdenke, fügen sie sich zu nicht viel mehr als einer Fata Morgana. Vielleicht würde seine Vorliebe für Bordelle und Prostituierte in einer heuchlerischeren Gesellschaft als der unseren gegen ihn sprechen, aber hier zweifelt – unserer natürlichen Offenheit sei Dank – niemand daran, dass wir alle im selben Boot sitzen. Ich brauche mehr Selbstvertrauen, auch wenn ich ihn damit letztlich nicht drankriegen kann. Mühsam lege ich mir einen Plan zurecht. Es ist sechs Uhr abends, als ich endlich beschließe, Lek zu mir zu rufen.

»Lek, hast du hier im Büro einen Rock?«

»Natürlich nicht«, antwortet er mit einem spöttischen Grinsen. »Glauben Sie, ich hätte nicht schon genug am Hals?«

»Tja, dann fahr heim und zieh deine besten Ausgehklamotten an, ein enges T-Shirt, damit man deine Brüste richtig gut sieht, dazu einen sehr kurzen Rock, Rouge, Mascara und Ohrringe – das ganze Programm. Sei aufreizend, aber nicht vulgär. Das Parthenon ist ein ziemlich schicker Schuppen.«

»Was soll ich machen?«

»Bewirb dich dort noch einmal um einen Job. Sorg dafür, dass sie dich ernst nehmen. Wenn du beim Hinausgehen am Wachmann vorbeikommst, gibst du ihm einen Zettel mit meinem Namen und meiner Handynummer. Flüstere ihm zu: Jederzeit, an jedem Ort, zu jedem Preis.«

Dann lege ich die Füße wieder auf den Tisch und warte.

31

Chatuchak-Markt, morgen um zwanzig nach elf, Stand 398 in der nordwestlichen Ecke.« Dann legt die junge Anruferin auf. Ich denke: Clever, wirklich sehr clever. Chatuchak, jenes riesige, unergründliche Labyrinth aus überdachten Marktständen, ist praktisch eine Stadt aus Freilufthändlern, die von tropischen Fischen, leuchtend bunten Vögeln, exotischen Orchideen über Plastikeimer bis zu Grundstücken auf Inseln mit dubiosen Eigentumsverhältnissen einfach alles feilbieten. Während des Bummels kann man sogar seinen Toyota warten lassen. Heute ist Freitag, was heißt, dass Riesentrubel herrscht. Schwer zu sagen, wer die Mehrheit stellt: Farangs, die ihren Urlaub hier verbringen, trendige Städter, Thais mittleren Einkommens auf der Suche nach echten Schnäppchen oder Schaulustige, die einfach nur gern über Märkte schlendern. Jedenfalls muss ich mich durch die Menge winden und drängen, um Stand 398 zu erreichen.

Zwei hübsche junge Frauen in Schürzen mit großen Geldtaschen preisen den Passanten ihre Waren an, besonders wohlhabenden Farang-Familien mit den großen Augen, die jeder bei seinem ersten Aufenthalt im exotischen Osten bekommt. Ich trete an einen der Käfige, in dem ein leuchtend rot-gelber Papagei sitzt, befeuchte meinen Zeigefinger und streiche damit über seinen Kopf. Sofort wenden die jungen Frauen sich mir zu. »Ich heiße Sonchai«, teile ich ihnen mit, bevor sie Gelegenheit haben, mich zu schelten. Gleichzeitig hebe ich den Zeigefinger, dessen Spitze sich rot gefärbt hat. Die Ältere der beiden dirigiert mich zum hinteren Ende des Stands, der vom vorderen Teil durch einen Planenvorhang abgetrennt wird. Dort sitzt der Wachmann des Parthenon Clubs mit Brille, blauer Militärhose und Flip-Flops, aber ohne Hemd an einem Tisch. Der braune Vogel mit den langen Schwanzfedern in seiner linken Hand ähnelt einem Ara. Ich kenne seinen englischen Namen nicht, weiß aber, dass er weitverbreitet ist, besonders in Isaan, wo man ihn sogar als Plage erachtet. Sein Gefieder schimmert in allerlei Braunschattierungen von dunkler Schokolade bis Café au Lait. Da seine monochrome Schönheit keinen Anklang beim Durchschnittskäufer findet, muss der Vogel wie früher die Akropolis durch Farbe aufgepeppt werden.

Der Wachmann, vor dem ein dickes Buch mit farbigen Abbildungen liegt, benutzt einen winzigen Künstlerpinsel. »Das wird ein rotschwänziger tropischer Vogel«, erklärt er nach einem Blick in den Band. »Phaethon rubricauda.« Er sieht mich kurz an, bevor er weiter pink- und orangefarbene sowie schwarze Markierungen an Augen und Flügeln des Tiers aufträgt. Mit der Konzentration eines Picasso verleiht er dem Vogel nach und nach Wert. »Das war meine Tätigkeit, bevor ich für ihn zu arbeiten anfing und sozusagen meine Unschuld verlor. Jetzt mache ich das hier gratis, um nicht aus der Übung zu kommen. Der Stand gehört meiner Schwester, und die Mädchen draußen sind ihre Töchter.« Er ringt sich ein schiefes Grinsen ab. »Man könnte es einen Familienbetrieb nennen, der von Generation zu Generation weitervererbt wird. Im Allgemeinen geben die Jungs die besseren Maler ab. Mein Vater war ein Genie – wenn er wollte, konnte er eine Amsel in einen Flamingo verwandeln. Im Vergleich zu seinen Fähigkeiten verblassen die meinen.« Mich überzeugt seine Bescheidenheit genauso wenig wie der Vogel, dessen Selbstbewusstsein durch sein neues Kleid offenbar enorm gestiegen ist. Als der Künstler ihn in den Käfig zurücksetzt, beginnt er, herumzutrippeln und sich in die Brust zu werfen, um seine Artgenossinnen zu beeindrucken. Ich frage: »Was ist mit den Orchideen?«

»Ach, die sind Frauensache. Dazu fehlt den Jungs die Geduld.«

Ich werfe einen Blick auf die exotischen Blumen mit ihren schweren Köpfen, die abknicken würden, wenn die Stiele nicht durch verborgene Drähte gestützt wären. »Bei denen ist keine Täuschung im Spiel.«

»Nur die Erwartung, dass sie die nächsten paar Tage überstehen.«

Ein schmales Lächeln tritt auf seine Lippen. »Sie sind das Ergebnis intensiver Arbeit, werden aus Hybriden gezüchtet, und nur ein Fachmann bringt solche Blüten zustande, normalerweise ein einziges Mal im Leben einer Pflanze.« Er deutet auf eine Reihe von Büchern auf einem Regal. »Die Mädchen müssen die englischen Bezeichnungen lernen, denn zu uns kommen viele Orchideenliebhaber mit komplizierten Fragen. Die Kommunikation ist gar nicht so leicht, weil es keine Thai-Übersetzungen gibt.« Er holt einen weiteren braunen Vogel aus dem Käfig, streichelt und betrachtet ihn wie ein Porträtmaler sein Modell, bevor er sagt: »Sie müssen entschuldigen, aber mir fällt es leichter, mich mit Ihnen zu unterhalten, wenn ich mich auf meine Arbeit konzentriere. Das Malen entführt mich in eine bessere Welt. Was genau wollen Sie wissen?«

»Alles, was Sie mir sagen können.«

»Über den Tod Ihrer Freundin Nok? Nicht viel. Ich habe sie nicht ermordet; meine Aufgabe war es, hinterher aufzuräumen. Er verwendet Profis für solche Jobs. Ich bin nur der Wachmann.«

»Aber den Schlüssel hatte sie von Ihnen. Sie haben sie verraten.«

Er wirkt weniger schuldbewusst als zutiefst traurig. »Was sollte ich machen? Ich habe ihr gesagt, sie muss diskret sein; wenn man sie in der Nähe seines Zimmers sieht, bleibt mir keine andere Wahl, als den Chef zu informieren. Und was taten Sie? Sie gingen mit ihr an den Mädchen im Swimmingpool vorbei, als wollten Sie ins Hotel. Wie gesagt: Mir blieb keine andere Wahl.«

»Ist das alles, was Ihnen dazu einfällt? Durch Ihre Schuld wird eine junge Frau ins Jenseits befördert, und Sie zucken nur mit den Achseln?«

Er sieht mich an, legt den Pinsel weg.

»Tut mir leid«, entschuldige ich mich.

»Sie meinen also, ich sei verantwortlich für ihren Tod? War der Grund nicht eher Ihre eigene Besessenheit von dieser Hexe Damrong? Wissen Sie, was der Chef sagt? Dass kein Polizist in Krung Thep außer Ihnen sich für die DVD interessiert. Wenn Sie die Ermittlungen morgen einstellen, atmet Vikorn erleichtert auf. Nun erklären Sie mir: Ist es Ihre oder meine Schuld?«

Ich hüstle, senke den Blick, wende mich den Vögeln und Orchideen zu, versuche, mich in den üppigen Farben zu verlieren, muss jedoch feststellen, dass sich eine Art monochromer Staub über meine Gedanken gebreitet hat. Der Wachmann setzt seine Arbeit fort, als bemerkte er meine Qualen nicht. Ich stehe auf, um eine Orchidee genauer zu betrachten. »Aber ich glaube, dass Sie eine Menge über die Organisation wissen«, murmle ich schließlich.

Er schüttelt den Kopf. »Können Sie denn nie Ruhe geben?«

»Sie bringen die Mädchen zu den Verabredungen mit den X-Mitgliedern, stimmts?«

Der Wachmann schafft es, einen überzeugenden Rotton auf den Schwanz des Vogels aufzubringen, ohne den weichen Flaum der Federn zu beschädigen. »Hat Nok Ihnen das erzählt?« Er sieht mich kurz an. »Deswegen musste sie also sterben.«

»Die DVD entstand in Tanakans Suite im Parthenon Club.«

»Ach? Meinen Sie denn, er verrät mir mehr, als ich unbedingt wissen muss? Ich hatte damit nichts zu tun.«

»Aber Ihnen ist klar, wie der Deal zustande kam?«

»Was für ein Deal?«

»Ein Vertrag, vermutlich auf freiwilliger Basis. Sie hat sich erboten, so zu sterben, für eine Menge Geld.«

Er hält in seiner Arbeit inne, um den Blick in die Ferne zu richten. »Wirklich? Für wie viel? Wahrscheinlich tatsächlich für eine ganze Menge. Ich würde so etwas sofort machen. Wenn sich mir die Möglichkeit böte, meine Familie solcherart aus seinen Klauen zu befreien, wäre ich gern bereit, tausend Tode zu sterben. Sie ahnen nicht, wie es ist, wenn man sein Leben verpfändet hat.«

Ich murmle kaum hörbar: »Solche Deals passieren nicht einfach; dazu sind vorsichtiges Vortasten und der richtige Vorschlag zur richtigen Zeit nötig. Ich weiß nicht, von wem der Plan stammt, von ihr oder von ihnen. Allerdings steht fest, dass der Engländer Tom Smith mit der Sache zu tun hatte.« Der Wachmann brummt etwas. »Von ihm können Sie mir wenigstens erzählen.«

Es dauert eine Weile, bis er sagt: »Wieder so ein verblendetes Arschloch. In einer Gesellschaft wie der unseren muss man entweder Prinz oder Bauer sein, alles andere dazwischen ist zu anstrengend.« Er bedenkt mich mit einem verschlagenen Blick. »Was habt ihr Jungs bloß an dieser Damrong gefunden? In meinen Augen war sie ein durchschnittliches Khmer-Mädchen, nichts Besonderes. Von der Sorte kann man in Phnom Penh zehn für tausend Baht kriegen. Herzlose Huren gibts auf der ganzen Welt im Dutzend billiger.«

Ich schlucke. »Der Engländer trat als Vermittler auf?«

»Was für ein Wichtigtuer. Er wollte trotz meiner Warnungen nicht aufhören.«

»Warnungen?«

»Der Chef war scharf auf sein Mädchen. Ich dachte, ich helfe ihm, rette ihm das Leben, aber er kapierte das nicht.«

»Er wusste, dass Tanakan hinter Damrong her war?«

»Er hatte diese Farang-Ideen über Gleichheit, Ehre, Demokratie, Aufrichtigkeit der Liebe und den ganzen anderen Käse. Damrong erzählte Tanakan von ihm, und der ließ mich Druck ausüben.«

»Damrong wollte Smith also über die Klinge springen lassen? Warum?«

»Ich glaube nicht, dass sie Smiths Tod wollte, sondern eher, dass sie ihre eigenen Pläne hatte. Meine Rolle war die des freundlichen

Consigliere. Zuerst ein höflicher Hinweis, dann eine höfliche Warnung, anschließend zückt man die Folterwerkzeuge. Es war merkwürdig, als wollte sie beide Männer dazu bringen, sie zu hassen. Sie spielte Tanakan gegen Smith aus und Smith gegen Tanakan. Nicht einmal eine Anfängerin würde so etwas tun.« Er sieht mich achselzuckend an.

»Und als Sie mit Smith fertig waren, bewies er endlich Einsicht? Er musste etwas tun, um sich Tanakans Wohlwollen wieder zu erwerben, weil der ihn sonst beruflich ruiniert hätte?«

»Es gehörte zu ihrem Plan, sie beide dazu zu bringen, dass sie sie liebten und gleichzeitig hassten, das habe ich Ihnen doch schon erklärt. Ich hielt sie immer für eine x-beliebige Nutte, die sich das Leben selbst schwer macht. Jetzt habe ich so meine Zweifel. Vielleicht wusste sie doch, was sie tat.« Er setzt den frisch bemalten Vogel zurück in den Käfig. »Mehr kann ich Ihnen auch nicht sagen. Ich riskiere durch dieses Gespräch mit Ihnen mein Leben, allerdings nur deshalb, weil ich nicht als Insekt wiedergeboren werden möchte. Geld ist mir nicht wichtig. Lassen Sie mich in Zukunft in Ruhe.«

32

Als ich in Smiths Kanzlei auftauche, schenkt der groß gewachsene, attraktive Anwalt mir nicht ganz so viel Aufmerksamkeit wie bei meinem ersten Besuch, denn heute bin ich nicht als Interessent an einem internationalen Pornodeal da, sondern als bescheidener Detective und verdiene deshalb keine Hochachtung. Jemand muss geplaudert haben: Vikorn? In dieser Symphonie des Verrats würde ein bloßes doppeltes Spiel so simpel klingen wie die Melodie von »Jingle Bells«. Weiß Vikorn überhaupt, auf welcher Seite er steht?

Smith sieht mich von seinem eleganten Stuhl aus fragend an (der Stuhl ist aus schwarzem Leder und Chrom und scheint sich im Sitzen bewegen zu lassen; Smith ahnt nicht, wie sehr er dem ähnelt, den er in einem früheren Leben zur Zeit der Prohibition in Chicago sein Eigen nannte).

»Ihr Verhalten verwirrt mich ein wenig, Mr Smith.«

»Welches Verhalten?« Plötzlich kommen seine Cockney-Wurzeln durch.

»Eine Frau wird ermordet, eine Frau, der Sie … wie soll ich es ausdrücken? … Verfallen waren. Eine Frau, deren Körper – «

»Verschonen Sie mich mit Ihrer Dritte-Welt-Dramatik, Detective. Ich habe keine Ahnung, wovon Sie sprechen.«

»Von Mord, Mr Smith.«

»Ach. Und wer ist tot?«

»Damrong Tarasorn Baker zum Beispiel.« Er gibt sich keine Blöße. »Ihre Geliebte. Ihre Nutte. Ihr Spielzeug. Ihr Folterknecht.«

Sobald ein Farang, insbesondere ein Anwalt, beschließt zu behaupten, A könne nicht Nicht-A sein, geht jede Verbindung zu den Gefühlen verloren. Es ist, als wäre nur noch ein sprechender Kopf übrig. »Eine Frau, nach der Sie im wahrsten Sinn des Wortes verrückt waren, wurde umgebracht«, sage ich. Keine Antwort, aber immerhin scheint er sich nun ein wenig unbehaglich zu fühlen. »Eine Frau, deren Ex-Mann Sie in letzter Zeit ziemlich häufig aufsuchen.« Smith ist wirklich gut – er behält sein Pokerface auch unter Druck; wenn ich mich nicht täusche, war da allerdings ein kurzes Zucken seines linken kleinen Fingers, gefolgt von einer Berührung der Nase mit der rechten Hand. Ein geübter Jäger wie ich kann solche Zeichen lesen.

Ich gehe in seinem Büro hin und her, ein Verhalten, das in etwa der Reviermarkierung bei Hunden und Katzen entspricht. Das scheint ihn ein wenig zu irritieren. Ich atme tief durch. »Um es zu wiederholen: Eine Frau wurde ermordet, eine Frau, die Sie mit ihren Reizen in den Wahnsinn trieb. Und man bannte ihr Ableben auf Film.« Ich beobachte fasziniert den Tick an seinem

Mundwinkel. »Ja, auf Film, Mr Smith, genauer gesagt, auf DVD. Welcher Ausdruck wäre geeignet, bei der internationalen Gemeinschaft Entrüstung zu wecken? Verstoß gegen das Urheberrecht vielleicht? Ja, nehmen wir einmal an, ich ermittelte in einem Fall besonders ungeheuerlicher Copyright-Verletzung. Es hat keinen Sinn, sich allzu lange bei den Kollateralschäden aufzuhalten, die Sie bisher auf drei zu beschränken wussten: eine gewisse Nok, die im Parthenon arbeitete; ein gewisser Pi-Oon, ein harmloser Transsexueller, der zu viel wusste; und ein gewisser Khun Kosana, ein Kumpel und Abhängiger Ihres Meisters Khun Tanakan, der das Pech hatte, die DVD in die Finger zu bekommen und sich mit seinem Lover anzusehen. Ihre Spur ist ziemlich blutig, Khun Smith.«

Er bedenkt mich mit einem schrägen Blick. »Copyright-Verletzung? Das war früher mein Fachgebiet. Um was für eine Art von geistigem Eigentum geht es denn?«

Ich hüstle. »Aha, Sie sind also Experte. Wie dumm von mir, etwas eine Copyright-Sache zu nennen, wenn niemand je offiziell Anspruch auf die Urheberschaft des Werks erheben würde. Ja, Sie haben recht: Ich werde mir ein neues Konzept überlegen müssen. Wie wärs mit Verschwörung zum Zweck der Produktion von pornografischem Material, Verschwörung zum Mord, Verschwörung …«

»Kürzen wir das Ganze ab«, meint Smith mit leiser Stimme, aber immer noch schräg grinsend. »Wenn Sie von einem extrem geschmacklosen Produkt sprechen, das für den gehobenen internationalen Markt hergestellt wurde, vielleicht aber auch nicht, und in dem eine Nutte mitwirkt oder auch nicht, mit der ich zugegebenermaßen eine Affäre hatte – wenn Sie davon sprechen, Detective, dann habe ich besagtes Produkt niemals gesehen.«

Seine Offenheit verschlägt mir den Atem. Klar, er weiß alles darüber, und es ist ihm egal, dass ich das weiß. Dieser Mann wird von ganz oben geschützt. Ich merke, dass ich früher als beabsichtigt zu Punkt zwei kommen muss.

»Sie haben es nie gesehen? Aber davon gehört?«

»Ich habe Ihnen doch erklärt, dass ich hier in diesem Land in ein Netzwerk eingebunden bin und die Sprache spreche. Viele Leute haben von der DVD gehört – nicht zuletzt dank des infantilen Tamtams, das Sie darum machen. Alle wissen, dass Sie ihr verfallen waren. Genau wie ich. Sagt Ihnen das Wort ›Heuchelei‹ etwas?« Er mustert mich mit größtmöglicher Unverschämtheit. »Sie hatte einen Schnappschuss von Ihrem Schwanz in ihrem Handy gespeichert, nicht nur von Ihrem. Einen Schwanz erkennt man übrigens ohne seine Umgebung gar nicht so leicht, deswegen hat sie ihnen allen Namen gegeben. Ihrer hieß ›Detective‹. Schon seltsam, wie deutlich die Herkunft bei den Genitalien durchschlägt. Ihr Gesicht ist weiß, aber Ihr Schwanz eher braun als rosafarben.«

Mein Schlucken entgeht ihm nicht. Ich versuche, ein Zittern durch Achselzucken zu kaschieren. »Wahrscheinlich habe ich mich nicht klar genug ausgedrückt für einen juristisch ausgebildeten Mann wie Sie«, murmle ich. »Hier ist die Rede von der Zufriedenheit der Aktionäre.« Ich lege einen Finger an die Schläfe. »Möglicherweise haben Sie das Produkt tatsächlich nicht gesehen. Meine Intuition sagt mir, dass der wunderbare australische Spruch ›Der hat sein Hirn im Schwanz‹ Ihre Situation am besten beschreibt.« Smiths Augen verengen sich. »Ein meiner Ansicht nach ziemlich vulgärer Spruch, der versucht, ein männliches Phänomen in Worte zu fassen, mit dem sich schon viele beschäftigt haben, ohne es wirklich zu begreifen. Und wie sollen wir sie in Zukunft erklären, wenn wir alle wieder androgyn sind, diese merkwürdige Tendenz von bestimmten Männern, besonders Geschäftsleuten – Anwälten, Ärzten, Wirtschaftsprüfern, Zahnärzten, Politikern und Bankern, sich zu spalten. Vermutlich geht es nicht anders, wenn große testosterongesteuerte Stadtkrieger wie Sie vorgeben, der Gesellschaft dienen zu wollen, sich tatsächlich aber ausschließlich dafür interessieren, ihre Mitmenschen zu missbrauchen und auszunutzen. Ja, da begreift man doch, warum die inoffiziellen Aktivitäten solcher Männer ein wenig … nun … widersprüchlich sind.« Ich sehe ihn an. »Ich glaube Ihnen, dass Sie die DVD niemals gesehen haben, Mr Smith. Sie sind kein Voyeur.«

Er ist viel zu glatt, um etwas zu erwidern, also fahre ich fort: »Möglicherweise besitzen Sie die nötige Cleverness, ein solches Produkt überhaupt nicht anzuschauen, und fänden es sogar wie ich unerträglich. Ja, das würde ich Ihnen zugestehen.«

Er sieht mich fragend an.

»Wenn ich mir also eine Theorie über Ihre Beteiligung an dieser Angelegenheit – nennen wir sie der Einfachheit halber eine Frage des Urheberrechts; Sie kennen ja die thailändische Vorliebe für Euphemismen – zurechtlegen müsste, würde sie etwa folgendermaßen aussehen: Ein Mann, genauer gesagt, ein Anwalt mit besten Verbindungen zur thailändischen und internationalen Finanzwelt, gehört – verzeihen Sie bitte – zu genau jenen Alphamännchentypen, deren unersättliche Sexgier nur während der Arbeitszeit gesellschaftlich nützlich sublimiert wird. Es macht Ihnen sicher nichts aus, wenn ich diesen Mann Smith nenne. Besagter Smith ist, wie bereits gesehen, hoffnungslos in eine junge Circe verliebt und befindet sich deshalb in einer schwierigen psychologischen Situation. Die junge Frau hat andere Alphamännchen studiert, die ihrer Meinung nach ihm gleichen. Sie weiß, was für ein Tier sich unter dem Anzug verbirgt, und wie es sich manipulieren lässt. Smith belustigt das anfangs noch; es ist nicht seine erste Erfahrung in dieser Richtung. Aber die junge Frau erweist sich als große Meisterin in ihrem Metier. Sie orientiert sich nicht an einem x-beliebigen Kapitel aus dem Thai-Nutten-Führer, sondern scheint wirklich zu begreifen. Und noch besser: Es gelingt ihr, ihn davon zu überzeugen, dass sie sich sehr ähnlich sind – leidenschaftlich und zupackend. Mit anderen Worten: Es handelt sich um eine Weltklassebumserin, die weiß, wie man die Ekstase so lang wie möglich aufrechterhält. Außerdem sieht sie aus wie der Traum eines jeden Farang von der perfekten asiatischen Geliebten. Ihre Haut ist weich wie feinstes Gämsenleder, ihr Gesicht dämonisch schön, ihr Körper perfekt, ihre Stimme sanft, und sie spricht erstaunlich gut Englisch, obendrein mit exotischem Akzent. Nach jedem Treffen reden Sie sich ein, dass dies das letzte Mal war, weil sie Sie sonst ruiniert, aber Sie sind besessen von ihrem Körper und ihrer Kaltblütigkeit …« Ich halte inne, bleibe vor seinem Schreibtisch stehen, beuge mich zu ihm hinunter und sage mit meiner besten Frauenstimme: »Tom, du bist einfach der Wahnsinn. Den Gedanken, dass du mit einer anderen zusammen sein könntest, ertrage ich nicht.«

Offenbar wirken diese Worte auf ihn eher wie ein Echo, als dass sie ihm ins Herz geschrieben wären. Ich richte mich auf. »Wussten Sie, dass ihr Mann – Verzeihung, Ex-Mann – im Schrank sitzend einen Filmstar aus Ihnen gemacht hat? Natürlich nicht. Sie lernten ihn ja erst viel später kennen. Erst als man Ihnen als Consigliere des Jao Paw – oder sollte ich sagen: als juristischem Berater der Geldgeber? – alle verwaltungstechnischen Aufgaben übertrug, nicht wahr?«

Sein Mund öffnet sich ein wenig, aber er bleibt stumm. Nun gebe ich mir alle Mühe, seinen schwierigen Akzent mit den Cockney-Anklängen und transatlantischen Referenzen zu imitieren, etwa eine Oktave tiefer, als ich es sonst gewohnt bin zu sprechen: »Mach dir da mal keine Sorgen. Was hätte das denn für einen Sinn?«

Er lehnt sich nachdenklich auf seinem Stuhl zurück. Meine buddhistische Gelassenheit beginnt, mich zu verlassen. Beiläufig ergreife ich ein Stück Zucker, das in einer Untertasse auf seinem Schreibtisch liegt. »Sie nehmen keinen Zucker? Macht wohl zu dick.« Ich zerbrösle den Würfel und schleudere die Krümel in seine Richtung. »Heroin«, sage ich laut und vernehmlich. »In flagranti erwischt.« Wieder keine Reaktion, was meine Vermutung bestätigt, dass er Schutz von oben genießt. Er wischt den Zucker mit einem spöttischen Grinsen vom Ärmel. Ich trete um den Schreibtisch herum.

»Ich frage mich also, was Smith mit einer DVD zu tun hat, die einen Mord dokumentiert, an dem er nicht mitgewirkt haben kann, weil er zum fraglichen Zeitpunkt im Ausland weilte.

Trotzdem, sagt mir mein Instinkt, weiß besagter Smith etwas über den Fall.« Ich lege den Kopf ein wenig schräg und lächle. »Natürlich brauchte ich eine Weile, um dahinterzukommen, wie Sie ins Puzzle passen, Mr Smith. Bis mir einfiel, dass Sie auf Unternehmensrecht spezialisiert sind. In wie vielen Aufsichtsräten sitzen Sie? An wie vielen Immobiliengeschäften im ganzen Land sind Sie inoffiziell beteiligt? Wie oft haben Sie es Farangs ermöglicht, unsere restriktiven Gesetze zu umgehen und aus einer Sanierung Profit zu schlagen? Und plötzlich begriff ich, wie die perfekte Rache des Anwalts an seiner Geliebten aussehen musste, die ihn in den Wahnsinn trieb: Er würde Teilhaber werden in dem Unternehmen. Sie hat Sie schlimmer verletzt als jede andere Frau, Sie ins Mark getroffen. Sie fühlten sich wie amputiert bis zu dem Tag, an dem sie starb. Was für eine elegante Lösung die einträgliche, digital dokumentierte Exekution des Dämons doch war, der sich immer wieder über Sie lustig machte.«

Ich hebe fragend die Augenbrauen, was er irgendwie komisch zu finden scheint. Dies ist der richtige Moment, seinem Stuhl einen Tritt zu verpassen. Er fliegt damit durch die Luft. Kurz sieht es so aus, als gelänge es ihm, Balance und Würde zu behalten, aber die Räder an dem Ding sind so gut geölt, dass es einfach unter ihm wegrutscht, er auf dem Boden landet und mit dem Kopf gegen die Wand knallt. Ich setze den Fuß auf seinen linken Arm. Er zuckt vor Schmerz zusammen. »Ich genieße Schutz von oben«, murmelt er.

»Wie weit oben? Von Vikorn?«

Er grinst spöttisch. »Höher. Sie haben keine Ahnung von meinen Kontakten.«

Ich lächle. Vielleicht klingt das, was er sagt, nicht so, aber es ist eine Art Schuldeingeständnis.

Er versucht, seinen Arm wegzuziehen, schafft es jedoch nicht. Ich setze auch noch den anderen Fuß darauf und gehe in die Hocke, sodass mein volles Gewicht auf ihm ruht. »Wenn Ihre Antwort so lautet, Mr Smith, hat Ihre Glückssträhne jetzt ein Ende, denn heute bin ich nicht im Dienste der Royal Thai Police hier, sondern in dem des Buddha.« Er blinzelt. »Sie wirken ein bisschen blass, Tom. Haben Sie in letzter Zeit etwa mit Geistern geschlafen?«

Nun schafft er es nicht mehr, sich zu verstellen. Plötzlich wird mir bewusst, dass er mich ohne Probleme überwältigen könnte; nur die Aussicht auf ein Ende der Geschichte lässt ihn in seiner unbequemen Stellung verharren. »Ich sage Ihnen jetzt, wie sie Sie heimsucht – jede Nacht, wenn ich mich nicht irre. Zuerst nehmen Sie sie als sexuelle Erregung wahr, die einem überwältigenden Gefühl der Vorfreude auf eine Befreiung vom Elend der ewigen Isolation ähnelt. Dann erscheint sie in dem Gewand, das Sie am erotischsten finden – in meinem Fall ist das ein tief ausgeschnittenes Ballkleid ohne Unterwäsche, aber ich bin nun mal ziemlich fantasielos. Sie manipuliert Ihren Schwanz durch reine Gedankenkraft. Sie sind ihr Sklave – sie hört nicht auf, bis Sie mindestens zweimal gekommen sind, und zwar nicht auf die normale, funktionale Weise, die die Mittelmäßigkeit des zivilisierten Lebens mit sich bringt, sondern eher wie ein Satyr oder ein Tiger: wild, unbeherrscht. Sie wachen völlig erledigt in Ihrem Sperma auf und wollen nichts anderes, als alles gleich noch einmal zu erleben, stimmts?« Obwohl er mir keine Antwort gibt, glaube ich, ihn endlich weichgeklopft zu haben.

Nach einer Weile frage ich: »Wie viel hat sie erhalten? Eine Million Dollar?«

Er leckt sich die Lippen und sagt: »Ja, ungefähr.«

»Das ist eine Menge. In einem armen Land wie dem unseren steht eine Million für die Grenze zwischen bloßem Wohlstand und echter Macht. Es ist immer gefährlich, unwissenden Dritte-Welt-Bauern voller Ressentiments Macht zu überlassen, finden Sie nicht auch?« Er starrt mich an. »Ohne eine Kultur des positiven Denkens und ohne Vertrauen in die menschliche Natur gibt es wenig, das geeignet wäre, eine negative Reaktion zu verhindern. Eine Frau mit anderem Hintergrund, zum Beispiel Essex, hätte mit Sicherheit in ein Portfolio mit aussichtsreichen Aktien investiert, um sich selbst und den Ihren ein gesichertes Einkommen sowie gute

Zukunftsaussichten zu verschaffen – obwohl eine solche Frau vermutlich nicht auf einen so frühen Abschied vom Leben verfallen wäre. Damrong war weit gereist und erfahren genug im Umgang mit reichen Männern, um zu wissen, wie die privilegierten fünf Prozent leben und denken. Schwer nachzuvollziehen, warum eine moderne junge Frau sich für den Tod entscheidet, wenn sie sich einen Mercedes leisten könnte, aber wir sind nun mal alle Produkt unserer Programmierung, und die ihre gehorchte einfach ihrer Kultur.«

Endlich habe ich das Gefühl, ihn für den Zusammenhang von Ursache und Wirkung in seinem spezifischen Fall zu interessieren. »Lassen Sie es mich auf meine schlichte, vielleicht sogar etwas naive buddhistische Weise ausdrücken, Smith: Das Problem war, dass sie niemanden hatte, den sie wirklich lieben konnte. Am Ende schien sogar ihr Bruder sie an den Buddha zu verraten. Frustrierte Liebe ist schlimm genug, aber wie siehts mit auf den Kopf gestellter Liebe aus? Auf den Kopf gestellt durch ein perverses wirtschaftliches System und eine brutale Kindheit. Unter solchen Umständen ist ein Glaube an die Apokalypse fast unausweichlich. Nur der Tod kann da die Ungerechtigkeit beseitigen. Sie besaß das Geld, um ein spektakuläres Finale zu inszenieren, an dem Sie teilhaben.« Ich glaube, er beginnt zu begreifen. »Sie mögen clever sein, aber sie hat Sie aufs Glatteis geführt. Was genau dachten Sie, als Sie sich zu ihrem Film überreden ließen?«

Er räuspert sich. »Es war ihr eigener Wille, ihre eigene Idee. Sie kam auf mich zu, und ich stellte den Kontakt zu einigen Klienten her. Es war ihr Plan, ihr Baby. Nicht jeder liebt das Leben, und ihr dreißigster Geburtstag stand bevor. In dem Alter tut sich etwas bei Nutten.«

»Genau das meine ich, Khun Smith. Hätte Ihr kultureller Hintergrund Sie nicht dazu verleitet zu glauben, dass sie niemals cleverer sein könnte als Sie selbst, wären Sie möglicherweise auf die Idee gekommen, hinter ihrem Projekt mehr zu vermuten.« Er runzelt die Stirn. »Sie hätten beispielsweise gemerkt, dass sie gar nicht

Selbstauslöschung im Sinn hatte, jedenfalls nicht ihrer Auffassung nach, sondern eher ein Statement, so etwas wie ein Vermächtnis an die Welt, einen Akt der Rache, zum Teil symbolisch, zum Teil durchaus greifbar. Man könnte beinahe sagen, dass sie eine Form der Selbstachtung zelebrierte.«

Er zuckt mit den Achseln. »Und?«

»Das fragen Sie? Ist Ihnen denn nie aufgefallen, dass es ihre Selbstachtung war, die Sie an den Rand des Wahnsinns trieb? Ihr Talent, Ihnen die sexuelle Erfahrung Ihres Lebens zu schenken, die Ekstase, die ein Mann wie Sie sich von einer Frau ersehnt? Doch wenn Sie sie bezahlt hatten, verschwanden Sie bis zum nächsten Mal vollständig aus ihren Gedanken. Das ist für sich nichts Ungewöhnliches, nur dass bei ihr die Polarität besonders stark ausgeprägt war. Ihr Genie bestand in der Fähigkeit, Sie aus ihrem Herzen zu entfernen wie einen Schmutzfleck vom Boden.«

»Was wollen Sie damit sagen?«

»Dass Sie sterben müssen, Khun Smith.« Er sieht mich verwirrt an. »Begreifen Sie denn nicht? Wenn Sie sie verstanden hätten, wäre Ihnen klar gewesen, wie gefährlich es war, jedes Mal eine solche Supervorstellung von ihr zu erwarten. Selbst für sie dürfte das eine ungewöhnlich intensive Affäre gewesen sein – sie scheint sich sogar in Sie verliebt zu haben. Bei ihr war das ein Hinweis auf mörderische Absichten. Ist Ihnen klar, wie kurz sie davorstand, Sie einfach von Khun Tanakan beseitigen zu lassen? Dass sie Sie dazu bringen wollte, Ihr eigenes Überleben als von ihrem Ableben abhängig zu erachten?« Sein Stirnrunzeln verstärkt sich. »Sie hat das alles von Anfang an geplant.« Nun bekommt er große Augen. »Die Idee hatte sie nicht erst ganz am Schluss Ihrer Affäre, nein, der Plan war der Grund, Sie überhaupt auszuwählen. Sie durchschaute Sie und erkannte, dass Sie der Richtige waren zum Provozieren und Quälen. Sie verstrickte Sie bewusst in eine gefährliche Rivalität mit einem der mächtigsten Männer Thailands – und Sie fielen darauf herein. Innerhalb eines Monats hatte sie Ihr Leben, Ihre Identität und Ihre Karriere unter Kontrolle. Sie wusste, dass

Sie ihrer Idee am Ende zustimmen würden, um sie auf elegante Weise loszuwerden.« Jetzt starrt er mich mit offenem Mund an. »Wie alt sind Sie? Ich sage es Ihnen: sechsundvierzig. Genauso alt wie ihr Vater, als sie ihn umbringen ließ.«

Ich richte mich auf. »Es spielt keine Rolle, ob ich Sie festnehme oder nicht. Wahrscheinlich ist es Ihnen lieber, wenn ich es nicht tue. Soll mir recht sein.« Ich hole einen Zettel aus meiner Gesäßtasche, entfalte ihn und lasse ihn auf seinen Kopf flattern. Es handelt sich um einen Ausdruck des E-Mail-Fotos von dem wütenden Elefanten. »So wurde ihr Vater von ihr ins Jenseits befördert, Mr Smith. Die Bilder hat sie selbst gemacht.« Ich berühre zwinkernd das Elefantenhaararmband an seinem linken Handgelenk.

An der Tür kann ich es mir nicht verkneifen, mich noch einmal nach ihm umzudrehen. Er liegt bewegungslos da, offenbar ziemlich verwirrt. »Süße Träume«, sage ich beim Gehen und nehme voller Befriedigung wahr, wie er nach Luft schnappt.

33

Ich habe keine Ahnung, wie oder warum Baker in die Sache verstrickt ist. Letztlich weisen nur das Elefantenhaararmband von dem Mönch sowie die Tatsache darauf hin, dass Smith mindestens zweimal bei ihm war. Ich komme mir vor wie im Blindflug. Seit drei Tagen habe ich nichts mehr von Damrongs Bruder gehört. Auf dem Rücksitz eines Taxis versuche ich mir mit Lek zu erklären, warum ein kleines Licht wie Baker zum Mitinitiator eines Weltklasse-Snuff-Movie werden konnte, und so fallen die Jungs mir erst auf, als wir schon vor Bakers Haus stehen.

Einer mustert mich einen Moment lang mit ausdruckslosem Gesicht. Er trägt die Uniform eines Wachmanns; an seinem Gürtel hängen Schlagstock und Handschellen. Ich sage etwas sehr schnell auf Thai, um sicher zu sein, dass er die Sprache nicht versteht. Lek, der aus der Provinz Surin stammt, beherrscht einen Khmer-Dialekt. Ich bitte ihn, den neuen Wachmann zu fragen, wo die anderen Kollegen abgeblieben sind. Der Typ antwortet willig, offenbar erfreut, sich in seiner Muttersprache ausdrücken zu können.

»Er sagt, eine neue Gesellschaft habe den Auftrag, das Gebäude zu bewachen.«

»Und wie viele Wachleute gibt es?«

»Ungefähr zehn.«

Da sehe ich die anderen. Sie tragen nicht alle Uniform, aber ich würde wetten, dass sie samt und sonders Khmer sprechen.

»Sag ihm, dass ich hier bin, um mit Khun Baker, dem Englischlehrer, zu reden.«

Ich kann keine Reaktion erkennen, als er den Namen hört. Allerdings weiß er, in welchem Stockwerk sich Bakers Wohnung befindet, und signalisiert uns mit einem Nicken, dass wir den Aufzug nehmen sollen. Einer plötzlichen Eingebung folgend, weise ich Lek an, zu Smiths Kanzlei zu fahren, die Wachleute dort zu überprüfen und mich dann über Handy anzurufen. Lek kehrt mit dem Lift nach unten zurück, während ich an Bakers Tür klopfe.

Das Problem mit der Inspiration ist, dass sie einen sprunghaft wirken lässt. Als Baker die Tür öffnet, hole ich gerade das Handy aus der Tasche, um Lek anzurufen. »Geh zu Tanakans Bank, sobald du dir Smiths Wachleute angesehen hast. Überprüf, ob du irgendetwas Ungewöhnliches an den heutigen Sicherheitsmaßnahmen feststellen kannst.« Das alles in schnellem Thai, sodass ich nicht weiß, ob Baker etwas mitbekommt.

Dieser Augenblick der Intuition scheint mein Gehirn frei gemacht zu haben, denn jetzt glaube ich, genau zu wissen, warum Baker in die Sache mit dem Film verwickelt war. Ich bin ihm nicht böse, sondern empfinde eher so etwas wie Mitleid.

»Khun Baker«, sage ich, als ich seine Wohnung betrete, »tut mir leid, Sie noch einmal zu belästigen.« Dann bleibe ich wie angewurzelt stehen: Baker schlottert vor Angst. Ich reiche ihm einen

Ausdruck des Fotos, das ich bereits Smith gegeben habe. »Das kennen Sie wahrscheinlich schon, oder?« Er wirft einen Blick darauf, schluckt und starrt mich an.

»Nun«, erkläre ich, »wenn Sie reden, werde ich versuchen, etwas für Sie zu tun.«

Statt einer Antwort nickt er hinüber zu der auf ein Stativ am Fenster montierten Kamera mit riesigem Zoom. Sie ist auf das Tor zu seiner Wohnanlage gerichtet, wo zwei der neuen Wachleute mit Kronkorken Dame spielen. Sie sehen aus, als könnte nur ein kleines Blutbad ihre gelangweilten Seelen in Erregung versetzen.

»Das sind ehemalige Khmer Rouge«, erklärt Baker mit heiserer Stimme. »Sie sprechen kein Wort Thai. Haben die was mit Ihnen zu tun?«

»Nein, aber ich kann Ihre Angst verstehen.«

»Sie müssen mir helfen.«

»Sie müssen reden.«

Kann er sich lange genug für ein brauchbares Geständnis konzentrieren? Ich beschließe, ihm auf die Sprünge zu helfen.

»Das Problem bestand wie bei jedem großen kriminellen Vorhaben darin, die Loyalität unwichtigerer Mitspieler zu sichern, die man für spezielle Dienste benötigte. Der Pornodarsteller machte keine Schwierigkeiten, weil die Kredithaie hinter ihm her waren und er irgendwie Geld beschaffen musste, und außerdem ist er ja im Film zu sehen und belastet sich somit selbst. Und die technische Seite? Der Film ist ziemlich professionell gedreht, von jemandem, der sich mit Kameras auskennt. Offenbar war eine auf dem Boden montiert, um Fickbilder von unten aufnehmen zu können. Außerdem wurde der Streifen gut geschnitten. Das kann ein begabter Amateur zwar, aber ob man so einen hier in Bangkok findet, noch dazu einen, der den Mund hält, ist die andere Frage. Verständlicherweise wollte niemand, der in Verbindung mit dem Opfer stand, zu der Zeit, in der der Film gemacht wurde, im Land sein. Und Sie sind ihr Ex-Mann, vorbestraft und bekannter Pornofilmer. Was tun? Das Wissen weitergeben. Sie stellten Ihnen ehemalige Khmer Rouge zur Seite, die Anweisungen grundsätzlich buchstabengetreu befolgen. Das mussten keine künstlerischen Genies sein; sie sollten lediglich die Rohfassung liefern, die Sie dann bearbeiten konnten, vielleicht in Angkor Wat. Vermutlich schickten sie Ihnen das Material per E-Mail. Für die Ausbildung der Khmer wollten Sie Geld. Einen prozentualen Anteil am Erlös oder bar auf die Hand?«

Langes Schweigen, bevor er antwortet: »Beides. Das war ihre Idee. Sie bestand darauf, mich mit ins Boot zu nehmen, weil sie keinem anderen vertraute. Sie hatte ja schon oft mit mir zusammengearbeitet und wusste, dass ich keinen Scheiß bauen würde.« Er sieht mich an. »Und außerdem war sie eine Thai.«

»Sie spielen auf ihren Aberglauben an?«

»Ja. Bei den meisten gemeinsamen Projekten hatten Damrong und ich Glück. Selbst als wir erwischt wurden, gelang es uns noch irgendwie, Profit draus zu schlagen.«

»Könnten Sie die Männer identifizieren, die Sie ausbildeten?«

Er zuckt mit den Achseln. »Vielleicht. Letztlich waren das Marionetten, genau wie alle andern. An solche Leute erinnert man sich nicht, auch dann nicht, wenn man eine Woche mit ihnen zusammengearbeitet hat.«

»Gab es Proben?«

»Mit Schneiderpuppen, bis die Khmer besser wurden. Dann nahmen wir Schauspieler.«

»In Kambodscha.«

»Ja.«

»Kannten Sie, abgesehen von Ihrer Ex-Frau, irgendjemanden der anderen Beteiligten?«

»Nein. Ich wurde abgeschottet. Den männlichen Hauptdarsteller traf ich auch nie. Ich sah ihn beim Schneiden des Films das erste Mal.«

»Und Tom Smith, der Anwalt? Der besuchte Sie doch mehrfach, nachdem ich bei Ihnen gewesen war.«

»Bis zu dem Zeitpunkt kannte ich ihn nur aus dem anderen

Film mit Damrong. Ich wusste nicht, dass er in das Snuff Movie investieren wollte, und wurde auch nicht zu irgendwelchen Besprechungen eingeladen. Die Kontrolle über mich hatte Damrong. Aber nach ihrem Tod musste sich natürlich jemand anders um mich kümmern. Sie beobachteten Sie. Nach Ihrem ersten Besuch bei mir schickten sie mir Smith, und der war gut. Seine Fragen trafen mich bedeutend härter als die Ihren. Ich musste ihn davon überzeugen, dass ich sie nicht verpfiffen hatte, sonst hätte er dafür gesorgt, dass ich über die Klinge springe.«

»Entschuldigung«, sage ich und hole das Handy aus der Tasche, das gerade zu vibrieren beginnt.

»Khmer in Autos vor Smiths Kanzlei«, berichtet Lek. »Ich fahre jetzt weiter zur Bank.«

Ich klappe das Handy zu und versuche, Baker nicht anzusehen, als weilte er praktisch nicht mehr unter den Lebenden. »Aber es muss doch irgendwelche Vereinbarungen gegeben haben, wie Sie an Ihr Stück vom Kuchen kommen würden. Ich kann mir nicht vorstellen, dass Damrong und Sie sich ohne Garantien auf die Sache eingelassen hätten.«

»Doch.«

Ich starre ihn verblüfft an. »Soll ich Ihnen das wirklich glauben? Es handelte sich um eine Abmachung über die Ermordung einer Person, die posthum bezahlt werden sollte. Damrong bestand bestimmt auf Sicherheiten.«

Baker zuckt mit den Achseln. »Sie gaben ihr mehr als eine Million Dollar im Voraus. Damrong sagte, das Geld würde im Bedarfsfall von einem Vertrauten zur Durchsetzung ihrer Ansprüche verwendet werden, ich solle mir keine Gedanken machen. Natürlich könne ich auf einer Vorauszahlung bestehen, aber das sei letztlich nicht nötig. Und wenn Damrong so etwas behauptete, war klar, dass sie alles unter Kontrolle hatte.«

Ich nicke. »Mit einer Million Dollar lässt sich eine Menge Druck ausüben, das stimmt. Aber die Hauptakteure, die Unsichtbaren, hatten ihre Basis nie hier.« Ich reibe meine linke Schläfe. »Sie war eine Thai, was bedeutet, dass sie auf privater Ebene dachte, auf symbolischer, ja, sogar magischer.« Ich versuche, mir vorzustellen, wie Baker seine Rolle sah. Das Bild, das mich in den Nächten verfolgt, schießt mir in den Kopf: Damrong mit wildem Blick, über mich gebeugt, ein triumphierendes Grinsen auf den Lippen. In der Ferne bringt eine Priesterin aus der Waldperiode ein Opfer für die Götter dar.

Es ist, als hätte Baker meine Gedanken erraten. »Ja«, sagt er. »Im Nachhinein wird klar, warum sie sich über die Durchsetzung ihrer Ansprüche keine Sorgen machte.«

Es klopft ein einziges Mal an der Tür, dann sprengt ein mit einem Stiefel bekleideter Fuß das windige Schloss. Kurz darauf marschiert der Sicherheitsdienstler von eben herein, einen zweiten Mann mit chinesischer Kalaschnikow im Schlepptau. Sie signalisieren Baker, dass er sie begleiten soll. Baker sieht mich mit panischem Blick an.

»Als Angehöriger der Royal Thai Police untersage ich Ihnen, diesen Mann mitzunehmen.« Sie verstehen kein Wort, und den Text auf meiner Polizeimarke können sie nicht lesen. Egal, Baker muss mit, daran ist nichts zu ändern. Ich gehe zu der Kamera am Fenster und sehe hindurch. Unten steht ein Toyota-Minivan, in den sie Baker stoßen.

Zehn Minuten später, ich bin immer noch in Bakers Wohnung, ruft Lek an. »Nichts Ungewöhnliches vor Tanakans Bank«, berichtet er, »abgesehen davon, dass er nicht da ist. Er nimmt an einer ganztägigen Konferenz mit anderen Bankern teil. Ich habe mich über die Wachleute erkundigt. Sie werden sorgfältig ausgewählt – jemand, der kein Thai spricht, würde niemals angeheuert.«

Wieder vergehen zehn Minuten, dann ruft Vikorn an. »Man hat Tanakan entführt«, teilt er mir mit rauer Stimme mit. »Die Sache war minutiös geplant. Wahrscheinlich Khmer fingen seinen Wagen nach einer Besprechung ab und ergriffen ihn. Wenn du irgendwas über die Sache weißt und es mir nicht sagst, bist du tot, ist das klar?«

»Colonel – «

»Begreifst du eigentlich, wie schlimm es steht?«

»Das ist nicht Ihre Schuld.«

»Du Vollidiot, natürlich ist es meine Schuld. Kapierst du denn nicht? Ich hab ihn erpresst. Was bedeutet, dass ich für ihn verantwortlich bin. Heute habe ich meine Ehre verloren.« Er beendet das Gespräch.

Der nächste Anruf überrascht mich am meisten. »Sonchai«, sagt Dr. Supatra, »sie haben die Leiche mitgenommen.« Ich bringe vor Schreck kein Wort heraus. »Eine Gruppe bewaffneter Männer. Sie hielten uns zehn Minuten lang fest, während sie die Leiche aus dem Kühlraum holten. Etwas anderes wollten sie nicht. Sie konnten kein Thai. Wahrscheinlich waren das Khmer.«

Sobald ich diese Nachricht verdaut habe, schicke ich Kimberley eine SMS: *Können deine Computerleute mein Handy-Signal verfolgen?*

Ihre Antwort trifft nach weniger als fünf Minuten ein: *Wir könnens versuchen. Warum?*

Ich schreibe: *Weil ich mich auf eine lange Reise machen werde.*

Ich sitze mehr als eine Stunde auf Bakers Bett, bevor wieder ein Khmer-Wachmann mit Kalaschnikow auftaucht, mit der er mir fast beiläufig signalisiert, dass ich ihm vorangehen soll. Auf dem Weg zum Parkplatz, wo ein weiterer Toyota mit Vierradantrieb wartet, drückt er mir den Lauf der Waffe in den Rücken. Ich klettere auf den Rücksitz, auf dem sich bereits ein paar Khmer drängen. Dann fahren wir mehr als fünf Stunden lang in Richtung Osten, bevor sie mir die Augen verbinden und mir das Handy wegnehmen.

Endspiel

34

Liebster Bruder,
wenn Du diese Worte liest, bin ich meinen lächerlichen Körper bereits los. Mein Lieber, Du bist der einzige Mann, ja, der
einzige Mensch, den ich je geliebt habe. Ich habe mich um Dich
gekümmert, wie es unsere Mutter niemals konnte. Lieber, ich
habe Dich nicht verführt in jenen schrecklichen Nächten unserer Jugend, denn Deine Bedürftigkeit war genauso groß wie
die meine. Wir trösteten uns gegenseitig, so gut es ging. Ich verkaufte meinen Körper für Dich und schenkte Dir ein Leben,
wie es keinem anderen Jungen im Dorf möglich war.
Du bist gebildet, kein Bauer mehr, ein freier Mann. Und jetzt
fordere ich die Schuld ein: Gatdanyu. Diese Schweine müssen als Teil meines Opfers sterben. Mein Geist wird immer bei
Dir sein. Wenn Du meinen Anweisungen folgst, bleiben wir
auf ewig Geliebte. Wenn nicht, vernichten Dich meine Flüche.
Aber ich weiß, dass Du mich nicht enttäuschen wirst.
Deine Dich liebende Schwester Damrong

Gamon alias Phra Titanaka hat mir einen Ausdruck der letzten
E-Mail von seiner Schwester gezeigt. Ihre Anweisungen sind be-
merkenswert ausführlich und detailliert und reichen von Tipps,
wie er sich mir nähern könne, bis zu der Sache mit den Elefanten-
haararmbändern. Verblüfft las ich die Punkt-für-Punkt-Anleitung
zur Vernichtung des Maskierten einschließlich seines erahnten

Selbstmords, der gefilmten Befragung durch Gamon sowie der Weiterleitung der DVD an mich. Der Fall ist die Ausgeburt eines genialen Gehirns, wie es mir zum ersten Mal im Leben begegnet. Aber nicht alles klappt nach Plan. Baker hat zu früh das Zeitliche gesegnet.

Beim Erreichen der Provinz Surin wurden mir die Augen verbunden, weshalb ich nicht weiß, ob ich mich noch in Thailand aufhalte. Vielleicht sind wir über eine Dschungelroute nach Kambodscha gefahren. Die Elefantenfarm ist eher klein; die meisten Gebäude wirken heruntergekommen. Offenbar hat hier jemand einmal den Versuch unternommen, Touristen anzulocken. Mein Status bleibt unklar – mir und allen anderen, möglicherweise sogar Gamon. Ich glaube nicht, dass der Ursprungsplan meine Anwesenheit beim Showdown vorsah; eine Schwäche für mich, vielleicht auch das Bedürfnis nach Gesellschaft, hat Gamons Entschlossenheit untergraben. Als man mir die Augenbinde abnahm, stand er mit seiner safranfarbenen Robe vor mir, über der Schulter eine Kalaschnikow. So bizarr das klingen mag: Ich glaube, meine Gegenwart machte ihn befangen; jedenfalls trägt er die Waffe nun nicht mehr bei sich.

Die Khmer-Wächter beobachten mich argwöhnisch; anders als Smith und Tanakan darf ich mich frei bewegen. Wenn ich mich aber zu weit entferne, feuern sie Warnschüsse über meinen Kopf ab. Die Nacht verbringe ich in einer Holzhütte, aus der ich ohne Weiteres fliehen könnte, doch wohin? Meine Chancen sind hier besser als im Dschungel. In dieser Hitze reicht ein Tag orientierungsloses Herumwandern im Unterholz zum Verdursten.

Ich weiß nicht, ob Gamon die Elefantenfarm gemietet oder gekauft hat; über solche Nebensächlichkeiten lässt er sich nicht aus. Es ist heiß, heißer noch als in Bangkok, und Klimaanlagen fehlen hier. Strom steht nur zeitweise zur Verfügung, je nachdem, ob die Khmer sich die Mühe machen, den Generator in Gang zu setzen oder nicht. Die meiste Zeit gibt es nichts zu tun, als die Wachen beim Betel-Kauen und auf die Bäume-Schießen oder auch nur die Elefanten zu beobachten, gereizte Jungtiere von ungefähr drei Tonnen.

Smith und Tanakan sind in offenbar neuen, für diesen Zweck errichteten Betonhütten mit Blick auf den Hof untergebracht, von wo aus sie die auf und ab trottenden Tiere sowie die Khmer beim Formen der riesigen Bambuskugeln sehen können. Die Khmer arbeiten langsam und gönnen sich oft Pausen, in denen sie einander anschnauzen oder wieder einmal eine Salve in die Luft oder in den Dschungel abfeuern. Nur Gamon und ich wissen, dass Bakers Tod möglicherweise alles verändert hat.

Er unternahm einen Fluchtversuch; vielleicht war es ihm auch einfach nur lieber, erschossen zu werden. Irgendwie gelang es ihm, das Schloss an der Stahltür seines Gefängnisses aufzubrechen, und dann waren mitten in der Nacht Maschinengewehrsalven zu hören. Keine Rufe, keine hörbaren Anweisungen. Wahrscheinlich schoss der Wachmann aus einem Reflex heraus und legte sich gleich wieder zum Schlafen hin. Am Morgen brachten sie mich zu der Leiche am Rand des Hofs, weil Gamon nicht beim Meditieren gestört werden wollte. Die Kugeln hatten Bakers Kopf getroffen. Er lag da, wie er gestürzt war, merkwürdig verrenkt und nackt bis auf schmutzige grüne Shorts mit Tarnmuster. Es machten sich bereits Heerscharen von Insekten über ihn her (Reinkarnationen von seit Millionen von Jahren stürzenden Seelen werden unwiderstehlich angezogen vom Geruch des Todes – kaum zu glauben, dass sie einst das Privileg eines menschlichen Bewusstseins besaßen). Eine Doppelreihe roter Ameisen führt zu und von seinem Mund; größeres Insektengetier leckt beharrlich an der aus der Wunde kleckernden Hirnmasse. Ich marschiere mit grimmigem Blick hinüber zu Gamons Hütte, trete gegen die Tür und zerre den meditierenden Mönch heraus und zu Bakers Leiche. In der Zwischenzeit hat sich ein großer Schwarm Fliegen darauf niedergelassen. Anfangs begreift Gamon das offenbar als Aufforderung zu einer weiteren Meditationsübung, als neuen karmischen Knoten, der sich unter dem Ansturm der absoluten Wahrheit auflösen soll. Doch dann beginnt das Gesetz von Ursache und Wirkung, sein Denken zu beeinflussen, und ich beobachte, wie unerträgliche Pein ihn übermannt. Er hat die höchste Lebensform auf Erden in ein Festmahl für die niedrigste verwandelt, Buddhismus und Evolution auf den Kopf gestellt. Plötzlich erkennt er den karmischen Preis, den er zahlen muss, und gerät in Panik. Ich packe seinen Arm. »Wenn Sie jetzt wegrennen, bringen die Khmer uns alle um.«

Er scheint aus einem Traum zu erwachen. »Kommen Sie«, sage ich und führe ihn zu seiner Hütte zurück. »Meditieren Sie.« Und dann lasse ich ihn allein. Ich weiß nicht, ob er am Leben oder tot ist.

Im fernsehfreien Dschungel vergeht die Zeit langsam. Die Khmer, die daran gewöhnt sind, können in fast jeder Haltung stundenlang ins Nichts glotzen. Sie bekommen ihr Geld dafür, Befehle zu befolgen, von Gamon. Doch der meditiert manchmal zwölf Stunden am Stück. Ich bin ziemlich beeindruckt. Vor der Erschießung Bakers schaute ich immer wieder einmal in Gamons Hütte, um zu überprüfen, ob er tatsächlich Vipassana praktizierte. Ich glaube, er tut es, denn die schlaffe Reglosigkeit seines Körpers lässt ahnen, was er mit seinem Geist anstellt. Meiner Theorie nach nutzt dieser Mann die Meditation wie ein anderer Morphium. Nach seiner Ordinierung scheint etwas mit ihm passiert zu sein; ihm wurde klar, dass es einen Ausweg gibt, dass der Geist unendliche Möglichkeiten besitzt, dass man sich nicht für dauerhaften Schmerz entscheiden muss. Allerdings half ihm das nicht gerade bei der Bewältigung des Hier und Jetzt, eine Kritik, die oft an unserer Form des Buddhismus geübt wird. Er war nie darauf ausgerichtet, füreinander sorgende Gemeinschaften von Menschen oder Sozialprogramme aufzubauen, und kam in ähnlich verzweifelten Zeiten wie der jetzigen zu uns, in denen der Abstieg in die Barbarei drohte. Plus ça change. Natürlich sollte ich Smith und Tanakan in ihren Zellen besuchen, aber bis jetzt hatte ich nicht den Mut dazu. Manchmal ertappe ich mich dabei, wie ich stundenlang die Elefanten anstarre.

Wenn man den Plan kennt, stimmt der Anblick dieser Tiere düster. Obwohl noch nicht erwachsen, sind sie viel größer als das größte Pferd und ausgesprochen eigensinnig. Es gibt nur einen Mahout, einen Khmer um die sechzig, bekleidet mit schmutzigen Lumpen, deren Farbe und Beschaffenheit an die frei im Hof herummarschierenden Dickhäuter erinnert. Gestern schlich sich einer von hinten an mich heran, um seinen Rüssel sanft um meine Knie zu schlingen und mich zu Fall zu bringen. Einen Augenblick lang glaubte ich, verloren zu sein, doch das Muskelpaket wollte offenbar nur etwas ausprobieren und trottete friedlich zurück zu seinen Artgenossen.

Ich weiß, dass ich Gamon früher oder später in seiner Hütte aufsuchen muss, habe aber keine Ahnung, was ich tun oder sagen soll. Der sorgfältige Plan seiner Schwester scheint sich in nichts aufzulösen. Ich beschließe, bis zum morgigen Tag zu warten. Endlich bringe ich den Mut auf, zu den Gefangenen zu gehen. Trotz der kulturellen Kluft fällt es mir leichter, mich Smith zu nähern als Tanakan, vor dem ich aufgrund seines höheren feudalhierarchischen Rangs immer noch Hochachtung habe. Ich raffe meinen Sarong, ein ausgefranstes, graues Stück Stoff, das ich am Tag meiner Ankunft im Waschhaus gefunden habe; mein Hemd und meine Hose waren verschwitzt und begannen zu stinken; ich empfand es als Befreiung, in die traditionelle Kleidung zu schlüpfen.

Smith geht es schlecht. Wie traurig, diesen großen, attraktiven Farang-Körper fötal zusammengerollt in einer Ecke seiner Zelle kauern zu sehen. Möglicherweise ist seine Depression final, und einen Moment lang spiele ich mit dem Gedanken, ihn mitfühlend in Ruhe zu lassen. Ich betrachte ihn, den Kopf gegen die Gitterstäbe gepresst. Seine Augenlider bewegen sich, und hin und wieder zuckt eine Hand oder ein Bein. »Khun Smith«, sage ich, »ich bins, Detective Jitpleecheep.« Blinzelnd hebt er den Kopf.

Mein Anblick scheint ihn zu verwirren. Er ist sich nicht sicher, ob ich es tatsächlich bin, und falls ja: Will ich ihn retten oder ihn verspotten? Wir verharren etwa zehn Minuten lang so, nach einer möglichen Form der Kommunikation suchend. Dann streckt er sich wie ein Tier nach dem Winterschlaf und steht wackelig auf. Er trägt einen alten Sarong ähnlich dem meinen, was ihn wie einen als Eingeborenen verkleideten Weißen wirken lässt. Die Gitterstäbe werfen schwarze, strichcodeähnliche Schatten. »Sie«, sagt er, als wäre ich die Quelle all seines Unglücks, und tritt, neugierig auf seinen Folterknecht, auf mich zu. »Sie.«

»Ich kann nichts dafür«, erkläre ich. Mit einer Bewegung des Kinns fragt er, warum ich dann frei bin und er nicht. »Damrong«, murmle ich. Als er ihren Namen hört, beginnt er zu zittern. »Das ist für einen Farang schwer, vielleicht sogar unmöglich zu verstehen. Sie hat Instruktionen hinterlassen.« Er schüttelt den Kopf. »Sie hatte keine Angst vor dem Tod, freute sich gewissermaßen sogar ihr ganzes Leben darauf. Und dann kam das Geld, Smith, wissen Sie.«

Hinter seinem trotzigen Blick verbirgt sich ein Eingeständnis seiner Niederlage. Wieso meinen wir Asiaten immer, uns gegenüber dem Westen rechtfertigen zu müssen, als wäre uns die Katastrophe, auf die er sich unweigerlich zubewegt, seit jeher bekannt? Hätten wir mehr tun sollen, um sie zu verhindern? Ich jedenfalls fühle mich zu einer Erklärung verpflichtet. »Der Tod«, sage ich. »Tom, haben Sie je über seine Bedeutung nachgedacht? Es geht mir dabei nicht um Religion, sondern um Empirie. Sie wusste, was neun Zehntel der Menschheit auch wissen: Der Tod ist stärker als Geld. Ich meine damit nicht irgendwelche Tötungsmaschinen – das ist steinzeitliches Gemetzel –, sondern den Tod als Idee, als Waffe des Geistes, als Realität, der nur reife Menschen ins Auge blicken können. Sie hatten nie eine Chance, Tom, waren in dem Moment verloren, in dem Sie sie das erste Mal voller Lust betrachteten.

Während Sie nur daran dachten, ihren Körper zu kaufen, hatte sie einen viel umfassenderen Plan.« Ich suche nach den richtigen Worten. »Gibt es überhaupt reife Menschen in der Welt, aus der Sie kommen, Tom?«

Natürlich ist es mir nicht gelungen, zu ihm durchzudringen. Jetzt hält er mich für einen verrückten Mischling, für ein asiatisches Foltermonster, ausgeschickt von einer barbarischen Macht. Widerstrebend gebe ich auf.

Khun Tanakan, der unser Gespräch belauscht hat, tritt an das Fenster der Nachbarzelle.

»Wie viel?«, zischt er. »Sagen Sie mir einfach, wie viel Sie wollen.« Jede Silbe dieses kurzen Satzes zeugt von seiner hohen Stellung, seiner Vertrautheit mit den wirklich Wichtigen unserer Gesellschaft und seiner angeborenen Härte. Sein Thai ist so viel eleganter als das meine, dass ich fast versucht bin, Englisch zu sprechen.

»Darauf habe ich keinen Einfluss«, antworte ich.

»Vikorn? Steckt Vikorn hinter alledem?«

»Nein«, sage ich. »Das Mädchen selbst.«

»Was reden Sie da? Das Mädchen ist tot.«

»Nur in gewisser Hinsicht. Ihr Wille, könnte man sagen, erfreut sich bemerkenswerter Vitalität.« Er sieht mich mit finsterem Blick an. »Es war doch hauptsächlich Ihr Geld, mit dem das Projekt finanziert wurde, oder? Sie ließen die Million für ihre Dienste springen, minus die vernachlässigenswerte Investition von Smith. Natürlich wussten Sie, dass Sie einen Adjutanten, einen Sündenbock, einen Consigliere, brauchten, weil Sie es sich nicht leisten konnten, mit der Angelegenheit in Verbindung gebracht zu werden. Und hin und wieder wurde man vielleicht auch gezwungen, seinen Willen durchzusetzen, zum Beispiel bei Khun Kosana, Ihrem fatal indiskreten Sklavenkumpel, und seinem Lover Pi-Oon. Sonst hätten Sie Smith vermutlich zum Beweis Ihrer Macht umbringen lassen wie Nok, schon deshalb, weil Damrong Sie mit ihm eifersüchtig machte. Schließlich ist er größer, jünger, stärker und kommt aus dem Westen. Wie sehr Damrong Sie doch verletzt, Ihre Tage und Nächte monatelang vergiftet haben muss, wenn Sie auf eine so riskante Idee wie die Investition in dieses Snuff Movie verfielen. Können Sie denn zugeben, dass Sie sie liebten?«

»Wovon reden Sie?«

»Ja, Ihnen gegenüber kann ich das sagen. Merkwürdig, nicht? Sie sind so viel härter als Ihr Komplize Smith, aber trotzdem fällt mir bei Ihnen dieses Wort ein. Letztlich war sie Ihr genaues Gegenteil, Ihre Ergänzung. Sie im Penthouse, Damrong in der Gosse. Sie streute Salz in Ihre Wunde, indem sie Ihnen von Smith erzählte, dem attraktiven Farang, dessen Schwanz so viel größer war als der Ihre. Sie verstand es meisterhaft, Sie eifersüchtig zu machen, wenn Sie glaubten, die Oberhand zu haben. Stimmts?«

»Und?«

»Begierde kennt keine Klassenunterschiede. Damrongs absolute und intime Kenntnis Ihrer animalischen Seite trieb Sie in den Wahnsinn. Sie wusste, woher Ihr Ehrgeiz rührte, aus einer Art Lebenshass – exakt der gleiche Impuls, der auch sie antrieb. Sie wurden reich durch Ihre Rache am Leben, genau wie Damrong, jedenfalls am Schluss. Und dann war da noch Ihre Mutter. Letztlich konnte nur eine Nutte Sie wirklich anturnen.«

Er bedenkt mich mit einem durchdringenden Blick. »Erklären Sie die Sache mit dem Elefanten, damit wir's endlich hinter uns haben.«

Er zieht sich in einen dunklen Winkel seiner Zelle zurück.

»Keiner bezweifelt, dass Sie härter sind als Stahl, Khun Tanakan. Das würden alle, die Sie kennen, bestätigen. Aber überlegen Sie Folgendes: Wenn sie hier in der Lage ist, Sie Nacht für Nacht zu erreichen und sexuell bis zur Erschöpfung auszupumpen, welche Chance haben Sie dann auf der anderen Seite?« Chinesen sind noch abergläubischer als wir. Seine rechte Hand zuckt, er wendet sich schaudernd der Wand zu.

Drüben in einer Ecke des Hofs machen sich die Khmer gerade wieder an die Konstruktion der ersten Bambuskugel, die allmählich Gestalt annimmt. Nach etwa einer Stunde geben sie auf. Zu heiß. Es hat ja auch keine Eile. Die Show wird weder heute noch morgen beginnen.

35

Der Morgen, der blutrot über den östlichen Baumspitzen herandämmert, kündet von einem weiteren unerträglichen Tag. Irgendwann beginnt die Luft zu dampfen, und der Mensch tut alles in seiner Macht Stehende, um der Hitze zu entkommen. Die Sonne bleibt normalerweise hinter einem pulsierenden Feuchtigkeitsschirm verborgen, sodass der Himmel grell und schwül zu strahlen scheint. Ich wache früh auf, vor dem ersten Tageslicht, wasche mich an einem Steintrog vor meiner Hütte und schlinge den Sarong um den Leib.

Mit am Körper klebendem Sarong beschließe ich, die Stufen zu Gamons Hütte hinaufzusteigen, wo ich gegen die Tür drücke. Sie öffnet sich, und ich trete über die Schwelle. Ein Toter, denke ich, könnte nicht im halben Lotussitz verharren, aber besonders lebendig wirkt er nicht. Er meditiert mit dem Rücken an der Wand unter einem Fenster. Ich spiele mit dem Gedanken, ihn zu rütteln, doch der Buddha will es anders: Ich liebkose sein schönes Gesicht und küsse ihn sanft auf die Stirn. »Phra Titanaka, mein Bruder«, flüstere ich.

Er schlägt die Augen auf, lächelt mit der Großzügigkeit dessen, der sein Ego abgestreift hat, und saugt begierig die Liebe in meinem Blick auf; dann meldet sich die Erinnerung, und er wird von Schmerz übermannt.

»Gamon«, sage ich, »wir müssen sie ziehen lassen. Baker ist unseretwegen gestorben, auch wenn es nicht wirklich unsere Schuld war. Sein Tod bringt uns nicht viel schlechtes Karma, aber was wird aus uns, wenn wir Damrongs Plan bis zum Ende durchführen? Dann verbringen wir die nächste Million Jahre eingeschlossen in einem Granitblock.«

Mit entsetztem Blick fragt er: »Und wenn ich ihr nicht gehorche?

Kennen Sie ihre Macht denn nicht? Sie sucht mich jede Nacht heim. Ich habe immer noch Sex mit ihr.«

»Weil Sie es zulassen. Sie sind buddhistischer Mönch – wie können Sie es ihr gestatten, Sie zum Sklaven zu machen?«

Meine Worte verblüffen ihn. Er blinzelt und starrt dann seine Robe an. »Ich bin so sehr an diese Kleidung gewöhnt – da vergesse ich manchmal, dass ich kein Recht mehr darauf habe.«

Plötzlich beginnt er, sich vor mir zu entkleiden. Damit habe ich nicht gerechnet, und am liebsten würde ich ihm sagen, dass er sich wieder anziehen soll, aber als er so vor mir steht, nur noch Boxershorts am Leib und die safranfarbene Robe zu seinen Füßen, beobachte ich eine faszinierende Wandlung. Seine mönchsgleiche Haltung und Persönlichkeit schmelzen innerhalb weniger als einer Minute dahin. Nun kommt seine andere Seite zum Vorschein. Sie ist härter, ursprünglicher, mehr aufs Überleben ausgerichtet, krimineller. Jetzt sehe ich ganz deutlich den jungen Mann vor mir, der früher Yaa Baa rauchte und damit handelte. Seine Stimme klingt kräftiger und heiserer. Er tritt an das einzige Fenster der Hütte, um auf den Hof mit den Elefanten zu blicken.

»Gamon«, sage ich.

Er seufzt. »Da ist noch mehr.«

»Verraten Sie es mir. Es könnte jemandem das Leben retten.«

»In ihrer letzten E-Mail hat sie nicht die ganze Geschichte erzählt«, erklärt er in mühsam beherrschtem Tonfall.

Ich habe das Gefühl, dass er mir das Gesicht zuwenden möchte, das aber nicht schafft. Er bleibt im Profil. »Dinge, an die sie sich nicht erinnern oder über die sie nicht nachdenken wollte, hörten in ihrem Kopf einfach auf zu existieren.«

Schließlich bringt er doch den Mut auf, mir in die Augen zu sehen. »Sie haben den Inzestaspekt erkannt, aber nicht seine Bedeutung.«

»Erläutern Sie sie mir, mein Freund, solange noch Zeit dazu ist.«

Ein tiefer Seufzer. »Es begann genau so, wie sie sagte: zwei verängstigte Kinder in einer feuchten Hütte mit zwei Räumen. Die

Eltern tranken, rauchten Yaa Baa, bumsten im Nachbarzimmer, und wir kriegten zwei Tage lang nichts zu essen. Wenn Mum high und Dad völlig neben der Kappe war, rief er sie zu sich, weil er gern Sex und Voodoo kombinierte. Hinterher sah sie immer aus wie eine vierzehnjährige Oma. Sie hielt ihn davon ab, sich an mir zu vergreifen, schützte mich mit ihrem eigenen Körper.« Wieder langes Seufzen. »Aber auch sie hatte Bedürfnisse.«

Nach einer Pause beginnt er von Neuem, diesmal mit kräftigerer Stimme. »So fing es an. Sie zeigte mir, was sie wollte, und wie. Und als ich älter wurde, zeigte sie mir, was ich wollte, und gab es mir. Meine erste sexuelle Erfahrung war Weltklasse, könnte man sagen.«

Er hüstelt. »Was wäre wohl ohne den Inzest aus Damrong und mir geworden?«

Langes Schweigen. »Nach ihrer ersten Tour in Singapur hatte sie sich verändert. Sie war erst achtzehn, aber schon eine richtige Frau.« Er leckt sich die Lippen. »Und eine Nutte. Nutten leiden unter schrecklicher Liebessehnsucht – Sie wissen das. Sie bumsen und bumsen und bumsen, und nie kommt Liebe dabei heraus, egal, wie sehr sie sich bemühen. Irgendwann ergreift eine Art Wahn von ihnen Besitz. Sie brauchen einen richtigen Partner, und wenn's nur ein hässlicher, kaputter alter Weißer ist …«

»Oder ein naher Verwandter.«

Er nickt. »Nach jeder Tour kam sie voller Begierde zu mir. Normalerweise fuhr sie nach Surin und rief mich zu sich in ein Hotel. Nach einem guten Monat gönnte sie sich eine Fünf-Sterne-Suite. Sie zeigte mir gern die Macht ihres Geldes. Ihre Lust auf mich war so stark, dass es fast wie eine Vergewaltigung ablief. Aber natürlich wollte ich auch Liebe.« Es vergeht eine Weile, bis er weiterspricht. »Hinterher verwöhnte sie mich immer, kaufte mir ein Motorrad oder irgendein anderes teures Geschenk. Einmal hatte sie so viel verdient, dass sie mir eine Harley-Davidson Fat Boy spendierte – als das Geld ein paar Monate später knapp wurde, mussten wir sie verkaufen. Sie versicherte mir immer wieder, nur unsere Liebe halte sie aufrecht, sie könnte nicht weiter im Gewerbe bleiben und mich unterstützen, wenn sie mich nicht mehr als Basis hätte.« Er sieht mich neugierig an. »Wie war das eigentlich bei Ihrer Mutter? Hat die Sie auch immer gefragt, ob Sie sie wirklich lieben?«

»Tja, die Phase haben wir durchgemacht, ja.« Paris, der alte Truffaut schnarchend unter der Seidenbettdecke in seinem riesigen Belle-Époque-Schlafzimmer, Nong verlegen darüber, dass sie sich auf einen so alten Mann eingelassen hatte: Du liebst mich doch, Sonchai, oder? Und du vergibst deiner Mutter, nicht wahr?

»Aber sie hat Sie nie verführt?«

»Nong? Nein. Das könnte ich mir gar nicht vorstellen.«

»Seit meinem fünfzehnten Lebensjahr hörte ich immer wieder die gleichen Worte: Wenn du mich verlässt, bringe ich mich um.«

Als die Hitze unerträglich zu werden beginnt, treten Schweißperlen auf seine braune Haut. Mein Gott, wie dumm von mir: Natürlich brauchte sie einen echten Partner, um durchzuhalten. Aber er musste irgendwie behindert sein, ein Gebrechen haben. Rückblende: Einmal schlenderte ich Hand in Hand mit ihr die Sukhumvit entlang und stolperte über einen Gullydeckel – so etwas passiert nur, wenn man verliebt ist. Ein paar Tage lang humpelte ich. Eigentlich hatte ich erwartet, dass Damrong mich verachten würde, doch das genaue Gegenteil trat ein. Sie kümmerte sich rührend um mich, massierte meinen Knöchel mitten auf der Straße, demonstrierte mir, hilflos, wie ich war, ihre Liebe – eine Kostprobe aus ihrem Verführungsrepertoire. »Verstehe.«

»Vielleicht doch nicht. Sie bereiste achtzehn Monate lang die Schweiz und verdiente dort jede Menge Geld.«

Er schweigt kurz. »Am Ende war ich derjenige, der es nicht mehr aushielt, ganz einfach. Ich rauchte zu viel Yaa Baa, fing an, damit zu handeln, wurde erwischt. Sie musste nach Hause kommen, um die Polizisten zu bestechen, damit die mich aus dem Gefängnis ließen.«

Er deutet kopfschüttelnd auf die schmale weiße Narbe an seinem linken Handgelenk, das Pendant zu der am Arm seiner Schwester. »Kindische Dritte-Welt-Dramatik – aber das Blut war echt. Wir schworen, wenn nötig, füreinander zu sterben. Sie versprach, mich nie mehr so lange allein zu lassen. Ich sagte, ich würde mich bessern, eine gute, von ihr ausgewählte Schule in Bangkok besuchen, Englisch lernen – dann könnte ich mich um sie kümmern, wenn sie mit Ende zwanzig ausgebrannt wäre, und die Schuld begleichen: Gatdanyu. Darum ging es von Anfang an.«

»Aber Sie ließen sich ordinieren.«

Er reibt sich die Augen. »Sie versuchte tatsächlich, mich regelmäßiger zu besuchen, aber dann bekam sie das Angebot, in Amerika zu arbeiten, und sie wollte das Geld. Über irgendwelche dubiosen Verbindungen besorgte sie sich das nötige Visum und blieb zwei Jahre fort. Ich war mittlerweile Anfang zwanzig und hatte einen Universitätsabschluss in Soziologie. Ich glaube nicht, dass sie wusste, wie wenig mir der nützen würde.« Er sieht mir in die Augen. »Mir war klar, dass ich mit meiner Vorgeschichte nie in der Lage wäre zu arbeiten, aber mit den Drogen wollte ich auch nicht wieder anfangen. Also tat ich, was jeder junge Thai oder Khmer in so einer Situation tun würde: Ich flüchtete mich in Buddha, Dharma und Sangha. Doch der thailändische Sangha nahm mich wegen meiner kriminellen Vergangenheit nicht auf, also reiste ich in die kambodschanische Gangsterstadt Poipet, aus der unsere Eltern stammten und wo niemand nach Gefängnisaufenthalten fragt. Als ich ihr meine Entscheidung per E-Mail mitteilte, hatte sie nichts dagegen, weil sie glaubte, dass ich die Mönchsrobe spätestens nach einem Monat gelangweilt wieder ablegen würde. Das tat ich übrigens auch.«

»Ach.«

»Ja, ach.«

»Sie stellten also fest, dass Sie wie geschaffen waren für das Mönchsleben.«

»Alle sagten das, vom Abt bis zu meinem Meditationsmeister. Der Junge ist seit Jahrtausenden unterwegs, immer mit dem Buddhismus flirtend, aber nie den letzten Schritt wagend, war ihr Urteil. Mir fiel Vipassana so leicht; ich konnte schon nach einer

Woche eine volle Stunde meditieren, nach einem Jahr einen ganzen Tag und eine ganze Nacht. Zum ersten Mal in meinem vierundzwanzigjährigen Leben lernte ich Freiheit und Glück kennen.«

»Während sie sich in den Staaten aufhielt.«

»Ja.«

»Sie redeten sich ein, dass der Buddha Sie von allem Karma befreit hatte, auch vom Gatdanyu.«

»Ja, genau.«

»Aber was war, als sie zurückkam?«

Er wendet sich wieder dem Fenster zu. »Man hatte sie und ihren amerikanischen Ehemann wegen Prostitution und Leitung eines Bordells in Fort Lauderdale festgenommen. Das scherte sie nicht, aber auf die amerikanischen Männer, ihrer Aussage nach entweder pubertierende Jungen in Erwachsenenkörpern oder Tiere, war sie wütend. Und ihren Ehemann verachtete sie. Zwei Jahre ohne irgendwelche Gefühle sind für eine junge Frau, auch für eine wie sie, schwer zu ertragen. Sie hatte die letzten zwölf Monate damit verbracht, sich nach mir zu sehnen.«

»Sie schrieb Ihnen?«

»E-Mails. In Kambodscha werden die Regeln für Mönche sehr locker gehandhabt. Das Surfen im Internet gilt nicht als verwerflich.«

Mein tiefer Atemzug klingt in der stickigen kleinen Hütte wie ein Zischen. »Das heißt, Sie führten zwei Leben.«

Er nickt. »Per E-Mail konnte ich ihr nicht sagen, dass ich ein richtiger Mönch geworden war. Dazu besaß ich nicht den Mut.«

»Und dann kehrte sie aus den Staaten zurück?«

»Ja«, bestätigt er mit einem leicht amüsierten Brummen.

»Und sie war fuchsteufelswild, dass ich nicht sofort zur Verfügung stand.« Er hüstelt. »Sie wissen ja, wie Kambodscha ist: Sie bestach ein paar Mönche, rasierte sich den Schädel, legte weiße Gewänder an wie ein Looksit und schlich sich ins Kloster.« Er grinst spöttisch. »Können Sie sich das vorstellen? Ich hatte seit zwei Jahren mit niemandem mehr geschlafen. Wie erotisch ihr Körper mit dem kahlen Kopf wirkte. Wir trieben es ganz still und heimlich bei Kerzenlicht. Es war verrückt.« Eine kurze Pause. »Nach dieser Nacht war ich natürlich verloren. Wie viele Regeln ich gebrochen hatte: Sex, Unterbringung einer Frau unter demselben Dach, Hintergehen des Abts, und das alles wiederholt. Zwei Wochen lang kam sie jede Nacht zu mir, bis zu ihrer nächsten Tour.«

»Es kristallisierte sich also ein Muster heraus?«

»Ja.«

»Weil Sie sich nicht daran gewöhnen konnten – das wäre unmöglich gewesen –, blieb Ihnen keine andere Wahl, als sich in zwei Hälften aufzuspalten.«

»Wenn sie zur Prostitution zurückkehrte, meditierte ich jeden dritten Tag vierundzwanzig Stunden lang, bis meine Gedanken sich von ihr lösten. Vipassana funktioniert immer, egal, wofür man es einsetzt.« Ein finsterer Blick. »Aber einen schwachen Mönch verfolgen sogar noch seine Erfolge. Inmitten der Gelassenheit suchten mich Dämonen heim.«

Ich trete zu ihm an das kleine Fenster und blicke über seine Schulter. Die drei Elefanten schnüffeln, dicht beieinanderstehend, auf dem Boden herum, wo sich noch Spuren von Bakers Blut befinden. Offenbar läuft hier eine Art Kommunikation ab. Ich habe Ehrfurcht vor diesen riesigen klugen Dickhäutern, die alles zu verstehen scheinen.

»Aber die tiefste Wunde schlug wohl das Elefantenspiel, als die Polizisten Ihren Vater umbrachten.«

Er zuckt mit den Achseln. »Keine Wunde, das wirkte eher wie eine Initiation. Ich war damals ein bisschen über zehn. Bis dahin hatten die Erwachsenen sowie meine Schwester dem Reich der Götter angehört. Als sie die Bambuskugel hinausrollten, dachte ich noch, es sei ein Spiel. In den fünfzehn Minuten, die dann folgten, wurde ich erwachsen. Die eigentliche Offenbarung war ihre Freude, ihr unglaublicher Enthusiasmus mit der Kamera – sie hatte sich eigens eine teure Minolta mit großem, schwarzem Zoom zugelegt. Im Anfangsstadium meiner Meditationen war das

das erste hartnäckige Bild, mit dem ich mich auseinandersetzen musste, nicht sein Tod, sondern sie hinter der Kamera, wie sie sein Sterben fotografierte. Ihre Schadenfreude, ihre Triumphschreie. Sie hatte mich nachhaltig in ihre Welt eingeführt, die ich für die Realität hielt.«

Ein Hüsteln. »Allerdings veränderte sie das auch.« Er sieht mich herausfordernd an. Ich nicke: Erzählen Sie weiter. »Es war ein großer Erfolg, ihr erster. Ihr wurde klar, wie viel Macht sie haben konnte. Mit einem Schlag vernichtete sie diesen Albtraum unserer Nächte. Plötzlich war sie kein hilfloses Opfer mehr.« Er beginnt zu zittern. »Sie bestand darauf, dass ich zusah, überredete die Polizisten, das zu gestatten.« Ich hole tief Luft. Mir fehlen die Worte.

Nun starrt er ebenfalls die Elefanten an. »Die Magie macht sich Rituale und verbotenes, in jeder Kultur verborgenes Wissen zunutze. Sie war nicht bereit, sich je wieder zum Opfer machen zu lassen, auch nicht vom Tod. Ihren eigenen musste sie in einen weiteren Sieg verwandeln, einen noch größeren, mit noch mehr Blut. Sie wusste, dass sie mich früher oder später an den Buddha verlieren würde. Deshalb wollte sie ihr Spiel auf eine neue Ebene verlagern, mich von der anderen Seite aus kontrollieren, von wo aus sie so viel mächtiger wäre.«

Er betrachtet zuerst den safranfarbenen Stoff zu seinen Füßen, dann mich. »Ich bin der kleine Bruder, Detective. Ich folge den Ratschlägen der Älteren. Was soll ich tun?«

»Ziehen Sie Ihre Robe wieder an, Phra Titanaka. Es verstößt gegen die Regeln, sie selbst abzulegen. Das kann nur der Sangha.«

Ich verlasse ihn, gehe die große Holztreppe hinunter, überquere den Hof und versuche, meinen Geist auf einen weiteren unerträglichen Tag in der Hitze vorzubereiten. Vom Schatten meiner Hütte aus blicke ich hinüber zu Gamons geschlossener Tür und frage mich, welches Ungeheuer dort gerade das Licht der Welt erblickt.

36

Gestern wurde die tödliche Langeweile erneut unterbrochen. Die Khmer beschlossen, Leben in die Sache zu bringen, indem sie einen der Elefanten erschossen. Sie sprachen mit dem Mahout, der ihnen offenbar sagte, dass er sie für verrückt halte, dass das ein wahnwitziger Plan sei, dass nichts Gutes daraus erwachsen werde. Doch sie lachten ihn aus und begannen, aus dem Schutz einer Hütte heraus auf das Tier zu feuern. Die Kugeln drangen in den Kopf des Elefanten, rissen ihm den Rüssel weg. Es dauerte mehr als eine Stunde, bis er endlich starb. Die anderen beiden Dickhäuter versuchten, herzzerreißende Laute ausstoßend, ihren leidenden Artgenossen mit den Rüsseln zu trösten. Die Khmer fanden das zum Brüllen komisch.

Als sie am späten Nachmittag auf dem Balkon der Hütte schliefen, griffen die Tiere an. Einer der Khmer entkam. Smith, Tanakan und ich sahen, wie die Elefanten die Hütte und den darin verbliebenen Wachmann mit maßloser Wut niedertrampelten. Nach wenigen Minuten waren dort, wo sich das Gebäude befunden hatte, nur noch Splitter, Knochen, Blut und Holz. Die beiden Giganten schleuderten mit ihren Rüsseln Balken durch die Luft und spießten mit ihren Stoßzähnen den toten Khmer auf. Auch das schienen seine Kumpane ziemlich komisch zu finden. Tanakan und Smith wurden aschfahl; ich vermutlich ebenfalls.

Es ist erschreckend, wie schnell wir uns an die neuen Gegebenheiten gewöhnten: eine zersplitterte Hütte, ein Elefantenkadaver mitten auf dem Hof, menschliche Überreste, die allmählich zu stinken begannen. Der Überlebenstrieb ist unser wahrer Gott auf Erden, denn sonst wären wir vermutlich schon vor Jahrtausenden auf weniger anstrengende Planeten ausgewandert. Smith, Tanakan und ich sind Wilde, weil wir uns mit der Barbarei abfinden. Bei

Gamon bin ich mir nicht so sicher. Er ist heute überhaupt noch nicht aus der Hütte gekommen, nicht einmal, als Schüsse, Schreien und Lachen erklangen. Wir haben es geschafft, uns sogar den Hass der Tiere zuzuziehen.

Als ich mir die von den Elefanten zerstörte Hütte genauer ansah, entdeckte ich ein paar Säcke Yaa Baa in Pulverform. Schon zuvor war mir aufgefallen, dass die Khmer hin und wieder an ihren Fingern leckten.

Der Angriff der Elefanten hatte den Effekt, dass die Khmer, die ständig high vom Yaa Baa waren, sich zu konzentrieren begannen. Mit einem Mal machten sie sich ernsthaft an die Konstruktion der Bambuskugeln, die am Ende des Tages fertig wurden. Ich beobachtete, wie sie sie auf den Hof rollten, sie auf ihre Haltbarkeit prüften und die Einstiegsluken testeten. Zwei von ihnen traten ans Fenster von Smiths Hütte, um seine Größe mit der seiner Kugel zu vergleichen, die ein wenig kleiner ausgefallen war als die für Tanakan. Dann zogen sie sich zurück. Allmählich richteten sich die Blicke aller auf die geschlossene Tür zu Gamons Hütte.

Stunden sind vergangen. Mittlerweile bin ich mit allen subtilen Nuancen der Hitze vertraut. Die schlagartig einsetzende des Morgens unterscheidet sich deutlich von der unerbittlichen des Mittags und der dumpfen Schwüle des Spätnachmittags. Es dürfte etwa vier Uhr sein, als ich eine Erschütterung von Gamons Holzhütte wahrnehme, was bedeutet, dass er sich darin bewegt. Endlich öffnet die Tür sich, aber es dauert immer noch volle fünf Minuten, bis er heraustritt.

Ich schnappe verblüfft nach Luft, als die Gestalt mit schwarzem Ballkleid und langer schwarzer Perücke majestätisch die Stufen herunterschreitet. Ein Westler würde dieses Wesen wahrscheinlich für einen begnadeten Transvestiten halten. Hier allerdings glaubt das keiner außer vielleicht der englische Anwalt Smith. Wir sehen Damrong vor uns, ihre Bewegungen, Gesten, noch die letzte Nuance. Ich bekomme eine Gänsehaut, und die Nackenhaare stellen sich mir auf. Fasziniert und angewidert zugleich warte ich auf die ersten Worte, die zwischen diesen rot geschminkten Lippen hervordringen werden.

Sie überquert den Hof in kerzengerader Haltung und mit lasziv schwingenden Hüften. »Es ist so weit«, ruft sie mit eindringlicher Stimme. Erstaunt und zutiefst beeindruckt erheben sich die Khmer und rollen die riesigen Bambuskugeln heran. »Bringt die Gefangenen«, befiehlt Damrong; es ist tatsächlich ihre Stimme.

»Nein!«, kreische ich und springe auf.

Sie wendet sich mir mit neugierigem Blick zu, den ich nicht erwidern kann. »Hallo, Sonchai«, begrüßt sie mich in spöttisch verführerischem Ton. »Hast du schon was gegessen?« Verblüfft schüttle ich den Kopf. »Schau mir in die Augen, Lover.« Wieder schüttle ich dümmlich den Kopf. »Freust du dich denn nicht, mich zu sehen, Schatz?«

»Was hast du mit Gamon angestellt?«, frage ich.

Sie lächelt. »Typisch, dass du die schwierigste Frage zuerst stellst. Liebst du ihn mehr als mich? Ich glaube schon. Nun, Sonchai, er meditiert in der Hütte. Warum gehst du nicht hin und sagst Hallo?«

Meine Furcht steigert sich ins Unermessliche. »Geh hinüber zu seiner Hütte, Sonchai«, befiehlt sie, »oder sieh mir in die Augen.« Sie tritt einen Schritt auf mich zu, als könnte sie mich so zwingen, ihren Blick zu erwidern. Ich wende mich ab und bewege mich in Richtung Hütte.

Zögernd steige ich die wackeligen Stufen hinauf; ich ahne, was mich erwartet. Und meine Vermutung bestätigt sich: Als ich eintrete, sehe ich ihn, bekleidet mit seiner safranfarbenen Robe, im halben Lotussitz. Natürlich ist das in Wahrheit Damrongs Leiche, die allmählich zu verwesen beginnt und die Hütte mit dem Gestank von Formaldehyd erfüllt. Plötzlich fügen sich die Teile des Puzzles zusammen. Die Logik der Magie wird mir klar, aber ist es ihr wirklich gelungen, den Geist ihres Bruders in ihrer Leiche einzuschließen? Das wäre sogar für sie eine beachtliche Leistung.

Immerhin bewegt sich der Kadaver nicht. Ich ergreife die Gelegenheit und suche nach meinem Handy, das die Khmer mir abgenommen haben. Sobald ich es finde, wähle ich Kimberleys Nummer.

»Wo steckst du?«

»Keine Ahnung.«

»Action?«

»Mehr als genug.«

»Bleib dran, solang es geht. Ich versuch, die Jungs in Virginia auf dich anzusetzen.«

Ich lege das Handy auf den Hüttenboden, hoffend, dass die Batterie Ausdauer beweist.

Jetzt höre ich von draußen das Geräusch sich öffnender Stahltüren. Als ich auf den Balkon hinaustrete, sehe ich, dass die Khmer Smith und Tanakan mit hinter dem Rücken gefesselten Händen hinausführen. Smith mit seiner Farang-Logik gelingt es, trotz seiner Angst die Selbstbeherrschung zu behalten, während Tanakan, der offenbar in seinen Sarong gepinkelt hat, zittert wie ein Kind.

»Hallo, Lovers«, begrüßt Damrong sie. »Seid ihr überrascht, mich zu sehen?« Sie tritt mit eleganten Schritten an sie heran und liebkost Smiths Gesicht mit einer Hand.

»Perverse Sau«, sagt Smith.

Damrong antwortet mit jenem zynisch fröhlichen Lachen, das ich nur zu gut kenne. »Tom, Tom, du hast nie was kapiert, deswegen steckst du jetzt auch in dieser Scheiße. Als Asiat hättest du alles viel besser verstanden.« Smith wendet den Kopf ab und spuckt aus. Ich muss seinen Mut bewundern. Aber der wird ihm vermutlich nicht lange bleiben. »Warum siehst du mir nicht in die Augen, Tom, wenn du dir so sicher bist, dass ich nur ein Transvestit bin? Bitte, tu mir den Gefallen.«

Er schafft es, ähnlich einem Tier, das auch nicht freiwillig in Richtung Feuer läuft, nicht, ihren Blick zu erwidern. Sie streckt die Hand aus, um sein Kinn zu umfassen. »Nenn mich noch einmal eine perverse Sau, Tom, bitte.«

Er würde gern echten britischen Mumm beweisen, aber das

geht nicht. Sie ist dabei, seine Mitte zu zerstören, jene komplexe, widersprüchliche, illusionäre, aber letztlich lebenswichtige Vorstellung vom Ich, ohne die wir hilflos sind wie die Kinder. Sie nickt den Khmer zu, die sich unvermittelt in ihre Sklaven verwandeln. Einer von ihnen fixiert Smiths Kopf, während ein anderer versucht, seine Lider offen zu halten. Fasziniert beobachte ich, wie sie einen Schritt auf Smith zutritt und ihm direkt in die Augen schaut. Ich denke: Nein, nein, das kannst du nicht machen.

Du darfst eine jungfräuliche Seele nicht ohne Vorbereitung mit der anderen Seite konfrontieren. Du zerstörst damit mehr als nur seinen Körper.

Ihr Blick wirkt wie ein Stromstoß auf ihn. Er wird zum feuchten Lappen, zu einem Schatten, hat jegliche Autonomie verloren. Als er in Tränen ausbricht, wende ich mich ab. Er brabbelt etwas Ähnliches wie »Mutter«. Sie hat seine Seele vergewaltigt.

Nun tritt sie auf Tanakan zu, der in Thai auf sie einredet. Ich mühe mich ab, seine Worte zu verstehen. Es dauert eine Weile, bis mir klar wird, dass er alle seine weltlichen Güter aufzählt: Anwesen, Paläste, Inseln, Gold, Aktien. Er bietet sie ihr an, fleht sie an, sie zu nehmen, obwohl er sich bewusst ist, dass er nichts besitzt, was einen Toten interessieren könnte. Er verwendet Anreden, die normalerweise Angehörigen des Königshauses und Buddhas vorbehalten sind, und wehrt sich nicht gegen die neuen Gegebenheiten wie ein Westler, sondern akzeptiert die veränderte Realität. »Ich errichte dir einen Tempel«, sagt er gerade. »Man wird deinen Namen und dein Bild verehren. Ich habe unermesslich viel Geld – für mich sind solche Dinge kein Problem.«

Sie antwortet fröhlich auf Khmer. Was, ist nicht schwer zu verstehen, denn sofort ergreifen die Wachleute Smith und Tanakan und schieben sie in Richtung der Bambuskugeln.

Ich versuche, die am weitesten hergeholte, unlogischste Lösung zu finden, auf die selbst Aristoteles in einer Million Jahren nicht gekommen wäre. Mir ist klar, dass ich trotz meines Ekels noch einmal in die Hütte muss.

Es dauert nur eine Minute, die Leiche zu entkleiden und selbst in die safranfarbene Robe zu schlüpfen. Ich hebe Damrong hoch, bemüht, nicht zu würgen und den Blick nicht auf den Y-förmigen Schnitt an ihrem Torso zu richten (sie ist viel leichter ohne ihre inneren Organe), während ich mich auf den Weg zur Tür mache, wo ich Gamons Kalaschnikow sowie das Butanfeuerzeug ergreife, das er zum Kerzenanzünden benutzt.

Auf den Stufen stolpere ich, doch das merkt niemand, weil die Khmer gerade Smith und Tanakan die Füße fesseln, sie in die fötale Position zwingen und ihnen die Gliedmaßen zusammenbinden wie Schweinen vor dem Schlachten. Da Tanakan kleiner ist als Smith, lässt er sich leichter durch die Luke in eine der Bambuskugeln schieben. Er hat die Augen fest geschlossen. Noch immer achtet niemand auf mich, als ich die Leiche auf den Boden lege, das Feuerzeug betätige und die Flamme an den linken kleinen Finger des Kadavers halte.

Nun stößt Damrong einen infernalischen Fluch aus und dreht sich zu mir um, während sie die linke Hand schüttelt, als hätte sie sie verbrannt. Sie sieht mich mit ungläubigem Blick an, mich, den heiligen Narren in Phra Titanakas Robe. Ich halte die Kalaschnikow an den Kopf der Leiche.

Sie stürzt wutentbrannt mit wild wehenden schwarzen Haaren auf mich zu. Unter den gegebenen Umständen bleibt mir nichts anderes übrig, als abzudrücken. Aus der Ferne glaube ich, das Geräusch eines Hubschraubers zu hören.

Allerdings ist es nicht der herannahende Helikopter (es war klar, dass es der FBI-Frau gelingen würde, einen schwarzen zu organisieren), der die Khmer in Angst und Schrecken versetzt, sondern die Magie. Als der Hubschrauber über dem Hof zu kreisen beginnt, fliehen sie mit dem Mahout und den Elefanten in den Dschungel. Ein wenig zerzaust und behindert durch die Mönchsrobe, gehe ich auf die Gestalt in dem schwarzen Ballkleid zu, die wenige Meter vor mir auf dem Boden liegt. Die Perücke ist heruntergerutscht.

Als ich ihn herumdrehe, sehe ich an seiner linken Schläfe, also an der Stelle, die ich bei der Leiche getroffen habe, eine große Schusswunde. Er öffnet die Augen, scheint mich zu erkennen. Ich wölbe die Hände um seinen kahl geschorenen Schädel.

»Sie ist weg, und zwar für immer, das spüre ich«, sagt er lächelnd. »Egal, was Sie tun: Retten Sie mir nicht das Leben.«

»Natürlich nicht«, beruhige ich ihn. »Natürlich nicht, Phra Titanaka.«

»Ich war ein richtiger Mönch, Sonchai. Wenn nicht, hätte ich doch nicht so viel Schmerz gespürt, oder?«

»Sie kamen als Mönch zur Welt, mein Freund.«

Er lächelt. »Ich habe schwindelnde Höhen erklommen, Detective, wirklich. Die Menschen glauben nicht, dass man das Nirwana tatsächlich erlangen kann. Ich habe die totale Liebe erlebt, die kosmische Kraft des Mitgefühls, die Buddhanatur, aber es ist mir nie gelungen, das alles festzuhalten. Zu viele vergeudete frühere Leben, samt und sonders mit ihr. Sie war zu stark für mich. Ich hätte sie so gern gerettet. Ich dachte, wenn ich ernsthaft Mönch werde und mich verändere, würde sie mir folgen. Aber sie hatte andere Pläne. Es musste immer alles nach ihrem Kopf gehen.«

Er scheint noch mehr sagen zu wollen, aber in dem Moment scheidet er dahin.

Ich stolpere hinüber zu den Bambuskugeln. Tanakan liegt bereits in der seinen, Smith haben die verängstigten Khmer einfach fallen gelassen. Tanakan, der beginnt, sein Selbstbewusstsein wiederzufinden, befiehlt mir, ihn herauszuholen. Ich runzle die Stirn und wende mich Smith zu. »Ich brauche ein Handy«, teile ich ihm mit, doch er reagiert nicht. Folglich muss ich noch einmal in Gamons Hütte, um mein eigenes zu holen, aber mittlerweile ist die Batterie leer. Egal, denn gerade springt Kimberley aus ihrem Hubschrauber und rennt, bekleidet mit einem schwarzen Kampfanzug, in geduckter Angriffshaltung auf mich zu, einen sexy braunen Karabiner in der Hand. »Was ist passiert?«, fragt sie, als sie mich erreicht, unsicher, worauf sie die Waffe richten soll.

»Damrongs Geist hat ihren Bruder in ihrer eigenen Leiche eingeschlossen, sodass sie seinen Körper benutzen konnte, um die rituelle Abschlachtung dieser beiden da« – ich deute auf Smith und Tanakan – »überwachen zu können. Aber ich habe der Leiche in den Kopf geschossen und ihre Pläne durchkreuzt. Man könnte es ›mitfühlende Magie‹ nennen, etwas, das der restlichen Menschheit erst wieder in tausend Jahren zur Verfügung stehen wird. Leihst du mir dein Handy?«

Sie reicht es mir, und ich drücke eine vertraute Zahlenfolge. »Yamahatosan«, sage ich. »Ich habe einen Job für Sie.«

Epilog

Vikorn ließ mich festnehmen, sobald ich in Bangkok ankam. Nun sitze ich in der Zelle, während er überlegt, was mit mir passieren soll. Er weiß nicht alles, aber immerhin genug, um zu ahnen, dass ich vorübergehend aufhörte, Polizist zu sein, und in dieser Zeit machte ich ihm den Deal mit Tanakan und das tollste Geschäft seines Lebens zunichte. Vikorn schwankt zwischen meinem Rausschmiss und meiner Degradierung zu seinem Sklaven, das ist mir klar. Doch ich habe noch einen Trumpf in der Hinterhand. Offen gestanden, genieße ich die Einsamkeit sogar, die Monotonie des Gefängnisdaseins. Nicht einmal das Ausleeren der Toiletteneimer stört mich, auch wenn der Gestank mich zum Würgen bringt. Ich erachte die Erfahrung als Übung in buddhistischer Demut. Als mir nach achtundvierzig Stunden langweilig zu werden beginnt, schicke ich dem Colonel eine handgeschriebene Notiz in Thai: มีวีดีโอ – Ich habe eine DVD.

Da Vikorn nie besonders zurückhaltend ist, wenn er ein attraktives Angebot wittert, erhalte ich nach weniger als einer Stunde Antwort: มีวีดีโออะไร – Was für eine DVD? ยอมรับไม่มีเสื้อผ้าคุณธมา คารและคุณสมิท – Nackte Beichten von Khun Tanakan und Khun Smith.

Meine Rehabilitation erfolgt mit genauso atemberaubender Geschwindigkeit wie mein Sturz. Nun sitze ich Vikorn gegenüber in dessen Büro.

»Willst du eine Zigarre?«

»Sie wissen doch, dass ich keinen Tabak rauche.«

»Wie wärs mit Ganja? Einer von den Jungs hat einen Dealer mit

Stoff in Exportqualität hochgehen lassen. Hier.« Er holt einen wiederverschließbaren Beutel mit pflanzlichem Inhalt aus der obersten Schublade seines Schreibtischs und wirft ihn darauf. Eigentlich will ich sein Angebot nicht annehmen, aber das satte Grün lässt mich schwach werden. Als ich nach dem Säckchen greife, hält er es mit seiner knotigen Altmännerhand fest.

»Wo ist die DVD?«

»An einem geheimen Ort.«

»Sind darauf wirklich Geständnisse zu sehen und zu hören? Geben sie zu, dass sie sich zusammentaten, um ein Snuff Movie zu drehen, und gemeinsam in das Projekt investierten?«

»Ja. Und zwar nackt, in kompromittierender Stellung über einen aufgebockten Tisch gebeugt. Sehr elegant. Yammy hat wirklich ein Händchen für so was.«

»Yammy? Du hast Yammy gebeten, die DVD zu machen?«

»Gibts einen Besseren?«

»Na schön, wie viel willst du?«

»Dreißig Prozent für wohltätige Zwecke sowie fünfundzwanzig Millionen Dollar für Yammys ersten Spielfilm. Klingt nach viel, aber sonderlich weh dürfte Ihnen das nicht tun, denn Sie wollen sich ja die Hälfte von Tanakans Vermögen unter den Nagel reißen, oder?«

»Ich möchte die DVD zuerst sehen.«

»Halten Sie mich für so dumm?«

»Okay, okay, wenn sie wirklich so gut ist, wie du sagst, schlag ich ein.«

»Das will ich schriftlich.«

Stirnrunzelnd zückt er einen Stift, formuliert eine Art Vertrag und reicht ihn mir. Ich hole eine DVD aus meiner Tasche, gehe zu seinem Player und schiebe sie hinein.

Es macht Spaß, Yammys Meisterwerk anzuschauen, zu dem der Colonel mir belustigt vor sich hin glucksend gratuliert. Yammy verlieh, die FBI-Frau mit ihrer neuen Waffe in der Hand neben sich, einer traurigen Geschichte mit zwei Kameras Zauber und brachte Smith und Tanakan dazu, ein umfangreiches Geständnis abzulegen, vor der Hütte, die die Elefanten zerstört hatten. Das Ganze sieht aus, als zitierten sie ein langes Gedicht auf einer kahlen Bühne. In ernstem, gesetztem Tonfall erläutern sie alle Details ihres Vertrags mit Damrong und die morbide Leidenschaft, die sie dazu verleitete, sich darauf einzulassen. Yammy und ich verarbeiteten ihre ausführlichen Notizen zu einer Art Drehbuch.

Einen kurzen Moment lang habe ich das Gefühl, dass alles wieder seinen normalen Gang geht, aber natürlich stimmt das nicht, denn normal war nie etwas. Die Illusion der Kontinuität ist dahin, meine Konzentration beim Teufel. Gestern erwarb ich geistesabwesend eine Bronzestatue des Elefantengotts Ganesha als Briefbeschwerer für meinen Schreibtisch. Keine Minute verstreicht ohne einen Gedanken an Gamon. Ich finde immer wieder neue Ausreden, um zum Meditieren den Wat aufzusuchen. Trotzdem sehe ich ihn überall. Was er mir einmal sagte, will mir nicht aus dem Kopf: Wenn man den letzten Schleier wegreißt, weiß man, dass die Liebe die Basis des menschlichen Bewusstseins ist, dass es im Endeffekt nichts anderes gibt. Und dass wir sie immer wieder verraten, treibt uns in den Wahnsinn. Eine Erkenntnis, nach der man nur schwer leben kann, auch wenn man es immerhin versuchen sollte.

Da wäre noch etwas anderes: Vor ein paar Nächten suchte mich Damrong heim, und ich besaß nicht die Kraft, ihr zu widerstehen, aber in dem Traum (es tröstet mich, die Erfahrung so zu nennen) hielt eine Gestalt in safranfarbener Robe, ein Maschinengewehr über der Schulter, die Buddhahand des Friedens hoch, und da verschwand sie. Als ich aufwachte und mich mit einem Ruck aufsetzte, lag Chanya friedlich schlafend neben mir.

Ausgerechnet Vikorn erinnert mich immer wieder daran, dass ich eine mich liebende schwangere Frau zu Hause habe. Wer hätte gedacht, dass er fähig wäre, sich über meine psychische Gesundheit Gedanken zu machen?

Aber was ist mit der FBI-Frau, deren Leidenschaft für Lek durch die Ereignisse in den Hintergrund gedrängt wurde? Ich lud sie gestern Abend – ganz Gutmensch, der ich bin – ins Don Juan's ein, wo Lek für das dortige Katoy-Kabarett probte. Zusammen mit ihr setzte ich mich in den hinteren Teil der Bar, in der Lek und seine Freunde lachten, kreischten und rüde Witze darüber rissen, dass Pi-Lek sich bald unters Messer begeben würde. Als ich tröstend Kimberleys Hand ergriff, entzog sie sie mir rasch wieder. Ich dachte, sie sei wütend, weil ich ihr zeigte, wie gut Lek in seine Katoy-Welt passte, in die ich genauso wenig eindringen konnte wie sie als weibliche Farang. Aber ich täuschte mich.

Hinterher, bei einem Drink in einer Bar in Pat Pong, sagte sie: »Das war wirklich nett von dir, Sonchai, aber du bist nicht auf dem neuesten Stand. In der vergangenen Woche bin ich erwachsen geworden. Unterschiedliche Kulturen bringen unterschiedliche Menschen hervor. Uns Amerikanern fällt es schwer, andere Kulturen neben der unseren zu dulden – doch ich bin nicht dumm. Ich weiß, dass er mich nicht lieben kann. Mein Gott, vielleicht ist er tatsächlich ein Geist in menschlicher Form. Ich weiß auch, dass ich mich, wenn ich mich der Liebe wieder verschließe, in eine jener Drohnen verwandle, die keinen anderen Sinn im Leben kennen als die Arbeit. In den Staaten passiert das leicht, besonders bei alleinstehenden Frauen über fünfunddreißig. Es mag bizarr sein, und wir mögen überhaupt nicht zueinanderpassen, aber da muss ich durch. Wir haben einen Deal. Nach seiner Operation wird er nicht mehr Polizist sein können, und den Gedanken, dass er seinen Körper in irgendeiner Bar verkauft, ertrage ich nicht. Ich werde ihm wie diese verliebten weißen Männer jeden Monat Geld schicken, damit er nicht ins Gewerbe muss, und hin und wieder wird er mich besuchen – als Frau. Irgendwann ist mir aufgegangen, dass ich etwas habe, das ihm nützen kann: Geld. Und weißt du was? Neulich hab ich ihn zum Lachen gebracht. Es scheint also doch eine Kommunikation möglich zu sein zwischen Aliens. Ich glaube, wir werden gute Freunde. Du solltest den Reiz meines

Landes nicht unterschätzen – er kanns gar nicht erwarten, Hollywood und den Grand Canyon zu sehen. Willst du dich nützlich machen? Dann hab ein Auge auf ihn und halt mich auf dem Laufenden.« Sie lächelte.

Tja, das wärs dann also, Farang, bis auf einen allerletzten losen Faden: Ich habe nie herausgefunden, wer mir die Damrong-DVD schickte.

Damit verbleibe ich der Ihre im Dharma, Sonchai Jitpleecheep.

Dank

Das »Elefantenspiel« lernte ich durch Warren Fellows' *The Damage Done* (Asia Books) kennen.

Weitere Anregungen fand ich in:
The Bangkok Post
Corruption & Democracy in Thailand von Pasuk Phongpaichit und Sungsidh Piriyarangsan (Silkworm Books)
The Dhammapada, hrsg. v. Narada Thera, veröff. v. Buddhist Cultural Centre, Thailand
The Funeral Casino von Alan Klima (Princeton University Press)
Guns, Girls, Gambling and Ganja von Sungsidh Piriyarangsan und Nualonoi Treerat (Silkworm Books)
Kum Chat Luk, eine thailändische Tageszeitung
The Sandhinirmochana Sutra unter dem Titel *Buddhist Yoga,* ins Engl. übers. v. Thomas Cleary (Shambala South Asia Editions)
Very Thai von Philip Cornwel-Smith (River Books)
Welcome to Hell von Colin Martin (Asia Books)
Welcome to the Bangkok Slaughterhouse von Father Joe Maier (Asia Books)

Jitpleecheep ermittelt in Bangkok

Der Jadereiter

Im brodelnden Bangkok jagt der buddhistische Polizist Sonchai die Mörder von William Bradley, einem skrupellosen amerikanischen Jadehändler. Die Suche gerät zu einer Reise in die eigene Vergangenheit, in die Unterwelt Bangkoks, in die Bordelle des berüchtigten achten Bezirks bis hinein in die Vorzimmer der amerikanischen Botschaft.

Bangkok Tattoo

Die Prostituierte Chanya ist überzeugt, einen Mord begangen zu haben. In ihrem Bett: ein toter Amerikaner, grausam zugerichtet, Mitarbeiter der CIA. Doch Sonchai Jitpleecheep glaubt nicht daran, dass Chanya mit dem Mord etwas zu tun hat. Ein Schuldiger muss her. Da trifft es sich bestens, dass die CIA nur zu gern an einen Terrorakt glaubt.

Der buddhistische Mönch

Nie zuvor hat Sonchai, der Polizist des berüchtigten achten Bezirks von Bangkok, ein Verbrechen mit ansehen müssen, das ihn so erschütterte. In einem Snuff-Video wird eine junge Frau ermordet – die Prostituierte und Sonchais ehemalige Geliebte Damrong. Auf der Suche nach ihren Mördern sieht er sich weitaus größeren Gegnern gegenüber als erwartet.

»Burdetts Stil sorgt für ein ungetrübtes Lesevergnügen – der oft subtile und manchmal auch offene Humor, die eleganten Sätze, die das schillernde Bangkok und seine Bewohner plastisch und drastisch und immer mit einer grandiosen Zärtlichkeit beschreiben.« *Focus*

HOEPS & TOES *Die Cannabis-Connection*
Marcel Kamraths Gesetzesinitiative zur Cannabis-Legalisierung steht kurz vor dem Durchbruch, seine Karriereaussichten sind glänzend. Doch dann holt ihn seine begraben geglaubte Vergangenheit wieder ein. Immer tiefer wird Kamrath in ein gefährliches Duell hineingetrieben, das er nur überleben kann, wenn er alles opfert, was ihm wichtig ist.

LEONARDO PADURA *Ein perfektes Leben*
Teniente Mario Conde soll einen Verschwundenen finden, Rafael Morín, der mit Conde zur Schule gegangen ist. Der Mann mit der scheinbar blütenweißen Weste war schon damals ein Musterschüler, der immer das bekam, was er wollte – auch Condes Freundin Tamara. Der Teniente muss sich den Träumen und Illusionen seiner eigenen Generation stellen.

JEAN-CLAUDE IZZO *Die Marseille-Trilogie*
Fabio Montale: ein kleiner Polizist mit großem Herz. Für ihn ist es reiner biografischer Zufall, ob einer Polizist wird oder Gangster. Freund bleibt Freund. Deshalb rächt Fabio zwei seiner Gangster-Freunde, die ermordet wurden. Das Spiel wird allerdings nach Regeln von Leuten gespielt, denen ebenso egal ist, ob einer Polizist ist oder Verbrecher.

JEONG YU-JEONG *Der gute Sohn*
Yu-jin erwacht blutverschmiert. Mit wachsendem Grauen geht er ins Untergeschoss, wo er eine entsetzliche Entdeckung macht: Seine eigene Mutter liegt mit durchgeschnittener Kehle im Wohnzimmer. Seine Erinnerungen an den letzten Abend sind wie ausgelöscht. Wer hat seine Mutter auf dem Gewissen? Und wieso deuten alle Hinweise auf ihn selbst?

Mehr über alle Bücher und Autoren auf *www.unionsverlag.com*